한국의 근현대

차인 열전

한국의 근현대

차인 열전

김태연 지음

이른아침

  오늘날 우리의 차 문화는 그 어떤 문화에도 뒤지지 않을 정도의 규모와 질적
깊이를 갖추었다고 자부한다. 전국의 차인들 숫자가 500만을 넘는다 하고 대학들
에는 차 관련 학과들이 여럿 개설되어 인재 양성을 도모하고 있다. 차 산업의 부
흥을 위해 매진하는 기업이며 지자체들 또한 여럿이고, 우리 차 문화의 계승과
발전을 위해 불철주야로 노심초사하는 차 문화 단체들이며 선생님들이 또한 한
두 분이 아니다. 차계에 오래 몸담아온 한 사람의 차인으로서, 이런 우리 차 문화
의 부흥을 바라보는 소감은 한마디로 감격이 아닐 수 없다.

  그러나 안타까운 점이 없는 것도 아니다. 차 문화를 압도하는 커피 문화의 과
잉이 한 사례일 것이다. 일부 차 문화 단체들과 차인들의 우리 차 역사에 대한 무
관심이나 아전인수 역시 올바른 차 문화 정립과 계승 및 발전에 걸림돌이 되고 있
다. 우리 차의 역사에 대한 무관심은 차 문화 자체의 뿌리를 뒤흔들어 존립의 근
거를 훼손하는 것이며, 이런 자세로는 우리 차 문화의 내일을 기약할 수 없게 된
다. 아무리 제다 기술이 발전하고 차 우리는 솜씨가 공교해지더라도 뿌리 없는
문화는 결국 기반을 잃게 된다. 차인이라면 마땅히 우리 차의 역사, 그 면면했던
흐름에 관심을 기울여야 한다. 그러나 우리 차의 역사, 특히 한국전쟁 이후의 근
현대 역사에 대한 차인들의 관심과 애정은 종종 분란의 씨앗이 되기도 한다. 누

가 맨 처음 시작했는지, 누가 먼저 시작했는지를 둘러싸고 종종 단체며 개인들 사이에 분쟁이 벌어지는 것이다. 이런 분쟁이 격화되어 마침내는 화합(和合)을 종지(宗旨)로 삼아야 할 차인들이 분열하는 것을 볼 때마다 가슴이 미어지고 속이 답답한 것은 나만이 아닐 것이다.

우리 차의 역사, 특히 근현대사에 대한 무관심과 일부의 아전인수는 스승 없는 차인들을 낳고, 스승 없는 차인들은 전에 없던 풍조를 조장하는 지경에 이르고 있다. 저마다 내면의 향기와 인격을 내세우고 품위와 절제를 말하지만 근본을 잃었으니 그 가르침이 공허하고 헛될 것은 자명한 이치다.

차계의 이러한 잘못된 흐름에 어떻게든 경종을 울려야 한다고 생각하는 차인들이 없었던 것은 아니다. 하지만 1980년대 이전을 정확히 기억하는 차인들이 많지 않고, 자료 또한 충분치 않아서 차일피일 미루는 사이 1세대 어른들은 한 분 두 분 돌아가시고, 그나마 있던 자료들 또한 상당수가 인멸되는 악순환이 지속되고 있다. 해마다 유명을 달리하시는 선배 차인들을 보면서, 더 이상은 미룰 수 없다는 조바심에 감히 필자가 나서서 펜을 들게 되었다. 차계에 기여한 바가 많고 견문이 남달리 많아서 나서는 것은 아니다. 특별히 누구를 세우고 누구를 끌어내리기 위함은 더더욱 아니다. 남보다 조금 일찍 시작하고, 남보다 조금 많이 움직이며 보고 들은 바를 가감 없이 적어서 선배 및 동료 차인들의 노고와 그 아름다운 정신을 기록해두고자 하는 것이 펜을 든 가장 큰 이유다.

이로써 우리 차의 뿌리와 줄기가 올바르게 세워지리라고는 언감생심 기대하지 않는다. 다만, 나부터 알고 있는 역사와 사실을 충실히 기록하여 거대한 우리 차 문화의 대로를 닦는 일에 벽돌 한 장을 얹고자 할 따름이다. 또 다른 누군가가 나서서 이런 일을 해줄 것으로 기대하고, 그럼으로써 우리 차의 역사와 줄기는 더 튼튼해지고 더 굵어지고 더 강건해지리라 믿는다.

직접 보고 듣고 경험한 것을 위주로 하였으되, 여전히 조심스럽고 두려운 부분은 한두 곳이 아니다. 널리 알려진 사실과 다른 이야기도 있고 저마다 증언하는 내용이 엇갈리는 부분도 있어서, 내가 믿는 하나님과 기도의 힘이 아니고는 헤쳐 나오기 어려운 길이었다. 원고를 쓰는 동안 많은 분들을 다시 만나 사실과 의견을 거듭 확인하고자 나름으로는 애를 썼다. 하지만 워낙 방대한 지역과 시간을 대상으로 하고 많은 차인들을 다루다 보니 이들의 정신이며 세세한 활동 내역을 깊이 있게 다루지는 못하였고, 또 더러는 잘못된 내용이 포함되는 우를 피하기가 어려웠다.

위험한 줄 알고 말썽을 살 것을 짐작하면서도 용기를 내어 책을 마무리하고

펴내는 것은, 여기 실린 선배 및 동료 차인들의 애정과 열정이 아니고는 오늘의 우리 차 문화가 있을 수 없다고 생각했기 때문이며, 이분들에 대한 정당한 평가가 내려지지 않고는 내일의 우리 차 문화를 기약할 수 없다고 믿기 때문이다. 일일이 살펴서 그 공적을 세밀하게 기록하지 못한 것은 필자가 과문한 탓이고, 올바로 평가하고 정당하게 판단하지 못한 것은 성정이 아직도 편벽된 탓일 터이다. 그릇되고 부족한 부분에 대한 지적은 언제라도 환영하여 맞이하고, 기회가 될 때마다 바로잡기에 주저하지 않겠다는 약속으로 변명을 대신하고자 한다.

　모쪼록 이 책이 우리 차 문화의 역사, 특히 근현대 차의 역사를 밝히고 빛내는 일에 하나의 밀알이 되기를 기도한다.

2012년 2월
저자 김태연은 차 마시고 기도하며 씁니다

제1부 내가 만난 차인들

제2부 한국의 근현대 차인 열전

1980년 이전 활동을 시작한 차인들(출생년도 순)

제3부 1980년대의 차인들

1980~1990년 활동을 시작한 차인들(지역별)

제4부 한국의 차 문화 단체

(창립일 순)

제1부
내가 만난 차인들

처음 차를 알게 된 때로부터 대략 35년이 지났다. 차를 알게 된 것만으로도 내 인생은 복되었으나, 이보다 복된 일은 내게 차를 가르쳐주고, 나와 더불어 차 문화 운동을 함께해온 소중한 차인들을 많이 만나게 된 것이었다. 그분들은 내 차 생활의 스승이자 벗이 되었을 뿐만 아니라, 내 삶과 철학의 거울이 되었다.

헤아려보니 실로 많은 차인들을 만났다. 그중에는 아름다운 차인도 있었고, 덕이 있는 차인도 있었고, 지혜로운 차인도 있었다. 애국심이나 철학이 남다른 차인도 있었고, 검소하기 이를 데 없는 차인도 있었고, 인생 자체가 차의 향기처럼 은은하고 고결한 차인도 있었다. 이분들은 우리 차 문화의 뿌리가 되고 줄기가 된 분들이다. 이분들이 아니었다면 결단코 오늘의 우리 차 문화는 존재하지 못했을 것이다.

이처럼 큰 족적을 남긴 근현대 차인들 가운데 필자가 직접 만나 인연을 맺었던 분들을 여기서 우선 소개하고자 한다. 필자와의 개인적인 인연과 실제 경험을 중심으로 한 것이며, 여기 실린 분들만이 우리 근현대 차 문화의 주춧돌이 되었다는 이야기는 결코 아니다.

필자의 인연과 경험담을 기초로 이야기를 풀다 보니 나 자신의 이력을 먼저 꺼내지 않을 수 없어 35년의 차 생활 내력을 우선 간략하게 소개했다. 이어서 필자와 소중한 인연을 맺은 차인들을 지역과 시간 순서에 따라 배열하고 소략하게나마 소개했다.

나의 차 생활 35년

김태연(세계기독교차문화협회 교육원장)

"꽃 처녀 돌 처녀의 출가."

1976년 11월 25일자 《국제신문》에 내 결혼 소식이 실렸다. 학창 시절부터 꽃꽂이와 수석(壽石)을 좋아해온 나의 결혼식을 축하하는 칼럼이었다.

학창 시절부터 꽃꽂이를 배운 나는 1971년에 꽃꽂이 1급 사범을 잎사귀회 문상림 회장에게서 취득했고, 1973년에 부산 양정에서 꽃꽂이 학원을 개원했다. 꽃꽂이 사범으로서 첫발을 내디딘 것이다. 나는 꽃만 좋아한 것이 아니라 돌에도 깊은 취미를 가졌다. 평소에 수석을 좋아했던 나는 '부산여성석심회'를 창립해, 주말이면 회원들과 함께 탐석(探石)하러 전국을 돌아다니곤 했다. 그 회원들과 1974년, 1976년에 수석 전시회를 개최했다. 당시로는 꽤 큰 이벤트였는데, 전국 수석 동호인들이 찾아와 감탄하며 감상하던 모습이 지금도 눈에 선하다.

이렇듯 내 평생의 꿈은 꽃과 수석이었다. 꽃과 수석 속에 묻혀 평생을 아름답게 살기를 결심했다. 그러던 내가 차와 인연을 맺어 다도(茶道)가 내 평생의 동반

필자의 결혼 소식을 다룬 신문기사(《국제신문》, 1976. 11. 25)

자가 될 줄은 꿈에도 생각하지 못했다. 내게 차는 애초에 교양 과목이었다. 꽃과 차는 매우 잘 어울리는 조합이고 차를 알아야 기품 있는 꽃꽂이를 할 수 있다고 생각했기 때문이다. 그러나 차와의 인연이 숙명이었는지 1978년에 덜컥 '한국부 인다도회'를 창립하고 말았다. 한국부인다도회 창립은 내 삶의 이정표를 바꿔놓 은 일대 사건이었다. 이를 계기로 나는 차에 대한 큰 사명을 세웠다. 우리의 전통 적인 생활문화에서 현대인들의 멋을 찾고, 우리 자신의 생활양식을 되찾아 참된 삶을 살아가는 데 목표를 둔 것이다.

나는 그때부터 꽃꽂이를 배우러 오는 사람들을 어떻게 설득해야 할지 고민했 다. 오랜 고민 끝에 마침내 결론에 도달했다. 다도를 통해 여성들에게 인격의 '심

한국부인다도회의 기금 마련 전시회(부산호텔, 1979)
왼쪽부터 허충순, 내빈, 내빈, 정상구, 신정희, 석성우, 문상림, 김태연

(心)'을 심는다면 훌륭한 어머니들이 될 것이고, 그 어머니 밑에서 자란 자녀들은
국가의 기둥이 될 거라는 믿음이었다.

그 후 차에 대한 나의 긴 여정은 시작되었다. 꽃꽂이를 배우러 오는 회원들 한 사
람씩에게 자부심을 갖고 다도를 하자며 권유했다. 의외로 반응은 매우 좋았다. 그
당시로는 상상할 수 없는 인원인 50명 정도가 모인 것이다. 그러나 장소가 문제였
다. 예상보다 많은 인원이 모여서 차 공부를 할 수 있는 곳이 마땅치 않았다. 주변을
수소문한 끝에 어렵사리 부산 온천장 동래별장에 공부할 장소를 마련할 수 있었다.

하지만 이번에는 공부할 수 있는 도구들이 없어서 어려움을 겪었다. 당시 다

한국부인다도회 회원들(동래 김숙자 침술원 댁에서 수업을 마치고, 1979. 11)
김태연(뒷줄 맨 왼쪽), 허충순(뒷줄 맨 오른쪽), 이영자(앞줄 왼쪽에서 네 번째), 석성우 스님(앞줄 가운데)

도 강의를 해주신 분이 한국 차계의 원로인 석성우(釋性愚) 스님으로, 차의 이론
과 실기를 겸비한 당시 최고의 차인(茶人)이었다. 온천장 동래별장에서 공부하
기 어려울 때는 온천장 불심 한방병원 법당에서 모였고, 그곳도 여의치 않을 때
는 정원이 넓은 회원의 집에서 다도 강의를 들었다. 되돌아보면 모든 것이 부족
했지만 한편으로는 행복한 시절이기도 했다.

 그 시절의 일 중 가장 기억에 남는 것은, 바로 봄철만 되면 한국 차의 산지인
하동 차밭에 찾아간 것이었다. 우리는 하동에 가기 위해 회원들과 함께 관광버스

를 대절했다. 당시 하동에는 차를 만드는 제다원이 많지 않았다. 우리는 주로 조태연가를 방문해서 차 덖기를 실습했고 차를 구매했다. 그리고 남는 시간에는 섬진강 모래밭에서 달리기 시합을 벌이기도 했다. 참으로 즐거운 한때였다.

그런데 문제가 생기기 시작했다. 차의 생활화를 위해 시작한 다도 강의에 적응하지 못하는 회원들이 생긴 것이다. 그들은 조태연가에서 욕심껏 녹차를 구매했지만 1년이 지나도 우려 마시지 않고 찬장에 넣어두거나, 값비싼 신정희 선생님의 다기 세트를 구입하고도 진열장 속에 관상용으로 놔두곤 했다. 나는 찬장 속에 녹차를 1년 내내 넣어둔 회원에게 물었다.

"아니, 고생해서 사온 녹차를 먹지도 않고 두면 버리게 될 텐데요."

"선생님, 녹차를 무슨 맛으로 먹습니까? 설탕도 넣으면 안 된다고 하니 도무지 맛이 없어서 먹지 못하고 두고만 있습니다."

나는 할 말이 없었다. 신정희 선생님의 비싼 다기 세트를 구입한 회원들도 마찬가지였다. 찻잔에 찻물이 들지도 않은 것을 보고는 저것은 관상용이구나 했다. 그런 나를 더욱 충격으로 빠트린 사건이 발생했다.

어느 날 밤이었다. 누군가가 우리 집 대문을 걷어차면서 소리치고 있었는데 어쩐지 귀에 익었다. 문을 열어보니 이웃집 박학만산부인과 원장님이었다.

"꽃꽂이 선생! 할 말이 있어 왔습니다. 우리 유경이 엄마에게 꽃꽂이만 배우라고 허락했는데 이럴 수가 있습니까? 수석인지 돌덩어리인지를 탐석한다고 하는 것까지는 이해할 수 있습니다. 그런데 다도는 또 뭡니까? 그거 일본 놈 문화 아닙니까. 왜 이런 일본 놈 문화를 가르치시는 겁니까?"

박 원장님의 말을 듣고 있던 나는 어처구니가 없었다. 우리가 한국 전통문화를 이렇게 잘 알고 있지 못하구나 하는 생각이 저절로 들었다. 평소 친하게 지냈기에 내 설명을 들은 박 원장님은 금방 이해했다. 다행이었다. 그런데 또 문제가 발생했다. 부산 연산동에서 사는 강 사장 부인이 울면서 전화를 한 것이었다.

"원장님, 큰일 났습니다. 저희 집이 난리가 났어요. 저희 집으로 빨리 오셔야겠습니다."

급히 강 사장 댁으로 달려간 나는 아연실색할 수밖에 없었다. 거실과 안방은 물론이고 집 전체에 그 비싼 신정희 선생님의 5인 다기가 깨져서 나뒹굴고 있었기 때문이었다. 나는 울먹이는 강 사장 부인을 앉혀놓고 사정 이야기를 들었다. 그 이유는 참으로 어처구니없는 것이었다.

남편의 귀한 손님들이 방문하자 강 사장 부인은 가야금 산조를 틀어놓고 곱게 한복을 차려입은 채 차를 대접했다고 한다. 그 광경을 본 남편은 손님들이 돌아간 후 버럭 화를 내며 다기들을 전부 깨트려버린 것이었다. 남편이 화를 낸 이유는 간단했다. 자신의 부인을 요정(料亭) 집 기생으로 착각한 것이었다. 평소 사업을 하느라 요정 출입이 잦았던 강 사장은 요정에서 기생들이 한복을 곱게 차려입고 술을 따르는 것과 자신의 아내가 한복을 입고 차를 내는 것을 똑같다고 생각했다. 강 사장 입장에서는 자신의 아내가 졸지에 기생이 되어버린 것이다. 강 사장이 그렇게 화내는 이유가 하나 더 있었다. 강 사장 부인은 평소에 편안한 옷차림으로 강 사장에게 머그잔에 든 차를 대접했다. 그러나 그날에는 특별한 손님을 맞이한다는 이유로 한복을 입고 가야금 산조를 틀어 분위기도 내면서 차를 정식으로 대접한 것이었다.

초기 부산 시절의 차 생활은 이렇게 웃지 못할 에피소드들을 만들어가며 무르익어갔다.

부산 차 역사에 새로운 전환기가 찾아왔다. 붉은 단풍과 선선한 바닷바람이 어우러진 1980년 가을, 부산시민회관에서 세계로타리대회가 열렸다. 나는 이 대회에서 한국 차 문화를 알려달라는 요청을 받고는 뛸 듯이 기뻤다. 우리 차 문화를 부산 시민에게는 물론, 세계인에게 알리는 기회가 되리라고 생각했기 때문이다. 나는 무대에서 다도 시연을 하겠다고 마음먹고, 우선 같이 할 제자들을 선택했다. 김수야, 장무란, 임숙연이 가장 돋보였다. 또 무대 연출과 함께할 내레이션이 필요하다고 생각했다. 다도로는 한국 전통 접빈 다례를 선보였고, 나는 무대 옆에서 한국 차 문화사에 대해 차분히 설명했다. 다도 시연과 내레이션을 통해 한국 전통 차 문화에 대한 이해를 높인 것이다.

그런데 의외의 상황이 발생했다. 시연이 끝난 후 세계로타리대회에 참석했던 한 일본인이 나에게 질문을 해온 것이다. 지금 생각해보면 그 일본인은 정식으로 일본 다도를 배웠던 사람이었다. 그의 질문은 참으로 대담한 것이었다.

"한국에도 차가 있다는 것을 알게 되어 매우 기쁩니다. 한국 차의 정신은 무엇입니까?"

나는 당황했다. 도저히 그런 장소에서 나올 질문이 아니었기 때문이었다. 그 순간 등줄기에서 땀이 흘러내리는 것을 느낄 수 있었다. 지금 같았으면 '중정(中正)'이라고 바로 대답했을 테지만 당시에는 모든 것이 캄캄했고 아무 생각도 나지 않았다. 도대체 뭐라고 대답해야 할지 몰라서 그 짧은 시간이 수십 년의 세월처럼 느껴졌다. 그때 어디선가 나를 구원해주는 목소리가 들렸다. 사회를 보고 있던 그때 당시 부산 동양방송국의 아나운서였던 왕준건 아나운서였다.

"참 좋은 질문입니다. 그런데 여기가 워낙 큰 자리라 선뜻 대답을 못하시네요. 아마도 너무 잘 알고 계시지만 이 자리가 어려워서 대답을 못하시는 것 같습니다. 끝난 후에 개인적으로 한 번 더 질문을 해주시면 고맙겠습니다. 그럼 다음 순서로 넘어가겠습니다."

왕준건 아나운서는 내가 대답할 수 없다는 것을 간파하고는 그 자리를 서둘러 마감했다. 자칫 잘못하면 국제적인 망신을 당할 판이었다. 나는 너무도 창피했다. 지금껏 한국 차의 정신이 무엇인지도 모르면서 차를 했단 말인가?

나는 곧바로 부산 서면로터리에 있던 청학서점을 찾아가서 직원에게 물었다.

"여기에 한국 다도에 관한 책이 있습니까?"

"예, 있습니다. 손님! 잠깐만 기다리세요."

직원의 선선한 대답에 '아, 우리나라에도 우리 차 정신에 대한 책이 참 많은가 보다. 내가 그걸 모르고 차 생활을 했구나' 하고 생각했다. 그러나 직원의 손에 들려온 책들은 나를 당황스럽게 했다. 모두 바다 섬 다도(多島)에 관한 책들이었기 때문이었다. 그곳에서 오랜 시간 동안 한국 차에 대한 책들을 찾아봤으나 허사였다. 그리고 몇 개월 후에야 효당(曉堂) 최범술(崔凡述) 선생이 지은『한국의 다도』와 석성우 스님이 지은 다도에 관한 책을 사서 읽을 수 있었다. 이 두 분의 책을 통해 한국 다도의 정신이 중정(中正)임을 비로소 알 수 있게 되었다.

지금까지 차와 함께 지내온 35년이란 세월을 회상하니 참으로 많은 생각이 떠오르고 사라진다. 한국 차 문화의 암흑기인 70년대에 시작한 나의 차 생활은 우여곡절도 많았다. 부산에서 시작한 차 생활이 서울에서도 이어져서 (사)한국차인연합회, 세계기독교차문화협회 활동에 이르기까지 참으로 다사다난했다. 한참 젊었던 갓 결혼한 새댁 시절에 차 생활을 시작해 지금은 머리가 허연 할머니가 되어버렸다. 이런 내 모습을 보며 아름답고 소중한 인연들이 너무 많이 떠올라 가습이 벅찰 지경이다.

　이 책을 쓰면서 1세대 차인 한 분 한 분의 얼굴을 다시금 떠올리며 웃고 울었다. 다도를 통하여 실로 많은 인생을 배웠다고 새삼 깨달았다. 그중에서도 특히 기억나는 것은, 항상 "차의 본질은 화합이다"라고 하신 한웅빈(韓雄斌) 선생님의 말씀이다. 차인들이 때로는 본질을 잃어버리고 시기와 질투, 욕심으로 가득 차서 다른 이의 사표(師表)가 되지 못하는 모습을 볼 때마다 가슴이 너무 아프다. 나 자신 또한 하나님께 회개하며 용서를 구할 때가 한두 번이 아니다.

　이 책을 집필하면서 진정한 차인의 길이 무엇인지를 하나씩 깨닫게 되었다. 이 깨달음을 바탕으로 성숙한 차인이 되어, 시시비비 따지지 말고 넓은 마음으로 남에게 관용과 사랑을 베풀고 축복하며 살고 싶다. 은은한 차 향기를 닮은 멋진 차인으로서 남은 삶을 이어가고 싶다.

부산에서 만난 차인들

부산 | # 금당 최규용

前 금당차문화회 회장

　금당(錦堂) 최규용(崔圭用, 1903~2002) 선생은 1974년부터 부산 광복동 입구에서 고려민예사를 운영하셨다. 일본 관광객들이 부산에 오면 고려민예사에 들려 우리나라 민예품, 칠기, 인형 등을 구입하곤 했다. 나는 고려민예사의 총감독으로 근무했던 최영희 여사와 이모와 조카 사이처럼 지냈다. 고려민예사에 자주 들러, 그때마다 최영희 여사와 차 한 잔씩을 하며 이런저런 이야기를 하곤 했다.

　그러던 어느 날이었다. 고려민예사에 금당 선생이 들어오셔서 자신의 자리에 앉더니 부스럭거리며 종이 봉지를 꺼내는 것이 아닌가. 선생은 그 차 봉지를 열어 찻잎들을 조금 꺼내더니 작은 주전자(다관)에 넣었다. 그리고 팔팔 끓는 차 화로의 물을 다관에 부어 우러나기를 잠시 기다린 후에 차를 마셨다. 지금 생각해 보면 그때 금당 선생께서 마셨던 차가 바로 오룡차(烏龍茶)가 아닌가 싶다. 금당 선생의 차 생활은 그렇게 조용하고 검소했다. 평소에 어떤 격식도 차리지 않았고 소박하기 그지없었다. 금당 선생은 세상의 어떤 인연법에도 집착하지 않았으며

차를 드시는 생전의 금당 선생
100세까지 차를 즐기시던 근현대 우리 차계의 거목이시다.

차를 풍류로 마음껏 즐기고 세상을 떠나셨다.

지금도 생각난다. 부산 송도의 아름다운 바다가 정원이었던 전통 한옥집이 바로 금당 최규용 선생의 다탁이었다. 금당 선생은 송도 앞바다를 다탁으로 삼아 많은 차인들을 가르쳤다. 그중에서도 가장 생각나는 것이 겨울 매화차회다. 금당 선생은 추운 겨울에 매화가 필 때면 어김없이 전화를 해오셨다.

"매화가 피었으니 오니라. 차 한 잔 마시러 오니라."

이렇듯 금당 선생은 겨울에 매화가 피면 신명 나는 목소리로 차인들을 초대했다. 봄에도 열렸던 금당매화차회는 전국 차인들에게 또 다른 즐거움을 선사했다.

서울로 이사한 후 나는 금당 선생을 서울이나 전국 곳곳에서 열리는 차 행사에서야 만나 뵐 수 있었다. 나를 보면 금당 선생은 손을 꼭 쥐고 이렇게 말씀하시곤 하셨다.

"내가 차의 힘으로 이토록 오래 살고 있다. 니도 차 많이 마시고 건강해라. 책을 많이 보나? 책을 많이 보아야 한다."

금당 선생은 어떤 곳에 가시든지 이렇게 말씀하셨다.

"여러분도 차 많이 마시고 건강하세요."

금당 최규용 선생은 우리나라 차의 증인이요 역사로 살았다. 그리고 100세까지 차를 즐겨서 찻물이 잔뜩 몸에 밴 채 세상을 떠나셨다.

신정희

부산

도예가

내가 본격적으로 차 생활과 인연을 맺은 데는 아마도 도예가 신정희(申正熙, 1938~2007) 선생의 영향이 클 것이다. 결혼한 지 얼마 안 되어 남편과 함께 경남 양산 통도사(通度寺) 부근에 있던 신정희 선생 댁에 찾아갔다. 선생의 온돌방 벽에는 일본 천황에게 도자기를 건네는 모습이나 일본에서 말차 다완 전시회를 열었던 광경 등이 담긴 많은 사진들이 걸려 있었다.

그날 신정희 선생은 우리 부부에게 우리 전통 찻사발[茶碗]이 얼마나 아름다운지, 얼마나 위대한지를 설명해주었다. 그리고 자신이 우리 찻사발 재현을 위해 걸어온 험난한 길도 조근조근 이야기해주었다. 그중에서 가장 기억에 남았던 것이 바로 삼천포 생활 이야기로, 당시 선생은 우리 찻사발을 재현하기 위해 몹시 애쓰고 있었다고 한다. 그런 탓에 살림이 빠듯해져서 사모님은 생활비를 벌기 위해 큰아들 신한균 씨를 업고 이 집 저 집을 다니며 장사를 했다는 것이다.

그날 신 선생은 우리 부부에게 진사(辰砂)로 된 무궁화 항아리 작품을 설명하

도예가 신정희 선생
꽃꽂이와 수석에 빠져 있던 필자에게 차의 길을 걷도록
이끄신 분이다.

면서 우리 민족의 혼을 이야기했다. 그리고 옛날 찻사발을 재현한 말차 다완을
직접 한 점씩 들고 소개해주었다. 작품 설명을 하던 신 선생이 갑자기 나를 뚫어
져라 쳐다보면서 이렇게 말했다.

　"꽃꽂이 선생님! 내 소원 하나 들어주겠소?"

　나는 갑작스런 요청에 당황스러웠다. 이에 아랑곳하지 않고 신 선생은 진지한
목소리로 다음과 같이 부탁하는 것이었다.

　"제가 교류하고 있는 일본 차인이 몇 명 있는데, 매년 일본에 도자기 전시회를
하러 갈 때마다 그들이 제게 하는 말이 있습니다. '선생 같은 작가가 계시다니, 한
국 차인들이 부럽습니다. 이렇게 훌륭한 다완에 차를 마시는 한국 차인들과 교류
할 수 있도록 주선해주십시오' 하는 겁니다. 그래서 제가 큰소리를 쳤습니다. 한
국에도 좋은 차인들이 차를 즐기고 있다고요. 저는 그들이 그냥 한 말로 여겼는

데 만날 때마다 부탁하는 것입니다. 한두 번은 그냥 넘겼는데 이제는 넘기기 어려워졌습니다. 그래서 대책 없이 만남을 주선해주겠다고 약속했습니다. 김 선생께서 저를 좀 도와주셔서, 한국에도 훌륭한 차 문화가 있다는 것을 보여주세요."

"참 어려우신 결정을 하셨네요. 그런데 사실 저는 다도를 잘 모릅니다."

"꽃꽂이 선생. 그건 고민할 문제가 아닙니다. 지금부터 배우면 됩니다. 누구는 배 속에서부터 배워서 나왔습니까. 다 배워서 한 겁니다. 선생께서 생각만 있으시면 제가 다도를 배울 수 있도록 훌륭한 선생 한 분을 소개하겠습니다."

나는 그날 신 선생의 간절한 부탁을 거절하지 못했다. 신 선생은 남편에게도 정중하게 부탁을 하는 것이었다.

"박 선생님이 저를 좀 도와주세요. 꽃꽂이 선생이 하는 일은 우리 국위를 선양하는 일이고, 우리 전통문화를 살리는 일입니다."

신 선생의 간곡한 부탁을 남편도 거절하지 못했다. 남편은 내가 다도를 배울 수 있도록 적극 협조하겠다고 덜컥 약속을 한 것이다. 신 선생은 그날 나에게 석성우 스님의 전화번호를 적어줬다. 당시 석성우 스님은 서울 조계사에 머물면서 공부하고 계셨다. 그날 이후 나는 석성우 스님께 정식으로 다도를 배웠고 1978년에 우리나라 최초로 부산에서 한국부인다도회를 창립해 활발히 활동할 수 있었다. 이 한국부인다도회에 신정희, 정상구, 김용옥 선생을 고문으로 모시게 되었다. 이렇게 나는 신정희 선생 덕분에 차계에 입문한 셈이 되었다.

맨발로 흙을 밟으며 막걸리로 갈증을 푸셨던 신정희 선생의 모습이 아직도 생생히 떠오른다.

석성우 스님

불교TV 회장

도예가 신정희 선생의 소개를 받고 서울 조계사로 찾아가서 석성우(釋性愚, 1943~) 스님께 삼배한 후 조심스럽게 말을 꺼냈다. 1978년 당시 성우 스님은 조계 사 선방에서 공부하고 계셨다.

"스님! 부산에서 올라온 김태연입니다. 도예가 신정희 선생님 소개로 스님께 다도에 대한 가르침을 얻기 위해 왔습니다."

성우 스님은 내 말을 듣더니 약간 미소를 지으며 말씀하셨다.

"우리나라에 한국 차 문화를 제대로 알리는 사람이 아직 부족하다며 최근에 어느 여성 단체에서 일본 차 교육을 하고 있습니다. 우리 차 문화가 제대로 정착 되어 있지도 않은데 벌써 일본차를 가르치는 것은 매우 잘못된 일이지요. 우리 차인들 대부분이 그 교육이 차의 전부인 것처럼 생각하고 있어서 안타까울 따름 입니다."

"스님께서 저희에게 우리 전통 차 문화를 가르쳐주신다면 제가 그 문화를 보

한국부인다도회 창립 후 동래 별장에서 첫 강의 중인 석성우 스님(맨 왼쪽, 1978)
스님은 필자와 한국부인다도회 회원들에게 우리 차의 깊은 세계를 보여주셨다.

급하는 데 몸과 마음을 다하겠습니다. 부산으로 오셔서 저희들을 좀 지도해주실 수 없겠습니까?"

"저는 차인들의 기본자세를 매우 중요하게 생각합니다. 차인들의 삶은 검소해야 합니다. 검소한 생활에서 모든 차 생활이 시작되는 것이지요. 우리 전통 차 문화를 사랑하고 검소한 차인의 삶을 살겠다고 한다면 제가 여러분들을 한번 지도해보지요."

그 후 스님께서는 우리 한국부인다도회 회원들을 지도하기 위해 매월 부산에 내려오셨다. 이렇게 정기적으로 차 수업을 하게 된 우리는 "차인들은 검소해야 한다"는 성우 스님의 말씀을 충실히 따랐다. 옥색 깔깔이 천으로 만든 한복을 맞춰 입고 우선 차를 마시는 것부터 배우면서 스님의 철저한 이론 강의를 들었다.

당시에 가장 어려웠던 것은 바로 화로의 숯불을 관리하는 것이었다. 차를 우리기 위해 물 끓이는 화로에 숯불을 피우는 당번을 두 사람씩 정했다. 요즘에는 무선 포트나 도자화로에 전기를 사용해 손쉽게 물을 끓일 수 있지만 당시에는 그런 차도구들이 없어서 매우 힘들었다. 매월 다도 수업 때마다 숯불을 피우다 숯멀미를 하여 어떤 회원들은 한쪽 구석에 머리를 기댄 채 일어나지 못하기도 했다. 지금은 도저히 이해할 수 없을 일이다.

석성우 스님은 한국 다도의 정신에 관해 깊이 있는 강의를 해주었다. 특히 한국 차 문화의 변천 과정에 대한 강의는 우리에게 큰 지식을 전해주었다.

나는 개인적으로 석성우 스님을 자주 모시고 부산의 진품당, 만복사골동품점, 호증거상점 등을 다니며 말차 다완을 수집하고 감상법을 배웠다. 당시 신혼 시절이라 형편이 어려웠지만 남편과 함께 수집한 말차 다완을 감상하며 즐거워하곤 했다.

철저한 수행자의 가풍을 그대로 이어온 석성우 스님의 인품을 보여준 일화 하나가 떠오른다.

오랜만에 부산에 오신 스님을 잘 대접하려고 나와 허충순, 이영자가 해운대 조선호텔에 모였다. 우리는 스님의 건강을 생각해 전복죽을 시켰다. 물론 스님은 전혀 그 사실을 몰랐다. 그런데 전복죽을 앞에 둔 스님께서 이렇게 말씀하시는 것이 아닌가.

"저는 전복죽을 먹을 줄 모릅니다."

"아니, 스님. 이것은 생선이 아니고 죽입니다. 건강을 생각하셔서 드시지요."

"이 음식을 먹으면 제 몸에 탈이 납니다. 그래서 채소가 아닌 음식은 먹을 수가 없습니다. 죄송합니다."

그날 우리 셋은 귓속말로 대화를 나눴다.

'진짜 귀한 스님이구나.'

언제나 진지하셨던 석성우 스님은 말씀을 무겁고 정확하게 하셨다. 나는 스님을 처음 뵐 때는 불교 신자였으나 20년 전에 개종하여 하나님의 자녀가 되었다. 그렇다 해도 나에게 다도를 가르쳐주신 스승 석성우 스님을 위해 항상 기도할 것이다.

부산 | # 다촌 정상구

前 (사)한국다도협회 이사장

　　다촌(茶村) 정상구(鄭相九, 1925~2005) 박사님은 언제 보아도 군자의 모습이었다. 정치 활동을 하실 때도 남다른 견해를 갖고 계셨고 어느 누구보다 박학다식하셨다. 나는 1979년에 허충순, 이영자 선생의 소개로 박사님을 처음 만나 뵈었고, 그 인연으로 내가 창립한 한국부인다도회에 고문으로 모시게 되었다.

　　어느 날 다촌 정상구 박사님이 부산 동래에 있는 한정식 식당으로 나를 조용히 부르시고는 이렇게 말씀하셨다.

　　"김 선생! 다도 하는 사람은 조용히 차 생활을 하는 것이 좋아요. 다도회 회원들을 데리고 여기저기 돌아다니는 것은 차인들의 모습으론 좋지 않아요. 그리고 김 선생이 서울로 올라다니며 활동하는 모습도 보기에 그리 좋지 않으니 조용히 차 생활을 하는 것이 어떻겠습니까?"

　　박사님의 말씀에 나는 이렇게 답했다.

　　"의원님! 저는 서울에서 많은 것을 배울 수 있었습니다. 차도구도 다양한 데다

도예가 신정희 선생과 다촌 정상구 박사, 그리고 한국부인다도회 회원들(1980. 12)
한국부인다도회 회원들은 신정희(왼쪽), 정상구 선생을 고문으로 추대하여 모셨다.

차인들의 한복 맵시도 세련되었고 여러모로 우리랑 너무 달라요. 서울에 가면 전국 차인들이 모두 모여 서로 차 문화 교류도 할 수 있습니다. 그리고 최근에 서울에서는 (사)한국차인회를 결성하려는 움직임이 있습니다. 저도 (사)한국차인회에 가입해 활동하면서 한국 차 문화 발전에 기여하고 싶어요. 의원님! 저를 유학 보낸 셈치고 제가 서울에서 공부할 수 있도록 지원해주십시오. 의원님 뜻에 맞지 않다면 저 혼자 조용히 서울을 왔다 갔다 하면서 견문을 넓혀 우리 회원들에게 도움이 될 수 있도록 하겠습니다.”

내 말에도 정 박사님은 부산에서 활동하기를 권유하셨다.

"김 선생, 그래도 그건 아닌 것 같습니다. 부산에서 더 열심히 차 문화 활동을 하면 될 텐데 꼭 서울에 가야만 합니까? 나랑 같이 부산 차 문화 발전을 위해 우리 학교에서 일해봅시다. 내가 곧 우리 대학에서 다도 교육을 실시할 예정입니다. 그때 김태연 선생이 우리 학교에서 나와 함께 다도를 가르쳐봅시다."

끝내 나는 (사)한국차인회에 가입하여 적극적으로 활동하기 시작했다. 그러면서 한국부인다도회를 해체시키고 (사)한국차인회 분회를 부산 초량동에 개원했다. 한편 다촌 정상구 박사님은 1981년 부산여대에 (사)한국다도협회를 설립해 부산 지역 차 문화 발전에 앞장섰다. 이로써 부산의 차 문화는 놀라울 정도로 발전할 수 있었다.

'정상구 박사님' 하면 지금도 또렷이 기억나는 것이 있다. 어느 해 부산 로얄호텔에서 다도강연 세미나가 열렸다. 정상구 박사님은 '한국의 다도(茶道)'라는 강의를, 금랑 노석경 선생님은 '한국의 다례(茶禮)'라는 강의를 했다. 문제는 세미나가 끝난 후에 발생했다. 두 분은 '다도인가? 다례인가?'라는 문제로 서로 논쟁했다. 그때 정상구 박사님이 보여준 차에 대한 해박한 지식과 열정에 나는 많은 감동을 받았다. 정상구 박사님은 그 후로도 변함없는 열정으로 부산·경남 지역의 차 문화 발전에 많은 공을 세웠다.

목춘 구혜경

부산

(사)부산차인회 초대 회장

 1981년 7월에 다섯 살 된 딸 지혜를 데리고 부산 보수동에 계셨던 목춘(牧春) 구혜경(具惠卿, 1930~1995) 선생님 댁을 방문했다. 그동안 선생님을 여러 차례 만나 뵈었지만 직접 댁으로 초대받는 것은 처음이었다.

 목춘 선생은 신사임당 같은 분이었다. 항상 곱게 빗은 비녀머리가 인상적이었다. 그날도 역시 비녀머리를 하고 모시옷을 단정히 입고 계셨다. 선생께서 만나는 차인들에게 항상 입버릇처럼 하신 말씀이 생각난다.

 "인격과 교양, 그리고 덕망을 갖춰야 진정한 차인입니다. 모두 차인의 미덕을 갖추기 위해 노력해야 합니다."

 점심을 먹은 후 목춘 선생은 손수 차를 우려냈다. 그리고 이렇게 말씀하셨다.

 "김태연 선생! 내가 당신에게 꼭 하고 싶은 이야기가 있어서 만나자고 했습니다. 소문을 듣자 하니 서울의 (사)한국차인회에 자주 올라다니고 있다고요. 젊고 아이들도 어린데 자주 서울에 올라다니는 것이 힘들지는 않나요? 나랑 함께 부

(사)한국차인회 총회를 마치고(한국의 집, 1983)
왼쪽부터 김종희, 김기원, 한경리, 김태연, 박태영, 구혜경, 그리고 (사)부산차인회 회원들

산에서 차 문화 일을 해봅시다. 우리는 (사)한국차인회 지부이고 다경회는 (사)한국차인회 분회가 아닌가요. 우리 함께 뜻을 모아 부산에서 차 문화 운동을 조용히 해봅시다."

그 후로도 목춘 구혜경 선생은 나를 자상히 대해주셨고, 일본 차 문화 정신인 '화경청적(和敬淸寂)'을 말씀하시며 차인의 몸가짐과 정신을 일러주셨다.

목춘 선생에 대한 잊히지 않은 기억이 또 있다. 어느 해 봄에 통도사 극락암 부근에서 있었던 화전놀이를 함께 갔다. 화전놀이에서 목춘 선생은 내 손을 붙들고 내게 손을 내미는 것이었다. 목춘 선생의 손가락에는 쌍으로 된 금가락지가 끼워져 있었다.

"김 선생, 우리 회원들이 내가 환갑이라고 선물한 거야. 참 예쁘지? 제자들이 주는 선물을 받으니 너무도 기뻐서 김 선생에게 자랑하는 거야."

내가 서울에 온 후에도 가끔씩 목춘 선생을 만날 수 있었다. (사)한국차인연합회 행사 때나 총회에 꼭 참석하셨기 때문이다. 제자 김순향, 홍민경 선생 등이 목춘 선생을 모시고 서울로 오시곤 했다. 목춘 선생은 부산으로 내려가면 나에게 이렇게 말씀하셨다.

"여보게들! 차인들이 화합을 해야 하는데. 차인들이 화합을 해야 하는데."

한국 차계의 앞날을 걱정하시는 선생의 얼굴에 그림자가 드리워져 있었다. 목춘 선생은 (사)한국차인연합회 제2대 회장이었던 송지영 선생과 가까웠다. 그래서 송지영 회장이 부산에 오면 직접 대접하시곤 했다.

부산 차계의 신사임당이었던 목춘 구혜경 선생은 참으로 아름다운 차인의 삶을 사셨다.

부산 | 황수로

수로문화재단 이사장

한국전통궁중채화를 연구하고 있는 황수로(黃水路, 1935~) 선생을 1972년 수로 꽃꽂이 전시장에서 처음 만났다. 단정한 머리 모양과 옷차림을 한 황 선생은 늘 아름다웠다. 황 선생과 나는 같은 꽃길을 걸어왔지만 자주 만나지는 못했다. 가끔씩 꽃 시장이나 골동품 가게에서 만나거나, 문화행사 때 마주치고는 서로 눈인사 정도 하는 사이였다.

1980년대 초 (사)한국차인연합회 임원을 하면서 황 선생께서 서울에 자주 올라오셨다. 제2대 회장이었던 송지영 선생이 1989년 세상을 떠나자 당시에 수석 부회장이었던 황수로 선생이 잔여 임기 1년 동안 회장직을 맡게 되었다. 그 짧은 1년 동안 마음고생을 많이 하셨다. 우리가 좀 더 잘 모시고 일을 했어야 했는데 지금 생각하면 죄송스러운 마음뿐이다. (사)한국차인연합회를 위해 마음과 열정을 쏟으셨지만 차인들은 황 선생을 잘 이해하지 못했다. 황 선생은 부산에 계시다가 가끔씩 서울로 올라오셨다. 올라오셔서도 워낙 바쁘고 따로 시간을 내기 어렵다

꽃꽂이 전시장을 방문한 황수로 선생(1984)
왼쪽부터 김태연, 황수로, 고세연

보니 평소 차인들과의 관계가 친밀하지 못했다. 때문에 황 선생이 (사)한국차인연합회에 대해 어떤 비전을 품고 있는지는 아무도 몰랐다.

황 선생이 1984년 (사)한국차인회 운영 기금 마련을 위한 그림 전시 표구 액자 비용 500만 원을 후원했다는 이야기를 당시 상임이사였던 정학래 선생에게서 요즘에도 종종 전해 듣는다.

황 선생은 "전통을 현대에 맞게 재현하여 그 아름다움과 정신을 이어가는 것이 우리 차인들의 몫이다"라고 항상 말씀하셨다. 또한 "차 생활은 일상 예술"이라고 하시며 차에 대한 남다른 철학을 보여주셨다.

황 선생은 평소에도 흐트러진 모습을 보이지 않으셨고 행사에 참석해 인사말을 하시거나 강의하시는 모습을 지켜보면 말씀에 한마디 부족함이 없었다. 황 선생은 평소에 책을 많이 읽으시고 늘 공부를 하시는 분이다. 또한 선생은 궁중채화 분야에서 독보적인 존재이며 차인으로서도 부족함이 없는 분이다. 세월이 지나 가끔씩 행사가 있어 선생님을 뵐 때마다 반가우면서도 한편으로는 지혜롭게 모시지 못했던 옛날 일이 생각나서 죄송스럽다.

명로 **윤석관**

부산

죽로다문화회 고문

　　죽로다문화회 고문 명로(茗虜) 윤석관(尹石寬, 1939~) 선생은 나직한 말소리만큼이나 조용한 성품을 지녔다. 누가 보아도 '차인'이라는 것이 얼굴과 몸에서 풍겨 나온다. 본인 스스로 몸과 마음을 다스리는 도인다운 분으로, 자신만의 정신세계를 만들어가는 차인이 아닌가 싶다.

　　나와는 오랜 인연이 있는데, 부산에서 나에게 꽃꽂이를 배웠던 서면 최낙상소아과 사모님의 소개를 통해서였다.

　　"꽃꽂이 선생님! 우리 사범학교 동창생 윤석관 선생을 소개할 테니 꼭 만나보세요. 처가 동네가 하동이라 녹차 사업을 할 계획이라고 하십니다. 그래서 김 선생님 전화번호를 알려드렸어요. 얼마 전까지 신문사에 계셨는데 언론 통폐합 때문에 직장에서 나오셨습니다."

　　윤석관 선생은 내가 살고 있던 부산 삼익아파트로 찾아오셨다. 첫인상이 몹시 부드럽고 인자해서 나는 맘 편하게 차와 도자기 다구에 관해 마음껏 이야기했다.

차의 날 행사를 마치고 함께 모인 명로 선생과 차인들(남양주 다산생가, 1986. 5. 25)
왼쪽부터 임헌길, 김제현, 김태연, 이순희, 김윤경, 윤석관, 신운학, 이순도, 설옥자

또한 도예가 전화번호까지 모두 알려드리며 이렇게 말했다.

"명로 선생님, 녹차만 갖다놓으시면 안 됩니다. 차도구도 함께 준비하여 사업하셔야 합니다."

얼마 후 1980년 부산 광복동 입구에 부산에서 처음으로 차도구 전문 '죽로다원'이 문을 열었다. 나는 종종 죽로다원 2층에서 다도 강의를 했다. 어느 차회에

죽로다문화회의 다도 강연 소식이 실린 신문기사(1981)

서 다도 교육 요청이 들어오면 윤석관 선생과 자주 함께 가곤 했다.

어느 날 민정당 김태수 의원 사무실에서 다도 강의를 요청해왔다. 그곳에서는 윤석관 선생이 직접 이론 강의를 했다. 1년 만에 놀라울 정도로 깊이 있어지고 폭 넓어진 이론 강의에 나는 마음속으로 몹시 놀랐다. 당시 나는 역시 남자들이 앞장서야 차 문화가 빨리 보급되고 발전할 것이라고 생각했다.

1982년에 나는 서울로 이사 오게 되었고 윤석관 선생은 그때부터 지금까지 부산에서 차 문화 운동에 앞장서면서 특히 불교 신자들에게 차 공양을 많이 하고 있다. 언제나 아내를 부를 때, '여보'가 아닌 '성자 씨!' 하고 이름을 불렀는데, 아직도 그렇게 부르시는지 궁금하다.

원광 스님

부산차인연합회 초대 회장

차 향기를 남기고 훌쩍 저세상으로 일찍이 떠나버리신 원광(圓光, 1942~1989) 스님에 대한 아쉬움과 그리움…

부산의 차인들에게서 원광 스님에 대한 좋은 이야기들을 많이 들어왔다. 나는 스님을 직접 만나보지는 못했지만 부산 차 문화 행사 때마다 금당 최규용, 목춘 구혜경, 다촌 정상구, 원광 스님, 이렇게 선고 차인 네 분께 헌다하는 모습을 자주 볼 수 있었다. 그럴 때마다 원광 스님이 부산 차 문화 운동에 큰 업적을 남기신 게 틀림없구나 하고 생각했다.

원광 스님은 여란다회를 창립하여 수많은 차인들을 배출시켰는데, 현재 제58 기까지 수료생이 나왔다고 한다. 오늘날 통도사선다회도 원광 스님으로부터 시작하여 전정현, 최순애로 이어져 내려오고 있다. 호탕한 성격이었던 스님은 언제나 웃으며 회원들을 반갑게 맞이하고 손수 차를 우려서 대접했다. 특히 원광다법을 창안하여 차의 정신을 바로 알게 했는데, 이 원광다법의 맥을 제자들이 지금

다례 시연 중인 원광 스님
부산차인연합회를 창립하신 분이며, 여란다회와
신문 칼럼 등을 통해 차 교육에 남다른 기여를 하셨다.

까지 이어오고 있다.

평소에 제자들에게 욕심을 버리고 마음을 비우라고 설파한 원광 스님은 시를 쓰는 서화가로서도 부산 문화계에 지대한 공헌을 했다. 한때는 《부산일보》에 '차 한 잔의 향기'란 칼럼을 연재하여 부산 시민들에게 차 문화에 대한 인식을 심어주기도 했다.

이영자

한중다예연구소 소장

　　한중다예연구소 이영자(李英子, 1944~) 소장은 언제나 조용히 차의 길을 걷고
자 하는 '차인 중의 차인'이다. 생각도 깊고, 남보다 먼저 앞장서서 움직이기보다
뒤에서 조용히 따라가려는 훌륭한 성품을 지녔다.

　　이영자 선생은 1979년 허충순 선생과 함께 나를 찾아와서 한국부인다도회에
가입했다. 그 후부터 지금까지 부산에서 차 문화 연구에 변함없이 몰두하는 아름
다운 여인이다. 의사 부인으로서 가족에게 조금이라도 피해를 주지 않으려고 몹
시 몸조심하는 편이다. 차인으로서 이런 훌륭한 점은 배워야 한다고 생각한다.
말이 많고 시끄러운 차인들 속에서 말썽 없이 실속 있게 다도 교육에 열중하는 이
선생이 부럽기까지 하다.

　　오래전에 세계기독교차문화협회 연구반 회원들을 데리고 이영자 선생의 차
실을 탐방한 적이 있다. 정리 정돈이 잘 되어 있는 차실에서 우아하고 단아한 모
습으로 중국차를 내고 설명하는 진지한 모습이 훌륭해 보였다. 많은 차인들 속에

정상구 선생의 서화 전시회에서(세종문화회관, 1990)
오른쪽부터 이순희, 고세연, 김태연, 이영자

서 오랜 세월을 보내며 언제나 느끼는 것이 있다. 이영자 선생처럼 그 자리에 항상 머물면서 최선을 다하는 차인은 변함없이 아름답다는 것이다.

부산에서 우리가 함께했던 세월이 많이 흘렀다. 이영자 선생을 30대 중반 나이에 처음 만난 이후 적지 않은 시간이 흘렀는데 아직도 선생 얼굴에는 주름이 없다. 1년에 한 번 정도 만날 때마다 꼭 다물려 있던 입술이 살짝 열리면서 방긋 웃는 모습이 다정하게 느껴진다.

부산 │ # 허충순
청향회 회장

청향회 회장 허충순(許忠順, 1945~) 선생과 나는 여러 가지로 인연이 깊다. 꽃길을 같이 걸어왔고, 학교 선후배 사이라는 사실도 오랜 세월이 지나서야 알게 되었다.

내가 매월 석성우 스님을 초청 강사로 모시고 부산에서 한국부인다도회를 이끌어갈 당시에 회원은 40~50명 정도였다. 1979년 봄, 내 시누이인 박미금의 소개로 허충순, 이영자, 이세중 선생을 처음 만나게 되었다. 첫인상이 아주 부드러웠던 허충순 선생은 약간의 재치도 지닌 훌륭한 분이었다. 그날 이후 우리는 함께 차 문화 운동을 벌이는 데 앞장섰다. 햇차가 나올 때면 관광버스를 대절하여 하동 조태연가에 찾아가서 차도 구입하고, 내려오는 길에 섬진강 모래사장에서 달리기 시합을 하는 등 초등학생들처럼 개구쟁이 짓도 했다.

1980년 7월, 서울 (사)예지원 주최로 한일 교류 차 문화 시연이 하얏트호텔에서 열릴 때 우리는 부산에서 야간 침대 열차를 타고 가면서 밤새도록 이야기했

허충순과 필자
꽃과 차의 길을 함께 걸어온 허충순 회장과 필자는
부산과 서울에서 서로 다른 차 문화 단체를 위해 일했다.

다. 수다가 너무 심했던지 승무원에게서 조용히 하라는 경고를 몇 번이나 받았
다. 그때 우리는 무엇이 그렇게도 재미있고 좋았는지 만나기만 하면 깔깔댔고 별
이야기도 아닌데 배를 움켜쥐고 웃었다.

허충순 선생은 한국부인다도회 제2대 회장을 했다. 정상구 박사를 한국부인
다도회 고문으로 모신 것도 허 선생 덕분이다. 자녀들이 다니고 있던 혜화초등학
교에서 허 선생은 육성회 임원이었고, 정상구 박사는 혜화학교 재단 이사장으로

계셔서 친분이 두터웠다.

어느 날 나는 허충순 선생에게 (사)한국차인회가 발족되면 함께 등록하자고 의논했다. 전국 차인들이 모이는 곳에 우리도 동참해 차 문화의 지경을 넓혀 더욱 유익한 차 생활을 부산에서 해나가자는 제안이었다. 그러나 허 선생은 (사)한국차인회에 가입하지 말라는 정상구 박사의 말씀을 따랐고, 나는 한국부인다도회를 해체시킨 후 몇몇 회원들을 데리고 (사)한국차인회에 등록했다. 허 선생은 정 박사와 함께 부산여전(현 부산여대) 내 (사)한국다도협회 1기생으로 입회했다. 어떻게 보면 허 선생은 부산여대에서 다도 활동을 제일 먼저 했던 선구자라고 볼 수 있다. 허 선생은 정 박사를 모시고 (사)한국다도협회 발전에 열정을 쏟았다. 한편 나는 (사)한국차인연합회의 여러 역대 회장님들을 모시면서 지금까지 30년이 넘는 세월을 보내왔다.

이렇듯 허 선생과 나는 서로 다른 노선의 차 생활을 걸어왔다. 그래서 그런지 만날 때마다 철없었던 옛날 생각도 문득문득 나고 좀 더 지혜롭게 서로 손을 잡지 못한 데 대한 아쉬움도 든다. 만약 연합하여 함께 차 생활을 걸어왔다면 지금쯤 더욱 훌륭한 모습으로 차 문화계에서 빛을 발하는 차인이 되지 않았을까?

경남에서 만난 차인들

효당 **최범술** 스님

前 다솔사 주지

　1979년 햇차가 나올 때쯤 진주 다솔사(多率寺)에 다녀왔다. 거기서 처음 뵌 효당(曉堂) 최범술(崔凡述, 1904~1979) 스님은 아주 소박하고 촌부처럼 꾸밈없는 인상이었다. 초대 제헌 국회의원을 지낸 데다 불가에서는 큰스님이셔서 아주 권위가 흐르는 분인 줄 알았는데 전혀 그렇지 않았고 이웃집 할아버지처럼 편안하게 대해주셨다.

　"스님! 저는 부산에서 온 김태연입니다. 스님께서 저술하신『한국의 다도』를 통해 많은 공부를 하고 있습니다. 정말 감사합니다."

　내 말에 효당 선생은 차인의 덕목에 대해 말씀하셨다.

　"차인은 제일 먼저 눈이 밝고 귀가 틔어야 합니다. 또한 냉철하게 인식하고 올바른 판단을 내릴 줄 알아야 합니다. 나아가 은혜를 갚을 줄 알고 감사할 수 있어야 하지요."

　그날 나는 효당 선생의 말씀을 차인으로서 깊이 새겨들었다. 그리고 그 말씀

다솔사 죽로지실 마루 위의 효당 최범술 스님(왼쪽, 1972)
승려로는 큰 스님이었고, 정치가로는 제헌의회 의원이었으며,
차인으로는 근현대 차 문화의 뿌리가 되신 분이다.

을 평생 가슴에 담아 올바른 판단을 내릴 줄 아는 차인이 되려고 노력했다.

한국의 원로 차인 중에는 효당 선생의 제자들이 아주 많다. 내가 알고 있는 분들 중에 윤병상 교수, 김종규 회장, 석선혜 스님, 김상현 교수, 그리고 세상을 떠난 정원호 원장, 김종해 박사 등이다. 효당 선생과 그 제자들의 활동 덕분에 오늘날 한국의 차 문화가 이만큼 발전했다고 생각한다.

효당 선생의 맥을 잇고 있는 반야로차도문화원의 채원화 선생은 많은 문하생을 배출했고, 효당 스님의 제다법을 전수받아 반야차(般若茶)를 생산하고 있다.

경남 | 아인 **박종한**

前 진주 대아중고등학교 교장

1980년 봄이었다. 아인(亞人) 박종한(朴鍾漢, 1925~) 선생과 김기원 교수께서 내가 살고 있는 부산 삼익아파트로 찾아오셨다. (사)한국차인회의 첫 사업인 일지암(一枝庵) 복원과 김대렴(金大廉)비 건립, '차의 날' 선포 등 많은 일을 하셨던 아인 선생의 귀한 발걸음에 정성껏 우린 차 한 잔을 올렸다. 아인 선생은 나에게 몇 달 후 부산호텔에서 열리는 청화백자 도자기 전시회에 도움을 달라고 요청해 오셨다. 나는 선생님 두 분과 차에 대해 이런저런 이야기를 나누고 찻사발에 대한 자문을 받았다. 몇 년 동안 남편과 함께 오래된 말차 사발을 사서 모아두었던 것들을 안방 반닫이 장롱에서 모두 끄집어내어 아인 선생에게 보여주었다. 아인 선생은 우리의 소장품을 보고 깜짝 놀랐다.

"아이고! 귀한 다완들이 많습니다. 두 분께서 언제부터 이런 안목을 갖고 계셨습니까? 반가운 일입니다. 제가 봉직하고 있는 진주 대아고등학교에 한번 들러주세요. 제가 소장하고 있는 민화와 오래된 차도구 몇 점을 보여드리겠습니다."

56

하천다숙에서 오행다법을 강의 중인 아인 박종한 선생
초창기 한국 차 문화 운동을 견인하고, 일지암 복원 등 많은 사업에 크게 기여하신 대표적 1세대 차인이다.

나와 남편은 몇 달 후에 진주 대아고등학교를 찾아갔다. 당시에 교장 선생으로 계셨던 아인 선생은 우리를 반갑게 맞이해주셨다. 아인 선생은 엄청나게 많은 민화뿐만 아니라 오래된 차도구들을 소장하고 계셔서 그것들을 관심 깊게 감상할 수 있었다.

그날 나는 그곳에서 차 교육의 미래를 보았다. 대아고등학교에서는 아인 박종한 선생이 직접 창안한 오성다법(五性茶法)을 가르치고 있었다. 나는 학생들에게 직접 다도 교육을 하는 아인 선생을 보고 그 교실에서 맛있는 차 한 잔을 대접받았다. 그곳에서 나는 '이렇게 학생들이 다도 교육을 받는다면 향후 한국 차의 미래는 밝겠구나' 하고 생각했다.

아인 선생이 부산호텔에서 연 청화백자 전시회는 매우 성공리에 이루어졌다. 구혜경 선생을 중심으로 한 (사)부산차인회 회원들과 허충순, 이영자 등 우리 회원들이 힘을 합쳐 도왔다.

그 후에도 아인 선생은 차도구 전시회를 여러 차례 열었다. 특히 서울 롯데백화점에서 열린 차도구 전시회에서는 정말 놀라운 작품들을 많이 선보였다. 나는 그 전시회를 보면서 이렇게 생각했다.

'역시 차도구는 그것을 사용하는 차인들의 입장에서 만드는 것이 좋구나. 그렇게 만든 아인 박종한 선생의 작품들은 우리 차인들에게 여러모로 많은 도움을 주고 있구나.'

아인 박종한 선생은 서부 경남뿐만 아니라 한국에서 최고의 원로 차인이며 (사)한국차인연합회의 최고 공로자다.

경남 | # 김기원

진주산업대 명예교수

　　김기원(金基元, 1937~) 선생은 차 문화 행사가 열릴 때마다 몸을 아끼지 않으시고 전국 어디든 달려가신다. 이웃집 아저씨처럼 꾸밈없고 소탈하며 사람을 편안하게 해주는 김 선생은 나와 30년이 넘는 인연을 이어오고 있다. 1980년 햇차가 나올 무렵, 김 선생은 아인 박종한 선생을 모시고 당시 내가 살고 있던 부산 온천 삼익아파트에 찾아오셨다. 아인 선생의 도자기 전시 기획 일을 의논하러 오셨던 것이다.

　　김기원 선생은 뜻을 함께하는 차인들을 위해 진주 지역에서 어느 누구보다 앞장서왔다. 1980년대 초에 (사)한국차인회의 기금을 마련할 때도 서예가 은초(隱樵) 선생의 작품들을 받아서 직접 사무실로 들고 오시던 모습이 기억난다. 차 문화 보급을 위해 「차향의 발자취」, 「차 생활의 멋」 등 많은 글들도 써서 남겼다. 차를 무척 사랑하고 차 맛을 진정으로 아는 김기원 선생은 전국 차인들에게 몸과 마음을 건강하게 하는 교육에 열정을 다하라고 부르짖는다.

유엔의 날 기념식에서 만났던 김기원 선생(부산 UN묘지)
우리 차 문화 발전을 위해 몸을 아끼지 않으셨고, 학문적으로도 큰 족적을 남기신 분이다.

　　소중한 우리 전통 차 문화 맥을 오늘날까지 이어오는 데는 김기원 교수의 공
로가 크다. 일지암 복원, 김대렴비 건립, (사)한국차인회 창립 등을 위해 예전에
는 진주에서 천 리 길인 서울을 당일치기로 바삐 다녀가시는 일들이 너무 많았
다. 이제는 서울-진주 간 대진고속도로를 이용해 세 시간 반이면 편히 다닐 수 있
는 시절인데도 오히려 뵙기가 어려워졌다.

대구·경북에서 만난 차인들

대구 · 경북 | # 토우 김종희

도예가

한국 차도구의 개척자인 토우(土偶) 김종희(金種禧, 1921~2000) 선생은 소박하고 꾸밈없는 분이었다. 토우 선생을 만나면 수도자 생활을 하는 종교인 같다는 느낌을 받을 때가 많았다. 우리 마음속을 훤히 다 들여다보는 것처럼 느껴질 때도 한두 번이 아니었다. 너무 도인(道人) 같은 분이라 가까이 다가가기가 매우 조심스러웠다.

1985년 여름, 남편과 함께 합천 해인사(海印寺) 밑에 있던 토우 선생 댁을 방문했다. 그날 선생은 집에서 키우시던 진돗개 이야기를 하셨다.

"진돗개가 사람보다 훨씬 낫습니다. 사람은 주인에게 충성을 다하지 않고 때로는 배신까지 하지만 진돗개는 주인을 버리지 않는 충견(忠犬)입니다. 얼마 전 이놈을 다른 지방으로 보냈는데, 글쎄 몇 달 만에 다시 이곳으로 돌아왔어요. 혼자서 산을 넘고 물을 건너 이곳까지 돌아온 겁니다. 참 신기한 충견이지요."

진돗개에 대한 이야기를 마친 토우 선생은 특유의 억양으로 우리나라 차 문화

효당 스님(오른쪽)과 토우 김종희 선생
1971년 효당 스님은 김종희 선생에게 '토우'라는 호를 지어주셨고,
우리만의 다관을 만들어보도록 이끄셨다.

의 현실에 대해 이야기하기 시작했다. 그날 역시 손수 만든 다관에 차를 우려내
주는 것을 잊지 않았다. 당시 토우 선생은 해인사에서 차를 즐겼던 도범 스님, 여
연 스님에게서 한국 차 문화에 대해 많은 것들을 지도받고 교류하고 있었다.

"차를 널리 보급하려면 차도구가 비싸면 안 됩니다. 요즘 몇몇 분들이 차도구
값을 비싸게 받는데, 그러면 차를 보급하는 데 문제가 있습니다. 내가 언제나 한
결같이 다기 세트 값을 올리지 않는 이유가 바로 여기에 있습니다. 차를 우려 마
실 수 있는 다기 세트를 그저 몇만 원에 차인들이 구입해서 차를 많이 마실 수 있
도록 하는 것이 바로 최고의 차 마시기 운동이라고 생각하기 때문입니다."

다농 이정애

종정차문화회 명예회장

다농(茶農) 이정애(李貞愛, 1924~) 선생은 인정도 많고 사랑도 많았지만 차 문화 교육과 제자들에 대해서는 엄격하고 유별스러웠다. 그런 이정애 선생을 웬만한 차인들은 다 인정한다. 이 엄격하고 별난 선생 밑에서 훌륭한 제자들이 많이 탄생했다. 대구 지역에서 영향력 있는 차 선생들 중에 종정차회 회원들이 제일 많다. 대구의 많은 차인들은 모두 이정애 선생 덕분에 대구 차 문화가 발전하고 크게 확산되었다고 본다.

어느 해인가 (사)한국차인연합회 사무실이 인사동에서 가회동 쪽으로 이전했다. 박권흠 회장을 모시고 (사)한국차인연합회 부회장들이 모여 돼지머리 앞에 차 한 잔씩을 올리고 절하며 고사를 지냈다. 그때 나는 마음속으로 하나님께 기도하고 있었다. 옆에 있던 이정애 선생이 이를 보고 나에게 야단치며 말했다.

"보래, 김태연 부회장! 자네는 무엇 때문에 가만히 있나? 어서 차 한 잔 올리고 절해라."

나는 단호히 거절했다.

"저는 돼지머리 앞에 차 올리고 절할 수 없습니다."

보성 차밭에 모인 다농 선생과 차인들(1993)
왼쪽부터 허재남, 이정애, 서찬식, 박권흠, 헬렌김, 김태연

내 말에 이정애 선생은 이렇게 답했다.

"아이구! 예수님을 별나게도 믿는다. 자네가 믿는 하나님이 그렇게 가르쳤나? 자네보다 훨씬 오래 예수님을 믿고 있는 대구의 ○○○ 부회장은 그렇게 하지 않는데 김 부회장은 유별스럽게도 예수를 믿는구나!"

1995년 대구 어느 호텔에서 열린 이정애 이사장의 칠순 잔치에 참석했다. 중앙 테이블 앞에 남편과 나란히 앉아 계시는 선생의 모습이 몹시 아름다웠다. 수많은 제자들이 한복을 곱게 차려 입고 정성을 다해 선생 앞에서 진다례를 올렸는데, 그 모습은 지금도 잊을 수 없다. 박권흠 회장의 축사 또한 가슴이 찡했다.

선생은 나이가 들어서도 대구에서 서울까지 많이도 올라다녔다. 어느 겨울에는 예쁜 털모자를 쓰고 오셨다. 얼마나 멋지고 잘 어울리는지 우리 모두 합창하며 칭찬했다.

"회장님, 너무 예쁘고 멋져요. 그리고 훨씬 젊어 보이시네요."

이 말에 다농 이정애 선생은 싱글벙글 소녀처럼 웃었다.

대구·경북 | # 무초 최차란

도예가

경주 사등이요(史等伊窯)에 들어서면 흙처럼 꾸밈없는 무초(無草) 최차란(崔且蘭, 1928~) 선생이 계신다. 뚝배기에 담은 물김치와 된장찌개로 밥상을 차려주던 최 선생을 잊을 수가 없다.

1986년 서울 필동 우리 집은 (사)한국차인연합회 소속 여성 차인들의 사랑방이었다. 이정애, 고세연, 설옥자, 이순희, 김리언, 신운학 등 연합회 임원들이 모여 종종 밤을 세워가며 차 이야기를 하곤 했다.

어느 날 밤에도 전국에서 모인 차인들이 차 이야기를 하고 있었다. 그때 갑자기 최차란 선생이 옷을 훌렁 걷어 올리더니 이렇게 말하는 것이 아닌가.

"당신들 내 몸 좀 봐라. 내가 이 모양으로 오래 살겠나!"

최 선생의 온몸에는 붉은 반점이 피어 있었고 여기저기에서 진물이 나고 있었다.

"피부병처럼 가렵고 힘들다 아이가. 혹시 에이즈가 아닌가 모르겠다."

우리는 선생의 말에 이구동성으로 답했다.

사등이요 차실에서 차를 우리는 무초 최차란 선생
우리 차와 찻사발에 대한 무초 선생의 애정과 열정은 참으로 남다른 것이어서
웬만한 사람은 감히 근접할 꿈도 꾸지 못할 정도다.

"선생님, 무슨 말씀을 그렇게 하십니까?"

"아이다. 니들이 몰러서 그런다. 내 오장육부 중에 성한 장기가 몇 개 남지 않았다."

우리는 어처구니없었고 선생의 말을 믿을 수도 없었다. 최차란 선생은 이처럼 성치 않은 몸을 지녔지만 평생을 대단한 정신력으로 살아오셨다. 요즘도 가끔 어떤 분들이 "아직도 최차란 선생이 경주에 살아 계신가? 참으로 대단하신 분이야"라고 극찬들을 많이 한다. 최 선생은 25년 전 경주 사등이요 옆에 황토방을 처음으로 연구·개발해 그곳에서 생활하며 모든 병을 이겨내셨다. 이 사실은 웬만한 차인들은 익히 잘 알고 있다.

최차란 선생은 성품이 아주 대쪽 같아서 조금도 어긋나는 것을 보지 못했다. 그러나 정이 많고 마음이 깊어서 결혼하지 않고 혼자 사는 박동선 이사장을 누님 같은 마음으로 아끼고 사랑했다. 오래전 어느 날 아침, 최 선생께서 나에게 전화를 해오셨다.

"보래, 김 선생! 요즘 박동선 이사장이 어디 계시노! 한국에 계시나? 외국에 계시나? 건강은 어때?"

"아니, 갑자기 박 이사장님 안부는 왜 물으시는데요?"

"김 선생, 별일이다. 간밤에 내가 박동선 이사장 꿈을 꾸었어. 꿈속에서 내가 박 이사장의 팔을 베고 함께 잤다 아이가. 그래서 무슨 일 있나 하고 안부 전화하는 기라."

그 후 외국에서 돌아온 박동선 이사장께 이 일을 상세히 말씀드렸다. 내 말을 듣던 박 이사장은 빙그레 웃으면서 "나를 참으로 아껴주시는, 정말 감사하고 고마운 분"이라고 말했다.

차인들이 사등이요에 찾아가면 최 선생이 언제나 하시는 말씀이 있다.

"다도가 뭔지 알아요? 다도를 배워야 우리 차 문화가 살아납니다."

최차란 선생은 찻사발에 관한 한 누구도 따라갈 수 없는 독특한 철학을 가지고 있다. 찻사발의 근본은 '우주의 원리'라고 하면서 우리의 밥상과 차상이 모두 둥근 모양의 우주 회전 원리로 형태가 이루어져야 한다고 주장한다. 이런 찻사발의 철학은 물론, 대단히 깊이 있는 다도 철학, 흙의 철학을 가지고 있다. 최 선생이 오래오래 건강하셔서 후배 차인들을 위해 아름다운 모습을 많이 보여주시길 기도한다.

도범 스님

보스턴 문수사 주지

　1983년 봄, 햇차 한 통이 집으로 배달되어 왔다. 반가운 마음에 열어 보니 도범 (道梵, 1942~) 스님이 직접 만든 차가 아닌가. 몹시 고마운 마음에 도범 스님께 직접 전화를 드렸더니 이렇게 말씀하셨다.

　"특별히 김태연 선생께만 드렸습니다. 맛있게 드시면 고맙겠습니다."

　그때 당시 도범 스님은 문경 봉암사에 계셨는데, 가끔씩 서울에 올라와도 차한 잔 대접할 틈도 없이 바로 내려가셨다. 성품이 깔끔하고 마음이 넓고 깊었던 도범 스님은 특별히 박동선 이사장과 아주 가깝게 지냈다.

　1996년 미국에서 공부했던 우리 아이들은 방학 때 보스턴에 계신 도범 스님을 찾아가 며칠간 숙박했다. 그리고 난 후 딸에게서 전화가 왔다.

　"엄마! 도범 스님께서 '너네 어머니 참 훌륭한 차인이야. 얼굴도 잘생기셨지' 라고 말씀하시던데. 내가 보기엔 아마도 얼굴 따로, 이름 따로 기억하시는 게 아닌가 싶어. 엄마는 솔직히 잘생기진 않았잖아!"

다례 시연을 하시는 도범 스님(1981. 6)
한국에 있든 미국에 있든 도범 스님의 우리 차 사랑은 여일하기만 했다.

　　"정 그렇다면 부산 사람 김태연이 맞는지 다시 확인해보렴."

　　나는 그렇게 딸이랑 한바탕 웃었다. 우리 아이들을 비롯한 유학생들을 친절히
보살펴주는 도범 스님께 은혜 한번 갚고 싶은데 한국에 오셔도 남에게 신세 질까
봐 소리소문없이 볼일만 보시고 떠나신다. 좀 더 늙기 전에, 전부 새하얀 머리카
락이 되기 전에 도범 스님을 뵈러 미국 보스턴에 갈 계획이다.

대구·경북 | # 여연 스님

백련사 주지

신록이 우거진 대흥사 일지암에서 염불 소리가 아닌 클래식 음악이 산중을 울렸다. 평소에 음악을 좋아하는 여연(如然, 1948~) 스님은 아무것도 없어도 멋진 오디오와 차만 있으면 그 누구도 부럽지 않다고 했다.

전국에서 많은 차인들이 찾아와 여연 스님 방에서 좋은 음악을 감상하면서 차를 마시느라 돌아갈 줄을 몰랐다. 오랫동안 일지암에 머물던 여연 스님은 지금은 강진 백련사(白蓮寺)에 계신다.

해박한 지식이 돋보이는 여연 스님은 특히 다도 철학에 관한 한 그 누구보다 앞서 있다. 가끔씩 철없는 듯한 말솜씨 때문에 우리 차인들을 당황하게 만들기도 하지만 깊이 새겨 들어보면 틀린 말은 아닌 듯싶다.

"무대 위에서 멋진 한복 차려입고 폼 나게 눈 지그시 내리고 부처님, 스님이 다 된 것처럼 보이지만 가슴속에서는 온갖 욕심 가득하고, 시기와 질투 가득하면서도 명상하는 차인들 모습들이 정말 참모습인가!!"

차샘 최정수

한국홍익차문화원 원장

한국홍익차문화원 원장 차샘 최정수(崔正秀, 1948~) 선생은 차를 사랑할 뿐만 아니라 난과 수석을 함께 즐기는 자연 사랑 실천가다.

한국홍익차문화원에 들어서면 다양한 차도구들과 찻물이 듬뿍 든 찻잔들이 그간의 세월을 보여준다. 연구실 한쪽에는 다도 교육 자료들이 빽빽하게 꽂혀 있다. 최 선생은 문하생들이 오면 그때그때 필요한 이론 교재를 알뜰하게 챙겨 보내 차인들의 마음을 훈훈하게 해준다.

1970년대 초부터 차와 자연 사랑을 실천했던 최 선생은 평소 전통 차 문화에 긍지를 가지고 직접 차 잡지를 발행하는 등 차의 불모지 대구에서 차 문화 운동에 앞장섰다. 〈차와 난〉이라는 노래를 작사해 차인들의 마음을 즐겁게 해주기도 했다.

또한 오고 가는 차인들의 발걸음을 소홀히 여기지 않고 연구소에서 손수 차를 우려주었다. 최 선생의 정성스런 차 대접에 모두 시간 가는 줄 모르고 차 향기에 매료되었다. 대구 차인들은 최 선생을 헌신하고 배려하는 마음을 지닌 인정 넘치

차샘 최정수 선생
차를 좋아할 뿐만 아니라 우리 차 문화의 발전을 위해
연구와 공부를 하루도 쉬지 않는 대구의 대표적인 차인이다.

는 차인으로 평가한다.

최 선생은 남다른 식견을 가지고 정신적으로 풍요로운 삶을 살기 위해 노력하
는 차인이다. 요즘처럼 각박한 세상에 선비 같은 마음으로 차인의 삶을 살아가는
것이 참 힘들지 않을까? 이런 생각에 한편으로는 최 선생이 염려스럽다.

'인생살이 고진감래(苦盡甘來)'라 하듯 차샘 최정수 선생의 차 문화에 대한 열
정과 노력이 하나둘씩 결실을 맺어가고 있는 것을 보면 같은 차인의 한 사람으로
서 박수를 보내고 싶다.

대구 지역의 근현대 차 문화사 자료를 부탁했더니 최 선생은 한눈에 볼 수 있
도록 많은 자료를 보내주셨다. 지면을 통해 다시 한 번 감사의 말을 전한다.

강원도에서 만난 차인들

강원

동포 정순웅

前 강릉 명주병원 원장

서울올림픽이 열렸던 1988년, 이형석 선생과 함께 강릉 명주병원을 방문했다. 동포(東圃) 정순웅(鄭順膺, 1910~1994) 박사에 대한 이야기는 많이 들어왔지만 한 번도 가까이서 만나보지 못해 궁금하던 차에 억지로 시간을 낸 것이었다. 첫인상이 도인(道人) 같았던 동포 선생과 대화하면서 남다른 관심으로 차를 사랑하시는 분이구나 하는 것을 느꼈다.

동포 정순웅 박사는 강원도 강릉 땅에서 다도의 숭고한 숨결을 계승·발전시키는 데 앞장선 분이다. 단순한 음다(飮茶)의 차원을 넘어서 정신적으로 풍요롭고 아름다운 세상을 만들도록 차인들을 교육시켰다. 차인은 너그러워야 하고 인내해야 한다고 강조한 동포 선생은 차인이면서 문학상을 수상하신 시인이었다.

의학 박사로서도 사명을 다하시다 1994년에 고숙정 선생을 홀로 두고 세상을

생전의 동포 정순응 박사
생명을 살리는 의료인이자 예술을 사랑한 시인이었고, 무엇보다 우리 차를 아끼고 퍼뜨린 큰 차인이었다.
강릉을 위시한 영동의 차 문화는 동포 선생에게 크게 기대고 있다.

떠나셨다. 이 부고를 들은 전국의 많은 차인들이 차계의 큰 별이 떨어졌다며 가슴 아파했다. 동포 정순응 박사의 뜻을 받들어 1981년부터 고숙정 회장이 동포차회를 부족함 없이 잘 이끌어오고 있다. 지금도 강릉 땅 구석구석에는 동포 선생께서 남기신 차 향기가 배어 있다.

광주 · 전라도에서 만난 차인들

광주·전라 │ 응송 박영희 스님

前 해남 백화사 주지

    내가 인사동 경인미술관 내 지방문화재 제18호 박영호 대감 집 아래채에 '다화원' 전통찻집을 경영하고 있을 때, 전국 문화예술인을 비롯해 각처 스님들이 많이 다녀갔다. 응송(應松) 박영희(朴暎熙, 1893~1990) 스님은 병신춤의 대가 공옥진 선생을 포함한 여러 문화예술인들과 함께 차를 마시며 차에 대한 이런저런 이야기를 많이 하셨다.

    그중 제일 기억에 남는 이야기는 응송 스님이 소장했던 유품 중 '초의 영정' 진본을 아인 박종한 선생을 통해 태평양박물관에 기증하게 된 일이다. 1982년 정학래 선생은 태평양박물관 관장 전완길 선생에게 부탁해 초의 영정 사진을 수백 장 복사했다. 그때 당시에는 초의 영정 복사본을 차실에 걸어놓는 것이 유행처럼 퍼졌었다.

    응송 스님과 아인 선생은 평소에 아주 절친했다. (사)한국차인회 첫 사업으로 일지암을 중건하기 위해 그 터를 찾아 산 위로 올라갈 때는 아인 선생이 응송 스

차의 날 기념식을 마치고(추사고택, 1983)
왼쪽부터 서성우 스님, 응송 박영희 스님, 김태연
응송 스님은 초의 차의 맥을 오늘에 이은 다리와도 같은 차계의 큰 별이었다.

님을 등에 업고 올라갔었다. 그 모습을 담은 사진 한 장은 우리 차 문화 역사의 중요한 기록으로 남아 있다.

응송 스님은 키가 작으시고 무척 조용하시며 입가에는 항상 잔잔한 미소를 머금고 계셨다. 초의 스님의 차 정신을 이어받아 한국 차 문화 발전에 조용히 헌신하신 응송 스님은 근현대 최고의 차 문화 선구자이시다.

우록 김봉호

희곡작가

1983년 2월 한국 최초의 차 전문지《다원(茶苑)》이 발간되었다. 발행인 및 편집인은 우록(友鹿) 김봉호(金鳳皓, 1924~2003) 선생이었다.《다원》 발간에 필요한 1억 2,000만 원의 경비를 그때 고문으로 계셨던 박동선 이사장(현 (사)한국차인연합회)이 개인 사비로 충당했다.

박동선 이사장은 한국 차 문화가 발전하기 위해서 전문 잡지가 꼭 필요하다는 김봉호 선생의 말씀을 듣고 적극적으로 후원했다. 김봉호 선생은 서울 중구 남산동2가 49-40번지에《다원》지 사무실을 열었다. 1982년 11월 15일에《다원》은 정식 등록을 했고, 등록 번호는 라-2714호였다. 창간호의 다음 호인 1983년 3월호에 필자가 한국에서는 처음으로 공식 지면에 행다례 발표를 하게 되었다.

나의 행다례 발표는 김봉호 선생의 전격적인 제안으로 이루어졌다. 어느 날 선생에게서 전화가 걸려왔다. 다급한 목소리였다.

"김태연 선생! 빨리《다원》 사무실로 와주세요. 김 선생이 이번 3월호에 실을 우리들의 다례법(茶禮法)을 다경회에서 발표해주세요."

나는 뜻밖의 제안에 당황했지만 사무실로 직접 찾아가 답했다.

"선생님! 말씀 감사하지만 제가 먼저 하기는 조심스럽습니다."

"아니에요. 김 선생이 제일 젊을 뿐만 아니라 얼마 전에 '한국의 집'에서 행다례 발표도 했으니 적임자입니다. 김 선생 같은 분이 발표를 해야 우리 차 문화가 발전을 하지요."

검은 뿔테 안경 너머로 나를 바라보는 김봉호 선생의 눈빛에 더는 사양하지 못했다. 결국 석성우 스님의 도움을 받아 서울 청담동에 있었던 필자의 다도 연구실에서 촬영을 하게 되었다. 요즘에 와서 《다원》지 1983년 3월호에 게재된 행다례를 보면 얼마나 어색하고 잘못된 것이 많은지 부끄러운 마음이 든다.

초의문화제 행사 때면 많은 차인들이 해남 땅을 밟는다. 김봉호 선생은 내가 갈 때마다 반갑게 손을 내밀고 악수를 청했다. 그리고 늘 이렇게 말씀하셨다.

"당신 신랑도 함께 왔소?"

"아니요, 이번에는 혼자 왔습니다."

"아이구 기분 좋아라. 그래, 당신 신랑이랑 해남에 같이 오지 마오. 덩치 크고 잘생긴 당신 신랑만 보면 왠지 내 기가 죽는당께…"

김봉호 선생은 술만 한 잔 들어가면 재담을 쏟아내며 유머러스한 말로 대중들에게 한바탕 웃음을 선사했다. 예인으로 널리 알려진 극작가 겸 소설가 우록 김봉호 선생은, 행촌 김제현 회장을 몇 년 먼저 앞세워 보내시고 너무 우울해하시더니 향년 80세에 저세상으로 떠나셨다. 이제 해남 땅에서는 이순희 회장만 쓸쓸히 남아 차를 즐기고 계신다.

행촌 김제현

前 해남종합병원 원장

2000년 4월 2일 아침, 해남 자우차회의 이순희 회장에게서 전화가 왔다. 행촌(杏村) 김제현(金濟炫, 1926~2000) 회장이 세상을 떠나셨다는 부고를 받고 전화한 것이었다. 나는 남편이랑 꽃 시장에 가서 관을 장식할 꽃을 정성껏 준비해 해남종합병원 장례식장으로 찾아갔다.

평소에 몹시 자상하고 특별히 사랑으로 잘해주셨던 행촌 선생을 영원히 볼 수 없다고 생각하니 가슴이 터지도록 눈물이 나서 통곡하며 울었다. 남편 박천현 회장, 이순희, 김리언과 밤을 새워 꽃관을 준비했다. 예쁜 꽃으로 장식한 꽃관 앞에서 박권흠 회장은 구구절절한 조사를 했다. 그 조사로 인해 발인식장 곳곳이 울음과 슬픔으로 가득 찼던 기억이 난다. 전국 차인들이 해남 땅에만 가면 병원 일을 접어 두고 쫓아 나와서 천일식당으로, 장수통닭집으로, 구석구석 맛있는 음식점으로 데리고 가서 마음껏 대접하셨던 행촌 선생의 배려와 손길을 잊을 수가 없다.

의사였던 행촌 선생은 차를 너무 좋아해 1975년도부터 차를 손수 만들어 드셨

초의문화제 행사를 마치고(해남 대흥사에서, 1993)
왼쪽부터 김태연, 박태영, 김제현, 박동선. 행촌 선생은 누구보다 차와 차인들을 아끼고 사랑하셨던 분이다.
필자 역시 많은 사랑을 받았는데 다 돌려드리지 못한 채 보내드려야 했다.

다고 했다. 해남 대흥사(大興寺) 부근에 있는 차밭의 찻잎을 따다 석용운 스님, 이
순희 회장 부부, 김봉호 선생과 함께 해남종합병원 2층에서 차를 만드셨던 이야
기를 종종 하시곤 했다. 또한 일지암 복원에 기여하셨고 초의문화제를 만드는 데
도 큰 공로를 세우셨다.

　1989년에 남편이랑 고세연 회장과 함께 해남을 개인적으로 갔던 적이 있다.
해남종합병원 원장실에 들어갔더니 행촌 선생이 갑자기 앞에 놓여 있던 수석 한
점을 나에게 주었다. 까맣게 생긴 바다돌인데, 잘생긴 원산석이었다. 지금도 우
리 집 모래 수반 위에 그 돌을 올려놓고 가끔씩 물을 주면서 감상할 때마다 행촌
김제현 회장을 생각하게 된다.

광주 · 전라

서양원

한국제다 회장

한국제다 회장 서양원(徐洋元, 1931~) 선생은 50년 세월 동안 한국 차 산업과 차 문화 발전에 큰 공을 세웠다. 우리 차를 한국의 문화유산으로 가꾸어나가겠다는 사명으로 평생을 살아온 서 회장은 차가 그리 흔하지 않았던 시절부터 큰 키에 인자한 모습으로 전국 곳곳에서 열리는 차 문화 행사에 달려와 주시곤 했다. 마음껏 감로녹차를 지원해주셨던 데 대한 고마움을 우리는 잊지 않고 있다.

광주 시내에서 배고픈다리를 건너가면 한국제다가 자리하고 있다. 전국 차인들 중에 한국제다의 안방마님인 김판인 여사에게 숙식을 대접받지 않은 사람은 없다. 매일 전국 각지에서 찾아오는 차인들을 정성껏 대접하셨기에 우리는 김판인 여사를 '백제 보살'이라고 불렀다.

(사)한국차인회 창립 이후 광주 지역에서는 의재 허백련 선생님의 뜻을 받들어 1980년에 광주요차회가 탄생했다. 이에 이강재 선생이 앞장을 섰고 박선홍, 조영님, 이영애, 서양원 회장 부부가 함께했다. 광주요차회를 통해 광주 지역 차

한국제다의 차실인 작설헌 앞에서(1984)
서양원 회장은 우리 차의 산업화와 세계화를 이루어낸
차농이자 경영인이며, 차 문화의 발전을 위해
지금도 아낌없이 헌신하시는 분이다.

문화 활동이 기지개를 펴게 되었다.

1984년, 서울에서 나는 다경회 회원들을 데리고 관광버스를 대절해 한국제다를 방문했다. 서양원 회장은 제다 과정을 직접 상세히 설명해주었고 우리를 넓은 차실로 안내해 향기로운 감로차와 맛있는 떡을 제공했다. 당시 우리 말차를 생산하기 위해 고군분투하고 있었던 서 회장은 나에게 "우리나라 말차를 생산하고자 일본에서 말차 만드는 기계를 수입해서 연구하고 있습니다. 하지만 참으로 어려운 제다 방법이라 많이 고생하고 있습니다"라고 고충을 토로했다.

서 회장은 해마다 열리는 초의문화제 행사에도 남다른 관심을 갖고 지원하고 있다. 지금도 차인들을 물심양면으로 도와주고 있는 서양원 회장님 부부의 사랑이 영원하길 바란다.

승설당 이순희

자우차회 회장

30년 넘는 세월 동안 한결같이 서울을 올라다니는 승설당(勝雪堂) 이순희(李順姫, 1934~) 선생을 생각하면 기쁘고 감사한 일들이 너무 많다. 나에게는 소중한 선배 차인이며 훌륭한 차벗이고, 가족이요 언니와도 같다. 슬플 때 함께 울기도 했고 기쁠 때 함께 웃기도 했으며 밤을 새워 신앙 이야기도 주고받았다. 언젠가 우리가 천국에서 또다시 만날 것을 생각하면 하나님께 몹시 감사하다.

멀고 먼 땅끝 해남 땅에서 차가 좋아 미치고, 차벗이 좋아 미치는 이순희 회장의 어디에서 그러한 열정이 넘치는지! 이 회장은 차를 마시다 그림을 그리고, 그림을 그리다 차를 마시는 차인이요 화가다. 어디서 손님이 왔다고 하면 맨발로 쫓아 나온다. 그리고 '무엇을 대접할까? 무엇을 선물해서 보낼까?' 하고 걱정한다. 손님맞이에 정성을 다하는 순수한 성품이 존경스럽다.

차인인 남편 전춘기(全春基) 선생의 엄하고 무서운 시선에 눈치를 보면서 이른 봄이면 매화 밭에서 노래 부르며 매화를 따고, 차밭에서 노랫가락 날리며 찻

일지암에서 승설당 이순희 선생과 함께(1988)
왼쪽부터 김윤경, 박천현, 이순희, 김태연

잎을 따고, 가을이면 대흥사를 올라 차 맛이 좋은 곳에서 회원들과 들차회를 한
다. 그리고 틈을 내어 그림을 그려서 온갖 상을 다 받는다. 얼마 전에는 대한민국
국전에서 특선까지 했다. 몇 년 후면 여든인 나이가 거짓말이 아닌가 싶다.

　이 회장은 노래를 잘할 뿐만 아니라 즐긴다. 어느 날 혼자 울고 있는데 라디오
에서 당신이 좋아하는 노래가 흘러나오자 자신도 모르게 따라 부르고 있더라는
것이다. 초창기 (사)한국차인연합회의 송년회나 하계 연수 때면 이 회장은 전속
가수로 활약할 정도였다. 필자의 남편과 듀엣으로 노래 부르며 즐기던 세월이 유
수같이 흘러갔다.

이 회장은 서울에 오면 종종 우리 집에서 유숙을 한다. 그런데 꼭 안방에서 나와 함께 잠을 자야 한다며 남편을 다른 방으로 쫓아 보내는 등 심통 많은 시어머니 역할을 톡톡히 하신다. 허물없이 서로 마음껏 이야기할 수 있는 차벗이 있어서 우리는 정말 행복하다. 나는 이순희 선생이 있었기에 즐겁게 차 생활을 할 수가 있었다. 언제나 명랑하고 남에게 기쁨을 주려고 노력하는 이 선생에게 나이는 숫자에 불과하다. 이 선생 스스로 할머니가 아닌 젊은 새댁으로 생각하고 살아가기 때문이다.

이순희 회장은 긍정적으로 삶을 살아가며 언제나 새벽기도를 하면서 하나님께 마음을 다한다. 우리는 서로 멀리 떨어져 있어도 영적으로 통해서 상대방에게 문제가 생긴 것을 느낄 수 있다. 그때마다 서로 전화기를 귀에 가까이 붙여서 통성으로 기도하며 은혜를 받는다.

어느 해 이 회장과 외국 여행을 함께하면서 있었던 일이다. 저녁에 호텔방에서 잠들기 전 함께 기도하며 이렇게 부탁하는 것이었다.

"이봐 김 원장! 내가 먼저 천국 가면 찬양 499장 〈저 장미꽃 위에 이슬〉을 불러줘. 내가 제일 좋아하는 찬양이야."

몇 년 전 서울 백병원에서 허리 수술을 받을 때의 일이다. 이 회장은 병실에 입원 중인데도 예쁘게 화장을 하고 있었다. 의사 선생님들이 이 회장께 물었다.

"왜 화장을 하고 계십니까?"

"손님들이 병문안 오기 때문이죠."

이 회장의 말을 듣고는 의사 선생님들이 웃으며 나갔다.

이 회장은 평생 흐트러진 모습을 누구에게도 보이는 것을 싫어했다. 언제나 깔끔하고 완벽한 모습을 추구한다. 존귀하고 거룩한 하나님의 딸 이순희 선생과 함께 오래오래 차 생활을 하고 싶은 것이 나의 소망이다.

이영애

예지차회 회장

어느 해 광주에 행사가 열려 찾아갔더니 광주역에 이영애(李英愛, 1937~) 선생의 여동생이 마중을 나와 있었다. 그분이 이런저런 이야기를 하던 끝에 "우리 형제들은 영애 언니의 그림자도 밟기가 죄송할 정도입니다"라고 말하는 것이었다. 그만큼 모두들 이영애 선생을 존경하며 귀하게 생각하고 있었다. 이 선생의 동생들은 모두 광주 지역에서 최고의 학벌로, 교수 등으로 일하면서 영향력 있는 사회생활을 하고 있었다.

그때 나는 이영애 선생께 너무 죄송한 마음이 들었다. 오랜 세월 동안 서울을 왕래하셨는데 어느 누구도 이 선생에 대하여 잘 알지 못했다. 그나마 나는 30년 세월이 넘도록 이 선생과 친분이 있었고 광주 지역에서 어떻게 살아오셨는지도 잘 알고 있었다. 그럼에도 일찍부터 잘 챙겨드리지 못한 점이 내내 아쉬웠다.

이영애 선생은 1970년대 중반에 여성회관에서 다도 교육을 했고 1980년대에는 광주요차회 총무를 맡아서, 지금까지 광주에서 차 문화 활동과 여성 교육에

이영애 선생과 함께(청와대 사랑채)
광주 지역의 차 문화를 논할 때 이영애 선생을 비켜갈 수는 없다. 그만큼 많은 일을 하고 많은 제자들을 길러냈다.

앞장서오셨다. 언제나 세상을 긍정적으로 바라보고 겸손하며 사랑을 다해 회원들을 섬기는 이 선생의 모습을 보면서 정말 훌륭한 차인이구나 하고 느낀다. 또한 남편을 공손히 받들어 모시는 모습에 감탄하지 않을 수 없다. 당신에게 서운하게 했던 사람을 절대 비판하지 않으시고 누구하고도 시시비비하지 않으시는 훌륭한 인격을 갖춘 분이다. 일흔 중반이 넘었는데도 배움에 대한 열정이 식지 않은 모습에 절로 고개를 숙이게 한다.

얼마 전 목포 도청에서 열린 차 문화 행사에 찾아갔다. 남자 공무원들이 모두 이영애 선생의 곁에 찾아와서 정중히 고개 숙이며 "국장님 오셨습니까!" 하며 인사했다. 우리 차인 중에 저렇게 인생을 잘 살아오신 분이 계시는구나. 마음속으로 흐뭇해하면서 다시 한 번 선생을 쳐다보게 되었다.

석용운 스님

(사)초의학술문화원 이사장

　(사)초의학술문화원 이사장 석용운(釋龍雲, 1945~) 스님을 만난 지 어느덧 수년의 세월이 흘렀다. 해남 일지암, 서울 인사동, 전남 무안 등 스님이 계시는 곳 이곳저곳을 쫓아가서 찾아 뵐 때마다 모습도, 느낌도, 표정도 모두 다르게 느껴졌다. 어떤 모습이 실제 모습인지 알 수 없었다.

　인간은 혼자서는 살아갈 수 없다. 넓거나 좁은 곳에서 다른 이와 더불어 살아가야만 한다. 저력 있는 장군 같은 석용운 스님은 언제나 열심히 노력하면서 남들이 할 수 없는 귀한 일들을 척척 해내신다. 말문이 막히고 당황스러운 일을 겪어도 눈도 깜짝하지 않는 분으로, 과연 인내와 침묵으로 잘 단련되신 종교인답다. 오기와 분노로 발목을 잡힐 때도 말없이 홀로 지혜롭게 넘어오시더니 오늘날 석용운 스님은 한국 차의 세계에 큰 획을 그었다. 언제나 넉넉하고 정감 넘치는 웃음으로 차인들을 반겨주고, 찾아온 차인들에게 선물 하나라도 주고 싶어 하시는 마음은 조금도 변하지 않았다.

용운 스님과 세계기독교차문화협회 회원들(무안 초의생가, 2009)
용운 스님은 일지암 초대 암주이자 차계의 큰 일꾼이시다. 어디에 있든 남들이 상상도 하기 어려운 일을 척척 해내
시며 우리 차 문화 발전에 기여하고 계시다.

    1990년대 초에 인사동에 있는 스님 연구실을 방문한 적이 있다. 용운 스님은
은으로 만든 말차 스푼을 주머니에 넣어서 나에게 선물로 주셨다. 지금도 귀하게
간직한 그 스푼을 때때로 사용할 때마다 스님께 감사함을 느낀다.

서울·경기도에서 만난 차인들

이덕봉

(사)한국차인회 초대 회장

    (사)한국차인회 제1대 회장이셨던 이덕봉(李德鳳, 1898~1982?) 선생은 언제나 말씀 없이 조용하신 분이었다.

    1981년 송년회 때의 일이다. 여든 넘은 할아버지 선생이 첼로 연주자로 왔다. 이덕봉 회장은 할아버지 선생의 첼로 연주를 눈을 지그시 감은 채 감상하는 것이었다. 이런 이 회장을 바라보며 나는 음악에 빠져 감상하시는 것인지, 피곤하셔서 눈을 감고 계시는 것인지 의심했다. 그러나 연주가 끝난 뒤에 제일 크게 박수 치시는 모습을 보고 생물학 박사님께서도 음악에 취미가 있구나 생각했다. 이덕봉 회장은 박태영 화백과 절친했기에 (사)한국차인회의 모든 일들을 처리할 때 박 화백의 결정에 따랐다. (사)한국차인회 시절에는 여성 차인보다 남성 차인이 많았다.

    1982년 '한국의 집' 강당에서 총회를 할 때에는 약간 시끄러운 일이 생겼다. 한 남체인의 조창도 사장이 사회를 맡고 총회를 진행하는 중이었다. 갑자기 인사동

이덕봉 회장
(사)한국차인회 초대 회장을 맡아 기초를 다지신 분이다.

의 다도가 윤 선생이 큰 목소리로 임원 선출 문제에 대해 질의했다. 자칫 시끄러워질 수 있는 상황이었지만 이덕봉 회장이 일어나 답변을 하자 모두 조용히 귀를 기울이며 경청했다. 평소에 워낙 점잖으시고 언제나 상대방 말을 관심 깊게 들어주셔서 신뢰받고 있었기 때문이다. 그래서 지방 차인들은 어려운 상황을 말하고 싶어도 이덕봉 회장에게 무례한 짓을 하는 것 같아 마음에만 담아두고 돌아가기도 했다.

정산 한웅빈

차문화고전연구회 회장

정산(晶汕) 한웅빈(韓雄斌, 1906~1993) 선생은 언제나 조용하셨다. 평소 손에 호두를 굴리시면서 손 운동을 많이 하셨다. 선생은 나를 비롯해 차를 알고자 하는 차인들에게 차의 이론과 정신, 규범을 가르치는 것이 큰 일과였다. 정산 선생은 손수 빼곡히 적어놓은 수택본 38권을 모두 복사해서 공부하러 온 우리에게 나눠주셨다. 전부 한문이라 읽기 힘들긴 하지만 소중한 중국 차 문화 자료라 지금도 소중히 간직하고 있다.

정산 선생은 중국 길림성(吉林省)에서 태어나 길림성 사범 본과를 졸업했다. 그런 만큼 중국과 한국의 차 문화 고전 연구에 독보적이셨던 분으로, 그 연구 성과를 차인들에게 직접 가르쳤다. 여든의 노령에도 젊은이들 못지않은 차에 대한 열정을 보여줬다.

정산 선생께서는 차를 다 우리고 난 후 남은 찻잎들을 노트 위에 살살 펴서 셀로판테이프로 붙여놓으셨다. 아주 어린 찻잎에서부터 큰 찻잎까지 가지각색의 찻잎이 붙어 있는 그 노트를 우리들에게 종종 보여주시고는 이렇게 말씀하시곤 했다.

정산 한웅빈 선생과 차인들(보성 차밭, 1989. 5. 28)
왼쪽부터 회원, 김태연, 고세연, 김윤경, 한웅빈, 김리언, 회원, 회원, 정인오

"차인들은 공부를 해야 합니다. 나는 이렇게 나이가 들어서도 시간이 날 때마다 도서관에 갑니다. 그곳에서 『다경(茶經)』, 『고려도경(高麗圖經)』 등 차에 관한 귀한 책들을 직접 베껴옵니다. 이것이 다 소중한 자료가 되어 우리 차 문화사를 복원하는 데 밑거름이 될 겁니다."

정산 한웅빈 선생은 매우 어려운 생활을 했다. 연탄과 쌀이 떨어질까 봐 걱정하시는 모습이 우리 눈에도 역력했다. 그러나 결코 차인의 품격을 잃지 않았다. 정산 선생이 기거하시던 방은 겨울이 되면 매우 추웠다. 제대로 난방이 되지 않아 외풍이 심했기 때문이다. 그러나 정산 선생은 군용 담요를 깔고 앉아 해맑게 웃으시며 공부하러 온 우리들에게까지 다른 군용 담요로 무릎을 덮어주셨다.

정산 선생은 1993년 3월 14일 향년 88세로 세상을 떠나셨다. 선생을 존경했던 차인들은 관 속에 베개를 만들어 그 안에 찻잎을 가득 넣어 드렸다. 선생의 애제자 중한 명인 박희준 선생이 한웅빈 선생과의 마지막 이별을 가장 슬퍼했음을 짐작한다.

우인 송지영

(사)한국차인연합회 제2대 회장 · 前 KBS 이사장

우인(雨人) 송지영(宋志英, 1916~1989) 선생은 (사)한국차인연합회 제2대 회장이셨다. 작은 키에 언제나 입가에는 미소가 담겨 있었고, 얼굴은 동안에 별로 말씀이 없으셨다. 송지영 선생은 그때 당시 (사)한국차인연합회 회장이면서 KBS방송국 이사장으로도 재직 중이었기에 연합회 업무를 전적으로 보지 못했다. 언젠가 새마을 기차를 타고 부산 행사에 함께 가는데, 기차 안에서 이런 말씀을 하셨다.

"차 문화를 통해 삶의 품격을 어떻게 높이고 정신문화를 어떻게 승화시키느냐가 중요합니다."

송 선생은 예전에 문예진흥원 원장도 하신 분이라 모든 예술 문화에는 아주 박식하셨다. 차 문화 발전에도 남다른 비전을 갖고 계셨지만 연합회 활동에 전념할 수 없었기에 여러모로 어려운 점이 많았다. 급한 용무가 있을 때는 우리 임원들이 여의도 KBS방송국이나 청량리 자택으로 송 회장님을 만나러 다녔다.

작가협회 윤상재 회장이 점잖은 송 회장을 연합회에 모셔놓고 무례한 짓을 많

다경회 수료식 및 다례 발표회에 오신 우인 송지영 선생('한국의 집' 극장, 1982)
왼쪽부터 조경희(전 정무장관), 송지영 회장, 김태연

이 한다고 야단칠 때도 있었다. 그때는 (사)한국차인연합회가 약간은 시끄러운 시기였다. 어느 원로 차인은 송 회장을 두고 '직무 유기'라는 표현까지 했다. 그리고 한 발짝 더 나아가서 "차인연합회에 어쩌다 한 번씩 오시니 우리들이 너무 불편합니다. 차라리 사표를 내시는 것이 좋겠습니다"라는 무례한 말까지 했다. (사)한국차인연합회를 목숨 걸고 발전시켜보겠다고 한 말들이었지만 세월이 지난 지금에 와서 돌아보니 어리석은 짓을 한 것만 같다. 그저 물이 흐르는 대로, 자연의 순리대로 살아가면 무엇이든 때가 있는 법인데, 이제야 생각하니 송 회장님께도 무척 죄송하고 마음이 아프다.

청사 안광석

전각가 · 서예가

　　당대 최고의 전각가이시자 차인이었던 청사(晴斯) 안광석(安光碩, 1917~2004) 선생은 "차는 차 자체에 정신적 명료성이 있다"고 언제나 말씀하셨다. 대쪽 같은 성품, 맑고 깨끗한 정신력은 아무도 따라갈 수가 없었다. 안 선생은 차 문화 행사에 가끔씩 참석하셔서 매서운 눈빛으로 차인들의 행동을 조용히 지켜보셨다. 그 모습은 평소에 칼로 나무를 세밀하게 파며 전각하시는 선생님의 분위기와 닮은 게 아닌가 싶었다. 선생께서는 "우리나라 사회 질서는 차 운동으로 바로잡아야 한다"고 하시면서 "차인들은 무엇보다 차의 십덕(十德)을 몸에 익혀서 차 생활을 하는 것이 유익하다"고 늘 강조하셨다.

　　청사 선생은 소리소문없이 조용히 차 생활을 즐기셨지만 30년 전에 제주도까지 가서 다도 교육을 하실 정도로 차 문화 보급에 애를 쓰셨다. 한국 최고의 전각가이자 차인으로도 존경을 많이 받으신 분이다.

수석 전시회에 오신 청사 안광석 선생(서울 장안동, 1981)
전각과 서예로 명성을 날리신 분이자 진정한 차인의 풍모가 어떤 것인지를 삶으로 보여주신 분이다.

박태영

前 (사)한국차인연합회 고문·서양화가

박태영(朴兌泳, 1919~2002) 화백은 차뿐만 아니라 (사)한국차인연합회를 몹시 아끼고 사랑했다. 창립 이후부터 고문으로 계셨던 박 화백은 우리를 자주 힘들게 했다. 우리가 행여 잘못하는 일들이 있을 때는 밤과 낮을 가리지 않고 전화를 해왔기 때문이다. 일단 통화가 시작되면 기본적으로 한두 시간 동안 잔소리를 들어야만 했다. 어느 때는 '네! 네! 알겠습니다' 하고 대충 듣는 척하며 전화를 끊어보려고 애를 써보았지만 막무가내였다.

박태영 고문은 오늘의 (사)한국차인연합회 탄생에 1등 공로자다. 초창기에는 임원회의를 자주 할 수 없어서 박태영 고문과 이덕봉 회장이 많은 일을 결정하고 실행했다.

(사)한국차인회일 때는 지회 등록을 하지 않고 개인 등록을 했기에 지금처럼 지회장 모임이나 임원 모임도 없었다. 그래서 특별한 차 문화 세미나 때나 총회 및 송년회 때에야 전국 차인들이 한자리에 모일 수 있었다. (사)한국차인회 사무

(사)한국차인회 송년회에 참석한 박태영 화백(서울 세종호텔, 1981)
왼쪽부터 김태연, 박동선, 한경리, 박태영

국으로도 학교재단 숭의음악당의 박동선 이사장 개인 접견실을 사용했다. 사무
직원은 박태영 화백의 제자 이성재(서양화가)가 맡았다. 박태영 고문과 이성재
국장은 전국으로 돌아다니며 회비를 직접 받았다.

　(사)한국차인회 창립 이후 몇 년이 지나 (사)한국차인연합회로 법인 명칭이
바뀌면서 지회를 전국에 두기로 했다. 나와 박태영 고문은 (사)한국차인회 창립
이전부터 깊은 인연이 있었다. 1978년부터 부산 초량동 초량상가아파트에 박태
영 고문의 딸이 살고 있었기 때문이다. 그래서 나는 누구보다도 (사)한국차인회
결성에 대한 이야기를 잘 알고 있었다.

(사)한국차인회 결성을 얼마 앞둔 때였다. 부산에 딸을 보러 오신 박태영 고문이 나를 불렀다.

"김 선생! 곧 서울에서 (사)한국차인회가 창립됩니다. 김 선생도 창립 멤버로 등록하세요. 그래서 우리 함께 한국 차 문화 발전과 보급에 힘써봅시다. 서울 올라가면 전화하리다."

그 후 얼마 지나지 않아 박태영 고문이 나에게 전화를 해왔다. 이에 나는 곧바로 (사)한국차인회에 등록하기 위해 서울로 올라갔지만 부산 지역에 두 곳의 지부가 결성될 수 없다는 이야기를 들었다. 나는 할 수 없이 (사)한국차인회 부산분회로 등록할 수밖에 없었다. 이런 규정은 (사)한국차인연합회로 변경된 후 각 지역에 몇 개가 되어도 지회를 등록·운영할 수 있게 바뀌었다. 지회장 중심으로 연합회 운영이 바뀌었기 때문이다. 이 모든 것이 박태영 고문의 아이디어였다.

박태영 고문은 (사)한국차인연합회의 주인 역할을 톡톡히 했다. 우리는 그저 감사할 뿐이다. 박 고문의 '술 훈계'는 유명하다. 가끔씩 술을 마시게 되면 그동안 마음에 담아둔 서운함을 쏟아놓기 시작했다. 어느 정도 시간이 지나면 그 자리에 있던 차인들이 슬슬 뒤로 도망을 가곤 했다. 이런 와중에도 항상 마지막까지 그 자리를 지키는 사람이 있었으니, 바로 당시 (사)한국차인연합회 사무국장이었던 정인오였다. 정 국장은 박 고문의 마지막 훈계까지 땀을 뻘뻘 흘리며 들어야 했다.

박태영 고문은 정이 많은 차인이었다. 음력 설날에는 몇몇 차인들을 집으로 초대해 평양식 만두를 꼭 대접했다. 가끔씩 어느 누구보다 만두를 좋아하는 박동선 이사장을 위해 댁에서 손수 만든 평양 만두를 정성스럽게 대접하던 모습은 지금도 잊히지 않는다.

명원 김미희

(사)한국차인회 초대 부회장

명원(茗園) 김미희(金美熙, 1920~1981) 선생은 한국에서 처음으로 차 문화 정립 발표 및 세미나를 1980년 7월 세종문화회관에서 열었다. 당시 궁중 다례 시연을 하기 위해 나온 사람들은 대부분 연예인들로, 궁중 옷을 입고 출연했다. 한국 차 문화의 발자취를 표현하고 이를 널리 알리기 위해 노력하시는 명원 선생의 모습이 멀리서 보아도 짐작이 갔다. 이 차 문화 행사는 차인들뿐만 아니라 일반인들 사이에서도 차에 대한 관심을 대대적으로 불러일으켰다.

나는 명원 선생과 가까이서 만난 일은 별로 없지만 익히 이야기를 들어와서 한국 차 문화를 위해 노력하시고 그 공로가 크신 분, 문화 예술을 사랑하며 여성 운동·사회 운동에 적극적으로 참여하고 후원하셨던 분으로 알고 있다. 박동선 이사장의 말씀에 의하면 김미희 선생께서는 매우 솔직 담백하여 직선적인 발언을 잘하셨으며, 마음도 넓고 크며 재벌총수 부인다운 아량이 차고 넘쳤다고 한다.

한국 차인의 한 사람으로서, 같은 여성으로서, 명원 김미희 선생을 존경하고

명원 김미희
우리 차 문화 발전과 행다례 정립에 헌신하신 선구자 차인이시다.

있다. 선생의 제자들이 언제나 "우리 명원 선생님! 우리 명원 선생님!" 하며 "옛
날에는 우리 명원 선생님이 이런 일도 하셨어" 하고 이야기해주는 덕분에 나는
선생의 훌륭한 업적에 대해 많이 들어왔다.

  명원 선생은 고세연, 이귀례, 김리언 등 기라성 같은 제자들을 길러내셨다. 필
자가 모르는 제자들도 많을 것이라고 본다. 명원 선생은 한국 전통 다례법 교육
에 열정을 다했고 한국 차 문화를 계승·발전시키기 위해 아낌없는 후원과 사랑
을 보내셨다. 그러나 아쉽게도 너무 일찍 세상을 떠나셨다. 다행히 1995년에 명
원문화재단이 설립되면서 둘째딸 되시는 김의정 이사장이 말도 많고 탈도 많은
차의 세계에 본격적으로 뛰어들었다. 훌륭하신 명원 선생의 뒤를 이어 잘하고 있
지만 차인으로서 존경받았던 그 어머니의 그 딸이 되기를 소망한다.

금랑 **노석경**

前 한국민속촌박물관장

　1981년에 금랑(錦浪) 노석경(魯錫俓, 1921~1986) 선생은 자신의 거처인 수원에서 회갑 잔치 겸 출판기념회를 열었다. 나는 부산에서 아침 일찍 출발해 수원에 도착했는데, 초행길이었기에 물어물어 노석경 선생 댁을 찾을 수 있었다. 그곳에는 50~60명 정도의 차인들이 모여 있었다. 그때 영친왕비 이방자(李方子) 여사도 오셨던 기억이 난다. 노석경 선생은 우리 모두에게 직접 사인한 금랑문화론저(錦浪文化論著) 회갑논집『금랑문화론총(錦浪文化論叢)』한 권씩을 선물했다. 그날 금랑 선생의 사모님은 귀한 솜씨로 푸짐한 음식을 차려내어 차인들을 대접했다.

　금랑 선생은 우리 전통 차 문화로 '다례'를 강조했다.

　"우리 차 문화는 손님이 오실 때 정성을 다하여 차를 대접했기에 '다례'라고 했습니다. 지금 우리가 사용하고 있는 '다도'는 일본에서 사용하는 말이고 그들의 정신입니다. 우리 차인들은 다례라는 말을 사용해야 합니다."

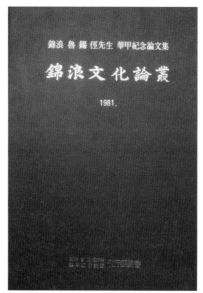

회갑 기념으로 펴낸 『금랑문화론총』(1981)   필자에게 직접 책을 선물하며 써준
금랑 선생의 서명(1981)

금랑 선생은 어느 장소에서든 어떤 강의를 하든 다례를 주장했다. 평소 차 생
활 교육에 아주 엄격했을 뿐만 아니라 행다(行茶) 예절에도 깊은 관심을 보였다.

1982년 (사)한국차인회 총회 때의 일이다. 총회가 끝난 뒤 나는 집에 돌아가
기 위해 서둘렀다. 그때 누군가가 뒤에서 부르는 것이 아닌가. 금랑 노석경 선생
이었다.

"김태연 선생! 내가 오늘은 서울 명동을 한번 구경시켜주고 싶소. 부산 촌놈
을 한번 깜짝 놀라게 하고 싶습니다. 한번 따라와 보시오. 좋은 구경거리가 있습
니다."

금랑 선생의 말에 나를 비롯해 몇 명의 차인들이 따라 나섰다. 선생이 우리를

안내한 곳은 명동 유네스코 뒤에 있었던 미개인 전통찻집이었다. 예쁜 의자가 돋보였던 그 찻집의 메뉴로는 차뿐만 아니라 커피도 있었다. 그 전통찻집이 무척 마음에 들었던 나는 시간이 나면 그곳에 찾아가 차 이야기를 하다 부산 가는 기차 시간을 놓친 적도 있었다.

금랑 노석경 선생은 매우 부드러운 분이었다. 차인들을 늘 자상하게 대하셨고 은은한 눈웃음을 보여주셨다. 그런 부드러운 모습이 보는 사람들의 마음을 편안하게 했다. 금랑 선생이 세상을 일찍 떠나신 후 윤경혁 선생이 추모의 시를 남겼다. 그 시는 금랑 선생을 떠나보낸 우리 차인들을 더욱 슬픔에 잠기게 했다.

장원 서성환

前 태평양 설록차 회장

장원(粧源) 서성환(徐成煥, 1923~2003) 회장은 희망이 없던 한국 차 산업에 빛이 되어주었고 한국 차 문화 발전에 지대한 공헌을 했다.

'차' 하면 먹는 차보다는 달리는 차를 떠올리곤 했던 시절이 있었다. 그때 TV에서 설록차 광고가 나오기 시작하면서부터 우리나라에 차 문화 꽃이 피기 시작했다. 개인의 힘으로 10~20년 걸릴 것을 TV 광고로 1~2년 만에 국민들에게 한국에도 소중한 차가 있다는 사실을 알린 것이다. 이렇게 서성환 회장의 결단으로 한국에도 차 문화 시장이 열리게 되었다. 온 국민들이 태평양 설록차를 안다. 녹차를 즐기지 않아도 설록차는 알고 있다.

서성환 회장은 무척 검소했다. 작은 키에 언제나 점퍼를 잘 입고 다녔다. 한번은 서 회장께 차 문화 행사에 대한 도움을 청하기 위해 용산 사무실로 찾아갔다. 회장실에 들어갔더니 서 회장은 손수 차를 우려주면서 녹차 산업으로 많은 적자를 보고 있다고 했다. 그러고는 자신이 차 산업에 관심을 가지게 된 계기를 이야

태평양화학 강진제다공장 준공식에 참석한 서성환 회장(1987. 5)
차계를 넘어 우리 전 국민에게 차를 알리신 분이다. 경제계의 거인일 뿐만 아니라
설록차 향기를 널리 전파해 건강한 세상이 되도록 노력하셨다.

기해주었다.

"제가 말입니다, 일본에 가서 깜짝 놀랐습니다. 우리나라 말차 다완이 일본 차인들에게 아주 귀한 대접을 받고 있는 겁니다. 그런데 우리나라에 돌아와 보니 한국에는 차도 차 문화도 없는 겁니다. 이에 우리나라 차를 문화 산업, 건강 산업으로 발전시키는 데 앞장서야겠다는 사명감을 갖고 설록차를 시작했습니다. 그래서 엄청난 적자를 보고 있긴 하지만 차 사업을 지속적으로 해나갈 생각입니다."

나는 이 말씀을 듣고 큰 충격을 받았다. 서성환 회장의 차에 대한 사랑은 개인 차원을 넘어서 한국 차 문화의 계승과 발전을 도모하는 데 크게 기여했다. 우리나라 차의 우수성을 세계에 알리고자 직원들의 반대도 무릅쓰고 앞만 보고 개척했기 때문이다.

2003년에 서성환 회장이 세상을 떠나셨다는 소식을 듣고 나는 박동선 이사장, 박권흠 회장, 고(故) 윤치오 전 부회장을 모시고 한남동 자택으로 찾아갔다. 영정 사진 속 서성환 회장은 금방이라도 웃으시면서 반갑게 악수를 청하실 것처럼 느껴졌다.

멋지고 아름다운 오설록 티 하우스에 앉아서 차 한 잔 마실 때면 차 산업에 피나는 노력을 기울이신 서성환 회장을 생각하게 된다.

장세순

前 동다헌 대표

　동다헌(東茶軒) 대표 장세순(張世淳, 1927~2003) 선생은 1970년대 초부터 1980년대 중반까지 한일 문화 교류에 공을 크게 세우신 분이다. 당시 일본에서《조선일보》주재기자를 하면서, 차 문화 산업을 어떻게 해나갈지 고민하는 태평양 서성환 회장에게 한국제다 서양원 회장을 처음 소개하기도 했다.

　장세순 선생은 자신의 사무실에 한국 골동품을 아주 많이 소장하고 있었는데, 그중에 말차 다완들이 제일 눈에 띄었다. 사업에도 뛰어났던 장 선생은 일본에 김치를 알렸고, 한국의 차 문화 역사를 알리기 위해서도 많은 글을 남겼다.

　약간 검은 얼굴에 큰 눈과 남자다운 체격을 지녔던 장세순 선생과는 (사)한국차인연합회 초창기에 종로구 관철동 '민화랑' 찻집에서 자주 만나 차를 마시곤 했다. 그러나 언젠가부터 영영 소식을 들을 수가 없었다. 오늘날까지 장세순 선생이 우리 곁에 계셨다면 한국 차 문화는 놀라울 정도로 발전하지 않았을까?

육우의 『다경』에 대해 강의하는 장세순 선생
언론인이자 차인이었으며, 우리 차 문화를 일본에 알리기 위해
많은 애를 쓰셨던 분이다.

| # 이귀례

(사)한국차문화협회 이사장

1981년 4월, 서울 창경궁 내 식물원에서 난협회 주관으로 서양란 전시회가 열렸다. (사)한국차인연합회 부회장으로 계셨던 (사)한국차문화협회 이귀례(李貴禮, 1929~) 회장과 박동선 이사장 등 몇몇 차인들이 출품하여 아름답고 멋진 양란(洋蘭)들을 구경할 수 있었다.

이귀례 회장은 지방에서 올라온 우리 일행들에게 항상 친절을 베풀었다. (사)한국차인연합회 일로 부산에서 올라오면 박동선 이사장 아니면 이귀례 회장이 차인들을 잘 대접했다. 그런 모습을 보며 마음 씀씀이가 참으로 넓고 크구나 하고 생각했다.

1985년 어느 날, 이귀례 회장이 젊은 시절 군산에서 길병원을 운영하셨던 이야기를 우연히 듣게 되었는데 내 평생 잊히지 않는다. 동생 이길녀 박사를 도와 군산에서 산부인과를 운영하실 때의 일이다. 당시 이 회장은 산모들의 아기를 정성껏 받아 돌봤다. 친정엄마가 하듯이 미역국을 직접 준비해 산모들에게 먹이

한국난협회 전시회를 연 이귀례 이사장(창경궁, 1982)
왼쪽에서 세 번째가 이귀례 이사장

는 등 산후 조리에 불편함이 없게 했다. 그리고 산모 방에 수시로 들어가 방 온도를 손으로 만져보며 확인하고 아기와 산모 기저귀까지도 깨끗이 세탁하여 챙겼다. 뿐만 아니라 산모와 아기가 퇴원한 후에도 해마다 그 병원에서 태어난 아이들 생일을 챙겨서 카드나 선물을 보냈다고 했다. 인천 길병원이 오늘날 한국 최고의 병원으로 거듭나기까지 이귀례 회장의 훌륭한 정성이 헛되지 않았다고 생각한다.

우리가 차 한 잔을 잘 우리려면 정성을 다해야 한다. 조금만 소홀히 하면 중정

(中正)의 맛을 잃어버린다. 다산(茶山) 정약용(丁若鏞, 1762~1836) 선생은 '차의 간'을 잘 맞추는 사람은 '인생의 간'을 잘 맞춘다고 했다. 그렇다. 이귀례 회장은 중정의 맛처럼 모든 것의 '간'을 잘 맞추는 차인이다.

　모든 면에서 참으로 대범하고, 아주 적극적이고 열정적인 이귀례 회장이 어느 해인가 신사임당 상을 받을 때의 일이다. 시상 장소인 경복궁에 축하를 하러 갔더니 멋진 당의 차림의 한복에 큰머리를 하시고 계셨다. 그 모습이 몹시 아름답고 부러웠다. 여성이라면 누구나 신사임당 상을 받고 싶어 한다. 차인으로서 신사임당 상을 받으신 분은 이귀례 회장이 처음이었다. 이귀례 회장은 차인으로서, 경영자로서, 한 가정의 아내로서, 어머니로서 모두 성공하신 분이라 생각한다. 차의 길을 함께 걸어가는 같은 차인으로서 진심으로 존경한다.

서울·경기 | # 정원호

前 효동원 원장

1982년 가을의 일이다. 효당 최범술 선생의 제자로 한국 차계에 든든한 버팀목 역할을 하고 있던 정원호(鄭元鎬, 1929~1992) 원장에게서 전화가 왔다. 당시 (사)한국차인회 부회장으로 활동하고 있었던 정 원장은 서울 강남구 신사동에 효동원을 개원한 후 차와 관련된 다양한 강좌를 열고 교육을 하고 있었다.

"김 선생님, 잘 계십니까. 우리 효동원 사무실에서 다도 강의가 있는데 꼭 참석해주셨으면 합니다. 김충렬 박사가 하는 강의를 들으시면 도움이 될 겁니다."

효동원 다도 특강에는 나를 비롯해 중광(重光) 스님, 김종해 박사, 김종규 회장 등 10여 명이 참석했다. 김충렬(金忠烈) 박사의 특강이 끝나고 차를 마시면서 당시 최고의 화제였던 (사)한국차인회 발전 방향에 대한 이야기로 자연스럽게 넘어갔다. 모두들 (사)한국차인회가 발전해야 한국 차계가 발전한다는 데 의견을 모았다.

그리고 정원호 원장처럼 재력을 갖춘 분이 앞장서서 끌고 나가야 한다고 말했

제3회 차의 날 기념식에 모인 정원호 원장과 차인들(추사고택, 1983)

다. 평소에 정 원장은 명예와 물질에 욕심이 없는 분이었기 때문이었다.

효동원에는 여성 차인들도 있었다. 내게 다도 교육을 부탁하셔서 이현숙(현 성신여대 겸임 교수) 등 여러 분들에게 행다례를 가르치고 예절 교육 수료식까지 하게 되었다.

정 원장은 아들의 결혼식 함을 나에게 부탁했다. 전통식으로 함을 싸고 그 함에 들어갈 내용물을 준비하는 것이었다. 신사동의 정 원장 댁은 차인의 집답게 깔끔했다. 나는 저녁 늦도록 함 싸기를 했다. 그리고 인사를 하고 돌아서 나오는데 나의 핸드백에 두툼한 봉투를 넣어주시는 것이었다. 그 봉투에는 제법 큰 용돈이 들어 있었다. 그 후로도 정 원장과의 인연은 계속되었다.

1983년 4월, 나는 서울 퇴계로 '한국의 집' 강당에서 다경회 수료식 및 행다례 발표를 했다. 그때 효동원 식구들 몇 명이 수료했다. 그날도 어김없이 참석한 정 원장은 행사가 끝날 무렵 조용히 나를 뒤로 불러냈다.

"너무 고생했습니다, 김 선생. 이거 얼마 안 되지만 행사에 보탬이 되면 좋겠네요. 앞으로도 차 문화 발전을 위해 좋은 일 많이 하세요."

정 원장은 또 두툼한 봉투를 내게 주었다. 나는 그 축하금을 행사가 끝난 후에 만찬비로 잘 사용할 수 있었다. 정 원장과 박천현 세계기독교차문화협회 회장은 고등학교 선후배 간이었다. 그래서 종종 만나서 함께 식사도 하고 마음속 이야기도 나누곤 했다.

그러던 어느 날, 정 원장은 내게 이렇게 말했다.

"김 선생! 나는 환갑만 지나면 멀리멀리 갈 거야. 속세를 떠나 산속으로 들어가서 세상 밖에는 나오고 싶지 않아. 그곳에서 조용히 차를 마시며 살고 싶어. 환갑이 되기 전에 아이들 혼사를 모두 마치고 마음 편히 혼자 부처님을 모시며 살고 싶어."

그런 바람 탓이었을까. 정원호 원장은 환갑이 지나자마자 영원히 저세상으로 떠나셨다. 우리 부부는 하늘이 무너지는 느낌이었다. 나는 오늘날까지 정원호 원장이 살아 계셨더라면 (사)한국차인연합회가 지금보다 더욱더 번창했을 것이라고 생각한다.

| # 김명배

(사) 한국차학회 고문

1982년 퇴계로에 있는 '한국의 집'에서 차문화학회의 첫 모임이 열렸다. 그 모임에는 김명배(金明培, 1929~), 그 당시 전완길 태평양박물관장, 민성기 박사, 허욱, 설옥자, 신운학, 김태연, 한민자, 민숙기 등 약 20명이 모였다. 그 이후로도 매월 첫 번째 월요일 오후 2시에 모여서 한국의 차 문화 정신, 한 · 중 · 일 차 문화사 등에 대해 토론하고 연구했다. 그때 당시 숭의전문학교 이사장이었던 박동선 이사장이 나에게 연락을 해왔다.

"숭의여전에서 다도를 강의할 수 있는 교수를 뽑는데 훌륭한 차 선생을 한 분 추천해주세요."

이에 나는 김명배 선생을 소개해주었다. 그 후로 김명배 선생은 오랜 세월 동안 숭의여전 다도 교수로 활동했고, 전국 차회를 돌아다니며 강의했다. 뿐만 아니라 차 문화에 관한 책을 여러 권 저술했다. 내가 운영하는 다경회에 매월 오셔서 이론 강의도 해주었다.

다경회 수료식 및 다례 발표에 오신 김명배 선생(한국의 집, 1982)
김명배 선생은 차를 즐기고 차 문화를 발전시키는 데 머무르지 않고 차의 학문화를 위해
열정을 기울이신 한국 차학계의 대표적인 차인이다. 선생의 오른쪽은 민길자 교수

김명배 선생은 나를 볼 때마다 이런 말씀을 하셨다.

"김태연 선생! 우리나라에도 학교에서 쓸 만한 다도 교과서가 있어야 합니다. 다도 교과서를 만들기 위해 차인들이 모여 힘을 합쳐야 해요. 김 선생이 나서서 한번 추진해봐요. 그리고 남상민 교수를 한번 만나세요. 그분에게서 우리 전통 혼례법을 배워두면 좋을 겁니다."

나는 그 길로 홍제동에 계신 남상민 교수를 찾아갔다. 그리고 남 교수에게서 우리 전통 혼례법과 사주, 함 보내기 등을 배웠다. 차문화학회 공부 모임에는 한국 전통 복식의 대가인 석주선 박사도 종종 오셔서 복식에 대해 강의했다. 석 박사 덕분에 나는 올바르게 한복 입는 법과 노리개 다는 법 등을 배웠다.

김명배 선생이 차 강의를 하실 때, 꼭 하시는 말씀이 있다.

"차를 우리는 사람을 팽주라고 하지 말고 주인이라고 해야 합니다."

"차인이라면 차와 연관된 것은 모두 알아야 합니다. 그래야 차를 제대로 아는 올바른 차인이 될 수 있어요. 그리고 지금 여러 차인들의 배례법(절)이 각각 다른데, 그래서는 안 됩니다. 하루 속히 전문가를 모셔다가 배례법을 하나로 통일해야 합니다."

마침 그해 여름 (사)한국차인연합회 지도자 연수회를 양평 KBS방송국 연수원에서 개최했다. 김명배 선생이 제기한 배례법을 통일할 수 있는 좋은 기회였다. 그 연수회에 민길자 교수, 남상민 교수, 이길표 교수를 모시고 배례법에 대해 논의했다. 그리고 지방마다 다른 배례법을 서울 중심으로 통일하자는 의견이 모아졌다. 연수회에 참석한 차인들이 모두 하나로 통일된 서울식 배례법을 배웠다. 그 결과 오늘날 (사)한국차인연합회에서는 통일된 절을 하고 있다.

정학래

(사)한국차인회 초대 상임이사

　일우(一羽) 정학래(鄭鶴來, 1930~) 선생은 (사)한국차인회 초창기 때 상임이사를 맡아서 많이 고생하신 분이다. 송지영 회장을 모시고 경제 사정이 어려운 협회를 운영하기 위해 작가들로부터 그림 작품을 받아 차인들에게 억지로 판매하는 등 협회 운영에 어떻게든 보탬이 되도록 힘을 썼다.

　(사)한국차인회 사무실을 방문하면 정학래 선생의 책상 위에서 일본 다도에 관한 책들도 많이 볼 수 있었다. 정치에 꿈이 있었던 선생께서는 한국 전통문화 속에서 우리 차 문화의 가치를 발견하고자 평소 차 문화 보급과 발굴에 열정을 쏟았다.

　정학래 선생이 상임이사로 계실 때는 (사)한국차인회가 출범한 지 얼마 되지 않았던 탓에 활동비도 제대로 받지 못하고 일하실 수밖에 없었다. 그럼에도 불구하고 정 선생은 매일 출근했고, 가정생활이 어려운 가운데 협회를 위해서 묵묵히 몸을 아끼지 않았다. 그러나 어떤 이유에서인지는 모르지만 정 선생은 1980년대

(사)한국차인회 총회 후의 정학래 선생과 차인들(한국의 집, 1983)
왼쪽부터 조창도, 이경의, 회원, 홍석태, 정학래, 김기원

중반에 (사)한국차인회를 떠나게 되었다.

그 후 여러 곳에서 들려오는 소리가 있었다. 정학래 선생께서 (사)한국차인회 일로 마음에 많은 상처를 받으셨다는 이야기였다. 왜 그렇게 되었는지 이유를 잘 알 수는 없지만 우리 차인들이 한 번쯤 생각해볼 일이다. 지금까지 어느 누구도 (사)한국차인회와 한국 차 발전을 위해 쏟은 정학래 선생의 노고와 마음의 상처를 생각하지 않은 듯하다. 우선 나부터 그랬다. 이미 많은 세월이 흘렀지만 이제라도 살아생전에 시시비비 따지지 말고 정학래 선생이 (사)한국차인회와 한국 차계 발전에 쏟은 노고를 생각해야 할 때다. 덕이 없고 지혜가 부족한 우리 모든 차인들이 그저 죄송할 따름이다.

화종 김종해

정신과의사

'한국 정신의학계의 대부'로 불리는 화종(和宗) 김종해(金鍾海, 1931~1984) 박사는 효당 최범술 선생의 다맥(茶脈)을 이어가려고 노력했던 분이다. 그는 만나는 누구에게나 음다 생활을 권유하며 차를 통해 마음을 안정시켜서 정신 건강을 지키기를 강조했다. 정신과 의사로서 차로 마음과 정신을 다스리는 데 중점을 두었던 것이다. 윤병상 교수와 함께 다솔사에서 효당 선생께 차를 배웠다고 한 김 박사는 친절하고 자상한 분이었다. 나는 가끔씩 효동원에서 김 박사를 만날 수 있었다.

"김태연 선생! 언제 부산에서 오셨지요? 시간 나시면 우리 병원에 꼭 들려서 차 한 잔 하고 내려가세요."

어느 해 비원(祕苑) 낙선재(樂善齋)에서 이방자 여사, 신운학 선생과 함께 한일 교류 차 문화 행사를 한 적이 있는데, 그날 예상치 않게 김종해 박사께서 오셨다. 내가 한국 대표 손님으로 모시고 싶다고 말씀드렸더니 김종해 박사는 한사코

화종 김종해 박사 가족과 여연 스님
의사이자 차인이었으며, 차를 통한 정신 건강의 유지에 심혈을 기울이셨던 분이다.

손사래를 쳤다. 그리고 행사가 끝날 때까지 한쪽 구석 나무 그늘 밑에서 행사 광경을 지켜보셨는데, 그 모습이 지금도 눈에 선하다.

화종 김종해 박사는 병원과 집에 차실을 꾸며놓고 차 생활을 즐겼다. 자신만 즐긴 것이 아니라 자신을 만나러 오는 모든 사람과 함께 즐기고자 했다. 그리고 차 생활을 환자 치료에도 적용했다. 환자에게 차를 마시게 하면서 정신 문제를 상담했던 것이다. 김종해 박사께서 지금까지 계셨다면 의학계에도 차 문화가 엄청나게 보급되지 않았을까 생각해본다.

우사 박권흠

(사)한국차인연합회 회장

아래의 글은 필자가 우사(又史) 박권흠(朴權欽, 1932~) 회장의 80세를 축하하는 산수연(傘壽宴)을
기념하여 써드렸던 글이다. 이로써 박권흠 회장과의 인연 이야기를 대신하고자 한다.

10년이면 강산이 바뀐다고 하는데 벌써 강산이 두 번이나 바뀌는 세월 속에서
우사 박권흠 회장님의 산수연을 맞게 됨을 진심으로 축하드립니다.

어젯밤 문득 근 20년 동안 (사)한국차인연합회를 이끌어오신 회장님의 노고
에 차인을 대표해서 감사와 사랑의 편지를 올려야겠다는 생각이 들어 이 자리에
서게 되었습니다.

1992년에 회갑을 갓 넘기신 회장님을 모실 때 저희 (사)한국차인연합회는 참
으로 힘이 약하고 재정도 어려운 형편에 놓여 있었습니다. 회장님께서 이런저런
고심 끝에 1994년 국제차문화연토대회를 한국에 유치해 우리나라 차 문화의 위
상을 높이는 동시에 연합회의 어려운 재정을 회복시키시는 놀라운 능력을 보여
주신 점을 저희 차인은 모두 잊지 않고 있습니다.

또 1993년부터 다도대학원을 설립하여 차 전문 교수들을 1,500명이나 양성시
켰고 당시 60개 지회에 불과하던 것이 지금은 500개 지회가 넘으며 전국에 회원

우사 박권흠 회장의 80세 축하 산수연(傘壽宴)

들이 5만 명이나 늘어났습니다.

이 외에도 최고정사반을 설립해 최고급다례사 자격을 인정함으로써 차인들의 위상을 높여주었고 청소년차문화대전을 20년째 매해 열어서 오늘날 전국의 학교마다 우리 차인들이 다도 예절 교육으로 인성을 가르치고 있습니다.

회장님! 회장님께서는 멋진 차인이 되셨습니다.

차의 다섯 가지 맛을 (사)한국차인연합회에 오셔서 제대로 맛보셨습니다. 10년 전에 차의 맛과 같이 떫고 쓴 일을 당하셨을 때 군자의 모습으로 인내하시며 잘 헤쳐나가셨습니다.

폭풍 속에 있던 (사)한국차인연합회를 끝까지 단단한 반석 위에 우뚝 세우시는 놀라운 인격에 저희들은 참으로 감탄했습니다. 요즘도 가끔씩 신맛을 보실 때면 넉넉히 웃으시면서 슬쩍 넘기시는 유머에 존경스러운 마음을 감출 수 없습니다. 이제는 회장님이 달고 향긋한 차의 맛 속에서 몹시 자유를 누리시는 것 같아 행복해 보이십니다. 덕분에 저희들도 행복하답니다.

전국에 크고 작은 행사가 열릴 때마다 몸을 아끼지 않으시고 달려가셔서 차인들을 격려해주시고 자리를 빛내주시는 우리 회장님! 정말 사랑합니다. 차인들을 만날 때면 10번이고 100번이고 손을 내밀어 악수를 청하시는 모습은 옛날에 정치를 하시면서 유권자들과 악수하셨던 습관이 자연스럽게 흘러나온 것은 아닐까요? 저희들도 회장님만 보면 자연스럽게 손이 저절로 내밀어진답니다.

저는 4~5년 전에 회장님의 인간적인 모습을 몇 차례 보았습니다. 박동선 이사장님께서 억울한 일로 미국에 억류되어 계실 때 노심초사 걱정하시며 건강하게 살아서 돌아오셔야 한다며 여러 번 눈물을 흘리셨습니다. 그 모습에 눈물 많으신 허재남 부회장과 함께 우리 모두 따라 울었습니다. 그렇게도 염려하셨던 분이 살아 돌아오셔서 오늘 이 귀한 자리를 베푸시며 인사 말씀까지 하시니 이 얼마나 아름답습니까?

박권흠 회장님께서는 차인들이 어려운 일을 당할 때면 아버지처럼 오빠처럼 진심으로 위로해주고 격려를 아끼지 않으시는, 인정 많고 사랑 많으신 분입니다. 이에 다시 한 번 감사드립니다.

비가 오나 눈이 오나, 덥거나 춥거나 이유 없이 사무실에 나오시지 않는 일이 한 번도 없으시고 몹시 성실하게 최선을 다하시는 모습에 저희들은 항상 송구스러웠습니다. 도덕적으로도 투명하신 회장님! 정말 존경합니다.

가끔은 행사나 회의를 진행하실 때 정치를 하신 솜씨로 저희들을 당황하게 해놓고 무조건 안건을 통과시킬 때면 약간 실망하기도 합니다. 하지만 평소 회장님의 깊은 뜻을 잘 알기에 우리가 회장님 마음을 편하게 해드렸다는 사실도 기억해 주시면 감사하겠습니다.

가끔씩 바른말 잘하는 제가 회장님을 불편하거나 서운하게 해드린 점, 이 자리를 빌려 용서를 구합니다. 용서해주십시오.

그리고 사모님! 사모님께 진정으로 감사드립니다. 수많은 여인들 속에 계시는 회장님을 질투도 하지 않으시고 마음을 편안하게 해주시면서 건강을 잘 돌봐주셔서 이렇게 멋진 날을 함께할 수 있었습니다.

돌아가신 선배 원로 차인들이 심어놓은 차나무 뿌리에 회장님께서 물 주고 거름 주셨으니, 저희 차인들은 전국 각지에서 차 문화 꽃을 피우고 차의 향기를 널리 퍼뜨리는 빛과 소금의 역할을 열심히 하겠습니다.

회장님! 부디 오래오래 건강하시고 만수무강하십시오.

2011. 3. 10.
김태연

윤경혁

(사)국어고전문화원 원장

윤경혁(尹庚爀, 1932~) 선생은 차인들에게 차의 질서와 법도를 바르게 알게 하고 차도구의 명칭들을 모두 우리말로 바꾸는 등 올바른 다도 교육에 힘을 다하셨다. 그런 윤경혁 선생을 가끔 뵐 때마다 죄송스러운 마음이 든다. 차인들에게 큰 울타리가 되어주셨고 참 중요한 역할을 하셨는데, 우리가 제대로 대접해드리지 못했구나 하는 생각에서다.

(사)한국차인연합회 초창기 때에 어떤 역할을 제대로 할 수 없는 분위기가 되고 보니, 윤경혁 선생은 차계에서 한 발 뒤로 물러나서 그저 우리 뒷모습만 쳐다보며 조용히 차 생활에 몰두하신 것으로 알고 있다. 연합회 창립 당시에 우리가 서로 의견을 존중하고 각기 다른 영향력을 발휘하여 힘을 합쳤더라면 지금쯤 한국 차 문화는 더욱 발전했을 것이고 차인들의 질서도 바로 세워졌을 것이다. 현

윤경혁 선생
팔순을 넘기시고도 여전히 제자들을 지도하시고,
차 문화 고전 연구에 하루도 쉼을 두지 않는
우리 시대의 선비시다.

재 결국 여러 차 단체로 흩어져서 서로 종가 단체라고 부르짖고 있다.

올바른 생각과 인격을 갖춘 윤경혁 선생을 우리 곁에 모시지 못한 것은 천군
만마를 잃은 것과 마찬가지라고 생각한다. 조상의 뿌리를 알고 홍익인간 사상을
깨우친 윤경혁 선생이 차인들에게 근본 교육을 시켰더라면 나를 비롯한 차인들
의 인격에 많은 변화가 있었을 텐데 하는 아쉬움이 든다.

명우 고세연

명산차회 회장

　명우(茗羽) 고세연(高世燕, 1932~) 선생은 청춘을 다 바쳐 차 문화 생활을 하신 분이다. 젊은 시절부터 명원 김미희 선생을 만나 차와 인연을 맺었다고 했다. 고 선생은 어제나 오늘이나 한결같이 책상머리에서 앉아 차에 관해 연구하며 책을 써오셨다. 홀로 집에서 차를 마시다가, 누웠다가 앉았다가, 낮이나 밤이나 다시 펜을 들어 차 문화 연구에 몰두하는 모습이 눈에 선하다.

　고 선생은 누구보다 감정이 풍부하시고 직선적이며 정도 많다. 어느 때인가 잠실아파트에 살고 있을 때 집으로 오라는 연락을 받고 갔다. 그런데 이게 웬일인가. 밤을 곱게 채 썰어 넣고 담은 씀바귀 김치를 한 통 담아주시며 "꼭 당신 신랑 밥반찬 하라"는 것이었다.

　고세연 선생은 그 누구와도 타협하지 않고, 당신 생각이 옳다고 생각하면 끝까지 주장한다. 때로는 목소리가 너무 커서 오해를 많이 사는 바람에 손해도 많이 보셨다. 그만큼 차인으로서 소신이 있고 정의로운 분이다. 우리가 할 수 없는

꽃꽂이 전시장 다정에 모인 고세연 선생과 차인들(1984)
왼쪽부터 김태연, 김리언, 고세연, 김윤경, 신운학

일들을 고세연 선생께서 많이 하셨다. 되돌아보면 고세연 선생은 넓은 차의 길도 걸어오셨고, 좁고 꼬부라진 차의 길도 많이 걸어오셨다. 당신의 인내를 시험하듯이 그저 자연의 섭리에 감사하는 마음으로 살아가시길 바란다.

지난 2011년 6월 서울 티월드 전시장에서 고 선생을 오랜만에 만났다. 여전히 우아하고 멋스러운 헤어스타일을 하시고 사랑하는 제자들과 함께 다니시는 모습이 보기에 좋았다.

강영숙

(사) 예지원 원장

1980년 8월 25일 서울 문예진흥원 강당에서 '우리의 차 문화 배경 간담회'를 주최하셨던 분이 (사)예지원(禮智院)의 강영숙(姜映淑, 1932~) 원장이다. 주로 남자 차인들이 참석한 그날 간담회에서는 노산(鷺山) 이은상(崔南善) 선생이 '중국 육우(陸羽)의『다경』'을, 김운학(金雲學) 박사가 '한국 다도 부흥의 의의'를 강의했다. 두 분의 강의에 모두들 공감했다. 그 전인 1980년 7월에는 (사)예지원 주관으로 서울 하얏트호텔에서 '한일 차 문화 교류 시연'이 열렸다. 나는 부산에서 한국 부인다도회 회원 20명을 인솔해 참석했다. 국민 아나운서 출신의 강영숙 원장은 아름다운 목소리로 직접 진행했고, 행사 전체를 멋지고 훌륭하게 이끌어갔다.

강영숙 원장은 우리 차 문화 찾기 운동에 앞장선 이야기를 했다.

"어느 날 청사 안광석 선생께서 '강영숙 하면 우리 차 문화 배경쯤은 알고 있을 줄 알았는데 어찌하여 일본 차 문화부터 알려고 하십니까?'라고 말씀하시는 거 아니겠습니까. 그때 너무 부끄러운 마음이 들어 우리 차 문화 찾기 운동에 앞장을 섰습니다. 또 명원 김미희 선생을 만나서 한국 차 문화에 관해 다방면으로 이

한일 차 문화 교류 행사를 주관하신 강영숙 선생(서울 하얏트호텔, 1980. 9)
왼쪽부터 김태연, 김명희, 강영숙, 일본 다도 사범

야기를 많이 나눴습니다."

　나와 강영숙 원장의 인연은 깊다. 차를 통해 서로 인연이 되기 전인 1976년에 잎사귀회 문상림 회장으로부터 처음 소개받았다. 잎사귀회 1급 꽃꽂이 사범 모임이 있을 때 강 원장을 모시고 특강을 들었다. 그때 들은 강의 내용이 영원히 기억에 남아 내 가슴에 아직도 훌륭한 교훈으로 남아 있다.

　"아내들이여! 남편 월급봉투를 받을 때에는 자식 앞에서 두 손으로 공손히 받아 '감사합니다. 한 달 동안 우리 가족을 위해 고생하셨습니다'라고 말해야 합니다. 남편을 위로하며 감사할 줄 아는 어머니가 되어야만 아버지의 권위가 땅에 떨어지지 않습니다."

　강영숙 원장의 특강을 들은 후 나는 그 말씀을 평생 지키며 살고 있다. 한국을 대표하는 모범적인 여성으로 평생을 살아온 강 원장은 어쩌다 행사장에서 나를 만날 때마다 "김선생! 훌륭한 남편 덕으로 잘살고 있는 거 알지?"라고 하신다. 이처럼 강 원장은 언제나 가족의 소중함을 알려주는 나의 멘토다.

민길자

前 국민대 교수

　항상 곧고 반듯한 자세로 계절에 맞는 한복 차림에 두루마기를 잘 입고 다니시던 민길자(閔吉子, 1933~2000) 교수. 어떤 행사든지 말없이 조용히 오셔서 뒷자리에 계셨다가 살며시 가시는 분이었다. (사)한국차인연합회 총회나 송년회 때 종종 김인숙 교수와 함께 참석하셔서 차인들에게 수고한다며 격려해주시고 겸손하게 위로도 해주셨다.

　국민대학교는 1980년에 서울시 문화재인 한규설 대감댁 99칸 규모의 전통 한옥을 국민대학교 부근에 복원했다. 그리고 그곳을 '명원민속관'이라 이름 붙였다. 민길자 교수는 1983년 1학기부터 명원민속관에서 교양 과목으로 선정된 다도를 가르쳤다.

　이 다도 강의에서 학생들에게 차의 품성이 무한한 변화의 가능성을 지니고 있다는 점을 강조했다. 그리고 《다원》지 1983년 4월호에 '다례법'을 발표했다.

제2회 다경회 수료식에 참석한 민길자 교수와 차인들(1983)
왼쪽부터 이정임, 김영숙, 민길자 교수, 김명배 교수, 남상민 교수, 김태연, 이경의, 안정태

민 교수는 대학생들에게 차를 통한 인격 함양과 생활 학문에 대한 교육을 중요
시했다.

항상 조용한 모습으로 남 앞에 나서기를 별로 좋아하지 않았던 민길자 교수는
김인숙 교수와 함께 조용히 차 생활을 즐기며 차를 정말 사랑했던 분이었다.

윤병상

연세대 명예교수

연세대학교 윤병상(尹炳相, 1934~) 교수님과의 인연은 1980년대 초 서울 강남 효동원에서 화종 김종해 박사와 함께 만나면서 시작되었다.

윤 교수님의 맑고 깨끗한 목소리를 처음 들었을 때 아나운서 아니면 성우라고 생각했다. 교수님은 일찍이 효당 최범술 선생의 수제자로 한국 차 문화 중흥에 큰 역할을 하셨다. 연세대학교 교목으로 계시면서 오랜 세월 동안 학생들뿐만 아니라 전국 차인들에게『동다송(東茶頌)』,『다신전(茶神傳)』,『다경』을 가르치시며 차 문화 정신을 올바르게 지도해주신 다도학계의 거장이다.

특히 윤 교수님은 차의 정신인 중정에 대한 강의를 할 때 열정을 다하신다. 차인들이 중정의 정신을 벗어나서 본질을 잃어버릴까 봐 염려하시며 바른 소리로 때로는 쓴소리로 일침을 놓으신다. 윤 교수님의 강의를 들으면 한 번쯤은 자신을 돌아보게 된다.

윤병상 교수
목회자, 차인, 학자로 평생 우리 차 문화와 정신의 계승과
발전을 위해 애쓰고 계신 우리 시대의 사표다.

윤 교수님은 평소에 취미로 사진을 찍으시는데, 가끔 작품 전시를 하신다. 몇
년 전 연세대학교에서 열린 윤 교수님 사진 작품 전시회에 참석했다. 교수님은
나에게 예루살렘에서 찍은 작품 사진을 선물로 주셨다. 받아온 작품 사진을 우리
집 거실 벽에 걸어놓고 예수님 생애의 흔적을 보며 묵상하곤 한다.

전국의 많은 차인들 가운데 유일무이하신 윤 교수님은 나에게 너무나도 소중
하고 영적으로 의지가 되는 분이다. 윤 교수님은 이 책 2부에 당신의 이름을 넣지
말라시며 훗날 천국으로 떠나신 후에나 책에 올리라고 말씀하셨다. 나는 서운했
지만 교수님의 깊은 마음을 조금은 이해할 수 있을 것 같다.

감승희

한국차생활문화원 원장

한국차생활문화원 원장 감승희(甘承熹, 1934~) 선생은 현재 미국 LA에 살고 계신다고 한다. 감 선생이 1999년 해남 초의문화상을 수상했을 때 단상 위에서 눈물을 흘리면서 소감을 말씀하시던 모습이 기억난다.

"얼마 전 사람에게서 배신을 당해 너무나 가슴앓이를 하고 있었는데 저에게 이렇게 큰 상을 주셔서 무척 위로가 됩니다."

그날 모든 차인들이 마음 아파하면서 진심으로 축하했다. 평소 남달리 강해 보이고 언제나 씩씩하셨던 분이 얼마나 큰 상처를 입었기에 저런 말을 하는지 좀 의아했다. 이 세상에서 약자는 강자에게 질 수밖에 없다. 아무리 정직하고 바르게 살려고 해도 억울한 일들을 당할 때가 많다. 하지만 진실은 언젠가 모두 밝혀지는 법이다.

감승희 선생은 1980년대 초까지 서울 인사동에서 대신화랑을 경영했다. 당시 대신화랑 2층에서 고세연 선생을 초빙해 강의하도록 했고 그 후부터는 차 문화에 큰 관심을 갖고 서울 성북동 쪽에서 직접 교육도 했다.

감 선생은 성품이 너무 강직하여 약간은 딱딱하다고 느껴질 수 있었지만 속마음은 그렇지 않았다. 세상의 이치를 다 깨달은 것처럼 툭툭 던지시는 말씀 속에 당신이 살아오신 삶이 담겨 있구나 하고 느낄 수 있었다.

그러던 어느 날 감승희 선생은 한국 땅이 싫어서였는지 미국으로 돌연 떠나셨다. LA에 있는 교포들의 이야기를 듣자면, 그곳에서도 여전히 차 문화에 관심을 두고 조금씩 활동하고 계시는 듯하다. 어디에 계시든지 항상 건강하시고 차의 향기를 잃지 않으셨으면 한다.

서운 박동선

(사)한국차인연합회 이사장

　서운(西雲) 박동선(朴東宣, 1935~) 이사장은 어느 누구보다 내면에 한국적이고 보수적인 면을 많이 지녔다. 30년 넘는 세월 동안 차 생활을 함께하면서 지켜보았지만 한 번도 화내는 모습을 본 적이 없다. 그리고 어느 누구와도 시시비비하는 것을 본 적이 없다. 아무리 기분 나쁜 일이 생겨도 본인 외에 주변에서는 전혀 느끼지 못한다. 상대방이 불편해할까 봐 혼자서 삼키고 또 삼키기 때문이다.

　국제 신사로서 세련된 매너와 따뜻한 정을 지닌 박동선 이사장은 특히 외국 손님 접대에 최선을 다한다. 그것이 민간 외교의 지름길이라 생각하기 때문이다. 30년 넘는 세월 동안 한국에 오신 손님들에게 우리 차 문화를 알리기 위해, 꼭 차인들을 불러내어 티파티와 다도 시연을 하도록 했다. 그중에 90% 이상인 300회 정도는 내가 담당했다.

　서운 박동선 이사장은 유창한 유머로 대중을 사로잡는다. 또한 파티에 초대된 손님 한 사람 한 사람의 자리를 배정하는 데도 세심히 배려한다. 서로 어색하지

(사)한국차인회 총회를 마치고 차인들과 환담 중인 서운 박동선 이사장(한국의 집, 1981. 4)
왼쪽부터 故 곽경렬, 김태연, 박동선, 한경리

않도록, 귀한 만남이 되도록 하는 배려는 어느 누구도 따라갈 수 없다.

　우리 아이들이 초등학교에 입학했을 때의 일이다. 우리 가족은 입학 축하 식사에 초대받았다. 박동선 이사장은 식탁 위에 촛불을 켜놓고 나비 타이를 매는 등 아이들 분위기에 맞춘 차림으로 우리 가족을 맞이했다. 우리와 식사할 때면 외국인들과 함께 식사할 때의 매너는 물론, 한국인의 긍지와 자부심에 대해 이야기했다.

　그러던 어느 날이었다. 박동선 이사장은 쓸쓸한 표정으로 이렇게 말씀하셨다.

"남자는 자신을 인정해주는 곳에 가서 살아야 합니다. 아무리 작은 시골 동네라도 나를 인정해주는 곳에서 살아가는 것이 인생 최고의 행복이 아닌가 싶어요. 그동안 조국을 위해 일을 해왔지만 우리나라에서는 오히려 시기하거나 질투하고, 심지어 중상모략을 합니다. 나를 인정하지 않는 것은 괜찮지만, 내가 하는 일까지 방해하지요. 그래서 한국에서는 사람 구실을 하고 살아가기 매우 힘듭니다."

박 이사장은 배재중학교 2학년이었던 1948년에 미국으로 유학을 갔다. 부친의 도움으로 어릴 때부터 골동품을 모으기 시작했고, 6·25전쟁 이후 가난하고 배고픈 시절에 국전 입상 작가들의 그림을 사주고 어려운 작가들을 도와주었다.

초창기에 (사)한국차인회는 사무실이 없었다. 그래서 서울 남산 숭의음악당 내 박동선 이사장의 접견실을 사용했다. 당시 접견실 벽면에는 많은 그림들이 걸려 있었는데, 그중 박수근의 그림 몇 점이 제일 눈에 띄었다.

박 이사장은 난(蘭)에 대해서도 관심이 많았다. 1984년까지 난협회 회장을 하면서 매년 3~4월에 창경궁 식물원에서 열렸던 난 전시회를 주관했고 몇몇 차인들을 초대해서 저녁 만찬까지 잘 대접하셨다. 그 정성은 그때나 지금이나 변함이 없다.

한국 차 산업에 대해서도 깊은 관심을 보인 박 이사장은 (사)한국차인회를 창립한 후 한때는 보성에 차밭을 마련했다. 해마다 그곳에서 햇차가 나오면 오동나무 박스에 담은 신록차를 전국의 차인들에게 선물했다. 특히 박 이사장은 지방에서 서울로 올라오는 차인들을 절대 빈손으로 돌려보내지 않았다.

박 이사장은 한국 차 문화 발전에도 많은 지원을 했다. 그중에서도 가장 기억에 남는 것이 바로 차 전문 잡지인 《다원》지 창간이다. 차 문화 발전을 위해 전문 잡지가 꼭 필요하다는 김봉호 선생님의 말씀을 듣고 박 이사장은 창간 지원을 선뜻 약속했다. 그리고 1983년에《다원》지 남산 사무실 임대료와 발행 경비 등에 쓰라고 1억 2,000만 원을 개인 사비로 내놓았다.

박동선 이사장의 헌신적인 차 사랑은 많은 차인들의 존경을 받았다. 박 이사장은 연세가 많은 차인들이 지방에서 올라오면 가족의 안부까지 물어보며 자상하게 맞이했다. 그러한 매너에 어떤 원로 차인은 이사장을 짝사랑까지 할 정도였다. 그래서 어느 날 나는 박 이사장에게 한 말씀을 드렸다.

"이사장님! 한국에서는 지나친 친절을 베풀면 순진한 여성들이 자기를 좋아하는 줄 알고 착각할 수가 있습니다. 조심하셔야 해요. 외국에서처럼 여성들을 만날 때나 헤어질 때 '허그'는 하지 마세요. 오해할 수 있거든요. 한국 여성들은 어색해하고 부끄러워합니다."

내 말에 박 이사장은 이렇게 답했다.

"김 원장! 한국은 참 어려운 곳입니다. 처신하기도 어렵고 무엇이 이렇게 복잡한지 모르겠어요."

서운 박동선 이사장은 늘 차인으로서 외적인 멋과 내적인 멋을 함께 풍기시는 분이다.

설옥자

가예원 원장

가예원 원장 설옥자(薛玉子, 1935~) 선생은 서울에서 다도 교육으로 한때 크게 인정받으셨다. 제자도 많았고, 훌륭한 제자도 많이 배출했다. 지금까지 오랫동안 설옥자 선생을 따르는 제자들을 보면 대견스럽고 감사하다.

남다른 성품으로 제자들을 훈계하며 지도하는 설 선생은 언제나 근엄했다. 눈을 아래로 내리고 행다례 하는 모습은 어느 누가 보아도 멋졌다. 1980년에 (사)예지원 주최로 햐얏트호텔에서 한일 교류 차 문화 행사가 열렸을 때, 설옥자 선생은 와인색 치마에 노란색 저고리를 입고 무대 위에서 말차 시연을 했다. 부산에서 올라온 우리 일행은 그때 선생의 모습을 보고 몹시 감탄했다.

1981년에는 설옥자 선생과 신운학 선생, 민숙기, 한민자와 필자가 차 공부 모임을 결성했다. 우리는 함께 모여 행다례도 연구하고, 석주선 박사에게서 복식 수업도 받았다. 또한 '한국의 집'에서 김명배 선생, 전완길 관장, 민성기 박사 등과 차문화학회도 만들어 몇 년 동안 많은 일들을 함께했다. 나는 가예원이 사무

(사)한국차인연합회 임원 화전놀이에 참석한 설옥자 원장(수유리 화계사, 1986)
중앙의 한복을 입고 선 이가 설 원장이다. 설옥자 선생은 누구보다 차를 사랑했고,
누구보다 많은 제자를 길러내신 그야말로 차 선생이었다.

실을 여기저기 옮겨 다닐 때마다 제일 먼저 찾아가서 축하했다. 그 후로도 오랜
세월 동안 설 선생과 나 사이에는 남다른 교분이 있었다.

1979년 (사)한국차인회가 창립되자 함께 등록하자고 설옥자 선생께 여러 차
례 권유했다. 당시 (사)예지원 다도반 회장을 맡고 있었던 선생은 양다리를 걸칠
수는 없다며 나부터 등록하라고 하셨다. 부산 촌사람이었던 나는 남산 숭의음악
당 가는 교통편을 설 선생한테 물어보고 혼자 찾아가서 등록했다. 그 후 2년 뒤에
설 선생도 (사)한국차인회 가예원 지회로 등록을 했다.

"차와의 만남은 더없는 행복이요, 다시 태어나도 차와 벗하리라" 하고 고백하
는 설옥자 선생의 여생 속에 차향의 따스함이 이어지길 기원한다.

김리언

명진회 회장

1981년 가을, 숭의음악당 박동선 이사장 사무실에서 전국 차인들이 모여 각 지역에서 교육 중인 행다례를 시연하는 시간을 마련했다. 그때 어떤 차인이 내게 다가와 부산에서 올라온 젊은 선생부터 먼저 하라는 것이었다. 나중에 알고 보니 그분이 김리언(金利彦, 1937~) 선생이었다. 서울의 신운학, 정영선 선생 등도 준비하고 있었기에, 속으로 '왜! 하필 나부터 하나? 나중에 하는 게 좀 더 유익할 텐데' 하고 생각했지만 하는 수 없이 먼저 하게 되었다.

그해 12월에는 (사)한국차인회 송년회가 세종호텔에서 있었다. 한참 분위기에 맞춰 노래 부르는 시간이 되었는데, 이때 또 김리언 회장이 나부터 불러냈다. "멀리 부산에서 왔으니" 노래를 불러보라는 것이었다. 나는 또 얼떨결에 양희은의 〈새노야〉를 불렀다. 김리언 회장은 "아주 어려운 노래를 불렀다"며 칭찬 아닌 칭찬을 했다. 나는 마음속으로 김 회장이 왜 나를 종종 골탕먹일까 하고 생각했다. 그러나 나중에야 관심 있고 좋아하면 무엇이든지 먼저 하게 하는 것이 김 회

차 문화 고전 연구에 열심이었던 김리언 선생(맨 오른쪽)과 차인들
왼쪽부터 설옥자, 김태연, 신운학, 김리언

장의 사랑 표현이라는 것을 알았다.

김리언 회장과 나는 이순희 회장과도 더불어 차 생활을 즐겁게 함께했다. 그러던 어느 날 생각지도 않은 명함 사건으로 오해를 받아 (사)한국차인연합회에서 차 생활을 함께할 수 없게 되었다. 그 일을 생각하면 마음이 지금도 아프다. 이제 와서 누구의 잘못이라고 묻지도 말고 따지지도 말았으면 한다. 모든 게 꿈이었으면 좋겠다. 별생각 없이 전해준 말 한마디가 사람을 생매장할 수가 있다는 걸 그때 알았다. 우리 차인들은 정말 말조심을 해야 한다. 거짓된 말 때문에 우리는 얼마나 큰 죄를 짓는지 모른다. 하나님이 주신 최고의 선물인 차나무의 찻잎을 따서 차 한 잔 우려 마시며, 추사(秋史) 김정희(金正喜, 1786~1856) 선생의 〈세한도(歲寒圖)〉에 나오는 소나무처럼 아름다운 차인들이 되기를 소망한다.

신운학

화정다례원 원장

   화정다례원 원장 신운학(申雲鶴, 1937~) 선생은 서울 을지로 롯데백화점 10층
에서 '난'이라는 커피숍을 경영했다. 신 선생은 한국에 원두커피를 제일 먼저 알
리기도 했지만 차 문화 보급에도 선구자 역할을 했다. '난'에서 먹었던 맛있는 단
팥죽과 차 한 잔은 지금도 잊을 수가 없다. 신 선생은 가끔 역삼동 자택으로 몇몇
차인들을 초대하여 일본식 요리 샤브샤브를 대접했는데, 그 정성과 요리 솜씨가
대단했다.

   일본에서 20대 때 차를 배운 신운학 선생은 결혼 후 한국에서 살면서 우리나
라에 차 문화를 알리기 시작했다. 그리고 국내뿐만 아니라 일본에서 열리는 차
문화 행사에도 빠짐없이 다녔다. 이방자 여사와 친분이 아주 깊어 비원 낙선재에
일본 차인들을 초대해 한일 교류 차 문화 행사를 많이 열었다. 한국국제부인회에
서 이정애 선생을 만나 여러 곳에서 일본 말차 행다례를 하며 일본 차 문화를 알
리게 된 것이 그 시작이었다. 그 후에도 신 선생은 한국 차 문화, 고려차 등 여러

당진 다산초당 입구에서(1988. 9)
신운학 선생은 우리 차는 물론 일본차에도 정통했고,
한국과 일본의 차 문화 교류에도 앞장을 서셨다. 왼쪽부터 김태연, 김리언, 신운학

가지 한국 행다에 대해서도 연구하며 교육에 앞장섰다.

1980년대 초 박동선 이사장 댁이나 숭의학교에 외국 손님이 오면 나 아니면 신운학 선생이 우리 차 문화를 알리는 행다 시연을 했다. 이때 신 선생은 언제나 단정한 머리에 세련된 옷차림을 했다. 신 선생은 제자들에게 이론 교육과 행다 시연을 병행하면서 한 사람이 배우러 와도 정성을 다해 진지하고 깊이 있는 교육을 했다.

1994년 가을, 신운학 선생이 나를 붙들고는 이렇게 물었다.

"김 원장! 불교 신자가 어떻게 교회로 가게 되었지? 처음 서울 올 때에는 절에 열심히 나가더니 언제부터 예수님을 믿었나?"

"왜요? 무엇이 궁금하신 건가요."

"사실은 큰아들이 교회에 나가요. 큰아들이 어머니도 함께 교회에 나가자고 권유해서 물어보는 겁니다."

그 후 1996년부터 2~3년 동안 신 선생은 내가 다니는 교회를 함께 다니면서 새벽기도와 철야기도를 했다. 그리고 청계산에 올라가 밤새도록 기도하며 영적 훈련에 도전하기도 했다. 결국 신 선생은 목사님 따님을 큰며느리로 얻게 되었고, 양평에서 신앙 생활을 부부가 함께 잘하고 있다. 요즘은 몸이 불편해서 안타깝게도 자유롭게 움직이지 못하신다.

신운학 선생은 "당신은 나하고 결혼했냐, 차하고 결혼했냐?"며 남편에게서 야단맞는 일이 한두 번이 아니었다는 옛날이야기도 종종 했다. 그렇게 분주히 돌아다니셨던 신 선생이 행사에 점점 보이지 않아 걱정스럽다. 하루 빨리 쾌유하시길 기도한다.

김종규

삼성출판박물관 관장

　서울 강남 효동원 문에 들어서자 호탕한 웃음소리로 좌중을 사로잡고 있는 사람이 눈에 띄었다. 바로 한국박물관협회 명예회장 김종규(金宗圭, 1939~) 선생이었다. 1981년부터 몇 년 동안 효동원에서는 차인들의 모임이 열렸는데, 훌륭한 강사들을 모시고 강의를 듣기도 했다. 일찍이 효당 최범술 선생께 차를 배웠다고 하는 김종규 회장은 효동원에 오래된 차벗들이 많다며 매월 모임에 참석했다. 김 회장은 오래전부터 차 문화에 깊은 관심을 두고 각종 행사에 다니면서 격려를 아끼지 않았다.

　김종규 회장은 (사)한국차인회 창립을 함께했고 발전을 위해 적극적으로 후원했다. 그러다가 1991년 부회장으로 계셨던 이귀례 회장과 (사)한국차문화협회를 창립해 친정인 (사)한국차인연합회를 잠깐 떠난 셈이 되었다. 우리 모두 아쉬운 마음이 컸지만 김 회장은 한국 차 문화 발전에 변함없는 관심을 갖고 계신다. 우리 역시 또 다른 단체가 생겨남으로써 더 크게 차 문화 활동을 벌일 수 있겠다

박동선 이사장 회갑연에 참석한 김종규 관장(서울 하얏트호텔, 1995)
왼쪽부터 김리언, 김종규, 박동선, 박천현

싶어 오히려 희망적으로 생각했다.

가끔씩 (사)한국차인연합회 행사에 참석해 우리를 지켜보는 김 회장의 눈빛 속에 변함없는 관심과 사랑이 역력히 보인다. 김 회장은 늘 이렇게 격려한다.

"김 원장! (사)한국차인연합회가 날로 발전하는 모습을 보니 참으로 기쁩니다. 김 원장은 왜 늙지도 않습니까?"

옛날이나 지금이나 조금도 변함없이 세월 가는 줄 모르고 살아가는 김종규 회장의 모습이 더 존경스럽다.

청암 김대성

언론인

누구에게나 자신만의 삶의 역사가 있듯이 청암 김대성(金大成, 1942~) 선생이 살아온 발자취 속에는 차 문화의 향기가 가득 들어 있다.

1970년대 초부터 청암 선생은 차 문화에 관심을 갖고 많은 관련 자료를 발표했다. 어느 누구에게도 얽매이기 싫어하며 때로는 인정사정없이 직언을 서슴지 않는 성품을 지니신 청암 선생과 처음 만난 지 참으로 긴 세월이 흘렀다.

경상도 분이신 선생의 투박하고 큰 목소리는 인간미 넘치고 정감 있다. 다산 정약용 선생처럼 강직한 성품으로 세상과 씨름하며 살아온 청암 선생은 언론인답게 세상을 보는 눈이 예민하고, 날카롭게 판단하신다. 그런 탓에 가까이하기에 부담이 될 때도 있었지만 세월이 지나면서 청암 선생의 마음을 헤아릴 수 있게 되었다.

청암 선생은 넘치는 열정으로 한국다도대학원에서 차 문화 강의를 하셨으며 차 문화 고전, 차 문화사 등을 깊이 있게 연구하여 차인들에게 많은 도움을 주셨

청암 김대성 선생
언론인이자 차 문화 연구자이며, 우리 국토 곳곳에 산재한
차 문화 유적지들을 일일이 답사하고 고증하여 차인들에게 알린 분이다.

다. 선생은 남이 알아주지 않는다 해도 서운해하지 않고 스스로 만족하면서 인생을 깨닫는 진정한 차인의 삶을 살고 계신다. 그동안 한국 차 문화 보급 운동에 기여한 공이 크시므로 이 책 2부에서 선생에 대해 기록하려고 했지만 굳이 사양하셔서 수록하지 못함을 아쉽게 생각한다.

여명 정승연

다례원 원장

    1981년 가을, 서울 남산 숭의음악당에서 음악회가 열렸다. 박동선 이사장의 초청으로 몇몇 차인들이 음악당을 찾았다. 그곳에 단정하게 빗은 머리에 한복을 곱게 입은 다례원 원장 여명 정승연(鄭承娟, 1947~) 선생이 와 있었다. 우리는 서로 눈으로 인사하고 음악회가 끝난 후에 파티까지 함께하며 이런저런 대화를 많이 나누었다. 그때 정승연 선생은 명원 김미희 선생을 모시고 전국으로 많이 다녔다고 이야기했다. 정 선생은 (사)한국차인회 창립 당시 여성 차인으로서 많은 기여를 했던 사람 가운데 한 사람이다.

    1980년대 중반에 정승연 선생은 서울 압구정동에 갤러리 겸 차실을 경영하며 많은 어려움을 겪었다. 그럼에도 차 문화 운동에 몸을 아끼지 않고 전국을 다니며 차인의 역할을 톡톡히 했다. 그러나 언젠가부터 소리소문없이 모습을 드러내지 않고 조용히 녹차 제다 연구에 몰두하고 있다는 소식을 인편으로 듣고 있다.

초창기 행다례 연구의 선구자인 정승연 원장과 차인들(낙선재, 1983)
왼쪽부터 설옥자, 서타원, 김명배, 김태연, 정승연, 오명희

　　(사)한국차인회 창립 당시부터 만난 인연이었지만 정승연 선생은 언젠가부터
(사)한국차인연합회에 몸담지 않고 자유롭게 개인적인 활동을 하셨다. 그렇기에
나와는 여러 해 동안 깊은 마음을 주고받지 못했다. 많은 세월이 흘러 서로 할머
니가 된 지금, 어디서인가 만나게 된다면 많이 변한 모습을 보게 될 것이다.

김상현

동국대 교수

동국대학교 김상현(金相鉉, 1947~) 교수는 언제나 안정된 목소리로 편안하게 강의한다. 만날 때마다 이웃집 아저씨처럼 편안한 김 교수는 어떤 권위도 나타내지 않고 항상 겸손하고 소박하다. 사투리 억양은 있으나 사투리 언어를 사용하지 않으며 깊이 있고 쉽게 이해할 수 있도록 다도 강의를 한다.

김상현 교수를 처음 만난 장소는 서울 강남 효동원이다. 효동원에서 처음 만났을 당시에 나는 김 교수를 보고 스님인지 총각인지, 아니면 아저씨인지 몰라서 마음속으로 고민하기도 했다. 처음 만난 때로부터 벌써 30년 세월이 흘렀다.

김상현 교수는 오랫동안 쌓아 올린 역사적 지식과 차 문화 연구에 있어서 어느 누구보다 뛰어나다. 시류에 영합하지 않고 혼탁한 세상 속에서도 초연한 김 교수가 역정을 내는 모습을 본 적이 별로 없다. 언제나 변함없는 외모와 인격을 지닌 채 소년처럼 소탈한 삶을 살아가는 그는 천성적인 차인이 아닐까 한다.

中国 国제차문화연토대회에 참가한 김상현 교수(왼쪽에서 여섯 번째)와 차인들
효당 스님의 다맥을 잇는 분이자 우리나라의 대표작은 불교학자요 차 문화 연구인이다.

정영선

한국차문화연구소 소장

한국차문화연구소 소장 정영선(鄭英善, 1949~) 선생은 언제 보아도 '나는 범생이요' 하고 공부에만 몰두하는 학생 같다. 30년 넘는 세월 동안 한결같이 차 문화를 연구하고 책을 저술하는, 대단히 저력 있는 분이다.

정영선 선생은 내적인 멋을 아주 많이 지녔으나 여성으로서 외적인 멋에는 별로 관심이 없는 듯하다. 아마도 딸 없이 아들만 둘을 키워서 그럴까? 잔소리하는 딸이 있었다면 좀 다른 모습으로 살아왔을 거라고 생각한다.

정영선 선생과 나는 오래된 차벗이다. 우리는 차인 가운데서도 제일 젊은 나이로 차계에 함께 뛰어들어 온갖 고생을 했다. 이기적이고 고집 센 '중 늙은 할머니'들 틈바구니 속에서 말 한마디 잘못하거나 옳은 말을 하면 "젊은 것들이 어디서 함부로 말을 해"라며 핀잔을 듣기 일쑤였다. 특히 정영선 선생은 나보다 더 야단을 많이 맞았다. 사리 분별이 바른 정 선생은 회의에 안건이 나올 때마다 반대 의견을 정확히 내놓고 논리적이고 현실적인 대안도 제시했다. 정 선생의 대안이

차에 대한 많은 저서를 출간한 정영선(뒷줄 왼쪽에서 네 번째) 소장과 차인들
뒷줄 왼쪽부터 최영신, 양정자, 신수정, 정영선, 김윤경, 정학래, 고세연, 신운학, 회원, 김상현, 정인오
앞줄 왼쪽부터 고명석, 회원, 정원호, 박태영, 조순선, 설옥자, 김태연

맞다 싶어서 입장들이 좀 난처해지면 "젊은 것들이 건방지게 어쩌고저쩌고"라는 말이 여기저기서 터져 나왔다. 그뿐만이 아니었다. 우리는 비공식 석상에서도 욕을 참 많이 먹었다. 당시 정 선생은 이귀례 회장과 김리언 부회장이 있었던 명진회의 총무로 있었다.

나는 (사)한국차인회 회의에 참석하러 가끔씩 부산에서 서울로 올라오곤 했는데 언제나 정영선 선생이 차를 대접하고 시연하시는 모습을 볼 수 있었다. 남색 치마에 옥색 저고리를 계절에 관계없이 1년 내내 입고 있는 모습을 보고는 (사)한국차인회 단복으로 정해놓은 한복이 아닌가 착각하기도 했다. 이렇듯 정 선생은 옷에는 전혀 관심이 없었다. 용돈만 생기면 인사동 골동품 가게를 구석구석 다니면서 차도구에 관한 것들을 수집하는 것을 최고의 낙으로 삼았다.

석선혜 스님

한국전통불교문화원 석정원 원장

　　석정원차회 원장 석선혜(釋禪慧, 1952~) 스님은 1980년대 초에 서울 삼성동 봉은사의 작은 선방에서 머물고 있었다. 선혜 스님의 작은 방에는 여섯 폭짜리 달마 병풍 그림이 있었다. 봉은사로 스님을 찾아가면 낮은 병풍 앞에 앉아 손때 묻은 다관에 차를 우려주시던 모습이 떠오른다. 아마도 그때 당시 스님의 나이가 30세 정도 되었나 싶다.

　　나는 봉은사에 가면 부처님 앞에 절하고 석선혜 스님 방에 들어가서 차 한 잔을 꼭 마시고 나왔다. 선혜 스님이 지금은 하나님의 자녀가 된 나를 배신감을 느끼며 쳐다보실 때가 한두 번이 아니다.

　　1985년에 나는 정금도 회원을 데리고 전라남도 보성 차밭에 가서 석선혜 스님께 제다하는 법을 배웠다. 그때 밤새도록 차를 마시며 선혜 스님의 아버지 오공 스님에 대한 이야기를 들었다. 오공 스님은 우리나라에서 달마 그림을 최고로 잘 그리시는 화가 스님이었다.

한국 말차 창작 다례 발표에 참석한 석선혜 스님(오른쪽에서 세 번째, 1989)
직접 차밭을 가꾸고, 차를 만들고, 차를 가르치고, 차를 즐기고, 차 문화를 전파하시는 스님이다. 지금도 여일하기만 하시다.

오래전부터 많은 문하생들을 배출해온 선혜 스님은 우리 전통 차 문화, 선(禪)과 차에 대한 지식, 제다법 등을 활발하게 교육해왔다. 게다가 스님은 아주 멋지고 우아하게 직접 선차 행다례를 시연하신다.

선혜 스님은 언제 보아도 힘이 넘치고 자신감이 있어 보인다. 일찍이 차 문화 보급에 앞장서며 한국 현대 차 문화의 걸음마부터 맥을 잡으려 노력하신 저력이 돋보인다.

무공 박동춘

동아시아차문화연구소 소장

동아시아차문화연구소 소장 무공(無空) 박동춘(朴東春, 1953~) 선생과는 1983 년 12월 겨울에 인사동 경인미술관 내 전통찻집 '다화원'에서 처음 만났다. 그 전 통찻집을 필자가 운영하고 있었는데, 박 선생이 종종 응송 스님을 모시고 왔다. 찻집에 들를 때마다 응송 스님 옆에서 말없이 스님을 공경하며 정성껏 수발하는 모습이 대단하다고 생각했다.

그때는 박 선생이 혼인하기 전이었다. 그 후 몇 년이 지나 혼인해 자녀를 낳아 잘 키우면서 차에 대한 연구를 계속하고 있다는 소식을 들었다. 세월이 많이 흘 러 만났지만 조용하고 소박한 분위기는 20여 년 전 모습 그대로였다.

박 선생은 응송 박영희 스님의 학맥을 이어 문헌적인 연구는 물론이고, 매년 차를 직접 만들며 품천(品泉)에 대한 연구에 주력하고 있다. 또한 차는 정치요, 철학이라고 하면서 차의 정신인 '중정'을 잘 다스리며 조용히 차 생활을 하고 있

박동춘 소장
응송 스님을 통해 초의 선사의 다맥을 이은 분이다.
차학 연구에도 몰두하여 큰 성과를 냈다.

다. 평소에 말수가 적고 묵묵히 연구하며 열심히 살아가는 차인이다.

　박 선생은 동아시아차문화연구소에서 매년 장학생으로 다섯 명 내외의 연수
생을 선발하여 한국 전통차의 원형 복원과 전승을 위해 노력하고 있다.

박희준

한국발효차연구소 소장

　　1970년대 후반 단국대 선다회를 이끌었던 한국발효차연구소 박희준(朴喜俊, 1957~) 소장은 대학생 차 모임을 만든 장본인이다. 그 덕분에 전국 대학에서 차 동아리가 생겨나면서 차 문화가 젊은이들에게 확산되어갔다. 그중에서 제일 열심히 활동했던 것이 바로 박 소장이 몸담았던 단국대 화경차회였다. 박 소장은 학교에서 차 문화 행사를 할 때마다 우리 차인들에게 찾아와서 협조를 구했다. 그때마다 우리는 조금씩 작은 금액이라도 협찬을 했다. 특히 한국제다 서양원 회장은 대학생 차 모임에 녹차를 많이 후원했던 것으로 알고 있다.

　　경희대 선다회 출신인 고명석(현 한의사)과 박희준 소장은 차 문화계에 뛰어들어 남다른 열정으로 열심히 활동하더니 결국은 실력 있는 차 연구가가 되었다. 박 소장은 대학 시절부터 뚜렷한 주관으로 일했고 차 문화에 대한 뛰어난 기획력으로 새로운 지평을 열기도 했다. 그래서 그런지 어떠한 일을 하더라도 침착하고 진지하게 임하는 모습에 신뢰가 간다.

박희준 소장
정산 한웅빈 선생의 수제자이자 대학 시절부터 차 연구에 몸담았던 차인이다.
지금도 인사동을 지키고 있고, 학교며 단체들에서 활발히 차학을 강의하고 있다.

박희준 소장은 한국 발효차를 연구하기 위해 차싹이나 작설에 대한 문헌과
온갖 차 문화의 맥을 찾아왔다. 그 결실로 지금은 향기롭고 맛있는 발효차 '작설
고(雀舌考)'가 차인들 손에 들어오고 있다. 청년 시절부터 한 우물을 깊게 파오더
니 지금은 차인들을 놀라게 하고 있는 것이다. 가족을 부양해야 할 가장인데 너
무 일찍 차 문화에 뛰어드는 게 아닌가 선배 차인으로서 심히 염려했지만, 지금
은 대견스럽고 자랑스럽다. 한·중·일 차 문화사 이론과 발효차 제다에도 실력
이 뛰어난 박 소장은 정산 한웅빈 선생을 곁에서 지극히 잘 모셨고, 정산 선생이
세상을 떠나셨을 때도 정성을 다했다. 해마다 정산 선생의 기일을 잊지 않고 몇
몇 차인들과 함께 모여 차를 올린다고 하니 아름다운 차인들이 아닌가 싶다.

박희준 소장! 차와 같은 향기를 풍기는 더욱 멋진 차인이 되길 소망한다.

제2부
한국의 근현대 차인 열전

1980년 이전 활동을 시작한 차인들(출생년도 순)

우리 차의 역사를 말할 때 사람들은 흔히 초의, 다산, 추사, 한재 등을 말한다. 하지만 이분들이 가꾸고 즐기던 차와 차 문화가 시간을 뛰어넘어 갑자기 우리 시대로 이어진 것은 아니다. 끊어지지 않고 이어진 차 문화의 맥이 있었고, 그 맥을 이어온 기라성 같은 차인들이 있었기에 오늘의 우리 차인들이 있는 것이다. 이 자명하고 명백한 이치를 새삼 말하는 것은 우리 차의 역사, 특히 근현대 역사를 이끌어온 차인들에 대한 차계의 인식과 평가가 여전히 박하다고 생각되기 때문이다.

이에 필자는 우선 1980년대 이전의 우리 차 문화 운동을 견인했던 차인들을 여기에 소개하고자 한다. 빠진 분들이 적지 않고, 혹여 잘못된 내용이나 평가가 있을지도 모르겠다. 두려움을 무릅쓰면서 이분들을 선별하여 소개하는 것은 더 늦기 전에 기록해둘 것과 전해야 할 것들을 정리해두기 위함이다.

전체적인 흐름과 차 생활의 선후 문제에 관하여는 직접적인 언급을 피했고, 수록의 순서 또한 출생연도를 기준으로 했다. 그러나 눈 밝은 독자라면 그 선후 관계와 상호 영향의 관계를 대강은 짐작할 수 있을 것으로 믿는다.

의재 허백련

동양화가

　호남화단의 거물인 의재(毅齋) 허백련(許百鍊, 1891~1977) 선생은 화가이자 차인이었다. 해방 후 무등산 자락에 있는 삼애다원을 인수해 농업기술학교인 삼애학원을 설립, 학생들에게 차밭을 가꾸고 차 만드는 법을 가르쳤다.

　의재 선생은 1947년 삼애다원에서 우리 민족차 브랜드인 '춘설차(春雪茶)'를 만들었다. 춘설차라는 이름은 초의 스님의 『동다송(東茶頌)』에 나오는 송나라 나대경(羅大經)의 「약탕시(瀹湯詩)」 가운데 "달여 마시는 한 주발의 춘설은 제호(醍醐)보다 빼어나구나"라는 구절에서 따왔다. 의재 선생은 신이 마시는 차보다 더욱 뛰어난 우리 민족 명차를 만들어 보급하고자 춘설차라는 브랜드를 만든 것이다.

　의재 선생은 효당 최범술, 응송 박영희, 육당(六堂) 최남선(崔南善), 노산 이은상 선생 등 근현대 차인들과 교류하며 우리나라 최고 지식인들에게 차를 나누고 보급하는 데 앞장섰다. 또한 무등산에 있는 자신을 찾아오는 사람들에게 무조건

생전의 의재 허백련 화백

우리 미술사의 큰 산맥을 이룬 분이자 민족 정기의 확립에도 기여한 선각자다. 무등산 삼애다원에서
춘설차를 만들어 차 문화 보급에도 앞장섰으니, 그림과 정신과 차가 그에게는 하나였다.

차를 대접했다.

의재 선생은 차를 우려내며 사람들에게 이렇게 말했다.

"요즘 사람은 차를 낼 줄을 몰라. 차는 물을 끓이되, 차는 끓이지 않는 법이거든."

의재 선생은 차를 통해 우리 민족이 위대한 민족으로 각성하기를 바라며 올곧은 차인의 정신을 보여주었다. 육당 최남선은 의재 선생이 만든 무등산 춘설차를 마시고 다음과 같은 시조를 지었다.

정학래 선생과 환담 중인 의재 화백(자택)

차 먹고 아니 먹은 두 세계를 나눠 보면
부성한 나라로서 차 없는 데 못 볼러라
명엽(찻잎)이 무관세도라 말하는 이 누구뇨

　의재 허백련 선생이 조성한 삼애다원과 춘설차는 오늘날까지도 초의와 소치
(小癡)의 다맥과 화맥을 이으면서 차를 통해 우리 민족의 삶과 정신을 일깨우고
있다.

노화백의 작업
의재는 소치의 화풍을 이어 남종화의 꽃을 피웠고, 초의의 다맥을 이어 오늘에 이어지게 만든 인물이다.

응송 박영희 스님

前 해남 백화사 주지

초의 스님의『동다송』과『다신전』을 우리에게 전한 응송(應松) 박영희(朴暎熙, 1893~1990) 스님은 의병 활동을 하다가 대흥사와 출가의 인연을 맺었다. 응송 스님이 대흥사로 출가한 때는 초의 스님이 열반한 지 불과 40년이 지나지 않았을 때였다.

1933년 응송 스님은 대흥사 주지로 취임한 후, 초의 스님의 묵적과 함께『동다송』과『다신전』등을 수집하고 보관했다. 또한 당시 대흥사에 남아 있던 초의 스님의 다풍과 제다법을 찾아 계승하는 데 힘썼다.

"나의 사미(沙彌) 시절에는 초의 선사의 다풍이 대흥사에 그런대로 남아 있었고, 그런 다풍을 조금 일찍 주목했다는 인연으로『동다송』을 연구해 제다법대로 차를 만들어보기도 했다."

응송 스님은 초의의 종법손이라는 자부심을 가지고 전통의 계승을 자임(自任)했으며, 구한말까지 대흥사에 남아 있던 한국차의 원형을 가장 지근(至近)한

일지암 터를 찾은 응송 박영희 스님(1977)
일지암 복원에 대한 차계의 열망은 높았으나 당시 그 터를 기억하는 사람은 응송 스님밖에 없었다.
노구를 이끌고 아인 박종한 선생의 등에 업힌 응송 스님은 일지암 터를 찾아 정해주셨다.

거리에서 경험했다. 출가 당시 맡았던 다각(茶角)의 소임을 소중히 여겼던 응송 스님은 일찍부터 전통문화와 애국에 남다른 열의를 가지고 있었으며, 초의의 유물을 보존·수집했다. 평생 차를 멀리한 적이 없을 만큼 생활과 차가 밀착되어 있었기에 자신의 말년까지 차를 가까이할 것이라고 스스로 밝히기도 했다. 응송 스님은 초의의 연구 방법이었던 차 문헌의 연구와 수행, 그리고 몸소 차를 만드는 실증적인 방법을 고수했다.

응송 스님은 불교 정화 이후부터 열반할 때까지 대흥사 산내에 있는 백화사에 머물렀다. 이곳에서 스님은 참선과 다도에 대한 연구를 한층 심화시키고 확장하여 『동다정통고(東茶正統考)』라는 연구 결과물을 세상에 내놓았다. 『동다정통고』는 초의 이후 근현대 한국 다법을 고찰한 책으로 초의의 다법이 현재까지 전승되는 가교의 역할을 했다.

한국제다를 방문한 응송 스님(1986)
광주의 한국제다를 찾은 응송 스님이 서양원 회장과 찻잎을 세밀하게 관찰하고 있다.

특히 응송 스님이 즐겼던 탕법은 일탕법(一湯法)이다. 일탕법이란 제법 큰 찻
잔에 초탕(初湯)만을 담아 마시는 방법이다. 뜨거운 물에서 침출했기 때문에 초
탕에서 차의 맛이 완벽하게 조미(調味)되었다. 재탕(再湯)을 하면 단맛이 강해지
기 때문에 마시지 않았다. 스님은 차를 마신 후 입안에서 일어나는 오미(五味)의
변화를 즐기며, 온몸에 퍼지는 차 기운을 관찰했다.

1985년 응송 스님은『동다정통고』를 저술하여 한국차와 중국차는 물론 초의와
추사, 그리고 소치에 대한 이야기들을 남겨 19세기 우리 차 역사를 전했다. 또한
차에는 다음과 같은 아홉 가지 덕이 있음을 알렸다.

머리를 좋게 하는 – 이뇌(利腦)

귀를 밝게 하는 – 명이(明耳)

눈을 밝게 하는 – 명안(明眼)

입맛을 도와주는 – 구미조장(口味助長)

고달픔을 풀어주는 – 해로(解勞)

술을 깨게 하는 – 성주(醒酒)

잠을 적게 하는 – 소면(少眠)

갈증을 풀어주는– 지갈(止渴)

추위와 더위를 이기게 하는 – 방한척서(防寒陟暑)

응송 박영희 스님을 취재했던 김운학 스님은 응송 스님이 한국 차 문화사에 기여한 공로에 대해 이렇게 말했다.

"지금 우리가 초의를 이야기하고 우리 차의 전통을 논하게 된 것은 응송 스님의 공로입니다. 『동다송』을 우리의 『다경』이라고 자랑하는 것도 응송 스님이 필사본을 보전한 덕분입니다."

이와 같이 응송은 초의의 후인으로서 한국차의 원형을 복원·계승하는 데 일생을 바쳤다.

*세계차학회 발표 논문 참고 발췌

이덕봉

(사)한국차인회 초대 회장

서울대 식물학과 명예교수였던 이덕봉(李德鳳, 1898~1982?) 교수는 1979년 1월 20일, 서울 중구 회현동2가 무역회관 12층 그릴에서 열린 (사)한국차인회 창립총회에서 초대 회장으로 선임되었다. 이덕봉 교수는 (사)한국차인회 창설에 주도적인 역할을 했던 박태영 화백에 의해 초대 회장으로 추천되었다.

추천 이유는 간단했다. 평소에 차를 좋아할 뿐만 아니라 국내 유일의 차나무 연구가로서 한국 식물학의 대부였기 때문이다. 우리 차나무를 연구해온 서울대 출신의 교수요, 식물학자라는 점에서 초대 회장으로 선임하는 데 많은 사람들이 이견이 없었다.

(사)한국차인회 초대 회장을 맡아 일하면서 이덕봉 교수는 한국 현대 차 문화사에 여러 가지 족적을 남겼다. 그중 가장 큰 것이 1980년 4월 6일에 열린 일지암 복원 낙성식과 그해 5월 25일에 있었던 '차의 날' 제정이다. 이덕봉 회장은 당시 박동선 고문, 박태영 선생 등과 함께 한국 차 문화 발전을 위해 차의 날을 제정하

취임인사를 하는 이덕봉 회장(1979. 1. 20)
이덕봉 선생이 (사)한국차인회 초대 회장을 맡아
창립총회에서 취임인사를 하고 있다.

는 데 크게 일조했다.

"차의 날을 제정하게 된 이유는 당시 우리 국민들이 우리나라에 녹차가 있다
는 사실을 잘 모르고 있었기 때문입니다. 차인들조차도 차를 단순한 음료로만 생
각할 뿐, 차 예절이나 차를 통한 정신 수양[茶禪], 차와 관련된 예술 등 차 문화 전
반에 대한 인식이 거의 없는 상태였습니다. 그래서 전국의 차인들과 뜻을 함께해
차의 날을 제정하여 우리 전통 차 문화를 이해시키고자 했습니다. 나아가 차를
통해 건전한 국민성을 배양하는 운동으로 승화시키는 데 그 뜻이 있었습니다."

이 회장은 열악한 재정과 환경 속에서도 (사)한국차인회가 발돋움하는 것을
묵묵히 도와서, 오늘날 (사)한국차인연합회의 발판을 다지는 데 공헌했다.

금당 최규용

前 금당차문화회 회장

한국의 살아 있는 다선(茶仙)이자 당대의 다성(茶聖)으로 불린 금당(錦堂) 최규용(崔圭用, 1903~2002) 선생은 경남 통영에서 태어났다. 일본 와세다[早稻田] 대학교 토목과를 졸업하고 토목기사로 종사하면서 토목 및 고건축을 공부했다.

"차 마시는 일이 바로 선(禪)이요 건강이다", "올곧은 행동과 검소한 마음가짐이 바로 다도의 참모습이다"라고 말한 금당 선생은 한국 차 문화 유적을 찾아 국내 각지는 물론 일본과 중국 등지를 여행하면서 수십 년간 차를 연구했다.

"가야산 해인사 총림선방에서 2년 동안 참선하면서 사원에 차의 명맥이 수천 년 동안 끊임없이 이어져 오고 있음을 알게 되었습니다. 뿐만 아니라 우리나라 의식주의 전통문화를 연구하는 데 대사원의 살림살이를 깊이 살펴보아야 함을 깨달았습니다."

금당 선생은 1978년 『금당다화(錦堂茶話)』를 출간했다. 이 책에는 홍종인(洪種仁), 최순우(崔淳雨), 석도륜(昔度輪)을 시작으로 효당 최범술, 석불(石佛) 정기

금당 최규용 선생
살아 있는 다선(茶仙), 당대의 다성(茶聖)으로까지 불리던 분이다.

호(鄭基浩), 응송 스님, 석정(石鼎) 스님, 명정(明正) 스님, 청사 안광석, 청남(菁南) 오제봉(吳濟峰), 토우 김종희 등 기라성 같은 근현대 한국 차인들과 교류한 이야기가 쓰여 있다.『금당다화』는 한국 근현대 차 문화의 소중한 이야기들을 담은 우리 시대의 또 다른『다록(茶錄)』이라고 할 수 있다. 또한 금당 선생은 허차서(許次序)의『다소(茶疏)』,『육자다경(陸子茶經)』의 해설서를 비롯하여『현대인과 차』,『중국차문화기행』등 다양한 저서를 남겼으며 금다회, 육우다경연구회 등을 창립하여 차 문화의 대중화에도 힘썼다.

금당 선생은 중국 정부로부터 한중 차 문화 교류에 크게 공헌했음을 인정받아, 살아생전 항주(杭州)에 자신을 기념한 끽다래(喫茶來) 공덕비가 세워지는 영예

제1회 초의상을 수상한 금당 최규용 선생
차 문화와 관련된 상을 준다고 할 때 당연히 1순위로 꼽히던 대표적인 차인이셨다.

를 누렸다. 나아가 부산 삼광사, 합천 해인사에도 금당 선생을 기리는 끽다래 거래비가 세워졌다.

석도륜 스님은 금당 선생을 평하며 이렇게 말했다.

"금당은 자못 다단(多端)한 경력과 교우벌(交友閥)을 유지해온 바 있는 희수(喜壽)를 능가한 차인이다. 그의 다형식(茶形式)은 평소에 대하고 있노라면 비사실적인 면에서 사원차를 상도케 해주고 상징적 자성을 풍기는 면에서 도가의 다풍을 띠고 있다. 나에게 늘 심존목상(心存目想)으로 떠오르는 다성 육우는 다분히 사실성의 차인인데도 그의 기이했던 생애는 생동적인 면으로 금당과 어쩌면 일맥상통한다."

현재 금당차문화회와 육우다경연구회가 금당 최규용 선생의 끽다래 정신을 이어가고 있다.

한국제다를 방문한 금당 선생

부산 차 문화의 대부 금당 선생이 광주 차 산업의 요람인 한국제다를 방문했다.
뒤에 서 있는 분들은 한국제다 서양원 회장 부부다.

89년송년모임및금당선생특강
일시:단기4322년 12월15일
釜山茶人聯合会

(사)부산차인회의 송년 모임에 특강을 위해 참석한 금당 선생(1989)

검은 외투를 입고 뒤에 앉아 있는 분이 금당 선생이고, 마이크를 잡은 이는 원광 스님이다.

효당 최범술 스님

前 다솔사 주지

　　다도무문(茶道無門) 삼매의 반야차를 우리에게 물려주신 효당(曉堂) 최범술 (崔凡述, 1904~1979) 선생은 진주 다솔사에서 이삼십 리 떨어진 마을에서 태어났다. 13세에 다솔사로 출가해 76세에 입적할 때까지 평생을 불도와 다선삼매에 정진·수행하신 효당 선생은 '차도용심(茶道用心)'을 강조했다. 차도용심이란 차 생활을 할 때 다기를 다루는 태도와 그 다기와 차를 운용하는 마음가짐이 중정의 도리에 맞아야 한다는 뜻이다. 그리고 그 중정의 도리를 다도무문으로 표현했다. 다도무문이란 차 생활 자체가 삶의 본질이기 때문에 장소, 남녀노소, 신분, 직업에 관계없이 누구나 차 생활을 할 수 있다는 것이다. 다도무문의 차 살림살이를 강조한 효당 선생은 1966년『한국차생활사』(프린트본)를 저술했고 1974년《독서신문》에 '다 다론'을 연재했으며 1975년『한국의 다도』를 출간하여 한국 차 문화에 대한 여러 가지 논의를 촉발시켰다.

　　효당 최범술 선생의 제자인 추전(秋田) 김화수(金禾洙) 선생은 다음과 같이 회

보성 차밭의 효당 최범술 스님(1979)
효당 스님이 한국제다의 보성 차밭을 찾았다. 옆에 선 이는 한국제다 서양원 회장.

고한다.

"진주 남강댐 제방 준공식에 박정희 대통령이 직접 오셔서 테이프를 끊게 되었는데, 그날 큰스님께서 박 대통령께 직접 차를 대접하시며 다담을 나누셨다. 그때 차인들이 차도구를 챙겨서 스님을 따라갔다는 이야기를 듣기도 했다. 이 무렵 다솔사에는 저명한 학자들과 예술가들의 출입이 가장 왕성했다. 한학자로 안붕언, 김종하, 성낙훈 등이고 문학가로는 설창수 선생, 화가로는 의재 허백련 선생, 서예가로는 청남 오제봉 선생, 은초(隱樵) 정명수(鄭命壽) 선생, 율관(栗觀) 변창헌(邊昌憲) 선생, 전각가 청사 안광석 선생 등이시다. 그분들의 예방과 심방으로 큰스님은 만년을 외롭지 않게 보내셨던 것으로 기억된다."

효당 선생은 1977년에 (사)한국차인회 결성을 주창하고 1978년 차선회를 창

효당 스님의 『한국의 다도』
대부분의 국민들이 차가 무엇인지도 모르던 1975년에 출간된
선구적인 책이다. 이 책을 통해 한국에도 차와 차 문화가 있다는
사실이 알려지고, 본격적으로 차인들이 생겨나기 시작했다.

립해 한국 차 문화 발전에 기여했을 뿐만 아니라 여연 스님, 선혜 스님, 윤병상,
김종규, 김상현, 전보삼, 윤두병, 여익구, 김화수 등 기라성 같은 제자들도 배출
했다. 1978년 서울 팔판동에서 만들어진 차선회에는 김충렬 박사, 정원호, 권오
근, 김재봉, 윤열수 관장, 윤경원, 정한희 등이 주축이 되어 차와 선에 대해 공부
했다.

효당 선생은 자신이 직접 제다한 반야로차(般若露茶)를 남겼다. 다도무문에서
비롯된 효당 선생의 차 살림살이는 알뜰함이 핵심이며, 그 목표는 대자대비(大慈
大悲)를 실천해 더불어 잘살 수 있는 세상을 건설하는 일이었다.

잊혀가던 차 문화를 중흥시켜 현대 한국 다도의 중흥조로서 이바지한 공덕이
큰 효당 최범술 선생의 '반야로차도'는 장강의 물이 유유히 흐르듯 효당가반야로
차도문화원을 통해 이어지고 있다. 지금도 채원화 선생께서 효당 선생의 뜻을 받
들어 효당차의 정신을 전수하고 있다.

말년의 효당 선생 가족
왼쪽이 채원화 선생이고 안고 있는 아이가 뒤늦게 얻은 아드님이다.
채원화 선생과 가족들은 효당 선생의 유지를 받들어 지금도 누구보다 부지런히 차 문화 운동을 펴고 있다.

오제봉 선생과의 찻자리
왼쪽부터 채원화, 효당 선생, 오제봉

정산 한웅빈

차문화고전연구회 회장

중국에서 차와 인연을 맺은 정산(晶汕) 한웅빈(韓雄斌, 1906~1993) 선생은 1965년 한국은행에서 정년퇴임한 후 우리 차 문화계에서 본격적인 활동을 시작했다. 1970년대 초 허백련, 최범술, 한갑수, 최규용, 안광석, 노석경, 문주천 선생 등과 교류하며 차 문화 운동에 전념했다.

1977년 7월부터 1978년 9월까지 월간 《재정》에 '차 문화의 발자국을 찾아'를 연재했고, 1983년 창간한 우리나라 최초의 차 잡지 《다원》에 '중국 차 문화사'를 연재했다. 정산 선생은 평소 일본차와 중국차 관련 서적을 읽으면서 차에 관한 것이 나오면 하나도 놓치지 않고 기록했으며 의문이 생기면 직접 발로 뛰어다니며 자료를 확인했다.

1975년에 공개된 『다신전』과 관련해, 초의 스님이 『만보전서(萬寶全書)』에서 초록(抄錄)했다고 이미 밝혔음에도 불구하고 초의 스님의 저술이라는 것에 여러 차인들이 의문을 표했다. 이에 정산 선생은 국내외 도서관을 탐문하여 여러 종류

정산 한웅빈 선생
가난하면서도 맑은 삶이 무엇인지를 몸으로 보여주신 선비이자
차인들이 차 공부를 얼마나 열심히 해야 하는지 가르쳐주신 스승이다.

의『만보전서』를 찾았고, 1980년 국립중앙박물관에서 찾은『경당만보전서(敬堂萬
寶全書)』속에서『다신전』이 아닌 '채다론(採茶論)'이란 동일한 내용을 발견했다.
또한 '화경청적'이란 일본의 차 정신이 중국의 '다전칠부(茶典七部)'에서 나온 것
임을 일깨웠다.

　정산 한웅빈 선생은 차의 역사적 문헌을 정리하는 데 그치지 않고 차 정신과
다례의 정립에도 관심을 기울여 비교적 이른 시기에 화정회, (사)예지원, 죽림다
회, 명산다회, 동다헌, 한국다회, 주부클럽, 명진회 등에서 후학을 가르쳤다. 화

정회는 정산 선생의 자료를 바탕으로 최초의 차 의식이라 할 수 있는 '계춘차 고려말차'를 재현했다. 1988년에는 여연 스님, 선혜 스님, 고세연 선생 등과 함께 차 문화고전연구회를 발족해『미학(美學)』,『백장청규(百丈淸規)』,『남방록(南方錄)』,『노자(老子)』,『금강경(金剛經)』등을 통한 차 정신 탐구에 열정을 쏟았다.

정산 선생은 경희대학교 선다회와 단국대학교 화경차회를 비롯한 여러 대학 차회에서 젊은 차 동호인들을 가르치기도 했다. 화경(和敬)을 바탕으로 한 무허 정박(無虛靜樸)의 차 정신을 강조하며 차의 본성과 자신의 본성을 살려낼 때 참다운 차 정신이 꽃핀다고 했다. 차인이자 차 연구가였던 정산 선생을 중국 차인들은 '동양 차 문화의 태두'라고 칭송했다.

다경회 수료식 및 다례 시연 행사장에 오신 정산 한웅빈 선생(1991)

다경회 회원들과 함께하신 정산 선생(1985)

제5회 차의 날 행사장에 오셔서 다경회 식구들과 기념촬영을 했다.
뒷줄 오른쪽에서 세 번째가 정산 선생, 선생의 오른쪽이 정원호

동포 정순응

前 강릉 명주병원 원장

의학 박사로서 1938년 강릉에 명주병원을 개원한 동포(東圃) 정순응(鄭順膺, 1910~1994) 선생은 제1회 관동문학상을 수상한 시인이기도 했다. 음다 생활 40년 동안 도인(道人)과 같은 차인의 삶을 살아오셨다.

강릉 땅에 동포 선생과 같은 정신적인 큰 어른이 계셨기에 오늘날 강릉에 차 문화가 활발히 보급될 수 있었다. 동포 선생은 도자기 발달 과정, 차의 전래와 역사, 음다법, 차의 종류 등을 동포 회원들에게 가르쳤고 단순한 음다의 차원을 넘어서 정신적으로 풍요롭고 심오하며 아름다운 세상을 내다보는 길을 깨닫게 했다.

황해도 해주에서 태어나서 의학 박사이자 법학 박사, 통계학 박사, 시인, 차인으로 강릉에서 활약한 큰 별 동포 선생께서 한송정(寒松亭) 옛터에서 차 놀이 하시면서 시를 남겨주셨다.

은은한 다향(茶香)의 소리

난향(蘭香)을 끌어안고 구름과 학이 날으던

한송정 옛터에 신령스런 발자취

아득한 그리움을 다향으로 감싸누나

차 한 모금에

인생을 읽으며 살아온 자취에

쓰고, 떫고, 시고, 짜고, 단 오미(五味)를 가리며

앞으로의 삶에

갈피를 더듬는다

정월에는 아직도

봄비 축축이 회우 소리 이어 치고

입안 가득한 차향과 차 맛을

세상살이 중(中)과 정(正)을 가르쳐준다

벗과 더불어 차 마시고 있으려면

그윽한 풍미 오래오래 입에 가득하고

신록의 산야엔 뻐꾸기 울며

높이 뜬 흰 구름과도 같이

나 한가롭기만 하네

동포 정순응 박사
영동의 차 문화 부흥을 홀로 이끌다시피 하신 분이다.
동포디회와 고숙정 회장에 의해 그 유지는 지금도 빛나게 이어지고 있다.

우인 송지영

(사)한국차인연합회 제2대 회장·前 KBS 이사장

　송지영(宋志英, 1916~1989) 선생은 어려운 시기에 (사)한국차인연합회를 이끌어오며 오늘날 한국 차계의 반석을 세운 차인이다. 1982년 9월 (사)한국차인회는 한국 차 문화 보급을 위해 초대 회장 이덕봉 선생의 후임으로 당시 국회의원이자 문예진흥원장이었던 송지영 선생을 삼고초려 끝에 모실 수 있었다. 그 결과는 엄청났다. (사)한국차인연합회는 문화공보부와 긴밀한 협조 아래 전국에 산재한 차 동호 단체를 하나로 모으며 일사불란한 체계를 갖추어나갔다. 전국을 대표하는 차인회로서 위상을 높이기 시작한 것이다.

　문화공보부 역시 정부 차원에서 차 관련 프로그램을 만들었다. 문화공보부는 문교부와 협력하여 학교의 가사와 도덕 및 특별활동 시간 등을 이용해 차 교육을 할 수 있도록 했다. 또한 관광업소나 호텔, 고궁 등에 차실을 만들어 외국인을 상대로 한국 전통문화를 홍보한다는 방침을 세웠다. 이 모든 것이 당시 막강한 실세였던 송지영 회장이 있었기에 가능했다. 송 회장은 KBS 이사장으로 자리를 옮

(사)한국차인회 기금 마련 전시회장에서 인사 말씀을 하시는 송지영 선생(1984)
(사)한국차인회의 제2대 회장을 맡아 그 기틀을 다지는 데 일조했던, 그리고 정말로 차를 좋아하셨던 차인이다.

겨 앉은 이후에도 (사)한국차인연합회 회장직을 열심히 수행했다. 송 회장은 회
관 마련 기금전을 시작으로 재원 마련에 애를 쓰면서 (사)한국차인연합회가 차
계를 대표하는 명실상부한 단체로 거듭나게 하기 위해 노력했다.

송지영 회장은 취임 후 첫 행사로 1983년 제3회 차의 날 기념식 행사를 열었
다. 충남 예산 추사고택에서 열린 이 행사는 전국의 많은 차인들이 참가한 가운
데 성황리에 열렸다. 1986년 5월 25일에는 제6회 차의 날을 기념해 (사)한국차인
연합회 주최로 한국·일본·중국의 다례 시범을 펼쳤다. 이 행사를 두고 당시 언론
은 우리 생활 속에 전통차가 뿌리내리고 있다고 평했다. 송 회장은 바쁜 일정 중
에도 전국에서 열리는 다양한 차 행사에 참석하여 전국 차인들의 존경을 받았다.

(사)한국차인회 기금 마련 그림 전시장에서(1984)

송지영 회장은 갑자기 작고한 1989년까지 (사)한국차인회를 (사)한국차인연합회로 바꾸는 데 기여했을 뿐만 아니라 (사)한국차인연합회가 한국을 대표하는 차회로 발돋움하는 데 결정적인 공로를 세웠다.

송 회장은 평안북도 박천에서 출생한 후 1943~1946년 《동아일보》, 《상해시보》 기자, 1946년 《한성일보》 편집부장, 1948~1950년 《국제신문》, 《태양신문》 주필 겸 편집국장, 1958년 《조선일보》 편집국장, 1971년 《조선일보》 논설위원을 역임하고, 1979년 한국문화예술진흥원장, 1980년 입법회의 의원, 1981년 제11대 국회의원, 1983년 민정당 중앙 집행위원, 1984년 한국방송공사 이사장과 광복회 부회장, (사)한국차인연합회 회장을 역임했다.

청사 안광석

전각가 · 서예가

안광석(安光碩, 1917~2004) 선생의 차 정신은 '청사(晴斯)'란 그의 호에서 잘 드러난다. 청사란 '비가 갠 날에도 도롱이를 쓴 사람'이란 뜻으로, '맑은 날에도 비오는 날처럼 자신의 집에 칩거한 채 시정잡사를 멀리하겠다'는 것을 의미한다. 안광석 선생은 번잡하고 잡다한 차 생활을 멀리하고 선승처럼 맑고 담백한 차인으로 살았다. 그것은 스스로 밝힌 세 가지 수행을 평생 실천했기 때문이다.

"한평생 세 가지 수행을 결심했다. 마음의 수행, 경전의 수행, 실천의 수행이다. 말하자면 고된 것을 참고, 부지런히 정진하고 실천하는 것이다."

청사 안광석 선생은 1941년 부산 동래 범어사(梵魚寺)의 하동산(河東山) 스님에게 출가를 했다. 하동산 스님은 청사 선생에게 위창(葦滄) 오세창(吳世昌)을 스승으로 소개하여 7년 동안 가르침을 받도록 했다. 하동산 스님에게서 불가의 차를 익히고 배운 청사 선생은 1970년대 초 서울 청량리 우린각(羽麟閣)의 주인으로서 제자들을 맞아들여 서예가 필요한 사람에게 서예를, 전각이 필요한 사람에

생전의 청사 안광석 선생
차인으로도 유명한 분이지만
우리나라 최고의 전각가이자 서예가로 많이 알려진 분이다.

게 전각을, 차 공부가 필요한 사람에게 차를 가르쳤다.

연세대 윤병상 교수, 동국대 김상현 교수, 부산여대 김시남 교수뿐만 아니라 전국의 수많은 차인들과 도예가들이 청사 선생에게서 차를 배웠다. 제주도 고목을 좋아했던 청사 선생은 추사 김정희 다음으로 제주도에서 차 강의를 하고 차회를 만들었다. 금당 최규용 선생은 "청사는 후학을 위해 전각·서예·집자 방법, 탁본 기술, 와당(瓦當) 연구, 그리고 청사류의 다의(茶儀)도 전습케 한다. 청사만큼 우리 고전 문화 발전과 차 문화 창달에 도움을 주고 있는 사람은 드물다는 생각이 든다"라고 평했다.

청사 선생에게 차는 예술의 자양분이었고 삶의 양식(糧食)이었다. 차가 떨어지면 주위 사람들에게 "양식이 떨어졌다"고 하면서 이렇게 말했다고 한다.

"차를 마시는 덕분에 이 책이 완성되었습니다."

찻자리에서의 청사 선생
말차를 드시는 분이 청사 안광석 선생이다.

"차를 마시지 않고서는 작품을 할 수 없습니다."

"아무도 없는 고요한 한밤중에 마시는 작설차만이 제게 용기를 북돋아줬습니다."

청빈과 지조의 차인이었던 청사 선생은 다도를 수행으로 여겼다.

"다도는 바로 물의 정신을 배우고 인간의 도리를 배우는 것이다. 차 한 모금에서 무심(無心)의 경지에, 차 한 모금에서 무아(無我)의 경지에 잠길 수 있는 차인이 되어야 한다. 차를 마실 때는 지나치게 격식에 얽매이지 말고 빠뜨림이 있어서도 안 된다."

중정의 다도를 통해 인간의 도리를 배우게 한 청사 안광석 선생의 차 정신은 후학들에 의해 장강처럼 이어지고 있다.

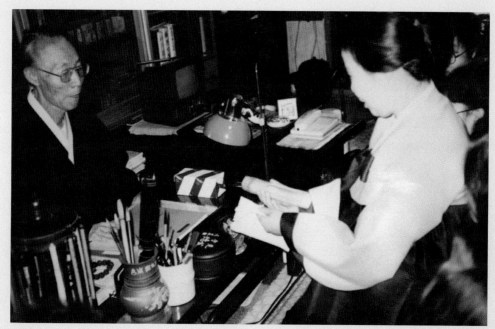

청사 선생님 서재에서

다경회 다실에서 차인들과 함께 담소를 나누시는 청사 선생(1984)
왼쪽부터 김태연, 정원호, 청사 안광석, 금랑 노석경, 서양원

모산 심재완

前 영남대 교수

모산(慕山) 심재완(沈載完, 1918~2011) 선생은 영남차회 창립 2주년 특집 제8호 기념휘호에서 '차령인상 향령인유(茶令人爽 香令人幽)'라 썼다. 즉, 차는 사람으로 하여금 상쾌하게 하고, 차향은 사람으로 하여금 그윽하게 한다는 뜻이다.

모산 선생은 국문학자, 시조문학 연구가, 서예가, 차인 등으로 널리 알려져 있는 인물이다. 선생이 남긴 많은 저서들과 논문들이 치열한 지식인으로 살아온 그동안의 삶을 잘 보여준다. 1956년 청구대학 교수로 출발하여 1983년 영남대학교에서 정년을 맞기까지, 대구·경북 지역의 국문학자 중에 모산 선생의 가르침을 받지 않은 사람이 거의 없다.

모산 선생은 오래전부터 우리 차 문화에도 관심이 많았다. 1950년 6·25전쟁 발발 때 소중하게 사용하던 다기를 챙겨 험난한 피난길에 오른 선생은 그 몇 년 전까지만 해도 차를 좋아하는 손님이 집으로 찾아오면 무척이나 아끼던 그 다기로 손수 차 접대를 했다. 이처럼 선생은 평소 집에서 조용히 차 생활을 하다가,

모산 심재완 선생

1979년 6월 달서구 월배의 낙동서원에서 이 지역 처음으로 대구차인회를 발족하는 데 주도적인 역할을 했다.

모산 선생은 당시 도예가 김종희, 미문화원 부원장 이홍식, 언론인 김경환, 계명대 교수 김영태 등과 함께 차 활동을 전개했다. 그리고 1986년 영남차회 초대지도 고문에 이어, 1988년 제2대 영남차회 회장을 역임했다. 그 당시 일흔을 넘긴 모산 선생은 '차란 무엇인가' 하는 초보적인 의문보다는 '어떻게 하면 우리 고유의 차 문화 전통을 후학들과 더불어 이어갈 수 있을까'에 더 큰 관심을 두었다. 1998년에는 사단법인 우리차문화연합회 초대 이사장으로 취임하여 차계에 많은 업적을 남겼다.

평소 모산 선생은 금당 최규용, 일타(日陀) 스님, 청사 안광석, 토우 김종희 선생 등을 자주 만나 차인의 위상을 높이기 위해 고민했다. 영남 지역 원로 차인으로서만 아니라 훌륭한 인격자로 평생을 살아오신 선생은 많은 사람들의 존경을 한 몸에 받았다. 모산 선생은 항상 말을 먼저 앞세우기보다 조용히 행동으로 보여주는 선비 차인이었다. 그동안 차인들을 대상으로 차와 인생, 차와 문학, 차인과 차 정신 등에 역점을 두고 강의했고, 차 문화를 통한 정신생활 고취에 많은 의미를 두었다. 또한 "차를 즐기는 진정한 차인이라면, 차인답게 행동하라"는 진정한 교훈을 남겼다.

이러한 모산 선생의 올곧은 선비 차 정신을 바르게 알리고 본받을 수 있도록, 선생이 졸수(卒壽)를 앞둔 무렵 대구 차계 후학들이 여러 차례 말씀을 드려, 비로소 2007년 모산선생차문화선양사업회 발기 승낙을 얻어냈다. 그해 12월 28일 한국홍익차문화원(원장 최정수)에서 열린 연말 송년 차회 자리에서 발기인을 구성했다. 그리고 사후 모산 선생의 유지(遺志)를 받드는 데 대한 결의와 차 문화 사업에 대한 모든 것을 발기인들에게 위임할 것을 선생께서 동의하고 승낙서를 체결, 사무국을 홍익차문화원에 두기로 했다.

모산 선생의 자랑스러운 차 문화 정신을 널리 알리는 일은 대구뿐만 아니라 전국의 차인들이 함께 이루어야 할 사업으로, 한국 차계의 올곧은 정체성을 찾는 데 필요하다. 이 선양 사업을 통해 모산 선생의 차 문화 정신이 우리 토양에 튼튼하게 뿌리내리도록 해야 한다.

차인들 앞에서 강연을 하는 모산 선생
2001년 홍익다문화제에서 모산 선생이 강연을 하고 있다.

모산과 금랑
1990년의 신년교례회에서 만난 두 선생이
차꽃 사진 작품을 교환하고 있다.

강의 중인 모산 심재완 선생

행사에 참석하신 모산 선생
왼쪽부터 최정수, 금당 최규용, 모산 심재완 선생

박태영

前 (사)한국차인연합회 고문 · 서양화가

박태영(朴兌泳, 1919~2002) 화백은 (사)한국차인연합회의 산파 역할을 했을 뿐만 아니라 (사)한국차인연합회를 반석에 올려놓는 데 지대한 공헌을 했다. (사)한국차인연합회의 영원한 고문이자 화가로, 난과 희귀식물에 대해 특별한 애정을 가지고 있었으며 우리 차 문화를 진정으로 이해하고 즐겼다.

박 화백은 서운 박동선 선생에게 우리 차 문화를 소개하기 위해 전국을 돌며 진주의 아인 박종한, 은초 정명수, 해남의 김봉호, 해인사의 토우 김종희 등을 함께 만나면서 (사)한국차인회 결성을 주도했다. 당시 박 고문은 화가이자 난 전문가로서 전국에 많은 차 지인들을 두고 있었다. 이로써 박 화백은 평소 한국 전통문화에 관심이 있었던 서운 박동선 선생에게 차 문화의 뿌리가 몹시 깊고 향후 무궁무진한 발전 가능성까지 지녔음을 확인시켜주었다.

박태영 화백의 (사)한국차인회와 차 문화 발전에 대한 추진력은 엄청났다. (사)한국차인회 결성, 차의 날 제정, 일지암 복원 등 한국 차계의 굵직굵직한 사

박태영 화백과 차인들(일지암, 1998)
왼쪽부터 박태영, 박동선, 허재남, 김태연, 전소연

안들이 박 화백의 노력으로 무난히 진행되었다. 1979년 1월 무역회관에서 한국 최초로 차인들의 연합체인 (사)한국차인회가 탄생했을 때, 초대 회장으로 이덕봉 서울대 명예교수를 추천한 이가 바로 박태영 화백이었다. 이렇듯 박 화백은 그림자처럼 한국 차계의 발전을 위해 인적·물적 네트워크를 구축한 공로자였다. 그래서 박 화백을 모르는 차인은 없었다. 전국 차 행사에 빠짐없이 참석했을 뿐만 아니라 손수 기른 꽃도 직접 분양했고, 한국 차의 성지 일지암 복원을 위해 그림을 팔아가며 앞장서기도 했다.

박태영 화백의 집에는 항상 차와 꽃이 있었다. 한겨울에도 수련 몇 송이를 피워놓고 차를 달였다. 차 살림살이는 다관 하나와 찻잔 몇 개, 잔 받침, 퇴수기 하나가 전부로, 몹시 소박했다. 차를 넣은 후 한 5분쯤 기다리는 듯하다가 떨리는 손으로 엉거주춤 따르는 다법이 특이했는데 그렇게 우린 차는 매우 맛있었다.

1919년 경기도 안성에서 태어난 박태영 화백은 청년기에 중국 만주 등지에서 생활했다. 1972년, 1973년, 1974년 연속으로 국전에 연속 3회 입선을 했고, 불교미술전, 목우회 등에서 입선을 했다. (사)한국차인연합회의 영원한 고문으로서 1998년 초의문화상, 1999년 명원차문화상을 수상했다.

꽃꽂이 전시장을 찾은 박태영 화백(맨 왼쪽, 롯데호텔, 1980. 10. 20)

접빈 다례에 참석한 박태영 화백
왼쪽부터 박태영, 김종희, 김재주, 이정애, 시자는 최덕주 회원

명원 김미희

(사) 한국차인회 초대 부회장

명원(茗園) 김미희(金美熙, 1920~1981) 선생은 한국 최초의 현대 여성 차인으로 한국 다도를 발전시켰다. 뿐만 아니라 여성 운동가이자 여성 문화인으로서 한국의 노블레스 오블리주를 실천했다.

한국 다도의 선구자인 명원 선생은 한국에서 유일하게 궁중 전통 다례의 마지막 보존자인 순정효황후 윤씨에게서 직접 궁중 다례를 전수받았다. 게다가 한국 차 문화의 기본 예식이었던 다례를 복원·부활시켰고, 이를 한국에서 최초로 일반 대중들에게 발표했다. 1,500여 년의 역사를 지닌 한국 전통 다례법을 궁중 다례·사원 다례·접빈 다례·생활 다례로 나누어 최초로 정리하고, 이를 세종문화회관에서 세계 최초로 발표한 것이다.

명원 선생은 우리 민족의 기본 예절이자 가족 기본 예식의 근본인 다례를 재정립하여 점점 찾기 힘들어지는 한국 고유의 예절을 복원했다. 이를 통해 바른 마음으로 개인 수양을 함으로써 바른 가정과 사회를 이루어 나라를 발전시키고

명원 김미희 선생

자 한 것이다. 명원 선생은 한국 다선맥(茶禪脈)인 해남 대흥사 일지암을 복원하는 데 박동선 이사장과 함께 앞장섰다. 게다가 한국 최초로 한국 차 문화에 대한 세미나를 개최했고, 『명원다화』 등의 저서와 「한국 다도의 예절」 등의 논문을 다수 발표했다. 그리고 (사)한국차인회 초대 부회장으로 일하기도 했다.

　명원 선생은 '우리에게 다도가 왜 필요한 것인가'란 물음에 대해 자신의 논문을 통해 이렇게 답했다.

차는 신라 때부터 수도자나 승려 들에게 정신을 맑게 하고 마음을 고요하게 하는 데 일익을 담당해왔다. 사원에서는 다선일미(茶禪一味) 또는 다선일체(茶禪一體)라 하여, 참선과 차 마시는 것을 일체로 여길 정도로 차는 수도자에게 중요한 것이었다. 이처럼 충동적이고 감각적인 사회를 정적으로 이끄는 데는 차가 적격이다. 옛 조상들의 다시(茶詩)와 신라 화랑들의 차 생활, 다례 등은 서로 동질감을 가지면서 화합하는 데 다례가 필요하다는 것을 말해준다. 예로부터 가족을 '식구' 혹은 '식솔'이라고 표현했듯이, '한솥밥', '한솥차'를 먹고 마시는 일이 가족의 일체감 조성에 얼마나 중요한 것인지 알 수 있다. 가족에서 시작하여 직장, 학교 등에서 다례를 통하여 화합하고, 더 나아가 국민적 화합으로 승화시킬 수 있다. 다도는 외화를 절약하고, 국민 정서를 순화시켜주며, 국민적 화합을 이루며, 예를 꽃피우는 데 가장 훌륭한 지름길이 될 것이다. 한국 다도의 의식과 예절을 잘 복원하고 재정립하여 생활에 도입하고 활용해야 하고, 후손에게 계승시키기 위해 전력을 다해야 한다.

일지암을 찾은 명원 김미희 선생

　한국 차 문화의 복원이라는 큰 공적에 대해 대한민국 정부에서는 명원 김미희 선생께 차 관련 훈장으로는 최초로 보관문화훈장을 수여했다. 그리고 명원 선생의 딸인 명원 김의정 선생이 그 맥을 이어 재단법인 명원문화재단을 설립하여 명원 선생의 다도 정신을 국내외에 펼치고 있다.

금랑 노석경

前 한국민속촌박물관장

금랑(錦浪) 노석경(魯錫俓, 1921~1986) 선생은 광복 직후 춘설헌(春雪軒)에서 의재 허백련 선생으로부터 한국 차 문화에 대한 가르침을 받았다. 그 이후 지속적으로 한국 차 문화와 행다례 연구에 매진한 금랑 선생은 1965년 「국차의 역사적 소고」라는 차에 대한 논문을 최초로 발표했다. 이 논문에서는 우리 조상들이 차를 상용한 문화 민족임에도 이를 망각하고 외국차를 즐기는 것이 잘못되었다고 지적했다.

이어서 1966년 4월 5일, 차에 관한 두 번째 논문의 요지인 「국차 연구」를 소책자 단행본으로 발표했다. 이 단행본에는 국차 연구의 의의를 비롯해 역사상의 국차, 국차와 문화, 국차 애용은 부흥의 첩경, 경제 부흥과 국차, 건강과 영양, 국차 생육 분포, 국차 종류, 차에 관한 어원, 국차 내기와 다기, 국차 연구 보급에 애쓴 사람들로 구성되어 있었다. 당시로는 파격적인 내용을 담은 것이다.

금랑 노석경 선생은 1968년 영친왕비인 이방자 여사를 초청해 전남여고 강당

이방자 여사와 함께(1960년대)
가운데 앉은 분이 이방자 여사, 오른쪽이 금랑 노석경 선생

에서 '제1차 녹차 및 행다 연구 발표회'를 열었다. 또한 1980년 '제1회 차 문화 연구 발표회' 등을 열어, 차 문화에 대한 학술적인 정립의 초석을 마련했다. 1983년에는 한국 전통문화 자료 전시회 때 발굴된 다산 정약용의 「다설(茶說)」을 고증하여 발표해 학계와 차계, 그리고 문화계를 놀라게 했다.

1976년 수원으로 거처를 옮긴 금랑 노석경 선생은 수원 지역의 차 활성화를 위해 수원차회와 금랑차회를 창립했다. 경기도 수원시 화서동 자택 2층에 차실을 만든 금랑 선생은 1978년 효당 최범술 스님 초청 차회, 1979년 명원 김미희 선생 초청 차회, 영친왕비 초청 차회 등 차회와 강연회 등을 활발히 열었다.

금랑 선생은 '예(禮)'를 중요시하여 '다도'라고 하기보다 '다례'라고 칭하기를 원했다. 그리고 우리 조상들의 행다례도가 곧 민족 문화이며 문화의 전승으로 마땅히 계승해야 할 의무가 있음을 강조했다. 또한 『예기(禮記)』를 기초로 하고, 선배 차인들의 가르침과 견문을 되살려 체험을 바탕으로 다례를 발전시켰다.

1921년 전남 영암군에서 태어난 금랑 노석경 선생은 일본 와세다대학교 상과를 졸업한 후 국학도서출판사 이사, 광주 제일여자중고등학교 교장, 광주 춘태여자고등학교 교장, 광주박물관장, 한국민속촌박물관장, 전라남도 도자문화연구위원회 부위원장, 문화재 감정위원, (사)한국차인회 이사를 역임하고 유네스코 국제대회에 한국 대표로 참가했다.

보성 차밭을 일구던 시절(1970년대 초)
왼쪽은 서양원 회장, 오른쪽은 금랑 노석경 선생 부부

(사)한국차인회 총회 장에서(무역회관, 1980)
맨 왼쪽이 금랑 선생

토우 김종희

도예가

다기 한 세트에 2만 원이란 파격적인 값을 통해 우리 차의 대중화를 꾀한 사람이 있다. 바로 토우(土偶) 김종희(金種禧, 1921~2000) 선생이다. 강파도원(江波陶苑)을 운영했던 토우 선생은 '좋은 차를 차인들만 마시기보다 더 많은 사람들이 마시는 편이 차의 생활화에 도움이 될 것이다. 그렇다면 마실 차를 담을 수 있는 다기 값이 저렴해야 한다. 따라서 내 다기 값으로는 평생 2만 원만 받을 것이다'라고 결심하고는 이를 그대로 실천에 옮겼다. 토우 선생은 다기 개발에도 큰 힘을 쏟았으며 최범술, 박동선, 박태영, 도범 스님 등과 함께 그때 당시 (사)한국차인회의 기반을 닦는 데도 크게 일조했다.

대구 출신인 토우 선생이 도자 세계에 입문한 것은 1933년 일본 오사카[大阪] 근교 다지미[多治見]에 있는 기후[岐阜]현립도자연구소에 수습공으로 취직하면서부터다. 해방 후 한국으로 돌아온 토우 선생은 1946년 경남 합천군 가야면 구원리 홍류 계곡 옆에 자리를 잡았다. 당시 가야산 일대에 백자를 만드는 고령토 광

작업에 몰두 중인 토우 김종희 선생

산이 있었기 때문이다.

이때 토우 선생은 해인사 주지로 계시던 효당 최범술 스님과도 인연을 맺는다. 마침 한국 차 보급에 심혈을 기울이고 있던 효당 선생은 1960년대 중반 강파도원을 찾아가 토우 선생에게 차도구를 만들어줄 것을 주문했다. 일본 찻잔과 중국 다기 등을 갖다 주며 우리 차도구를 개발하는 데 협조를 받아낸 것이다. 그때부터 토우 선생은 본격적으로 다기를 개발하기 위해 차의 세계에 더욱 깊이 발을 들이게 되었다.

1970년대에 토우 선생은 일본식이나 중국식이 아닌 우리만의 형태를 가진 차

자택에서
토우 김종희 선생이 자택에서 외국인 손님들을 맞아 즐거운 한때를 보내고 있다.

도구들을 오랜 고민을 거쳐 개발해냈다. 이처럼 우리 다기 문화의 기틀을 마련했다는 기쁜 소식이 차계에 널리 알려지면서, 전국에서 많은 차인들이 강파도원을 다녀갔다. 이때부터 토우 선생은 이방자 여사, 의재 허백련, 금당 최규용, 경봉(鏡峰) 스님, 일타 스님, 도범 스님, 여연 스님 등 한국의 대표적인 차인들과 교류하게 되었다.

토우 선생의 5인용 다기는 서서히 한국 차도구의 모델로 자리 잡아가고 있다. 선생이 만든 찻잔은 한눈에 알아볼 수 있을 정도로 투박하고 무색의 순수함을 지닌 것이 특징이다. 특히 찻주전자인 다관을 보면, 잘 깨지지 않도록 태토(胎土)를 무척 두껍게 사용한 것을 알 수 있다. 그리고 찻물이 술술 막힘없이 나오도록 주구(注口)를 붕어 입처럼 만들었다. 평생 기교적인 멋보다는 실용적이면서 검박한 자연미를 강조한 토우 선생은 명확한 다기론(茶器論)을 가지고 제작에 임했다.

"다기는 절대로 차를 마시는 도예가라야만 어느 것이 좋은지 알 수 있다. 그것은 나의 확신이다. 차를 마시다 보면 차 정신에 몰입하게 되고, 아울러 차 정신이 다기에 생명을 불어넣게 되는 것이다."

토우 선생은 1970년부터 계명문화대 도예과에 출강하여 1975년부터 1984년까지 교수로 재직하면서 후학들을 길러냈고 1979년에 발족한 (사)한국차인회의 이사로도 추대되었다. 1983년에는 차인들이 강파도원에 모여 토우 선생의 제안으로 홍류영곡차회(紅流永谷茶會)를 만들었다. 이때 회장에 김종희, 부회장에 이정애, 총무에 최정수가 선임되었다. 1998년 여름에는 전국 차인 수백 명을 강파도원에 초청하여 연수회를 개최했다.

장원 서성환

前 태평양 설록차 회장

태평양이 화장품 회사로서 입지를 굳히고 있던 1960년대 말, 장원(粧源) 서성환(徐成煥, 1923~2003) 회장은 해외 시장을 개척하다가 가슴속에 의문 하나를 품게 된다.

'외국 각 나라들은 자기들만의 독특한 차 문화를 갖고 있는데 왜 우리나라엔 음다 문화가 사라졌을까?'

1970년대 초 장원 서성환 회장은 녹차의 불모지가 되어버린 이 땅에 사라진 차 문화를 부활시키겠다는 일념으로 녹차 사업에 뛰어들었다. 당시 이 녹차 사업이 잘될 수가 없다며 주변에서 강력하게 반대했다. 그러나 서 회장은 녹차 사업을 자신의 사명으로 여기고 황무지 개간에 나섰다. 질 좋은 녹차를 직접 재배하기 위해 전국 여러 곳을 다닌 결과, 최적의 조건을 갖춘 제주도가 선정되었다.

서 회장은 한라산 중턱의 황무지에 도순다원을 시작으로 서광다원과 한남다원을 조성했다. 1970년대 당시 그곳은 돌산에 거친 흙이 뒤덮고 있는 척박한 땅이

장원 서성환 회장
왼쪽은 1960년대의 젊은 시절 사진이고 오른쪽은 1990년대의 모습이다.

었다. 서 회장은 '부지런한 농사꾼에게 나쁜 땅은 없다'는 말처럼 농사꾼의 우직함과 열정으로 지금의 아름다운 설록차 다원을 일궈냈다. 서 회장은 설록차를 만들며 "보다 많은 사람들이 녹차에 담긴 아름다움과 건강을 즐기게 하자"고 주문했다.

오랜 집념 끝에 전통적인 제다 방법을 현대적으로 재현한 설록차가 탄생했다. 설록차는 녹차 고유의 색·향·미를 갖춘 훌륭한 차로 생산되었다. 차가 단순히 마시는 음료에 그치는 것이 아니라 곧 '문화'임을 인식한 장원 서성환 회장은 차 문화 보급을 위해 다양한 사업을 전개했다. 1980년부터 국내 최초로 국제녹차심포지엄을 개최했고 녹차사진공모전 등을 열었다. 차 전문지 《설록차》를 창간했고, 설록차 교실을 운영하기도 했다.

장원 서성환 회장은 국내 최초로 차 전문 박물관인 태평양박물관(현 아모레퍼시픽미술관)을 개관했다. 이 박물관에는 한국의 다성(茶聖)인 초의 스님 영정을 비롯해 삼국시대부터 조선시대에 이르는 다양한 한국 차 문화 유물이 소장되어 있다. 한편 2001년 9월에는 그의 강한 집념과 평생에 걸친 차 문화 사랑을 응집한 오설록 티 뮤지엄(Osulloc Tea Museum)을 제주도에 설립해, 한국의 전통 차 문화를 국내외 관광객에게 알리면서 민족의 자긍심을 고취시키고 있다.

장원 서성환 회장은 아무도 돌보지 않았던 우리나라 차 문화와 차 산업의 선각자였다. 무려 20여 년 동안 한국 녹차 산업을 육성하고 전통 차 문화를 체계적으로 복원시키는 데 많은 지원과 투자를 했다. 서 회장의 이런 노력은 우리 전통차인 녹차를 대중적인 생활차로 발전시켜 국민 건강을 증진하고 우리 차 문화를 널리 보급하는 데 크게 기여했다.

1 제주 답사에 나선 와타나베 일행과 장원 서성환 회장
2 어린 차나무를 직접 돌보는 장원 서성환 회장
3 제주 차밭에서 허인옥 교수(오른쪽)와 함께

다원 개발의 주역들
왼쪽부터 허인옥, 서향원, 서양원, 그리고 장원 서성환 회장

우록 김봉호

희곡작가

1924년 해남 학동에서 출생한 우록(友鹿) 김봉호(金鳳皓, 1924~2003) 선생은 서울사대 교육학과를 졸업하고 서울사대부고 등에서 음악교사로 봉직했다. 1968년 《동아일보》 신춘문예에 희곡 「타령」이 당선되고, 같은 해 《월간문학》에서 희곡 「찌」가 당선되면서 전업 작가의 길로 들어섰다.

우록 선생은 순천중학교 시절 대한민국 독립에 대한 염원으로 비밀결사대 '정전회'를 조직했다가 발각되어 1년 6개월간 옥살이를 했다. 이후 요시찰 인물로 낙인찍혀 활동이 어려워지자 대흥사로 몸을 피한 우록 선생은 옥살이로 인해 잔병치레가 심했다. 그때 스님이 달인 차를 마시고 몸을 치유하면서부터 차에 특별한 관심을 가지기 시작했다.

해남으로 낙향한 우록 선생은 해남의 옛 이름을 딴 '새금학당'을 세워서 차와 예절 등의 교육을 통한 후진 양성을 추구했다. 나중에 후배들에게 새금학당이 '우록학당'으로 불리면서 '대둔학회'와 함께 문학과 차의 연계 고리를 만들 수 있

우록 김봉호 선생
해남은 물론 전국적으로 차 문화 열풍을 불러일으킨 장본인이다.

었다.

1970년대 중반에 우록 김봉호 선생은 응송 스님에게서 『동다송』, 『다신전』, 『초의집(艸衣集)』의 원본을 빌려 창강 김두만 선생과 함께 번역해 『초의선집(艸衣選集)』을 출간했다. 《문학사상》 1975년 3월호에 『동다송』과 『다신전』이 소개되었을 때는 역주의 내용이 허술했음에도 불구하고 편집실에 격려와 질문이 담긴 편지 200여 통이 도착했을 정도로 반응이 대단했다.

우록 김봉호 선생은 1979년 해남다인회 창립을 시작으로 다양한 차 문화 활동을 펼쳤고, (사)한국차인회 창설에 주도적으로 참여했다. 그중에서도 가장 큰 업적은 바로 일지암 복원에 기여한 것이다. 우록 선생은 일지암 복원 추진위원장을 맡아 복원에 헌신했다. 한국 차의 성지인 일지암 복원은 한국의 다성 초의 선사의 위상은 물론, 한국 차 문화의 위상을 드높이는 역할을 했다. 우록 선생은 또 한국 최초의 차 전문 잡지 《다원》을 창간하여, 차 문화의 대중화에 크게 기여했다. 게다가 우록 선생은 초의문화제 개최를 주도하여 1992년에 제1회 초의문화제를 열기에 이른다. 우리나라 다도를 중흥시킨 초의 선사의 업적을 기리고, 갈수록 쇠퇴해가고 있는 정신문화를 차 문화 발전을 통해 진작시키자는 취지로 개최된 전국 규모의 차 문화 축제였다.

우록 김봉호 선생은 한국 차 문화 발전에 쏟은 노고를 인정받아 1999년에는 제4회 명원차문화상을, 2001년에는 제10회 초의상을 수상했다.

"해남 마피아 3인방"으로 불리는 김봉호, 이순희, 김제현 차인
맨 오른쪽은 임창호 교장

다농 이정애

종정차문화회 명예회장

　다농(茶農) 이정애(李貞愛, 1924~) 선생은 대구·영남 지역 차 문화계의 '대모'
다. 대구·영남 지역을 대표하는 차회인 종정차문화회를 창립해 차 문화의 활성
화에 기여했다.

　이정애 선생이 본격적인 차 문화 운동을 펼친 것은 1975년부터인데, 대구 지
역 최초로 창립한 차 전문 단체인 '향우차회'는 자연스럽게 당시 대구·영남 지역
차인들의 구심점이 되었다. 이 선생은 5년이 지난 1980년에 향우차회를 본격적인
차 문화 보급 운동을 할 수 있는 단체로 확대 개편했다. 그렇게 해서 창립된 것이
바로 '종정차회'이다. 종정차회로 이름을 바꾼 이 선생은 (사)한국차인연합회에
가입하며 중앙 무대로 진출했다. 그리고 (사)한국차인연합회의 창립 회원이자
부회장으로 활동했다.

　이정애 선생은 1993년 종정차회를 '종정다례원'으로 변경했고, 2002년에 '종정
차문화원'으로 명칭을 바꾸면서 사단법인으로 등록했다. 이 선생은 그 첫 사업으

이방자 여사와 다농 이정애 선생(오른쪽)

로 본격적인 다도 연구에 나섰다. 당시만 해도 변변한 차도구 하나 없었지만 금당 최규용, 청사 안광석, 정산 한웅빈 등 차인들을 찾아가 자문을 구했고, 차 생활 습관이 남아 있는 사찰들을 찾아다니며 자료를 수집했다.

이정애 선생은 차 문화 보급을 위한 교육 사업도 시작하여, 1992년 '다도 예절 교실'을 개설했다. 대구 시내 초·중·고 교사들을 상대로 다도 및 전통 예절을 가르치는 수업을 시작하면서 내부적인 교육을 강화했다. 이 선생은 대구 시민들을 위한 '달구벌 차문화제'도 개최했다.

이정애 선생은 우리 차의 국제화에도 앞장을 섰다. 1985년 '한일친선문화교류

다례 시연 중인 다농 선생

회'를 결성해 한국과 일본을 오가며 양국의 화해 무드를 조성했다. 또한 세계청
소년잼버리대회에 참가한 세계 각국의 청소년들에게 우리의 전통 다도를 선보였
고, 미국 오하이오(Ohio)주립대학교를 찾아가 우리 전통 예절과 다도를 알렸다.
이렇듯 이 선생은 1980년대, 1990년대에 걸쳐 우리 차 문화 보급 운동의 선두주자
역할을 했다.

다농 이정애 선생은 차인으로서 또 다른 전례를 남겼다. 사단법인 종정차문
화회의 이사장 자리를 제자인 정금선에게 맡긴 것이다. 그리고 30년 넘게 소장하
고 있던 차도구 일체와 차 관련 문헌 자료를 안동시에 기증했다. 떠날 때를 아는
사람만이 보여줄 수 있는 아름다운 뒷모습을 모든 차인들에게 보여준 것이다.

종정차회의 회장단
왼쪽부터 부회장 권덕순, 부회장 김영자, 회장 이정애, 부회장 주은영

군부대를 찾은 다농 선생
종정차회 회원들과 함께 다농 선생이 36사단을 위문 차 방문했다.

아인 박종한

前 진주 대아중고등학교 교장

　아인(亞人) 박종한(朴鍾漢, 1925~) 선생은 한국 차 문화사에서 (사)한국차인
회 결성과 일지암 복원 등 굵직굵직한 공적을 남긴 차인이다. 아인 선생이 차와
인연을 맺은 것은 1953년 4월 대아중고등학교를 설립해 교장으로 일하던 중 모로
오카 다모츠[諸岡 存]와 이에이리 가즈오[家入一雄]가 공저한『조선의 차와 선(朝
鮮の茶と禪)』을 읽고 한국에도 차 문화가 있다는 것을 알고부터다. 아인 선생은
초의 선사의『동다송』과『다신전』을 구입해 읽은 후, 그 책 속에 나오는 다법에 따
라 교장실에서 이른바 '문제 학생'들을 상대로 다도 교육을 시작했다. 이것이 차
와 인연을 맺게 된 첫 출발점이었다. 아인 선생은 1969년 4월 대아고등학교 교장
실에 차실을 꾸며놓고 문제 학생 10여 명을 위해 직접 다도 교육을 실시했다. 매
일 학생 12명씩을 상대로 지도하다가 1981년부터는 전용 차실에서 전교생을 상
대로 다도 교육을 실시했다. 이것이 한국 다도 교육의 효시가 되었다.
　또한 아인 선생은 오성다도(五性茶道)와 오행다완(五行茶碗)을 직접 개발했

244

아인 박종한 선생
차인들을 상대로 흑유[天目] 찻사발에 대해 설명하시던 모습(왼쪽)과
하천다숙의 마당에서 찻물을 긷는 모습

다. 오성다도에서 오성은 신성(身性)·영성(靈性)·족성(族性)·자성(自性)·감성(感性)으로, 서양 철학과 동양 철학의 조화를 통해서 정립한 것이다. 오성다도법은 신성을 기르는 중정음다법, 영성을 기르는 합장헌다법, 족성을 기르는 경의정진다법, 자성을 기르는 오감점다법, 감성을 기르는 상물끽다법, 이렇게 다섯 가지 다법으로 나누어진다. 오행다완은 동양 철학의 기본 오행 사상을 형상화시키고 발진시킨 감각 교육적 특성과 한국 전통문화를 바탕으로 개발되었다. 토성을 가진 이도다완, 금성을 가진 분청다완, 수성을 가진 천목다완, 화성을 가진 철사다완, 목성을 가진 영청다완 등 다섯 가지 다완들이다.

아인 선생은 진주다도회를 창립한 후 한일친선차문화교류회를 열었다. 1976년 1월 경상대학교 김재생 박사의 주선으로 진주다도회에서 일본 나고야[名古

회원들과 함께
아인 선생이 하천다숙 앞에서 회원들과 함께 기념촬영

屋] 오모테센케[表千家]의 요시다 타카후미[吉田貴文] 부부와 일본 차인들을 초청해 한국에서는 처음으로 2박 3일 동안 한일친선차문화교류회를 개최했다.

아인 선생은 1978년 서울 오류동 박동선 선생의 자택에서 열린 (사)한국차인회 발기인 회의에 참석한 후 1979년 (사)한국차인회 창립에 주도적인 역할을 하기도 했다. 한국 차 문화사에 대해 많이 공부했던 아인 선생은 그 당시 가장 어려웠던 일지암 터를 찾는 문제를 해결하는 데도 크게 기여했다. 1979년 3월 아인 선생은 조자용, 김봉호, 김두만, 응송 스님과 함께 초의 선사의 일지암지를 표시한 후 그곳에 표시목을 받아 일지암을 재건하는 데 일익을 담당했다.

한편 아인 박종한 선생은 하천다숙(荷泉茶塾)을 개원해 차로 제사를 지내며 효 생활의 차 문화화를 위해 노력했다. 이처럼 아인 선생은 현대 차 문화사의 산 증인으로서 한국 차 문화의 복원과 발전에 크게 공을 세우신 분이다.

한국 최초 한일친선차문화교류회(1976)
오른쪽에서 두 번째가 아인 선생이고, 네 번째는 효당 최범술 스님

아인 선생과 차인들
한일친선차문화교류회에서 아인 선생과 차인들이 만나 즐거운 한때를 보내고 있다.
맨 왼쪽이 박종한 선생이고, 바로 옆이 고예정 선생

五性茶頌

一. 獻茶頌

六十星霜流白雲 육십 세월이 흰 구름같이 흘러가는데,

載書隱齋遊颼颼 책 쌓였는 고요한 書齋에 홀로 앉아 바람 소리 樂 삼았네,

追遠歆茶泉聲近 獻茶하니 샘물소리 가까이 들려오고,

稚蘭滿庭被甘露 어린 난초 庭園에 가득히 甘露에 젖어 있도다.

二. 飮茶頌

后皇嘉樹有佳緣 하늘이 사랑한 나무와 좋은 因緣 맺어,

鹿頭山下玉女茗 鹿頭山下의 玉女茶가 되었네,

喫茶養生荷泉郎 茶 마셔 오래 사는 荷泉公(神仙)들아,

儉德薰香傳家風 儉素 德性 훈훈한 향기 家風으로 傳하세.

三. 進茶頌

鹿頭幽齋茶煙氣 鹿頭山 荷泉齋에 茶 끓이는 煙氣는 피여 오르고,

松鶴舞蹲何處仙 松鶴이 뛰어 노닐니 어디의 神仙이 타고 왔나,

松風客談滿堂屋 솔바람과 客談이 집 안에 가득하며,

芝蘭默笑世傳薰 芝蘭의 아름다운 姿態와 香氣는 世上에 傳하는 薰氣일세.

四. 吟茶頌

旗風動色下辯誰 깊은 茶 맛을 누가 말하리요.

休神香味分別難 차 맛 물맛 분별하기 어려워라,

多茶苦茶莫是非 여러 가지 차 맛을 시비하지 마소,

丹田吟茶別有天 마음으로 음미하면 別天地가 있을지라.

五. 喫茶頌

玩器論茶不覺曙 茶器 갖고 놀고 茶 얘기하다 보니 날 새는 줄 몰랐더라,

泉聲松籟除恨夢 샘물 소리 솔바람 소리에 사무친 恨 털어버리고,

喫茶五香灑塵辱 茶 마신 향기에 辱된 世上事 씻어버리며,

一口盡水洛東水 한입에 세상 물 다 마셔버렸도다.

* 아인 선생이 자신의 오성다도(五性茶道)를 표현한 한시로, 그의 차 정신을 엿볼 수 있고
오늘날 차인들이 어떤 마음으로 차를 대해야 할지를 밝히고 있어 별도로 소개했다.

다촌 정상구

前 (사) 한국다도협회 이사장

다촌(茶村) 정상구(鄭相九, 1925~2005) 선생은 한국 전통 차 문화의 부흥을 위해 2005년 작고할 때까지 24년 동안 한국 차학 발전과 전통 다도 보급에 기여했다. 1981년에 사단법인 한국다도협회를 창립하고 민족 고유의 다법을 재현·창작했을 뿐만 아니라 12권의 다서를 저술해 차 학문을 정립했다.

다촌 선생은 직접 차 이론과 다도 행다법을 가르쳐 후진을 양성했으며 중국·대만·일본 등과 국제다도연합회를 결성하고 차 문화를 교류하여 국가 간의 친선을 도모했다. 게다가 국내에서 각종 차 문화 행사를 개최해 차의 중요성을 알렸고 애국선열의 유적지에 헌다함으로써 차를 통해 민족정신을 선양했다. 다촌 선생은 국내 및 미국·일본·뉴질랜드·독일 등에도 (사)한국다도협회 231개 지부를 설치하여 한국 차 문화 보급에도 앞장섰다.

다촌 선생은 1983년에 국내 최초로 한국다도박물관을 개관했다. 지상 4층, 지하 1층 규모로 총 세 개의 전시관이 운영되고 있는 한국다도박물관은 차 문화 대

다촌 정상구 선생

학원, 차 문화 기행, 초·중학교 교사 연수 등 다양한 차 교육의 장으로 활용되고 있다. 또한 1995년에는 부산여자대학교의 부설 사회교육원에 전통다도과를 개설해 차학 발전과 후진 양성에 크게 기여했다.

한편 다촌 정상구 선생은 다례의 일곱 가지 법칙인 '다례칠칙(茶禮七則)'을 다음과 같이 주창했다.

다도 정신 존중은 차와 내가 하나 되는 맑음을 기원하는 것이다.

전통 존중은 원효 사상, 초의 스님, 『백장청규』 등 온고지신의 정신을 추구하는 것이다.

예절 존중은 작은 절, 보통 절, 큰절, 매우 큰절을 습득하고 남녀의 예절과 상대방과 자신의 배려심, 공경심, 봉사심을 추구하는 것이다.

과학 존중은 행다례에 있어 차의 분량과 물의 온도가 맞아야 차 맛이 있음과 채다

강연 중인 다촌 선생

법, 제다법, 투차법 등 각종 포법의 과학화를 추구한다.

법도 존중은 불편함이 없도록 하며 자연스러움과 질서를 추구하는 것이다.

청결 존중은 자신의 심신과 장소와 분위기의 청결함을 추구하는 것이다.

조화미 존중은 사람과 차도구와 찻물과 분위기가 종합 예술로 승화시켜내는 것을
의미한다.

　다촌 정상구 선생의 차 정신과 차학은 (사)한국다도협회와 부산여자대학교에
서 그 맥을 이어가고 있다.

다촌 정상구 선생의 서화전에서(세종문화회관, 1990)
왼쪽부터 박천현, 고세연, 김태연, 정상구, 이순희, 이영자

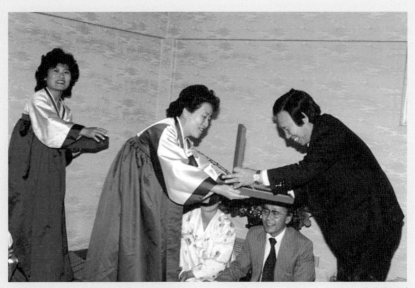

감사패 전달
한국부인다도회에서 고문으로 추대하며 다촌 선생께 감사패를 전달하고 있다.
감사패를 전달하고 있는 이는 허충순 선생

행촌 김제현

前 해남종합병원 원장

　행촌(杏村) 김제현(金濟炫, 1926~2000) 선생은 의사이자 차인이었다. 1981년 해남에 해남종합병원을 개원한 행촌 선생은 병원장으로서 활동하면서도 서화와 수석 수집, 사진 촬영, 분재 가꾸기 등 다양한 취미를 즐겼다. 뿐만 아니라 차에 대해 높은 식견을 갖추고 있었다.

　행촌 선생은 한국 차의 다성(茶聖)과 성지가 있는 해남에서부터 한국 다도가 일어나야 한다고 주장했다.

　"차와 차의 정신이 그 맥이라도 이어가기 위해서는 일지암이 있는 차의 본령 해남에서부터 중흥의 바람이 일어야 합니다."

　행촌 김제현 선생은 해남 차의 쌍두마차였던 우록 김봉호 선생과 함께 해남 차 문화뿐만 아니라 한국 차 문화의 대중화에 크게 기여했다. 그중 하나가 바로 우록 선생과 함께 추진한 일지암 복원 사업이다. 행촌 선생은 일지암 복원을 위해 전국에서 해남으로 온 차인들을 대접했다. 또한 해남 연동에 차밭을 일궈내

행촌 김제현 선생
해남다인회 창립 및 발전을 비롯하여 많은 기여를 하셨다.
해남 지역에 머무르지 않고 전국적인 차 문화 부흥을 이끄신 분이다.

'다인회 다원'이라고 이름을 붙인 뒤 직접 차를 키우고, 따고, 만들고, 마시는 체험을 통해 차 문화를 몸으로 익혔다. 게다가 사재를 희사해 '녹야원'이라는 이름으로 해남다인회 사무실을 개원한 뒤 다구와 다기 일체를 마련했다.

행촌 선생의 일생은 해남다인회 발전의 역사와 그 궤를 같이한다. 1979년 해남다인회 창립 때부터 작고할 때까지 회장을 맡았고, 1992년에 시작한 초의문화제에서 작고할 때까지 집행위원장을 맡아 한국 현대 차 문화사에 훌륭한 족적을 남겼다.

아들 김동섭 해남종합병원 이사장은 그의 아버지 행촌 선생에 대해 이렇게 말한다.

"명맥을 이어가는 차 문화 보급을 위해 해남다인회를 창립하고 초의문화제를 여시던 모습, 국민훈장 동백장 수상 시 의연하시던 모습은 지식인인 나로 하여금 아버님이 가치와 사고의 절대적 지주로서 부동의 존재이셨음을 새삼 인식케 하고 있습니다."

행촌 김제현 선생은 1979년 (사)한국차인회를 창립할 때 우록 김봉호 선생과 함께 주도적인 역할을 했으며 (사)한국차인회 창립 발기인이자 부회장, 고문으로서 타계 직전까지 우리 차 문화 중흥에 앞장섰다. 행촌 선생은 "내가 못한 차 문화 사업을 끝까지 해달라"고 유언을 남겼다.

『한국차문화사』, 『초의전집』, 『현대생활 차 쉽게 마시는 법』 등 책자도 발간한 행촌 선생은 한국 차 문화 발전에 이바지한 공로로 국민훈장 동백장, 초의상, 명원차문화상을 수상했다.

행촌 선생이 타계하셨을 때 (사)한국차인연합회 박권흠 회장이 낭독한 조사를 여기에 소개한다.

행촌 선생과 차인들(1991. 6)
왼쪽부터 김태연, 손승혜, 행촌 김제현, 허재남, 박천현

차의 날 행사장의 행촌 선생(남양주 다산생가, 1988)
맨 왼쪽이 행촌 김제현 선생

행촌 김제현 선생을 추모하며

조사 - 박권흠 (사)한국차인연합회 회장

행촌 김제현 선생,

선생께서 정녕 우리 곁을 떠나셨나이까.

믿어지지가 않습니다. 회자정리(會者定離), 만나면 헤어지는 것이 인간사의 숙명이라 하지만 지난해 12월 서울에서의 만남이 마지막이었을 줄 어찌 알았겠습니까!

선생을 존경하고 사랑하고 의지하던 전국의 모든 차인들, 지금 이 시간에 전국 방방곡곡에서 슬픔에 젖어 눈물을 흘리고 있습니다.

병석에 계실 때 마주 앉아 차 한 잔 나누지 못하고 불귀의 길로 떠나보낸 저희들의 가슴이 찢어집니다.

선생께서는 차인으로서 의사로서, 그리고 사회봉사자로서 엄청난 업적을 쌓으신 이 시대의 거목이시며 또한 선각자셨습니다. 특히 이 나라 차 문화를 중흥시키는 일에 앞장서서 헌신적이고도 희생적으로 노력하신 일은 역사에 길이 빛날 것이며 저희 모든 차인들의 가슴속에 깊이 새겨져 있을 것이며 또 그것은 후대에까지 기록되어갈 것입니다.

사단법인 한국차인연합회의 고문이신 선생께서는 1979년 한국차인연합회가 창립될 때 주도적인 역할을 하셨고, 그 후 20년의 세월을 한결같이 차 문화 중흥에 앞장서셨습니다. 초의 선사의 흔적이 살아 숨 쉬는 이곳 해남을 차 문화의 성지로 가꾸시고 초의문화재단을 설립하여 매년 초의문화제를 집행하시면서 많은 유공 차인들을 찾아내어 초의상을 시상하고 격려함으로써, 초의 선사의 유지를 받들어오신 일이야말로 오늘을 사는 모든 차인들의 사표(師表)가 되었습니다.

저는 사단법인 한국차인연합회의 회장으로서 전국의 모든 차인들의 뜻을 모아 삼가 조의를 표하면서 저희들은 앞으로 선생의 유지를 받들어 이 나라 전통문화의 뿌리인 차문화가 국민의 생활문화로 확산되도록 최선의 노력을 다하겠다는 다짐을 합니다.

선생께서는 한국차인연합회가 제정한 명원차문화상도 받으셨고 선생의 인술 봉사의 공로가 국가에 의해 높이 평가되어 국민 표창도 받으셨지만 선생의 큰 업적에 비한다면 그것은 작은 것이었습니다.

선생께서는 『보며 생각하며』라는 수필집도 내신 문필가였으며, 수석 수집가로서도 명성이 높았던 멋쟁이 문화인이시며 많은 것을 베푸신 덕망가였습니다. 언제나 차인들이 해남에 오면 따뜻한 미소로 환영해주시고 진귀한 먹거리로 정을 주시던 행촌 선생! 저희들이 이렇게 있는데 왜 보이지 않습니까. 저희들은 너무나 허전하고 허무하고 외롭습니다.

이 나라 차 문화의 참된 중흥을 보시지 못하고 떠나시는 것이 안타까우시리라 믿습니다. 그러나 이 일은 저이들에게 맡기시고 먼 길 평안히 가셔서 영생의 복을 누리시고 극락정토에 좋은 자리 잡으시옵소서.

2000년 4월 5일

사단법인 한국차인연합회 회장 박권흠 합장

장세순

前 동다헌 대표

전 동다헌(東茶軒) 대표 장세순(張世淳, 1927~2003) 선생은 한국 차의 산업화와 문화화를 위해 애쓴 차인이다. 장세순 선생은 1973년부터 차에 관심을 가졌다. 한국을 대표하는 기업인 LG에 근무하면서 출장차 일본을 드나들며 한국 차 문화와 차 산업을 일굴 생각을 한 것이다. 장 선생은 그때부터 한국과 일본, 그리고 중국 등에 있는 차 관련 자료들을 수집하기 시작했다. 그리고 당시 일본을 활발히 드나든 덕분에 고가의 일본 차 관련 서적을 수백 권이나 사 모을 수 있었다. 그러던 1974년, 장세순 선생은 한국 차 산업화와 문화화를 위해 직장을 그만두고 본격적으로 차 관련 일에 뛰어들었다.

1974년 이후 3~4년간 한국 차 산지와 차 역사, 일본 차 문화를 연구하고 관련 차인들을 만나보던 장세순 선생은 1978년 지금의 비원 근처에 '동다헌'을 개원했다. 서울 종로구 운니동 가든타워 빌딩에 자리 잡은 동다헌에 고유 차 및 전승 도자기 상설 전시관을 마련했고, 차에 대해 가르치는 다도 교실을 함께 열었다. 이

장세순 선생
일본, 중국 등에서 차 문화 자료들을 많이 수집하셨다.

른바 동다헌은 당시로는 최고의 시설을 갖춘 복합 문화 공간으로서 차인들뿐만 아니라 교양을 추구하는 여성들에게 많은 인기를 끌었다. 당시 동다헌에는 명원 김미희, 태평양화학의 장원 서성환 회장을 비롯한 차인들과 차 관련 인사들이 많이 다녀갔다. 동다헌에서 장세순 선생은 직접 차에 대해 강의했고 《동아일보》, 《조선일보》 등 각종 매체에 차에 관한 글을 기고했다. 차 연구가로서 차 기고가로서 차 교육자로서 본격적인 활동을 펼친 것이다.

　장세순 선생은 본격적으로 차 사업에도 뛰어들었다. 태평양화학의 서성환 회장과 함께 한국 차 산업의 미래를 개척하기 위해 연구했고, 현대적인 감각으로

TV에 출연한 장세순 선생
각종 매체를 통해 차와 차 문화를 널리 보급하는 일에 많은 기여를 하신 차인이다.

디자인한 다구를 생산하는 등 한국 차 산업의 현대화를 추구했다. 나아가 국제
교류에도 앞장섰다. 《동아일보》 1980년 4월 22일자에는 한일 다도 비교회를 주선
한 장세순 선생에 대한 기사가 실렸다.

다례의 맥을 찾아 정통 다도를 재현하기 위한 한일 양국의 다도 비교회가 1980년 4월 20일 오전 10시 강원도 설악산 파크호텔에서 열렸다. 이날 다도회에서는 한국과 일본의 다례를 비교·소개했고 우리의 정통 다도에 대한 해설도 있었다. 설악산에 새로 문을 연 파크호텔의 일본식 차실인 '가'실에서 향내 그윽한 분위기 속에 열린 이 모임에서는 한국 측의 법상 스님(김용사)과 일본의 다도 사범 가와사키 요시에[川崎佳惠] 여사가 양국의 다도를 선보였다.

이날 모임은 서울 동다헌의 대표 장세순 씨(53세)가 주선한 것으로 두 나라의 권위자들이 한데 모이는 계기가 되었고 잊혀가던 정신문화의 맥을 짚게 된 것이다. 이번 다도 비교회를 주선한 장씨는 "신라시대 오대산을 중심한 이 고장이 화랑의 도장이었고 그들이 사용한 찻잔도 있고 두 곳의 사기막골에서 만든 것이어서 이곳은 다도의 고장이었던 만큼 설악산을 중심으로 다도를 재현하고 사기막의 고요지도 재현하여 혼란한 세태의 정신문화의 바탕을 삼고자 이 모임을 주선한 것"이라고 말했다.

위 기사에서 엿볼 수 있듯, 차인 장세순 선생은 1980년대 초반까지 차 문화와 차 산업 활동을 활발히 하면서 한국 차의 현대화에 앞장섰다.

무초 최차란

도예가

　한국 현대 차 문화사에서 도예와 다도를 관통하며 살아온 차인이 바로 사등이 요(史等伊窯)의 최차란(崔且蘭, 1928~) 선생이다. 찻사발로 500년 우리 차 역사를 복원해온 무초(無草) 최차란 선생은 자신의 책 제목처럼 '막사발에 목숨을 쏟아 놓고' 사는 사람처럼 살아왔다. 3대를 이어온 옹기장이의 딸로 태어난 최 선생은 일제강점기 때부터 차를 마셨고 해방 후에도 꾸준히 차 마시는 습관을 이어왔다. 그러다가 1970년 부산에서 민예사를 시작하며 본격적으로 차와 인연을 맺었다.

　우리 전통 민속품을 판매했던 민예사에는 많은 일본 관광객들이 찾아왔다. 그 들과 맺은 친분으로 1971년 일본을 찾은 최 선생은 도쿄[東京]박물관에서 일본 국보가 된 조선 초기 막사발인 정호(井戸)다완을 보고는 우리 사발 재현에 일생 을 바쳤다. 그때부터 본격적으로 다도 공부를 하려 했으나 당시 국내에서는 마땅 히 할 곳이 없었다. 그래서 일본의 다도를 공부하기 시작했고, 제대로 된 공부를 하기 위해 일본 전국의 다도 교실을 돌아다녔다. 까다로운 일본 다도를 보름에

사등이요 차실의 무초 최차란 선생

한 번씩 무려 3년을 배웠다. 일본 다도를 배우며 깨달은 것이 바로 우리 찻사발이자 막사발을 재현하사는 것이었다. 최차란 선생은 막사발을 재현하기 위해 1974년에 사등이요를 설립했다.

"우리나라로 돌아온 나는 다도를 되찾아와야겠다는 생각에 우리나라 전통 밥상 차림의 숨은 근본을 찾아 다도를 정립해보고자 했다. 우리의 밥상 차림은 그냥 단순히 밥을 먹기 위한 차림이 아니다. 밥을 한 끼 먹는 데도 순서가 있고, 그에 따른 만물의 생성 원리에 해당되는 근원이 함축되어 있음을 알았다. 우주 원리가 한줄기 실오라기처럼 흐르는 것과 같은 순서로 된 것이 바로 우리의 밥상 차

림인 것이다. 나는 다도 역시 우주의 흐름에 부합해야 한다는 의미에서 그렇게 한 것이다."

1976년에 최차란 선생은 박비오 화백의 소개로 박동선 선생을 만났다. 그 자리에서 두 사람은 한국 차 문화를 함께 보급·발전시키자고 결의했다. 그 후 최 선생과 박 선생은 경주에서 몇 차례 만났고 (사)한국차인회가 필요하다는 점에 공감했다. 최 선생은 1979년 (사)한국차인회가 발족되자 경주차인회 회장을 맡아 경주 지역에 차 문화를 보급하고자 힘썼다. 그리고 1979년 한국정신문화원에서 열린 (사)한국차인회 초대 발표회에서 다도를 발표했다. (사)한국차인회 지도위원과 이사를 역임한 무초 최차란 선생은 그 후 한국 다도를 보급·개발하는 데 앞장섰다.

한편, 최차란 선생은 우주의 원리에 입각한 막사발을 재현했다. 백공다완, 청공다완, 앙금다완, 덩어리다완, 발화성다완, 용영다완, 주취알다완, 암반암구다완, 구정다완, 석돌다완, 자연다완, 새등이다완 등 12다완을 완성한 것이다. 최 선생은 정호다완의 원형을 재현했다는 평가를 받고 있다. 우주와 생활의 원리를 담은 우리 막사발을 재현하여 한국 차계에 크게 공헌한 것이다. 최 선생의 저서로는 『한국의 차도』, 『회전이치다도』, 『막사발에 목숨을 쏟아놓고』 등이 있다.

무초 최차란 선생
황토방에서 휴식을 취하고 있는 모습(왼쪽)과 찻사발을 만들고 있는 모습

출판기념회에서(2000. 8. 23)
무초 선생은 『막사발에 목숨을 쏟아놓고』를 출간하여 후배들에게 찻사발 장인의 삶과 예술이 무엇인가를 들려주었다.
앞줄 왼쪽에서 세 번째가 무초 최차란 선생

이강재

前 광주요차회 회장

이강재(李康栽, 1929~2011) 선생은 언론인으로서 문화인으로서 차인으로서 광주 지역 차 문화를 이끌어왔다. 이 선생이 차를 본격적으로 시작한 것은 1970년 성곡재단의 후원을 받아 일본에 1년 동안 연수를 갔을 때였다. 우리 전통문화를 애호하고 깊은 관심을 갖고 있던 이 선생은 일본에서 가는 곳마다 차를 만났다. '그래, 어디 차라는 놈을 한번 만나보자'는 생각으로 일본차 상점에서 차를 구입했으나 차를 끓여 먹을 도구가 없었다. 내친김에 차도구도 함께 구입했다. 이 선생의 차 생활이 시작된 것이다.

이강재 선생은 한국 차 산업에 많은 기여를 했다. 차 산업에 진출하려는 한국제다 서양원 회장이 정부의 인허가를 받는 데 매우 어려움을 겪고 있을 때 그 문제를 해결해준 것이다. 덕분에 한국제다는 우리 차 산업을 대표하는 제다원으로 성장할 수 있었다. 뿐만 아니라 '전라남도에 차를 많이 재배하는 것이 우리 차 문화를 발전시키는 길'이라고 생각한 이 선생은 관계 기관들을 직접 설득해 '보성차

이강재 선생
언론인, 문화인, 차인으로 세상을 멋지게 살아오셨다.

시험장'을 탄생시켰다.

금호재단으로 자리를 옮긴 이강재 선생은 1980년 광주 차 문화의 산실인 '요차회'를 탄생시켰다. 이 선생을 사랑하는 사람들을 중심으로 모인 요차회는 당시 광주민속박물관장을 맡고 있던 최계원 관장이 '차를 즐기자'는 뜻에서 작명한 것이다. 당시 요차회에는 한국제다 사장 서양원, 민속학자 박선홍, 서예가 조영민, 한국화가 문장호, 전라남도 여성회관 관장 이영애, 청자 인간문화재 조기정 등 28명의 쟁쟁한 문화인들이 모여들었다.

이강재 선생은 요차회를 중심으로 전국적인 차 운동 단체를 결성하기 위해

1985년 광주차회연합회를 만들고자 했다. 요차회의 정신을 이어받아 서로 공부하고 토론하며 젊은이들에게 차로써 예절과 건강을 가르치겠다는 취지에서였다. 그러나 광주차회연합회 결성은 이루어지지 않았다. 이렇게 여러 가지 어려움을 겪고 있던 가운데, 전국적인 차회로서 (사)한국차문화협회가 탄생하고 있었다. 이 (사)한국차문화협회에서 이강재 선생을 회장으로 추대했다. 이 선생은 (사)한국차문화협회 회장직을 1989년까지 맡아 한국 차 문화 발전에 기여했다.

"찻잔 속에 무한의 우주가 있고, 마시는 순간 영원이 있다는 경지를 알아야 해요. 진짜 다도는 무애의 경지, 무도의 격식에 있지요. 급하면 급한 대로, 한가하면 한가한 대로, 평범한 그릇에 따라 마시면 되지요."

이강재 선생은 오랜 세월을 버티어온 차왕수(茶王樹)처럼 살다간 차인이다. 전남 보성 출신인 이 선생은 광주서중을 거쳐 《전남매일》 기자, 논설위원, 편집국장, 주필을 거쳤다. 퇴직 후 광주언론인동우회, 소비자보호운동, 지역개발연구소, 광주민학회, 밀알회, 요차회를 설립했다. 금호문화재단 부이사장, (사)한국차문화협회 명예 이사장 등을 역임했다.

차를 시음 중인 이강재 선생
(사)한국차문화협회 광주지부 행사에서 이강재 선생이 차를 시음하고 있다.

(사)한국차문화협회 광주지부 회원들과 함께한 이강재 선생

이귀례

(사)한국차문화협회 이사장

　(사)한국차문화협회 이사장인 이귀례(李貴禮, 1929~) 선생은 한국 현대 차 문화사를 대표하는 차인이다. 이 선생은 한국 차 문화 발전에 세운 공로를 인정받아 제2회 초의문화상과 제6회 명원문화상을 수상했고 제35대 신사임당에 선정되었다.

　이귀례 선생은 어렸을 적부터 차와 인연을 맺었다. 동학운동을 했던 할아버지의 손님들에게 선생이 직접 솔잎차, 떡차 등을 대접한 것이다. 그리고 1970년대 초반부터 차에 대한 호기심을 품고 관련 문헌을 찾아가며 역사를 공부했다. 이 선생은 1979년 (사)한국차인회의 창립 회원이 되었다. 현재 (사)한국차문화협회의 전신이기도 한 (사)한국차인회에서부터 옛 문헌을 기초로 규방 다례를 정립했고 (사)한국차인연합회 부회장으로 일하기도 했다.

　1991년 (사)한국차문화협회 회장으로 취임한 이귀례 선생은 차 문화 발전에 온 힘을 쏟았다. 우선 차 문화 대중화를 위해 협회지 《차문화》를 발간했고, 후진

이귀례 이사장
전국 차인 큰 잔치 행사에서
이귀례 이사장이 인사말을 전하고 있다.

양성을 위해 차 생활 지도 사범 교육과 한국차문화대학원 교육 과정을 개설했다.
그리고 한국 차의 대중화와 청소년 교육을 위한 전국대회를 개최했다. 청소년들
에게 우리 차 문화의 우수성을 알려 전통문화에 대한 새로운 인식과 배우고자 하
는 의욕을 고취시킬 뿐만 아니라 주한 외국인 자녀들에게 우리 전통 차 문화를 소
개하는 '전국 청소년 차 문화 대전 및 차 예절 경연대회'를 매년 5월에 실시하고
있다. 이 선생은 '차의 날'을 맞이하여 전국 차인들과 함께하는 큰 잔치도 연다.
매년 5월에 열리는 '전국 차인 큰 잔치'가 그것이다. 이 잔치에서는 차 음식 축제

및 경연대회, 차 예절 발표회, 들차회 등 풍성한 차 행사가 열린다. 게다가 한국 차의 국제화를 위해 1995년부터 2003년까지 독일, 미국, 일본, 중국, 스리랑카, 인도 등에서 매년 국제 차 문화 교류 행사를 펼쳐왔다.

이귀례 선생은 2002년 인천시 무형문화재 제11호 규방 다례 기능 보유자로 지정되었다. 규방 다례는 차를 다루는 제반 다사법과 이에 수반되는 예의범절, 마음가짐까지를 포괄하는 전통 다례법을 정립한 것이다.

차 문화 대중화의 일등공신인 이귀례 선생은 어린이들을 대상으로 한 '인설차문화대전'을 열고 있다. 1979년 (사)한국차인회 창립 회원으로 활동을 시작한 이 선생은 1988년 다신계 부회장으로 일했다. 1991년 (사)한국차문화협회를 창립하여 현재 전국 21개 지부에서 많은 회원들이 활동하고 있다.

이귀례 선생은 현재 규방 다례 보존회 이사장, 가천박물관장, 가천문화재단 부이사장, (사)한국차문화협회 이사장을 맡고 있다. 저서로는 『우리 차의 역사와 정신 그리고 규방 다례』가 있다.

전국 청소년 차 문화 대전 행사장에서 기념촬영을 하는 이귀례 이사장

한국차문화대학원 개강식

한국차문화대학원 개강식에서 이귀례 이사장이 환영사를 전하고 있다.

정원호

前 효동원 원장

경남 사천 다솔사 인근에서 태어난 정원호(鄭元鎬, 1929~1992) 선생은 효당 최범술 선생의 제자로서 어렸을 적부터 차 문화를 배웠고 효당 선생을 도와 한국 차 문화 보급에 앞장섰다. 한 시대를 차인으로서 마음껏 살다 간 정원호 선생은 시계를 만드는 사업에 성공해 1981년 3월 서울 강남 논현동 땅에 4층 50평 규모의 빌딩을 세울 수 있었다. 차 문화 교실 '효동원'을 설립한 것이다.

정원호 선생은 다양한 차 문화 활동을 펼쳐서 여러 차회들과 차인들에게 여러 모로 도움을 주었다. 효동원에서는 원효 스님과 효당 선생의 정신을 계승하는 데 의미를 두면서 많은 차 모임과 세미나를 개최했다. 청사 안광석 선생, 김명배 선생, 금랑 노석경 선생, 정산 한웅빈 선생, 정학래 선생이 강사로 초빙되어 차 강의를 주도했다. 또한 가야금에 정한희·지혜경, 사군자에 우봉(友鳳) 최영국(崔永國), 행다례 교육에 김태연, 서예에 이인섭, 꽃꽂이에 조순선 선생 등이 참여해 다양한 차 문화를 일궈냈다.

차의 날 행사를 마치고(1986)
행사를 마친 정원호 선생(오른쪽)이 후배 박천현 회장과 기념촬영을 했다.

정원호 선생은 1979년 (사)한국차인회 창립에 기여했을 뿐만 아니라 (사)한국
차인연합회의 토대를 닦는 데도 일조했다. 당시 사무실이 없던 (사)한국차인회
에 사무실을 내주었고 1982년에 당시 문예진흥원 원장으로 있던 송지영 회장을
(사)한국차인연합회 회장으로 모시는 데 일조했다. (사)한국차인연합회의 부회
장으로 일하기도 했다.

정 선생의 차 문화 운동에 대해 《경향신문》 1984년 2월 3일자에서는 다음과 같
이 기록하고 있다.

한국차선회. 바로 이 모임은 일제 때부터 전통적인 차 생활을 지켜온 효당 최범술 다승이 생존해 있을 때부터 그에게 한국의 다도를 배우며 차 생활을 실천해온 김종규 삼성언어연구원장, 정원호 삼보아로리골드 사장 등이 주축이 되어 지난 1974년 구성한 것. 현재 이 차선회의 회원은 회장 김충렬 교수를 비롯해 김상현 단국대 교수, 목정배 동국대 교수, 예비역 장성 구영회, 출판인 윤청광 동국출판 대표, 산업훈련가 권오근 한국판매교육원장, 걸승 중광 스님, 정신과의사 김종해 씨 등 사회 각계각층 인사를 포함해 50명에 이른다. 이들 회원들은 평소 집에서나 직장에서 차 생활을 실천함은 물론 한 달에 2회씩 모임을 갖고 초청 전문가로부터 차 문화에 대한 강의를 듣곤 한다.

현재 전통적인 차 생활에 대한 관심이 높아짐에 따라 차 동호인 모임이 늘어나고 있지만 차선회만큼 역사가 깊고 특히 효당의 차 생활을 그대로 실천해가는 모임은 없었다. 특히 효당의 차 사상을 전승·발전시키고 차 문화를 연구하기 위해 현재 효동원을 운영하고 있는 정원호 씨는 회원들이 한 달에 두 번씩 모여 교양 강좌를 들음으로써 '각자의 타고난 천성에 자기발견과 그것대로 되는 자기실현 성불이라는 자기교육에 크게 도움을 받고 있다'고 설명한다.

《경향신문》 1988년 5월 6일자에서는 효동원에 대한 기사를 다음처럼 실었다.

7년의 연륜을 갖고 있는 효동원은 재가불자가 운영하는 성인 강좌. 문화 포교의 효시로 자리를 굳히고 있는 효동원은 전통 다도를 중심으로 실기와 이론 강좌를 통한 불교 정신을 함양하고 있다. 특히 고려대 김충렬 교수가 회장직을 맡고 있는 '차선회' 모임을 통해 한국의 다도 문화와 불교문화를 재정립하는 연구 활동도 활발하게 추진되고 있다.

1980년 경남 사천의 《곤명면지(昆明面誌)》에서는 효동원의 정원호 원장을 이렇게 소개했다.

서울 효동원에서 불교 서적을 번역하며 다솔사 중수에 심혈을 기울이고 있다. 그리고 다솔사에서 생산되는 작설반야다의 전수자로서 한국 다도 문화의 국제 교류에도 공헌이 크다. 특히 불교문학에는 일가견이 있고 다솔사와 서봉사의 고증 문헌의 자료 수집에서 힘쓰고 있다. 현재 다솔사 신도회장으로 있으면서 대웅전 중수 사업에도 많은 도움을 주고 있다.

김명배

(사)한국차학회 고문

(사)한국차학회 고문인 김명배(金明培, 1929~) 선생은 불모지였던 한국 차학에 씨앗을 뿌린 선구자다. 1970년부터 현재까지 한국 차학의 기틀을 다지는 데 지대한 공헌을 했다. 숭의여자전문대학교 교수 시절인 1982년『다도문화총화』를 시작으로『다도사상과 추사』,『다도』,『한국인의 차와 다도』,『다경』,『조선의 차와 선』,『다도학』,『다도학논고 1·2』,『한국의 다서』,『한국의 다시 감상』,『일본의 다도』,『중국의 다도』등 한·중·일 다학의 기본서들을 두루 출간했다. 뿐만 아니라 논문도 활발히 발표하여, 차학을 연구하는 후학들의 이정표이자 교과서 같은 역할을 했다.

1960년대 중반부터 시작된 김명배 선생의 한국 차학 일구기는 최근까지 이어졌다. 차계에서 개최한 세미나에 참가해 한국 다도는 물론, 일본과 중국의 다도를 소개한 김 선생의 연구 덕분에 한국 차학은 튼튼한 토양을 갖추었고 다양한 연구자들이 나올 수 있는 기틀을 마련했다. 한국 차학의 인적 네트워크를 구축하기

한국제다를 찾은 김명배 고문(1984)
왼쪽부터 권명덕, 김태연, 양영자, 김명배 고문, 신 회장, 서양원

이수백 선생의 하회탈 작업실에서(1981)
김명배 선생이 부산 기장에 있는 이수백 선생의 하회탈 작업실을 찾았다. 맨 오른쪽이 김명배 고문,
그 옆은 요리 연구가 황혜성 선생, 왼쪽에서 두 번째가 이수백 선생

위해 후학들과 함께 1994년 (사)한국차학회를 결성하고 초대 회장을 맡은 김 선생은 그 취지를 이렇게 밝혔다.

"(사)한국차학회는 차나무의 식물학적인 연구에서 차 재배·차 생산·차 가공·차 품평에 이르는 자연과학적 연구와 차의 역사적 고찰, 차 문화, 다도·다기 예술에 이르는 인문사회과학적 연구를 망라하고 있습니다."

1995년 제1차 춘계 차 학술 발표회를 개최해 한국 차학의 새로운 지평을 열었다는 평가를 받은 (사)한국차학회는 학회지인《한국차학회지》를 창간했다. 전국에 있는 차 관련 전공자들이 대부분 참여한 차학회는 한국 차학을 인문학과 역사학의 한 반열에 올려놓았다는 평가를 받고 있다.

김명배 선생은 2007년 올해의 차인상, 제3회 명원차문화상 학술상, 제3회 초의상을 수상했다.

목춘 구혜경

(사)부산차인회 초대 회장

목춘(牧春) 구혜경(具惠卿, 1930~1995) 선생은 부산 차 문화 부흥의 선구자로, 1970년대부터 부산에 전통 차 문화를 정착시키는 작업을 했다. 목춘 선생은 일본 유학 시절에 차와 인연을 맺었다. 일본에서 한의학을 공부하다 차 문화를 접하고는 한국에 돌아와 차 문화를 보급할 원력(願力)을 세웠다.

목춘 선생은 1972년 5월 26일 20여 명의 회원을 데리고 (사)부산차인회를 창립했다. 화(和)·경(敬)·청(淸)·적(寂)의 다도 정신을 기본 이념으로, 여인으로서의 부덕(婦德)·부용(婦容)·부언(婦言)·부공(婦功)의 4대 덕목을 다도의 기본으로 삼았다. 1980년에는 우리나라에서 말차 생산이 좀처럼 되고 있지 않음을 알고 화계제다에 '취담'이라는 상품명으로 말차 생산을 부탁하고 직접 지도하기도 했다.

목춘 선생이 이끄는 (사)부산차인회는 1982년부터 매년 다도 교육 자료를 제작하여 부산시 교육위원회가 주관하는 부산 시내 중·고교 여교사 대상 다도 연

목춘 구혜경 선생

수 교육을 전담했다. 그리고 일반 시민들에게 차를 보급하기 위해 대학생 어머니 교실, YWCA 청년부, 공공 기관 등에서 다도를 강의하고 시연했다. 또한 지도자 양성에도 힘써서 다례 교실을 개원해, 현재 부산 차 문화 보급에 일익을 담당하고 있는 많은 사범들과 수료생들을 배출했다.

한국 차의 세계화를 위해 해외 차 문화 교류에도 앞장섰다. 일본에서 유학하며 만난 차인들과 적극적인 교류를 지속한 것이다. 1983년 일본 오모테센케 초청으로 일본을 방문하여 한일차교류회를 가졌다. 목춘 선생은 "전통이 없는 사회는 망한다"라고 하면서 우리 전통문화의 계승과 복원을 위해 매년 민속놀이를 보존

목춘 구혜경 선생과 송지영 회장(1984)

하기 위한 행사를 개최했다. 봄에는 화전놀이, 음력 7월 7일에는 칠석놀이 등을 열어 전통문화를 보존하고, 부산 시민의 생활 속에 차가 보급될 수 있도록 노력했다. 1985년에는 걸스카우트 연맹을 주도하면서 외국 내빈들에게 접빈 다례를 시연했다.

차 문화 보급 운동을 활발히 벌인 목춘 선생 덕분에 부산이 차의 도시로 거듭날 수 있었다. 목춘 선생의 뒤를 이어 제4대 회장으로 취임한 김순향 선생께서 (사)부산차인회의 기본 차 정신을 바탕으로 후진 양성에 몰두해오고 있다.

차 행사를 마치고(1983)
차 문화 행사를 마치고 차인들과 기념촬영을 했다.
맨 오른쪽이 송지영 회장, 그 옆이 목춘 구혜경 선생

(사)부산차인회 회원들과 함께한 목춘 선생(1983)
회원들과 함께 통도사 극락암 앞에서 화전놀이를 했다. 중앙의 흰색 저고리 입으신 분이 목춘 선생.

정학래

(사)한국차인회 초대 상임이사

　일우(一羽) 정학래(鄭鶴來, 1930~) 선생은 30대 초반에 일본에서 유학하고 1960년에 귀국한 직후, 그림을 배우던 집안의 조카와 함께 의재 허백련 선생님 댁을 방문했다. 그날에는 마침 진주 다솔사의 효당 최범술 스님께서 와 계셨다. 당시 의재 선생과 효당 선생은 차를 마시며 우리 다도에 대한 이야기를 나누곤 했다. 첫 만남에서 의재 선생은 정학래 선생에게 국가와 민족을 위해 차가 필요하다는 점을 역설했다. 뿐만 아니라 한번 심으면 옮겨 심지 못하는 차나무의 품성을 들어서 한번 결혼하면 그 집안사람이 되라는 의미에서 봉차를 했다는 이야기와 함께 초의 스님과 응송 스님 이야기를 해주고는 정 선생에게 '춘설차'를 선물했다. 그리고 2년여 정도가 흐른 뒤 낙선재의 이방자 여사가 의재 선생에게『일본다도전집』5권을 선물했는데, 의재 선생은 그 책을 정학래 선생에게 선물했다. 우리나라에 차 관련 자료가 전무할 때인 당시 정 선생은 의재 선생이 주신『일본다도전집』을 바탕으로 본격적인 차 연구에 들어갔다.

정학래 선생
한국 다도의 뿌리를 찾기 위해 민족 문화 운동을 하셨다.

　　해남에 머물렀던 정학래 선생은 당시 대흥사에 주석하고 있던 정학천 스님을
만났다. 조계종 스님은 아니었지만 정 스님은 대흥사 강사를 했을 정도로 대단히
공부를 많이 한 사람이었다. 정 선생을 같은 종씨인 정씨라며 반가워한 정 스님
은 나중에 『동다송』과 『다신전』 원본을 정 선생에게 주었다.

　　1969년 정학래 선생은 우리 차를 공부하기 위해서 진주 다솔사에 계신 효당 최
범술 스님을 찾아갔다. 그때 효당 선생에게서 우리 차 이야기를 들을 수 있었다.
정 선생은 1974년 서울 명동에 차와 도자기를 파는 가게를 열고는 춘설차와 차도
구를 팔았지만 1년을 넘기지 못하고 문을 닫아야 했다.

한국제다 차실에서 담소를 나누는 서양원 회장과 정학래 선생(오른쪽)

정학래 선생은 1975년부터 한국 다도의 뿌리를 찾기 위한 민족 문화 운동, 고대사 연구, 국학 연구, 해남 대흥사 일지암 복원 터 확인 등의 활동을 했다. 그리고 미술사학자 김호연 씨의 도움을 받아 1976년《법륜》지에 '초의 선사와 차'를 시작으로 1980년대 초《분재수석》지에 3회에 걸쳐 '차란 무엇인가'를 발표하며 차와 관련된 왕성한 기고 활동을 했다.

1981년부터 1984년까지 (사)한국차인회 초대 상임이사로 일한 정학래 선생은 (사)한국차인회 창립에 참여했고 그 기반을 만드는 데 공로를 세웠다.

(사)한국차인회 총회장에서(1984)
한국의 집에서 열린 행사장에서 당시 송지영 회장(왼쪽)과 정학래 상임이사가 정담을 나누고 있다.

남농 화실에서
(사)한국차인회 기금 마련 전시회를 위해 정학래 선생이 남농 화백의 화실을 찾았다.

화종 김종해

정신과의사

차인 화종(和宗) 김종해(金鍾海, 1931~1984) 선생은 한국 정신의학계의 거두이자 독특한 업적을 남긴 분이다. 화종 선생은 차를 통해 사람의 심리를 치료하는 '끽다요법'을 최초로 도입하고 실현했다. 효당 최범술 선생과 차 인연을 맺었고, 친구인 효동원의 정원호 원장과 함께 '차와 심리 치료' 등을 강의하며 한국 차문화 보급에 힘썼다.

1931년 경남 밀양에서 출생한 화종 김종해 선생은 부산고등학교와 서울대학교 의대를 졸업했다. 1962년부터 1967년까지 전남 승주의 진료소와 서울대학교 신경정신학과에서 근무했고, 1967년부터 1970년까지 일본 도쿄의 지케이[慈惠]의대 신경정신과에서 연구 생활을 했다. 또 오스트레일리아의 퍼스(Perth)의대 및 뉴질랜드의 오클랜드(Auckland)의대에서 연수를 하기도 했다. 1971년에는 서울시립병원에서, 1972년부터 1982년까지는 국립정신병원에서 정신과 과장으로 근무했다. 1973년에 국립정신병원은 화종 선생을 세상에 '차로 정신병을 치료하

병원 집무실의 화종 김종해 선생

는 의사'로 각인시켰다. 화종 선생은 국립정신병원 내에 아담한 차실을 꾸며놓고 환자들과 다담을 나누며 그들을 치료한 것이다.

1979년에 화종 김종해 선생은 서울대학교 의과대학 신경정신학과 외래부 교수로 위촉받아 후진 양성에 힘쓰면서 끽다요법을 사용했다.

"저는 차가 인간의 정신을 이완시키는 역할을 한다고 생각합니다. 그래서 병원 내 입원실에 차실을 마련했습니다. 다들 반대가 극심했지만 지금은 반응이 좋습니다. 그리고 저는 아침시간에 환자와 같이 차를 마시며 대화하는 다요법(茶療法, Tea Therapy)을 시도하고 있습니다. 정신 치료의 핵심 요소인 무의식의 의식화를 통해 모든 갈등과 번뇌, 망상을 통제·정화해가는 것이 다도와 통한다는 점에서 티 테라피가 효과적일 것이라고 기대했습니다. 아직 한국은 물론 외국에서도

개인 차실에서의 화종 김종해 선생(1980년대 초)

시도해보지 못한 것으로, 정신질환자를 위한 이러한 다도요법은 첫 시도라 생각합니다."

1983년 화종신경정신과의원을 개원한 화종 선생에 대해 아들인 김택 씨는 이렇게 회고했다.

"저희 집은 2층 집으로, 아버지는 2층을 차실로 쓰셨습니다. 아버지는 일요일이면 환자들을 집으로 불러 다다미방으로 꾸며진 차실에서 참선하고 차 마시고 발우공양을 했습니다. 나중에 당신이 개원한 병원에도 참선할 수 있는 차실을 따로 만들어 운영했을 정도입니다."

화종 김종해 선생은 각종 연구를 발표하고 활발한 저술 활동을 하다가 1984년 54세의 나이로 짧은 생을 마쳤다. 논문으로는 「불교에서의 구애집착과 정신분석에 있어서의 억압비교」, 「오안오지(五眼五智)」, 「끽다와 정신치료」, 「정신의학에 있어서 공격성의 생물학적 측면」 등 다수가 있으며 저서로는 『인간여성』, 『선의 정신의학』 등이 있다.

동료 의사들과 함께(1980년대 초)
국립정신병원의 동료들과 함께 찍은 기념사진으로, 가운뎃줄 중앙의 흰 가운 입은 이가 화종 김종해 박사

서양원

한국제다 회장

한국제다 서양원(徐洋元, 1931~) 회장을 모르는 한국 차인은 없다. 서양원 회장은 한국 차 문화와 차 산업 대중화에 지대한 공헌을 한 차인이요, 차 산업인이기 때문이다.

1931년 전남 광양에서 출생한 서양원 회장은 1957년부터 순천에서 녹차와 발효차를 직접 제다한 한국 제다사의 산증인이요 산파역이었다. 그 이후 서 회장은 17년간 전국 200여 곳을 직접 답사하며 야생차 발굴을 위한 실태 조사를 했다. 이를 통해 한국 차 산업의 미래를 예상하며 자신의 차 산업 기반을 다졌다.

태평양화학의 장원 서성환 회장이 차 산업에 진출할 수 있도록 징검다리 역할을 한 사람이 바로 서양원 회장이다. 자신이 직접 지은 '설록차'라는 이름을 선뜻 내주었을 뿐만 아니라 태평양화학의 차밭을 조성하는 데 결정적인 역할을 했다.

서양원 회장은 오랫동안 명맥이 끊긴 전통 제다법을 복원함으로써 한국 현대 제다사에 큰 이정표를 세웠다. 1970년부터 그 명맥이 끊긴 우리나라의 황차와 말

한국제다 서양원 회장

차를 최초로 생산하는 데 성공했고, 해남 대흥사에 초의 선사 동상을 건립하기도
했다.

한편 차 문화의 대중화를 위해 1977년 자신의 회사 안에 '작설헌(雀舌軒)'이라
는 차실을 열었다. 차를 좋아하는 이라면 누구나 들러서 무료로 차를 마실 수 있
는 공간이었던 작설헌에는 이방자 여사를 비롯해 법정 스님 등 사회 각계각층의
사람들이 다녀가며 차와 인연을 맺었다. 서 회장은 차에 대한 모든 것을 배울 수
있는 차 교육장 '운차문화회관'을 열기도 했다.

우리나라 차의 대중화와 새로운 제품 개발에 몰두하고 있는 한국제다 서양원
회장은 현재 전남 영암, 해남 장성군에 10여만 평의 직영 농장과 첨단제조시설을
갖추고 있다. 해외로 차를 보급하는 데도 앞장서면서 2005년 미국에 '차생원'을

한국제다 다원을 찾은 법정 스님과 함께

설립하여 차 문화 교육에도 힘쓰고 있다.

　서양원 회장은 차인으로서는 최초로 2001년 신지식인으로 선정되었으며 2004년에는 국립목포대 명예식품공학 박사학위를 취득했다. 한국 차 문화 발전에 기여한 공로로 초의상, 대한민국 신지식인상, 다촌차문화상 등을 수상했다. 그리고 2009년에는 제다 부분에서 최초로 식품명인으로 지정되었다.

한국제다의 제다시설을 둘러보는 이방자 여사

올해의 명차상 수상(2000)
한국제다 서양원 회장이 올해의 명차로 선정되어
(사)한국차인연합회 박권흠 회장으로부터 상패를 받고 있다.

윤경혁

(사)국어고전문화원 원장

　국어학자로서 한자 교육에 몰두하고 있을 뿐만 아니라 차 문화 고전을 30여 년간 연구해온 (사)국어고전문화원 윤경혁(尹庚爀, 1932~) 원장은 한국 차계의 대표적인 원로 중 한 사람이다. 『동다송』, 『다신전』, 『다부(茶賦)』, 『다경』, 『대관다론(大觀茶論)』 등을 소개하고 가르치는 차 문화 고전 분야에서 독보적인 존재로 잘 알려진 윤 원장은 1970년대 후반부터 『다문화연보』, 『다문화고전』, 『다소』, 『가도명천차』, 『행원차문화고전』, 『칠십이후와 차생활』, 『인문차 사구 천년』, 『다문화 기초고전』, 『삼국다문화연보』, 『대한차문화자료집성』 등의 다서를 꾸준히 펴내고 있다. 우리 차 문화의 뿌리를 제대로 이해하려면 바로 '고전'에서 출발해야 한다는 생각에서다.

　"공식적인 기록은 가야, 고구려 등 삼국시대부터 나타나지만 어쩌면 그 이전부터 시작되었을 수 있을 정도로 우리나라의 차 문화 전통은 깊고도 유구합니다. 그리고 차 문화는 각 사회 지도층들의 필수품으로 우리 정신문화의 근간이자 풍

윤경혁 원장
차 문화 고전을 30여 년간 연구해온 분이다.

부한 예술 활동의 근원이기도 했습니다. 임진왜란 이후 쇠퇴하기 시작한 우리 차 문화는 조선시대와 일제강점기를 거치며 역사의 뒤안길로 사라지는 듯했습니다. 하지만 1970년대부터 시작된 차 문화 부흥 물결 덕분에 제2의 중흥기를 맞았습니다."

차 문화 고전 연구자로서 윤 원장은 현재 차 문화계 전반에 광범위하게 존재하는 잘못된 관점들을 하루빨리 시정해야 한다고 생각한다.

"차 예절, 차도구, 중국·일본과의 교류 등 전반적인 차 문화 분야에서 우리는 건강성을 상실하고 있습니다. 구증구포(九蒸九曝)의 문제만 해도 그렇습니다. 우리 차는 간단하게 만들어야 합니다. 차를 만드는 사람이 차를 많이 만질수록 원래의 성질이 없어집니다. 구증구포는 잘못된 견해를 현실화시키는 대표적인 것입니다. 다산 선생의 구전(口傳)이라고 하는 것이 구증구포가 아닌 떡차인데 그

천제 행사장에서(1992)
윤경혁 원장(왼쪽)이 천제헌관을 맡았다.

걸 착각해서 잘못 해석하는 사람이 많습니다. 이런 문제를 가지고 논쟁까지 하다니, 이는 차 문화에 대한 이해 부족에서 오는 것입니다. 오늘 한국 차 문화계의 현주소를 그대로 보여주는 것입니다."

윤경혁 선생은 (사)한국차인회 창립 회원, 일지암 중건 추진위원으로 한국 차 문화사에 깊은 족적을 남긴 후 현재 (사)한국차인연합회와 (사)한국차문화협회에서 고문으로 활동하고 있다.

제11회 차의 날 기념식에서(1991)
왼쪽에서 두 번째가 윤경혁 원장이다.

차 문화 고전을 강의하는 윤경혁 원장(1988)
차 문화와 관련된 고전들을 일찍부터 공부하고 가르치신 차인이다. 지금도 그 열정은 계속 이어지고 있다.

명우 고세연

명산차회 회장

　　명산차회 회장 명우(茗羽) 고세연(高世燕, 1932~) 선생은 제1세대 차인으로 차 연구가이자 차 저술가이며 행다례 창안자이기도 하다. 시인이기도 한 고 선생은 명원문화재단, (사)한국차인연합회, 명산차회, 고세연차가 등을 통해 차 문화 운동을 펼쳤다. 『다도구의 미학』, 『고세연고전다서』, 『다향의 축제』, 『차의 역사』, 『동다송』, 『대관다론』 등 차 연구서를 다수 출간해 한국 차 문화 발전에 기여한 공로로 명원문화상과 초의상을 수상했다.

　　고세연 선생이 차와 본격적인 인연을 맺은 것은 1969년 명원 김미희 선생의 문하에서 차를 배우면서부터다. 그때 이후로 명원 선생의 제자로서 차를 연구하고 대중들에게 차를 보급해왔다. 1980년 12월 서울 세종문화회관에서 열린 명원다도정립발표회에서 접빈 다례의 팽주를 맡았고 서울 우이동 녹약제에서 열린 명원다도창립발표회에서도 팽주를 담당하여 한국 차 문화의 지평을 여는 데 일조했다. 1982년에는 명산다회를 설립하여 본격적인 후학 양성에 매진했다. 1979년

고세연 회장
차 연구가이자 차 저술가이며 행다례 창안자이시다.

(사)한국차인회 창립 회원으로서 1983년에는 이사를, 1992년에는 부회장을 맡았다. 2002년에는 명원문화재단 관장으로 일했다.

고세연 선생은 한국 전통 가루차 복원에도 앞장섰다. 1989년 한국가루차협회를 창립하고 이순희, 김태연과 함께 국내 최초로 서울 라마다르네상스호텔에서 현대 가루차 행다법 발표회를 가졌다. 1995년에는 성년 다례 의식을 발표해 차인들을 놀라게 했다.

차 문화의 국제화에도 앞장선 고 선생은 2002년 일본 교토[京都] 쇼코쿠지[相國寺]에서 열린 국제불교문화교류전에 참여하여 헌다례 팽주를 맡았을 뿐만 아니라 궁중 다례를 연출하고 시연했다.

고세연 회장의 산수연(傘壽宴, 2011)

고세연 선생은 진정한 차인에 대한 자신의 생각을 이렇게 밝혔다.

"차는 단순히 갈증을 풀기 위해서 마시는 것이 아닙니다. 수행하고 덕을 쌓기 위한 방편으로 차를 마셔야 합니다. 오늘날 대중화된 차 문화 역시 정신이 바탕을 이루지 않으면 한때의 유행에 지나지 않습니다. 진정한 차인이란 비싼 다기와 비싼 차에서 완성되는 것이 아닙니다. 바른 정신을 추구하면서 남을 도울 수 있는 여유와 인격을 갖추는 것이 진정한 차인의 길입니다."

고세연 회장과 차인들
중앙의 붉은색 한복 입은 이가 고세연 회장. 그 우측의 두 사람은 신현철 부부

화계사 계곡에서 흥겨운 화전놀이 도중 신나게 춤을 추고 있는 차인들(1986)
왼쪽부터 설옥자, 고세연, 김리언 外

강영숙

(사) 예지원 원장

　강영숙(姜映淑, 1932~) 원장은 33년째 예절과 차의 전당 (사)예지원을 이끌어오고 있는 전통문화인이자 차인이다. KBS에서 국민 여성 아나운서로 명성을 날리던 강 원장이 차에 관심을 갖게 된 것은 1974년부터다. 1970년대 초반 '기생관광'으로 한국에 오는 일본인들에게 우리 전통문화를 보여줘야겠다는 생각으로 한국관광공사를 찾아간 것이 계기가 되었다. 강 원장이 초청한 일본탐방단 측이 한국의 다도를 보여줬으면 좋겠다는 조건을 붙였기 때문이다. 우리 차를 몰랐던 강 원장은 지인들의 소개로 명원 김미희 여사, 동국대 교수 김운학 스님, 청사 안광석 선생을 찾아가 자문을 구했다. 그때 강 원장은 청사 안광석 선생에게서 다구를 선물 받고 정식으로 우리 차 교육을 받았다. 그 교육을 바탕으로 1974년 우리나라에서는 최초로 한일 차 교류전을 시작한 것이다.

　"당시 일본 다도에 큰 족적을 남긴 오가사와라류[小笠原流] 유파와 일본 대표 방송국 세 곳이 교류전에 참가했습니다. 참여하겠다는 사람들이 많아 결국 세종

(사)예지원 강영숙 원장
한국의 전통 예절과 차 문화를 국내는 물론 해외로까지 널리 알린 선구자와 같은 차인이다.

대학교박물관에서 교류전을 치렀습니다. 그 교류전은 (사)예지원의 이름을 알리
는 발판이 되었지요. 이후 몇 년에 걸쳐 일본에서 차인들을 (사)예지원으로 보내
기 시작했고, 일본의 한 학교에서는 50명이 (사)예지원을 방문하기도 했어요."

　1974년 9월 16일 서울 용산구에 위치한 대원정사에서 (사)예지원의 첫 발족식
을 연 강영숙 원장은 1975년 예지문고를 발간하고 다도반을 개설해 대중 다도 교
육을 본격적으로 시작했다. 이후 1977년 사단법인 예지원으로 인가를 받아 전통
예절과 다도 교육을 위한 활동을 벌였다. 1981년 외국인을 위한 1일 입교, 1983년
해외여행자 소양 교육과 규수반 개설, 1985년 청소년 예절반 개설, 1991년 미국
뉴욕 지부 인가, 1993년 가정의례 연구반 개설, 1998년 예지문화학교 설립 등을

일본 차인과 함께
한국을 찾은 일본의 차인과 함께 우리 차를 마시며 강영숙 원장이 다담을 나누고 있다.

차례차례 실현했다.

"내국인은 물론 세계 각지의 외국인들, 국내외 유명 인사들과 중학교 수학여행단까지 다양한 계층의 사람들이 (사)예지원을 찾습니다. 그들이 이곳에서 체험하는 우리 전통문화가 한국의 위상을 높이는 역할을 할 것입니다. 이렇게 (사)예지원은 민간외교사절단의 역할을 꾸준히 수행해왔습니다."

(사)예지원에서 지금까지 35만 명이 전통 다도와 예절 교육을 받았다. (사)예지원을 설립해 국내외에 한국 전통 예절과 다도를 알리고 있는 강영숙 원장은 한국을 대표하는 여성 원로 차인이라 할 수 있다.

한일 친선 차 문화 교류 행사
(사)예지원에서 소년소녀가장 이웃 돕기를 위한
차 문화 행사를 일본의 차인들과 함께 열었다.

한국의 전통혼례 강의
강영숙 원장이 외국인들을 상대로 전통혼례 강의를 하고 있다.

민길자

前 국민대 교수

국민대학교 명예교수이자 전통복식연구가인 민길자(閔吉子, 1933~2000) 선생은 명원 김미희 선생의 뒤를 이어 한국 차 문화 보급에 힘쓴 차인으로 잘 알려져 있다. 민길자 선생은 국민대학교에서 민속관을 운영하며 젊은 대학생 차인들을 배출했고 대학 내에 차 교양 강좌를 최초로 개설했다.

민길자 선생은 어릴 적부터 전통 다도를 배웠다. 그 후 본격적으로 차와 인연을 맺은 것은 1979년 명원 김미희 선생을 만나 차를 배우고부터다. 민길자 선생은 명원 선생을 도와 1979년 녹약제에서 열린 차 학술 세미나, 1980년 세종문화회관에서 열린 다도 발표회 등에 참여했다. 명원 선생 타계 후에는 국민대 민속관장을 맡아 젊은 차인들 육성에 진력했다.

1981년 민길자 선생은 국민대 민속관 개관 기념으로 명원 김미희 선생을 추모하는 다례제를 개최했다. 이 추모 다례제에서는 세종 때의『연조정사의(宴朝廷使儀)』에 나온 다례를 구현했다. 이날 민 선생은 "민속관은 우리나라 전통 다도를

이어가는 명원다회의 일에 잘 어울릴 것으로 압니다. 고(故) 명원 김미희 여사가
해온 대로 한 달에 한 번씩 다회를 개최하겠습니다"라고 밝혔다.

　민길자 선생은 명원 김미희 선생의 유지를 받들어 국민대학교 민속관에서 교
양 과목으로 차를 가르쳤고 국민대학교 차 동아리 '명운다회'를 만들어 운영했다.
명운다회는 대학교 내 최고의 차 동아리로 오랫동안 활동을 벌였다. 민 선생은
그 후로도 지속적으로 차 문화 활동에 관여했다.

　《경향신문》 1981년 11월 13일자에는 차 생활을 즐기기를 권하는 민길자 선생
의 인터뷰가 실렸다.

여인들이 찻그릇을 고르고 다루는 얌전한 솜씨, 거기에 맞춘 옷차림, 어울리는 말투, 마시는 모습과 뒤설이에 이르기까지 정갈하고 차분히 해내는 모습이 바로 행동으로 나타나는 일상생활의 예술이 아니겠어요. 하루에 얼마간이라도 그런 정적이고 사색적인 시간을 누림으로써 기계적인 사회 생활양식과 대위적인 조화도 이뤄지고 어느 한쪽에 치우친 데서 오는 싫증도 가셔지는 법이죠. 특히 들떠 있는 젊은이들에게 어떤 얌전한 행동규범을 보여주기 위해서도 끽다를 권하고 싶어요.

《매일경제》 1985년 3월 26일자에서는 차 마시는 법에 대한 민길자 선생의 의견을 소개했다.

국민대 민길자 교수의 견해처럼 차를 마실 때는 몸과 마음을 가다듬고 예절을 생각하며 마시고 손님에게 차 대접을 할 때도 존엄과 정성을 가미하면 금상첨화일 것이다. 끓이는 법은 수돗물을 받아 2~3일 가라앉혀 정하게 모아뒀다가 숯불이나 가스레인지 중 편한 기구에 물을 끓이도록 하되 마음가짐만은 숯불 피우는 정성으로 하면 차 마시는 분위기가 한결 낫다.

1985년 9월 민길자 선생은 한양대학교 이성우 교수가 초대 회장으로 선임된 차문학회의 부회장으로 뽑혀서 활동하는 등 한국 차 문화 보급에 힘썼다.

김운학

前 동국대 교수

김운학(金雲學, 1934~1981) 선생은 한국 차 문화사에 대한 자료를 정부 차원에서 최초로 조사한 공로를 세웠다. 1969년 일본 고마자와[駒澤] 대학교에서 공부하며 일본 차 문화를 접한 김운학 선생은 다도와 꽃꽂이를 알게 되면서 한국으로 돌아와 우리 전통 차 문화에 대해 연구하고자 마음먹었다.

김운학 선생은 1970년대 중반부터 본격적으로 우리 전통 차 문화와 일본 차 문화의 관계를 연구하기 시작했다. 그 결과 일본 차 문화가 한국의 영향을 받았음을 알게 되었고, 그럼에도 우리나라에서 한국 차 문화가 외면받고 있는 현실에 안타까워했다. 당시를 김운학 선생은 이렇게 회고했다.

"새삼 관심을 갖고 보니 효당 선생이 겨우 《독서신문》을 통해 차에 대한 글을 쓰고 있음을 보았다. 이때는 필자도 이미 나름대로 내용을 정리한 뒤 「한국 선다의 연구」라는 논문을 동국대 《불교학보》에 실은 참이었다. 아울러 우리나라에서도 차 운동이 절대로 필요하다고 느껴, 필자가 이끌어온 불교문화예술원의 이름

김운학 선생, 1981년에 출간한 『한국의 차문화』의 복간본(2004, 이른아침)

으로 문공당국에 차의 조사 연구에 대한 협조의로 공문을 발송하게 되었다. 그 후 3년이 지난 뒤에야 당국에서는 이의 필요성을 인정해 계획과 예산을 세운 다음 필자를 조사위원으로 위촉해옴으로써 일종의 사명감을 갖고 한국 차 문화 조사를 하게 되었다.”

김운학 선생은 문화재관리국의 의뢰를 받아 최초로 '한국의 전통 다도 조사'를 실시했다. 첫해에는 한국 차인을 중심으로 조사했고, 두 번째 해에는 차의 고적과 차 산지를 조사했다. 세 번째 해에는 일본·중국 차 문화와 비교하는 방법을 택해 조사했다. 김 선생은 정부 차원에서 조사한 결과를 모아 「전통다도풍속조사」란 논문으로 공개했다. 이 논문에서는 당시 활동하고 있던 차회와 제다법을 소개했다. 그때 조사 대상에 포함된 차회와 차인은 대둔학회 김봉호, 대륜문화연구소 박종한, 한국다도회 최범술, 한국고유차연구회 정성수, 죽촌다회 김규현, 한국다도재흥교실 윤종규, (사)한국차인회 이덕봉 등이었다.

김운학 선생은 초의 스님의『동다송』과 다산 정약용의 이론을 첨가해 1980년대 제다법을 정리해냈고 (사)한국차인회 발족에도 참가했다. 그리고 1981년에『한국의 차문화』를 출간했다. 당시 아인 박종한, 정산 한웅빈, 명원다회, 태평양화학, 다례원 등 차 관련 인사들과 단체들의 도움을 받은 결과물이다.

김운학 선생은 다도 부흥의 의미를 다음과 같이 밝혔다.

"우리 전통 사상과 의식을 찾음은 물론, 그 속에 숨겨져 있는 민족혼과 생활문화를 되찾아 우리 국민정신을 보다 건전히 하고 튼튼히 하는 데 있다. 우리의 고결하고 예의 바른 정신을 찾는 데 차 운동이 지름길이라 할 수 있겠다."

김운학 선생은 전남 영암에서 태어나 오대산 수도원에서 동양철학을 연구하고 조선대학교와 동국대학교 대학원을 졸업했다. 1969년 일본으로 건너가 고마자와대학교에서 수학했고 문학박사 학위를 받았다. 동국대학교 불교대학 교수로 취임한 후《불교신문》논설위원 등을 겸직하고 불교문화예술원장, 동국대학교 문화연구소장, 한국문인협회 이사 등을 역임했다. 주요 저서로는 평론집『삼매의 언어』,『신라불교문학연구』,『향가에 나타난 불교사상』,『금강경오가해역주』등이 있다.

승설당 이순희

자우차회 회장

승설당(勝雪堂) 이순희(李順姬, 1934~) 회장은 해남 차 문화의 대모이다. 우록 김봉호, 행촌 김제현, 전춘기 선생과 함께 (사)한국차인회 창립 때부터 한국 차 문화 발전에 큰 공로를 세웠다. 1980년부터 해남자우차회, 해남여성차회, 규방차회를 만들어 인근 지역인 목포, 영암, 무안, 함평, 강진, 보성, 진도, 완도 등지의 문화원과 여성 단체에서 우리 전통 차 문화와 예절을 알렸다.

일본, 중국, 미국 등과 국제 차 문화 교류를 하면서 우리 차 문화를 통한 국위 선양에 앞장서기도 했다. 1989년에는 서울 라마다르네상스호텔에서 고세연, 김태연과 함께 한국 현대 말차 행다법을 정립하여 발표했다.

이순희 회장은 30년 넘는 세월 동안 제자를 양성하고 각 학교와 주부대학 등에서 다례 시범을 선보이며 예절을 강의했다. 특히 해남구민회관 내에 설치된 다문화관을 차 상설 교육장으로 활용하여 다도 이론 강의와 행다례 시연 등을 통해 차 문화 확산을 선도했다.

말차 시연(라마다르네상스호텔, 1989)
현대말차 창작 다례를 시연하는 이순희 회장

1992년에는 차의 성지 해남에서 초의 선사의 뜻을 기리기 위해 차 문화 발전에 이바지한 차인들에게 수상하는 초의문화제에 발기인으로 참여했고 현재까지 집행위원으로 활동하고 있다. 2000년에는 백제차 행다법과 명상차 다법을 발표했다.

한편 이순희 회장은 1979년에 차를 시작하면서 숙당(淑堂) 배정례(裵貞禮) 화백에게서 미인도 그리기를 배워 〈차 따는 여인〉, 〈차 마시는 여인〉 등 많은 작품을 남겼다. 1989년 대한민국 예술대전 특선, 1992년 대한민국 예술대전 문화예술상, 2011년 6월 대한민국 제30회 국전 문인화 특선 등, 다양한 수상 기록이 있다.

이렇듯 이순희 회장은 차와 그림에서 모두 최고 경지에 이르렀다. (사)한국차

(좌)성북동 〈예향〉에서 열린 행사장의 이순희 회장과 김태연
(우)왼쪽부터 이순희 회장의 남편 전춘기, 윤경혁, 이순희 회장

인연합회 이사와 부회장으로 오랜 세월 활동하다가 이제는 고문으로서 후배 양성에 뜻을 두고 있다. 이 회장은 1994년 다도대학원 1기 졸업으로 다도교수 자격을, 2000년 다도정사 1기 졸업으로 최고급 다례사 자격을 획득했다. 1997년에는 제2회 명원문화상을, 2002년에는 제11회 초의문화상을 수상한 이 회장은 차의 성지 해남 땅에서, 다산 정약용 선생이 남긴 차 이야기 속에서 아름다운 차인들의 추억을 만들어가고 있다.

故 김대중 前 대통령과 이순희 회장(세종문화회관)
왼쪽부터 김태연, 고세연, 이순희

해남에서 차인들과(1970년대 후반)
맨 왼쪽이 이순희 회장, 그 옆으로 전춘기, 김제현

감승희

한국차생활문화원 원장

한국차생활문화원 원장 감승희(甘承熹, 1934~) 선생은 현재 미국에서 우리 전통 예절과 차 교육 활동을 활발히 펼치고 있다. 1979년 서울 인사동에 차 교육 기관인 한국차생활문화원을 개원한 이래 30년 넘게 차 대중화를 위해 노력해온 감승희 선생은 그 공로를 인정받아 2000년 초의문화상을 수상했다.

감승희 선생이 차와 인연을 맺은 것은 40년 전의 일이다. 한 사찰에서 평화롭게 차를 마시는 스님을 만나고, 차를 대접받은 감 선생은 우리 차 속에 깃든 정신과 전통 예절에 관심을 갖게 되었다. 그리고 차와 관련된 책들을 읽고 사람들을 만나면서 본격적으로 차를 공부하기 시작했다.

(사)한국차문화협회 부회장 등으로 활동하며 한국 차계 발전에 크게 기여한 감승희 선생은 차 연구자로서도 발군의 기량을 선보였다. 1980년대 중반부터 차 관련 논문과 저술을 꾸준히 발표하여 당시 차 문화계에 큰 반향을 일으켰다. 1989년에 발표한 「차를 이용한 식품과 이용법」에서는 차를 이용한 식품으로 차밥, 차

감승희 원장과 차인들
왼쪽에서 두 번째가 감승희 원장

죽, 차우유, 냉차, 차샐러드, 찻잎튀김 등을 소개했고 근래에 와서 실생활에 응용
되는 차 이용법으로 피부미용 가루차 팩, 안질과 무좀 치료 등을 제시했다. 1994
년에는『한국차생활총서』를 엮어냈고,『차생활 행다예기』를 집필하여 차 생활에
임하는 마음가짐, 다구의 종류와 사용, 차 우리는 법 등에 대해 자세히 소개했다.

감승희 선생은 2005년 미국 LA에 한국차생활문화원의 미국 지부 차생원 교육
관을 개원했다. 그곳에서 전통 한국 다도의 명맥을 잇기 위해 지도자를 양성하고
차 문화를 보급하는 데 진력을 다할 뿐만 아니라 차에 관심 있는 일반인들을 위한
차 교육도 하고 있다.

서운 박동선

(사)한국차인연합회 이사장

　근현대 한국 차 문화사의 증인이라 해도 부족함이 없는 서운(西雲) 박동선(朴東宣, 1935~) 이사장은 세계 10대 뉴스메이커의 1인이었던 시절 45세 나이에 (사)한국차인회를 창설하는 데 주도적인 역할을 했다. 박 이사장은 1976년에 박태영 화백을 난협회에서 만나고 합천 해인사에서 도범 스님과 여연 스님을 소개받으면서 한국 차 문화에 더욱 관심을 갖게 되었다. 조선시대 중엽까지 계승되다가 끊어져 버린 우리 전통 차 문화를 복원하고 발전시키고자 원로 차인들과 전국 방방곡곡을 다니며 차인들을 모아서 1977년 (사)한국차인회 발기 모임을 시작했다. 아인 박종한 선생의 적극적인 도움으로 박 이사장의 차 문화 열정은 점점 커졌다. 박동선 이사장은 (사)한국차인회 사업과 일지암 복원에 필요한 옛날 나무들을 찾아 전국의 고옥 수십 채를 보러 다니면서 남의 집 고옥에서 박태영, 박종한 선생 등과 함께 잠을 자는 등 많은 고생을 했다.

　박동선 이사장은 당시 스님들이 산중에서 커피를 마시는 모습을 보고 무척 당

박동선 이사장
(사)한국차인연합회 역사의 산증인이시다.

황스러웠다고 한다. 좋은 녹차와 한국 고유의 차 문화가 있음에도 어른, 아이 할
것 없이 커피를 즐기는 모습이 무척 안타까웠다는 박 이사장은 하루 속히 우리 차
문화와 예법으로 건전한 국민과 사회를 만들고 애국애족을 해야겠다고 마음먹
었다. 당시 박 이사장은 국내에서 미륭그룹 회장, 숭의학원 이사장으로 있으면서
한남체인, 파킹톤그룹을 경영하고 있었다.

　박동선 이사장은 일찍이 중학교 2학년 때에 미국으로 유학 가서 한국인의 정
체성을 지키고자 우리 전통문화에 많은 관심을 갖게 되었다. 부유한 아버지 덕분
에 도자기와 그림 등을 수집하던 박 이사장은 세계 어디서나 누구를 만나더라도
자신 있게 "나는 한국인"이라고 자랑하며 우리나라 도자기와 그림의 역사를 전
했다고 한다.

　1980년대 초에 박 이사장은 전남 보성에 차밭 6만 5,000평을 매입하여 가꾸었

다경회 회원들과(한국의 집, 1982)

다. 해마다 보성 차밭에서 나온 신록차를 오동나무 박스에 담아 외국 손님들에게 선물하며 우리나라 녹차를 세계만방에 알렸다.

1961년 미국 워싱턴 D. C에 설립한 조지타운 클럽에서는 전통 차 문화를 비롯한 한국의 문화 예술을 30년 넘는 세월 동안 알렸다.

숭의학원재단 이사장으로 일하던 1982년에는 숭의여전에 다도학과를 만들어 김명배 교수께서 5년간 다도 강의를 하도록 했다. 1983년부터는 한국에서 처음으로 숭의초등학교에서 다도 예절 교육을 정규 과목 시간에 하게 했고, 이 교육을 6년 동안 김태연 원장이 맡았다.

1979년 11월 서울무역회관에서 열린 (사)한국차인회 총회에서는 초대 회장으로 이덕봉(생물학박사) 교수가, 고문으로 박동선 이사장이 추대되었다. 박 이사장은 (사)한국차인연합회 고문, 회장을 역임을 하다가 현재는 이사장으로 세계 각국 귀빈들이 한국에 오면 언제나 우리 차 문화를 알리면서 나라를 위해 민간외교를 하고 있다. 박 이사장은 제1회 초의문화상, 제2회 명원문화상을 수상했고 1996년에는 배재대학교 명예법학 박사학위를, 2004년에는 인제대학교 명예정치학 박사학위를 받았다.

무역회관에서(1980)

(사)한국차인회 총회를 마치고 몇몇 차인들과 만난 박동선 이사장. 왼쪽부터 정학래, 뿐 선생, 박동선 이사장

국제차문화대전 행사장에서(1996)

(사)한국차인연합회가 주최한 행사장에서 박동선 이사장이 중국 왕가양 선생 부부와 환담을 나누고 있다.

보성에서
다담회 회원들과 보성의 차밭을 찾았던 박동선 이사장

박동선 이사장 관련 기사(1979. 1)
서울 중구 회현동2가 무역회관 12층 그릴에서 열린
(사)한국차인회 창립총회에 박동선 이사장이 참석했다는 내용을 다룬
당시의 신문 기사

황수로 선생
1979년 한국 최초로 차에 관한 석사논문을 발표하신 분이다.

"꽃과 차는 떼려야 뗄 수 없는 관계입니다"라고 말하는 황수로 선생은 평생 꽃과 함께하면서 꽃 옆에 항상 차를 두었다. 황 선생은 꽃과 차가 불가분의 관계라는 것을 입증했다. 고려시대 궁중의식을 보면 어좌 뒤에 향안(香案)과 다탁을 설치했고, 조선시대에도 궁중연회 때 다례와 화례를 행했기 때문이다.

황 선생은 꽃과 차를 통해 전하고자 하는 것이 있다.

"5,000년 우리 문화유산은 위대합니다. 그러나 그 위대함과 아름다움을 현대에 전승하기 위해서는 먼저 우리가 우리 것을 사랑하는 마음을 가져야 해요. 우리 것을 만지고 가다듬고 또 그것을 우리 것으로 만들고자 하는 노력과 애정을 기울여야 합니다. 서양 음식과 서양 옷은 잘 먹고 입으면서 우리 옷, 우리 음식을 잘못 만드는 것은 부끄러운 일이지요. 우리 문화의 위대성을 우리 스스로 깨달아야 합니다. 세계인에게 한민족이 문화민족임을 스스로 알리려는 노력과 의지가 필요합니다."

황수로 선생은 평생 차를 마시고 꽃꽂이를 하며 차인들의 행사에 참석하고 후원을 하고 있다. 선생에게 꽃과 차는 하나이기 때문이다.

이방자 여사와 낙선재에서(1985)
이방자 여사를 모시고 한일 차 문화 교류 행사를 열었을 때의 기념사진이다.
앉은 분이 이방자 여사, 그 바로 뒤에 선 이가 황수로 이사장

한국가루차 창작 다례 행사장에 참석하신 황수로 이사장(1989)
왼쪽부터 정상구, 황수로 이사장, 강영숙, 석선혜 스님

설옥자

가예원 원장

가예원 설옥자(薛玉子, 1935~) 원장은 서울뿐만 아니라 전국에서 30년 넘게 수많은 후진들을 양성해 한국 차 문화의 발전과 대중화에 기여했다.

설옥자 선생은 1970년에 대만 사람에게서 차를 선물 받은 일이 계기가 되어 차와 인연을 맺었다. 그로부터 5년 후인 1975년, 서울 창덕궁 낙선재에서 열린 헌다례 행사에서 (사)예지원의 강영숙 원장을 만나면서부터 차계에 입문했다. 그 후 설 선생은 1970년대 후반까지 (사)예지원 다도회를 이끌었다.

1982년 (사)한국차인회에 입문하여 이사 및 부회장을 역임한 설옥자 선생은 본격적인 후학 양성을 위해 가예원을 설립했다. 당시 가예원은 폭발적인 인기를 끌어서 차인들의 쉼터로 자리 잡았고 수많은 제자들을 배출했다.

설옥자 선생은 자신에게 큰 영향을 준 윤규옥 선생에 대해 이렇게 회고한다.

"차 생활에서 스승 윤규옥 선생은 결코 빼놓을 수 없는 분입니다. 차에는 규율과 법도가 있어야 하며, 하나부터 열까지 소홀함이 없어야 한다는 가르침과 자신을 낮추심을 몸소 보여주신 분이죠. 윤규옥 선생의 모습이 곧 제 사표입니다. 오

차의 날 기념식에서(낙선재, 1985. 5. 25)
왼쪽에서 세 번째가 설옥자 원장, 오른쪽에서 두 번째가 이방자 여사

늘도 그 기억들을 가지고 제자들을 가르치고 있습니다."

국제 교류에 눈을 돌린 설옥자 선생은 외국 차 문화와 비교해 우리 차 문화가 국제적인 경쟁력을 갖추도록 하기 위해 부단히 노력했다. 30년 동안 일본, 중국, 대만 등을 수십 회 넘나들며 직접 차를 배웠고, 교류전을 열면서 우리 차 문화를 알리는 데 힘썼다.

설옥자 선생은 1984년 일본 다도의 한 유파인 엔슈류[遠州流]에서 교수증을 받은 인연으로 영부인 김옥숙 여사에게 일본 다도를 지도하기도 했다. 아름다운 행다 시연의 최고봉으로 꼽혔던 설옥자 선생은 1988년 서울올림픽 당시 세계 각국에서 온 사람들 앞에서 신라차를 시연한 것이 가장 기억에 남는다고 한다. 이 신라차 시연은 국제적인 화제가 되었고, 그 일을 계기로 독일에 초청되어 우리 전통 차 문화의 아름다움을 다시금 보여주었다. 설 선생은 특유의 다도 정신을 담아서 가예원 다례를 정립했고 동명의 책도 출간했다. 우리의 전통 우주관을 담고 있는 가예원 다례는 합리적이고 철학적인 상차림과 창작 다례의 기본이 어디에 있는지를 알게 한다.

보성 대한다업에서 지회장 연수 때(1988. 1)
설옥자 원장이 물컵에 차를 우려 대접하고 있다.
왼쪽부터 이순희, 신운학, 김기원, 설옥자 원장, 제미경, 이순도, 윤춘정, 이정애

다례 시연(하얏트호텔, 1980)
(사)예지원 주최로 한일 친선 다도 교류 행사가 열렸다. 왼쪽의 시연하는 이가 설옥자 원장

김리언

명진회 회장

명진회 김리언(金利彦, 1937~) 회장은 대표적인 한국 여성 차인이다. 1970년대 후반 명원 김미희 선생의 제자로 차계에 입문한 이래 30년 넘는 세월 동안 차 문화 보급을 위해 노력해왔다. 그간 한국 차 문화 발전에 기여한 공로를 인정받아 초의 문화상, 명원차문화대상 등을 수상했고, (사)한국차인연합회 부회장으로 일했다.

"(사)한국차인회 박태영 고문이 우리를 명원 김미희 선생에게 데리고 갔지요. 점심을 얻어먹어 가면서 온종일 공부했습니다. 명원 선생에게서는 한국 차의 근본을, 한웅빈 선생에게서는 차의 철학인 중용의 도를 배웠지요."

김 회장은 서울 강북 수유리 자택에서 차 교육을 시작한 이래, 강남의 압구정동과 청담동 차실 등에서 줄곧 차 교육을 해왔다.

1980년대에 다양한 국내외 차 행사를 기획·주관하며 한국 차 문화를 알리는 일에 앞장선 김리언 회장은 (사)한국차인연합회에 있으면서 여러 차 문화 경연대회에 관심을 갖고 함께하려 노력했다. 그중 가장 대표적인 것이 바로 차를 통해 치르는

김리언 회장

'성인식'으로, 많은 이들의 주목을 받았다.

김 회장은 전국 여러 차회와 차인들과도 다양한 차 행사를 진행했다. 용운 스님과 함께한 국제무아차회는 한국 차 문화를 세계에 알리는 데 기여했다. 한편, 다산 정약용의 정신을 기리는 다산 다례제를 다산 생가에서 전국 차인들과 함께 오랫동안 개최해왔다. 김 회장은 성균관대학교 선비학당에서 『사서삼경』 경전을 1987년부터 7년 동안 공부하면서 성균관 사회다도대학원에서 최영진 교수와 다도 강의를 했다.

차의 예절과 도를 추구하는 김리언 회장이 매일 자신의 차실에서 찻일을 시작하기 전에 맨 먼저 하는 일이 있다. 바로 초의 스님 영정에 차 한 잔을 올리고 향을 피우는 것이다. 김 회장의 제자들 역시 마찬가지다. 초의 스님 영정에 차를 올리고 향을 피운 다음에야 공부를 시작한다.

"차는 저에게 인생이에요. 차를 한 것을 절대 후회하지 않습니다. 괴로울 때나 즐거울 때나 외로울 때나 차는 저의 동반자였습니다. 차를 하지 않았다면 지금 어디에 가서 누구와 함께 차를 마시며 삶과 역사를 이야기하겠습니까. 저에게 차는 인생이요, 삶이요, 생활입니다."

차와 함께 인생을 살아온 명진회 김리언 회장은 우리 현대 차 문화사에 아름다운 여성 차인으로 기억될 것이다.

미국 LA 차 문화 강연 중 여행길에서(1990)
왼쪽부터 김태연, 이순희, 김리언

불우이웃돕기 일일찻집을 마치고 수입금을 정산하며(1986)
왼쪽부터 김리언 회장, 신수정, 김태연

(사)한국차인연합회 전국 지도자 하계 연수(1993)
앞줄 왼쪽부터 김리언, 고세연

신운학

화정다례원 원장

화정다례원 원장 신운학(申雲鶴, 1937~) 선생은 평생을 고요하게 살아가며 중정의 도(道)를 깨닫기 위해 노력한 차인이다. 1960년대 후반부터 지금까지 행다법과 차 음악 등 한국 전통 차 문화를 개발·보급해온 일등공신이며, 제1세대 원로 차인 중 한 분이다.

신운학 선생은 일본에서부터 차를 배웠고, 한국에 정착한 후 본격적으로 차 문화 운동을 펼쳤다. 그 첫 행사가 바로 1969년에 낙선재 이방자 여사가 참석한 가운데 열린 국제한일차문화교류회다. 이 교류회에서 신운학 선생은 국내외 귀빈들이 참석한 가운데 근대 차 역사 행다법을 최초로 시연했다. 변변한 차도구는 물론이고 행다법조차 없던 시절, 신 선생이 보여준 행다법은 차계뿐만 아니라 문화계까지 놀라게 했다.

첫 국제교류회를 마친 신운학 선생은 차 문화 보급을 위한 본격적인 행보에 나섰다. 1973년에 화정차회를 결성하여 한국 최초로 다도 기초 실기법을 시작했

신운학 원장
젊은 시절 일본에서부터 다도를 시작하셨다.

다. 예의범절을 갖춰 차를 마실 수 있는 다도를 실제적으로 가르친 것이다. 1976년 효당 최범술, 이방자 여사 등과 함께 신 선생은 서울다도회에 발기인으로 참여해 지도위원 및 다도 지도자를 맡았다.

신운학 선생은 지속적으로 한일 차 교류를 진행했다. 1977년에는 이방자 여사를 모시고 일본 도치기현[栃木縣]에서 열린 오모테센케와의 친선교류회에 참석했다. 1978년에는 일본 규슈[九州] 지방에서 차 순례를 했는데, 이때 후쿠오카[福岡] 센터에서 최초로 한국 전통 차 시연과 차 음악 발표회를 열었다.

신운학 선생은 행다법 개발의 선구자이기도 하다. 1985년 한국정신문화원에서 '차와 미(美)와 정(靜)과 동(動)'이란 다례법을 발표한 이후 1987년 한국 최초로 고려말차법을 발표했다. 이날 발표회에서는 한국 최초로 차신 신농상제계춘차 헌다 제례 및 다도 음악을 연출해냈다. 고려오행 다례의식, 백제차 등 우리 전통문화에 기반을 둔 다양한 다례를 시연하기도 했다. 신 선생은 1982년에 화정회 다도 교실을 시작한 이래 지금까지 차 교육을 해오고 있다.

"화정회는 차를 마심으로써 중정의 극치에 들어가기 위한 모임입니다. 화정회에서는 예절과 예술은 물론, 일상생활에서 어떻게 일할 것인지 가르칩니다. 차생활을 이웃에게 전하고 나아가 온 국민이 차를 통해 단합하기를 꿈꾸며 차 생활 운동을 펼치고 있습니다."

신운학 선생은 명원문화상을 수상했고 현재 화정다례원 원장, 고려말차도 종가, 고구려차가무악 회장이며, (사)한국차인연합회 부회상으로 일하다가 현재 (사)한국차인연합회 고문을 맡고 있다.

차학회 창립 멤버들과 함께(한국의 집, 1982)
왼쪽부터 신운학 원장, 민숙기, 김태연, 한민자, 설옥자 등

낙선재에서(1985. 5. 25)
신운학 원장(오른쪽에서 네 번째)이 낙선재에서 열린 차의 날 기념행사에 참석하고 있다.

김기원

진주산업대 명예교수

진주산업대 명예교수 김기원(金基元, 1937~) 선생은 시인, 연구가, 차 문화 운동가 등 다양한 수식어가 따라다니는 차계의 마당발이다. 1960년대부터 희귀한 우리 전통 차 민요와 차 유적지를 발굴하고 차 학회를 창립하는 등 다채로운 차 문화 운동을 펼쳐왔다.

김기원 선생은 없어질 뻔했던 희귀 차 민요를 우리나라 최초로 채록하여 복원했다.

(전략)

여보소, 우리 인생은 일장춘몽 아흔 줄에 묶였구려

지리산 산신 작설이나 마셔 백년 장수나 하여 보세

우리 인생 사는 방법 작설 줄로 풀어보세

344

김기원 교수

잘못 먹어 보챈 애기 작설 먹여 잠재우고

큰 아기가 몸살 나면 작설 먹여 놀게 하고

엄살 많은 시애미는 작설 올려 효도하고

(후략)

　　김기원 선생은 1970년대 후반 진주차인회 총무를 맡으며 본격적으로 차계 활동을 시작했다. 그 이후 1979년 (사)한국차인회 창립, 1986년 차문화학회 창립, 1994년 한국차학회 창립 등에 관여한다. 이러한 공로를 인정받아 2005년에 문화관광부 장관상을 수상했는데, 문화관광부는 다음과 같이 김기원 선생의 공적을 발표했다.

"김기원 선생은 진주산업대 동물생명과학과에 재직하다 2003년 정년퇴임한 뒤 명예교수로 있으면서 현재 (사)새생명과학회 봉사단을 이끌며 활발한 봉사 활동을 펼치고 있습니다. 진주차도회와 (사)한국차인연합회 감사를 19년간 역임 했으며, 한국차문화연합 학술원장 등으로 일했습니다. 차 문화 국제 세미나를 주선하고 차 유적지와 차 민요를 발굴하여 차 시집을 발간하는 등 김기원 선생은 우리 차 문화를 대중화하고 차 생활 운동으로 풍요로운 문화 사회를 만드는 데 기여 했습니다."

김 선생은 이 밖에도 차 문화에 관한 학술 논문 10여 편을 발표했으며 차학회 다촌상, 명원문화재단 학술대상, 올해의 차인상 등을 수상했다. 또한 정부로부터 국민훈장 목련장, 홍조근정훈장을 수상했다.

차 문화 행사에 참석한 김기원 교수

이기택 총재와 김기원 교수(2003)

차사랑회 모임에 참석한 김기원 선생이 이기택 총재의 다례 모습을 유심히 시켜보고 있다.

이영애

예지차회 회장

   광주 예지차회 회장 이영애(李英愛, 1937~) 선생은 공직자 차인으로서 다양한 차 복지 사업을 펼쳐왔다. 1970년대 후반 차와 인연을 맺은 후 30여 년간 전남에서 가정복지국장, 사회여성국장, 여성회관 관장 등으로 일하면서 차 보급 운동을 펼쳐왔다. 또한 퇴직 후에는 (사)예지원 광주 지부를 개원하여 차 문화 복지 사업에 매진하고 있다.

   우리 전통문화와 예절 교육에 남다른 관심을 가졌던 이 선생은 1982년 여성회관 관장으로 재직하는 동안 다도반을 운영했다. 1980년대 초반에는 지금처럼 한국 차 문화가 보편화되어 있지 않았기에 국민 정신건강에 이바지하고 농특 사업으로 일궈놓은 차 생산 농가의 소득을 높이기 위해 차 교육을 추진한 것이다. 주변에서 쓸데없는 교육을 한다며 핀잔을 줬지만 이 선생은 차 생활 교육을 보급하는 데 적극적으로 나섰다. 나아가 보조 근무자나 다방업 종사자들에게도 최초로 다도 문화 교육을 실시해 호응을 얻었다. 당시 다도반 강사로 고재기 서강전문대

이영애 회장
2011년 12월 19일, (사)한국차인연합회 송년차담회에서
이영애 회장이 올해의 차인상을 수상한 후 수상 소감을 밝히고 있다.

학장, 이을호 전 국립박물관장, 최계원 전 광주시립박물관장 등 쟁쟁한 차인들이
참여했다.

이영애 선생은 예(禮)로써 세상을 보고 예절과 차 생활을 지도하는 광주 예지
차회를 2000년 5월에 열면서 그 취지를 이렇게 밝혔다.

"전통문화와 예절은 우리 생활 속에 항상 함께해야 합니다. 차는 찻잎 따기부
터 우려 마시기까지 몸과 마음을 수련하여 덕목을 갖추게 합니다. 우리 전통문화
와 예절을 교육하여 생활화함으로써 한국인이라는 자각과 정체성을 지닌 이들을
육성하는 것이 제 목표입니다."

광주 예지차회에서는 청소년들에게 예절과 차 생활을 교육하고 외국인들에
게 우리 전통문화와 차 생활을 체험할 기회를 주고 있다. 2007년에는 러시아 국립
사회대학 한국어과 학생들에게 우리 전통 예절과 다도를 익히게 했다.

이영애 선생은 봉사 활동에도 주력하고 있다. 광주 예지차회를 수료한 회원들

TV에 출연한 이영애 회장(1988)
KBS 1TV 〈가정저널〉에 참석한 이영애 회장이 보성의 차밭을 배경으로 시청자들에게 우리 차를 설명하고 있다.

을 모아 '평생회'를 만들어 매년 광주 시내 편부 가정과 결연을 맺고 김치와 생필품을 보내고 있다. 또한 전남 장애인복지관이 주최하는 장애인체육대회에도 참가하여 차 시연과 차 대접을 하고 있다.

이영애 선생은 민간홍보대사로서 국제 교류 협력 사업에도 매진하고 있다. 2002년 중국 호주(湖洲) 육우차문화연구회, 무이산차엽학회와 자매결연하고 문화 교류를 하고 있고, 일본과도 친선 교류를 하고 있다.

이영애 선생은 특히 노태우, 김대중 대통령에게서 표창을 받았고 김영삼 대통령에게서 훈장을 받았으며 2011년 올해의 차인상까지 수상하는 등 한평생 존경받는 차인으로 살아왔다. 현재 (사)한국차인연합회 부회장으로 일하고 있다.

전남 여성회관 제1기 다도반 수료식(1979)
앞줄 가운데가 이영애 회장

전통차 생활강좌(1975)
전남 여성회관에서 이영애 회장이 부녀 지도자들을 상대로 다도 강의를 진행하고 있다.

김종규

삼성출판박물관 관장

한국 차계와 문화계의 거목인 삼성출판박물관 김종규(金宗圭, 1939~) 관장은 효당 최범술 선생의 제자로 널리 알려져 있다. 효당 선생의 차 정신을 따르는 '차선회'의 일원으로 오랫동안 활동했고, (사)한국차인연합회 부회장, (사)한국차문화협회 부회장 등으로 일하며 한국 차 문화를 보급하는 데 힘을 보탰다.

김종규 선생이 처음으로 차와 인연을 맺은 때는 삼성출판사의 부산·경남 조직을 확장하기 위해 부산에 내려가 있었던 1965년이다. 그 당시 청남 오제봉 선생의 청남서실에서 효당 선생을 뵈었는데, 효당과 청남 선생은 해인사에서 승려 생활을 함께하며 사제의 인연을 맺은 사이였다. 그래서 효당 선생이 부산에 오면 청남서실에서 유숙하곤 했던 것이다. 이렇게 효당 선생을 처음 만난 김종규 선생은 곧이어 다솔사를 방문했고 그곳에서 효당의 차 정신을 배우기 시작했다.

김종규 관장은 효당 선생에 대해 이렇게 표현했다.

"모든 차인들이 차인으로서 경지에 이르렀다고 보지만 차를 이론과 학문으로

김종규 관장
한국 문화예술계의 거목이며 차를 사랑하는 진정한 차인이다.

승화시킨 분은 효당 최범술 선생님밖에 없다고 생각합니다."

　　1976년 김종규 선생은 효당 선생이 서울 팔판동에서 벌인 차선회 활동을 주도했다. 효당 선생을 종장(宗匠)으로 하고 김충렬 박사를 회장으로 하여 중광 스님, 권오근, 김재봉, 윤열수 가회박물관 관장, 윤경원, 정원호 등을 모아 차선회를 창립시키고, 효당 선생이 생존하시는 동안 살림살이 일체를 도왔던 것이다. 그렇게 하여 차선회 회원들과 함께 효당 선생의 다선일미와 다선일체의 가르침을 받을 수 있었다.

낙선재에서(1985)
차의 날을 기념하는 한일 차 문화 교류 행사에 김종규 관장이 참석하고 있다. 가운데 합장한 이가 김종규 관장이다.

    김종규 선생은 한국 사설 박물관을 통해 시대에 걸맞은 박물관으로서 위상을 높이고 효당의 차 정신을 실천했다. 차선회의 일원이자 회장으로서 한국 차 문화계의 많은 일들을 경험한 김 선생은 한국 차계의 마당발이며 역사의 산증인이다. 효동원의 정원호, 화종 김종해 박사, 동국대 김상현 교수, 고려대 김충렬 교수, 연세대 윤병상 교수 등과 함께 이른바 효당 다맥의 중추로 활동해오면서 1977년 한국다도회 발기에서부터 (사)한국차인회 창립, 일지암 복원 등을 도왔다. 그간 세운 공로를 인정받아 2002년에는 명원문화상을 수상했으며, 현재 한국박물관협회 명예회장, 문화유산국민신탁 이사장 등으로 활동하고 있다.

국제차문화대전

개막식에 참석한 김종규 관장이 다른 내빈들과 함께 테이프를 커팅하고 있다. 왼쪽에서 다섯 번째가 김종규 관장

차의 날 행사장에서(롯데호텔, 1995)

명로 윤석관

죽로다문화회 고문

죽로다문화회 고문 명로(茗虜) 윤석관(尹石寬, 1939~) 선생은 부산 지역에서 30여 년 동안 한국 차 문화 교육에 매진했다. 1981년 죽로다문화회를 창립하고 부산 지역에서 가장 전통 있는 다도 교실을 운영해왔다. 화경청적의 차 정신을 일상에 구현한 차인으로 유명한 윤석관 선생은 2010년 (사)부산차인회로부터 부산 차인문화상을 수상했다.

현재 창립 31주년을 맞이한 죽로다문화회는 다도 교실 수강생 3,000여 명, 일반인들을 지도할 수 있는 3년 과정을 수료한 다도 사범 150여 명을 배출했다. 또한 부산 지역의 다맥을 형성하며 차 문화 교육을 책임지고 있다.

"죽로다문화회는 차 공부를 위해 결성된 모임 가운데 가장 오래된 역사를 자랑합니다. 그 전통을 바탕으로 앞으로도 여법한 차인들을 양성하는 데 진력할 것입니다. 죽로다문화회는『벽암록(碧巖錄)』,『무문관(無門關)』과 같은 선어록(禪語錄)을 공부하며 수행하는 차인의 삶을 지향해왔습니다. 해마다 햇차가 나오면 가

명로 윤석관 선생
언제나 차의 향기에 흠뻑 젖어 삶을 여유롭게 즐기시는 분이다.

장 먼저 전국 명산 고찰에 차 공양을 하며 그동안 감사와 회향의 마음을 공유해온 회원들에게 고마움을 표합니다."

윤석관 선생은 한국 차 문화 대중화에도 일익을 담당했다. (사)한국차인연합회 이사로서 차의 날 행사를 비롯해 다양한 행사를 주관했고, 영남다도연합회를 창립하여 활발한 교류 활동을 하고 있다. 영남 지역을 대표하는 종정차문화회, 전통예절진흥회, 예다원중앙회 등이 참여한 영남다도연합회의 회원들은 정기적인 모임을 갖고 다양한 교육과 행사를 진행하고 있다.

우리 시대 선비 차인으로 불리는 윤석관 선생은 '홍현주(洪顯周) 일가다회' 등을 비롯해 다양한 행다법을 개발·보급하기도 했다. 부산 지역 차 문화 진흥에도 힘쓰면서 부산국제차어울림문화제 등 다양한 행사를 벌이고 있다.

일지암의 명로 윤석관 선생(1988. 9)
왼쪽부터 이순희, 김윤경, 박천현, 명로 윤석관, 신운학

죽로다문화회 회원들과 함께(1985)

원광 스님

부산차인연합회 초대 회장

원광(圓光, 1942~1989) 스님은 20년을 주석하면서 불교계·문학계·차계에 큰 획을 그었다. 1968년 해인사로 출가한 이래 수행자이자 시인, 그리고 차인으로서 부산 차 대중화에 앞장섰다.

수행자로서 스님은 차에 대해 다음과 같이 말했다.

"부처님 사람들은 말입니다. 목이 마를 때 물 마실 줄은 알면서도 글쎄 불 밭으로 타오르는 가슴은 그게 얼마나 무서운 일인지 잘 생각하지 않고 살아간답니다. 몸뚱이에 때가 끼면 그걸 닦는다고 사뭇 법석을 떨면서도 마음속에 겹겹이 낀 때는 그게 얼마나 무거운 짐인 줄 모르고 있답니다. 옷이 더러우면 빨아 입고 배가 고프면 밥 먹고 잠잘 줄은 알면서도 제 가슴에 박힌 얼룩이나 먼지를 털고 씻고 간추리는 일엔 아주 인색하고 뜬뜬한 고집쟁이들이랍니다. 부처님, 그래서 오늘은 제가 이렇게 차 한 잔 맑게 달여 곱게 올리오니 어떻게 좀 그들의 어두운 가슴을 밝게 해주시고 뜨거운 허기도 면할 수 있도록 도와주셔야겠습니다. 그래

원광 스님

야 제 꿈도 맑게 열리고 이 산길 아득한 구비를 '끽다거(喫茶去), 끽다거' 하며 즐겁게 올라갈 수 있겠습니다."

원광 스님은 1980년부터 부산 MBC에서 차 강의를 했고 1985년《독서신문》에 차 이야기를 연재했다. 그리고 1987년에 차 전문지《다심(茶心)》을 창간하고 부산차인연합회를 창립한 후 초대 회장을 맡아 일했다. 한편 1985년에는 여란다회를 창립하고 현대 차 생활에 필요한 원광 행다법을 정립해 교육·보급했다. 58회에 이르는 다도 교실을 수강한 학생이 1,000여 명에 이르고 스님의 차 정신을 이어받아 차회를 이끄는 단체가 전국에 10여 개가 있다. 원광 스님의 행다법은 오늘도 문하생들에 의해 계승되고 있다.

스님은 차를 좋아하는 이들에게 차의 도리가 무엇인지 묻고는 이렇게 답했다.

원광 스님
다방면으로 차 문화 발전에 기여한 분이다.

혼자 마시면 여다(如茶)

둘이 마시면 진다(眞茶)

삼사 명이 마시면 묘다(妙茶)

오륙 명이 마시면 예다(禮茶)

칠팔 명이 마시면 선다(善茶)

일창일기(一槍一旗) 맑은 영혼

파도는 와서 잠들고

바람은 가서 꿈꾸고

끝끝내 남은 것은 청적화경

풀잎들의 함성 달려온다

다례 시연 중인 원광 스님
원광다법을 만든 스님이며, 이 다법은 지금도 문하생들에 의해 계승되고 있다.

도범 스님

보스턴 문수사 주지

도범(道梵, 1942~) 스님은 사찰의 차 문화 보급에 힘쓰고 차 관련 단체들과 차인들을 적극 후원하여 한국 차 문화의 대중화를 앞당기는 데 큰 역할을 했다. 스님이 차를 알게 된 것은 출가 후의 일이다. 도범 스님은 한국의 대표적인 고승인 일타 스님의 제자로서 10년 넘게 차를 올려왔다. 도범 스님은 당시의 일을 이렇게 회고한다.

"은사 스님께서 처음 차를 주셨는데 설탕 맛도 같기도 하고 묘한 느낌이었어요. 스님은 아무 맛도 없는 차를 자꾸 주셨는데 그렇게 자주 마시다 보니 차에 흠뻑 빠지게 되었습니다. 그 뒤 은사 스님을 모시고 살면서 비로소 차의 맛을 알게 되었습니다. 하지만 차에 대한 문헌을 찾으려 해도 찾을 수 없었습니다. 당시에는 일본의 차가 유행했던 터라 한국 차의 뿌리를 찾을 수가 없었지요. 한국 차와 다기를 비롯하여 전통 다례는 물론 모든 것이 전무한 실정이었습니다. 커피와 홍차가 유행하던 시절이었기에 커피를 마셔야 문화인의 대열에 낄 수 있었습니다. 암울했던 시절이었지요. 이렇다 할 다기도 없었고 차밭도 제대로 조성되지 않은 터

도범 스님
한국 차 문화에 깊이 뿌리를 내려주시고 미국으로 떠나셨다.

라 차 운동이란 그리 쉬운 일이 아니었습니다."

도범 스님은 사찰에 차 문화를 보급하는 데 선구자 역할을 했다. 1970년대 초에 문경 봉암사(鳳巖寺) 주지로 부임한 후 우리 차의 역사와 행다 등에 대해 연구했다. 연구가 어느 정도 진행되자 매월 14일, 29일에 저녁 예불을 마친 뒤 40여 명의 선방 스님들을 대상으로 차 문화 강의와 시연을 두 시간 동안 진행했다. 근현대 차 역사상 처음으로 선원에서 우리 전통 차 문화를 교육하기 시작한 것이다. 동시에 스님은 차 문화 보급 운동을 본격적으로 시작했다.

"첫 번째로 차밭을 가꾸는 것이 필요했습니다. 당시 차에 관심을 가지고 있던 몇몇 스님들과 함께 보성에서 차를 만들게 되었고 스님들이 만든 최초의 캔 차인 '심자한(心自閒)'이 나왔지요. 당시에는 판매를 하지 않고 무료로 나누어주었습

도범 스님
언제나 차를 즐기며 차 문화를 알리신 스님이다.

니다. 두 번째로 다기의 보급이 필요했습니다. 해인사 아래에서 살고 있던 토우 김종희 선생에게 도자기 제작을 의뢰해서 다기가 본격적으로 공급되기 시작했습니다. 당시 2만 원을 주고 다기를 주문했는데 그 뒤에도 그 가격은 유지되었습니다. 세 번째로는 행다법을 정립하는 것이 필요했습니다."

도범 스님은 (사)한국차인회 결성에 많은 도움을 주었다. 1977년 여름, 박태영 화백의 주선으로 박동선 이사장이 도범 스님을 찾아갔다. 이때 스님은 해인사를 비롯해 여러 곳을 안내하며 박 이사장과 함께 한국 차 문화 복원 운동에 참여할 것을 약속했다. 그 뒤 스님은 박동선 이사장, 박종한 선생 등과 함께 해남을 방문했고, 김봉호 선생 등과 더불어 일지암을 복원했다. 이를 계기로 한국을 대표하는 차인회를 만들기로 했다. 그 결과, 1979년 1월 20일 효당 최범술, 아인 박종한, 명원 김미희, 박태영, 김봉호, 김제현 등을 발기인으로 하여 (사)한국차인회가 출범했다. (사)한국차인회 결성을 주도한 도범 스님은 수행자 신분이라는 이유로 발기인 명단에 참여하지 않았다.

다례 시연을 하시는 도범 스님((사)한국차인회 사무실, 1981. 6)

석성우 스님

불교TV 회장

석성우(釋性愚, 1943~) 스님은 1963년 경남 양산 통도사에서 차인이었던 경봉 스님을 만나면서 차와 인연을 맺었다. 그해 8월 보름에 경봉 스님이 계신 극락암을 방문했더니, 스님께서 유리잔에 차가 아닌 산과일 꿀을 주시면서 이렇게 말씀하셨다고 한다.

"차 한 잔 무라. 이 차는 차가 아니라 그 이름이 차다. 이 차 한 잔을 먹으면 삼생숙업이 다 녹아."

스님은 경봉 스님을 통해 차 한 잔이 사람과 사람의 마음을 이어주는 징검다리라 생각했고 그때부터 차에 관심을 갖게 되었다. 그 후 범어사에서 공부하다 당시 최고의 다승이었던 진주 다솔사의 효당 스님과 대흥사의 응송 스님을 찾아갔다. 석성우 스님이 효당 스님에게 다도 사상에 대해 물었더니 이렇게 답했다.

"화경청적이지요."

석성우 스님은 효당 스님의 말을 수긍할 수 없었다. 화경청적은 일본의 다도

석성우 스님
차의 대중화를 꽃피우게 하셨다.

사상이지 한국의 것이 아니라고 생각했기 때문이다. 1968년 석성우 스님은 내친 김에 경상도에서 전라도 대흥사까지 이틀을 걸어가 응송 스님과 만나서 차에 대한 이야기를 나눴다. 이렇게 두 스님을 찾아간 뒤 석성우 스님은 자신이 직접 차에 대해 연구하고 공부해야겠다는 결론을 내렸다.

한국 전통 차 문화와 불가의 차 문화 연구를 끝낸 스님은 1970년대 중반 이후 차의 대중화에 본격적으로 나섰다. 1979년 서울 (사)예지원 주최의 차 세미나를 주관했는데 이 자리에는 이은상 시인, 문학평론가이자 출가 승려인 김운학 스님 등이 토론자로 나서서 한국 차 문화 정립에 대해 다양한 의견을 도출했다.

1981년 출간한 석성우 스님의『다도(茶道)』는 차 생활에서 얻은 화두를 선 사상과 접목시킨 책으로, 국내 차인들에게 차의 교과서 역할을 했다.『다도』는 출간되기도 전에 700여 권이 예약되어 당시 출판계에서 큰 화제가 되었다. 시집으로

석성우 스님과 차인들
왼쪽부터 석성우 스님, 박종한, 한완수

는 『차향기』를 출간했다. 스님은 차 전문지 《다담(茶啖)》지를 발간하기도 했는데
차 인물 발굴과 차 문화 현장 이야기로 당시 차인들에게 큰 인기를 끌었다.

　석성우 스님은 1981년부터 1994년까지 대만과 홍콩의 조계종 해외 포교 사찰
홍법원(弘法院)에 주석하며 차 문화 확산에 기여했다. 스님은 현재 활동하고 있
는 많은 차인들을 교육한 장본인이기도 한데, 1978년 부산에서 한국부인다도회
지도를 시작으로 (사)한국다도협회 정상구 박사 등 기라성 같은 차인들과 인연
을 맺었다. 불교TV 회장을 맡고 있는 석성우 스님은 1996년 〈차 문화 산책〉이라
는 프로그램을 직접 진행하기도 했다. 파계사 주지 시절에는 파계사 차회인 '불이
다회'를 이끌었다. 스님은 1960년대 후반부터 한국 차 문화의 대중화에 이바지한
공로를 인정받아 다촌문화상과 초의차문화상을 수상했다.

한국부인다도회 수업 중인 석성우 스님(1979)
석성우 스님이 한국부인다도회 회원들에게 다도 강의를 하고 있다.

(사)예지원 주최로 열린 한일 차 문화 교류회에서(하얏트호텔, 1980)
석성우 스님이 참석하여 부산 한국부인다도회 회원들과 함께 기념촬영을 했다.

이영자

한중다예연구소 소장

한중다예연구소 소장 이영자(李英子, 1944~) 선생은 1979년 허충순 선생과 함께 부산 한국부인다도회에 입회하여 석성우 스님에게서 차를 배웠다. 1982년 (사)한국다도협회에 제4기생으로 등록했고 부산여자대학교에서 오랫동안 다도 예절 교육을 해왔다.

이 선생은 1980년대 초에 의사 부인 20명으로 구성된 광명차회를 창립하여 부전동 성형외과 4층에서 차 모임을 열고 다도 교육을 했다. 1985년 부산여대 현대 차박물관 자료실에 근무하면서 (사)한국다도협회 지부가 설립되는 곳마다 정영숙 교수와 함께 다니며 지부 운영 및 다도 예절 교육을 했다.

이영자 선생은 (사)한국다도협회 부회장, 부산여대 보건행정학과 교수 등을 역임하면서 오랜 세월 동안 중국, 일본, 대만, 스리랑카 등 차가 있는 곳이면 어디든지 찾아가 행사에 참석하고 (사)한국다도협회 다촌행다법을 발표했다. 또한 중국 절강(浙江)농대, 운남(雲南)농대, 항주(杭州)차박물관 등에서 연수를 받으

이영자 소장

며 한중 차 문화 교류에도 힘써왔다. 이 선생은 절강대학에서 차엽(茶葉)을 연구하면서 차 문화 연구 자격증, 국가 중점 차학과 자격증을 획득했다. 절강대학 농과 교수 양월령 선생과 상호 교류를 약정하기도 했다.

이영자 선생은 현재 한중다예연구소 소장을 맡고 있으면서 중국 다예법, 보이차 다예법, 청차 다예법, 중국 6대 다류에 대한 교육을 하고 있다.

2009년 10월에는 『보이차 다예』라는 저서를 출간하여 중국차에 관심 있는 차인들에게 많은 도움을 주고 있다.

다촌 정상구 이사장 서화 전시회에서
정상구 이사장의 서화 전시회에 참석한 이영자 소장이 차인들과 모여 기념촬영을 했다.
왼쪽부터 김태연, 정상구, 이영자 소장, 손정숙

다도 수업 중인 이영자 소장(1980)
한국부인다도회 회원들이 다도 수업을 진행하고 있다. 맨 왼쪽이 이영자 소장

석용운 스님

(사)초의학술문화원 이사장

(사)초의학술문화원 이사장 석용운(釋龍雲, 1945~) 스님은 한국 차 문화의 대중화를 이끌고 있는 차인이다. 1980년 일지암 암주로 시작해 현재 전남 무안의 초의 선사 탄생지에서 초의 스님 선양 작업을 하고 있다. 스님은 차 연구가, 제다인, 차 문화인으로서 다양한 차 활동을 벌여왔다.

석용운 스님이 차와 인연을 맺은 것은 1972년 대흥사로 출가를 하면서부터다. 그때 스님이 맡은 첫 소임은 서고 관리였다. 이 서고에서 『동다송』, 『다신전』 등 초의 선사가 남긴 책들을 모두 섭렵하면서 차의 매력에 푹 빠졌다. 스님이 본격적으로 차 활동을 시작한 것은 1980년 일지암을 중건하고 첫 암주를 맡은 후부터로, 초의 선사가 주석했던 일지암을 한국 차의 성지로 탈바꿈시키는 데 크게 일조했다. 초의 스님을 제대로 알리기 위해 『초의전집』을 발행했고 해남다인회와 함께 초의문화제를 개최하기도 했다.

석용운 스님은 1980년대 초반에 차 농가들이 제다업에 쉽게 진출할 수 있는 길

석용운 스님

을 열었다. 당시 보건사회부 장관의 허가를 받아야 했던 제다 공장 설립 요건을 도지사 허가로 완화해낸 것이다. 또한 보성, 하동, 광양 등에 차나무를 널리 보급했다. 제다에도 능한 스님은 자신이 직접 재배해 만든 차인 '초의선다'를 보급하고 있다.

1980년대부터 우리 차 문화의 소중함을 역설하며 차 잡지와 단행본을 펴내고 대중 강의를 진행해온 석용운 스님은 '도서출판 초의'를 등록한 후 1990년대 초반 차 전문 잡지인 월간 《다담》의 발행인을 맡기도 했다. 1993년에는 사전적 해설서인 『한국다예』를 펴냈다. 스님은 30년간 직접 수집한 모든 차 문화 관련 자료를 엮어 『한국차문화자료집』 100권을 발간할 계획도 갖고 있다. 이 자료집은 1차 50권, 2차 50권으로 구성되어 있다. 1차분 50권에는 『삼국유사(三國遺事)』, 『삼국사기

(三國史記)』,『고려사(高麗史)』등의 사서를 비롯해 문인 사대부들의 시문집에 나타난 차 관련 문헌이 소개된다. 2차분 50권에는 스님들의 시문집과 비문, 유물 등에 나타나는 다구와 다례에 대한 내용이 담긴다.

석용운 스님은 차의 대중화·산업화·학문화에 중점을 두고 1997년부터 초의선사 탄생지에서 초의선사기념관, 초의선원, 다성사, 초의도서관, 한국차박물관 등을 세워 초의차문화제를 개최하고 차 관련 강의를 하는 등 활발한 활동을 벌이고 있다.

제4회 국제무아차회에서 개회를 선언하는 석용운 스님

중국 국제차문화대전에 참석한 석용운 스님

허충순

청향회 회장

    화도와 다도의 길을 걸어온 허충순(許忠順, 1945~) 선생은 (사)부산차인회 회장과 청향회 회장을 맡으면서 한국 차 문화 발전에 오랫동안 기여해왔다. 꽃꽂이, 다도, 전통 예절 등을 연구하며 꽃과 차를 보급하고 있는 청향회는 꽃과 차, 그리고 음악이 함께하는 발표회를 열어 부산 차인들과 시민들의 호응을 얻고 있다. 40년 화도의 길, 33년 다도의 길을 걸어온 허 선생은 '죽는 날까지 꽃을 사랑하고, 차를 사랑하는 마음으로 살겠다'고 서원한 올곧은 차인이다.

    허충순 선생은 차를 마시던 아버님을 통해 어릴 적부터 차를 알았다. 본격적으로 차와 인연을 맺은 것은 1970년대 초반 꽃 예술전에 초대받은 어떤 일본인이 차 마시는 것을 본 후부터다. 그 모습을 보고 허 선생은 꽃과 차를 함께 해야겠다고 마음먹은 것이다. 그리고 1979년 이영자 선생과 함께 한국부인다도회에 입회하여 석성우 스님을 통해서 본격적인 차 공부를 시작했다.

    허충순 선생은 1980년 이후 부산의 (사)한국다도협회에서 교육을 통한 차 문

허충순 회장

화 보급 사업을 맹렬히 전개해나갔다. 그리고 1989년 부산차인연합회 결성을 주도하며 초대 회장으로 원광 스님을 모시고 부산의 차 문화를 활성화하는 데 뜻을 모았다. 부산 해운대 하얏트호텔에서 열린 창립총회에서 고문으로 금당 최규용, 목춘 구혜경, 다촌 정상구, 황수로 선생을 모셨고 회장으로 원광 스님을 추대했다. 그러나 뜻하지 않는 교통사고로 인해 허 선생은 제2대 회장을 맡았고 이어서 제4대 회장을 맡아 부산차인연합회를 부산을 대표하는 차회로 발전시켰다. 허 선생이 창간한 《차와 인생》은 부산 지역 차인들뿐 아니라 전국의 차인들이 함께 하는 협회보로 자리 잡아가고 있다.

수업 중인 허충순 회장(1979)
한국부인다도회 시절의 허충순 회장

　허 선생은 한국 차 문화의 국제화를 위해 매년 부산국제다도문화제를 개최하고 있다. 이 문화제에서는 다례 시연, 찻자리 겨루기, 차에 관한 각종 전시회, 차인 장터 등 차인들의 교류 마당이 펼쳐진다.

　또한 부산차인연합회 20주년을 맞아 부산 차 문화 발전에 지대한 공헌을 한 차인들을 기리기 위해 부산차인문화상을 제정해 운영하고 있는데, 이 상은 한국 다도의 노벨상으로 불리기도 한다.

　허 선생은 『한국의 다석화(茶席花)』 등의 저서와 「한국전승다례의 시대적 고찰」 등 다수의 논문을 펴냈다.

신정희 선생께 고문 감사패를 전달하는 허충순 회장(1981. 1)
한국부인다도회 고문을 맡아주신 신정희 선생께 허충순 회장이 감사패를 전달하고 있다.

다도 강의를 듣고 있는 허충순 회장(1979)
왼쪽부터 이세중, 허충순, 이영자

이덕심 선생과 허충순 회장(1980)

여명 정승연

다례원 원장

다례원 원장 여명(如茗) 정승연(鄭承娟, 1947~) 선생은 (사)한국차인회 창립 섭외위원과 일지암 복원 추진 홍보이사를 맡아 활동했다.

정 선생은 1973년 효당 최범술 선생을 통해 다도에 입문한 후 청사 안광석 선생, 천승복 선생, 응송 박영희 스님 밑에서 수학했다. 그리고 주부클럽연합회, YWCA 등에서 한국 전통문화 속의 다도를 알리는 데 심혈을 기울였다. 1975년 차예절 교육원인 다례원을 설립하고 본격적으로 우리 차에 대한 강의를 시작했다.

정승연 선생이 1977년 비원 낙선재에서 이방자 여사를 중심으로 한일 친선 다도(茶道)·서도(書道)·화도(花道) 교류전을 개최해 일본 차인에게 차를 대접하는 영상이 TBC에 방영되었다. 1980년 10월 (사)한국차인회 창립 1주년 행사인 '한국의 다례 발표'에서는 '규방 다례(의식 다례)'를 정립·발표했다. 현대 다례 의식의 효시인 규방 다례는 MBC에서 〈한국인의 미〉라는 프로그램으로 방영되었다. 또한 1981년 월간《분재수석》제47호 특집으로 정 선생이 쓴 '현대인의 다례'

정승연 원장

가 실렸다. 1982년 1월 25일 대만문화대학의 초청으로 한중 교류 다례 발표회를 대만문화대학과 육우기념관에서 개최했다. 이후 정 선생은 오사카, 교토, 도쿄에서 일본 차회 대표 종가와 다례 발표를 함으로써 국제 차 문화 교류의 지평을 열었다.

규방 다례는 일본 NHK에서 1983년 1월 〈한국의 전통 다례〉라는 특집으로 방영되어 화제가 되었다. 1983년 문화영화 대종상 최우수 작품상 수상작 〈전통다도〉에서 정 선생과 제자들이 규방 다례 의식을 시연했다.

(사)한국차인회 창립 이후 교육위원을 맡아 진관사(津寬寺) 등 각지에서 정기 차회를 개최해 차 문화를 보급했고, 방송과 교육 기관 등에서 다도 문화 강좌를 열었다. 또한 1981년 태평양화학의 초청으로 다례 전문 교육을 실시해 설록차의 대중화에 기여했다.

정승연 선생은 1982년 한국 최초로 숭의여자전문대학에서 교양 과목으로 다도와 다례를 지도했고, 현대 교양문화센터의 효시인 동아일보문화센터에서 다례 강의를 했다. 동아일보사와 다례원 공동 주최로 '여성문화대학'을 열어 연 4회 전국 순회 강연으로 전통·정신문화를 선양했다.

정 선생은 1982년부터 1984년까지 (사)한국문화재보호협회가 주관하는 '한국의 집' 다도 전문 강좌에서 다례 전임강사로 활동하며『차 생활 교재』를 편찬했다. 1983년『동아세계대백과사전』에 '청(淸)·정(靜)·화(和)·락(樂)의 다례 규범'을 구현한 규방 다례가 수록되었고, 최초의 차 문화 전문지《다원》창간 특집으로 의식(규방)·생활·사무실 다례를 정립·발표·수록했다.

1984년 차 문화 확산을 위해 서울 강남 일우(一宇)에 차 문화 공간 '다화랑(茶畵廊)'을 열었으며, 한국의 중견작가들을 초빙해 현대 차 문화를 조명하는〈다화전(茶畵展)〉과〈다기전(茶器展)〉을 열어 차 문화의 위상을 높였다.

1970년대, 1980년대 한국 여성 다도 문화를 이끈 정 선생은 불법에 귀의한 후, 문헌과 의식 고증을 통해 불교의 전통 의식인 사경 법회·육법 공양·불교 화혼·관정 의식을 정립·재현해 현대 불교 의식으로 정착시키고자 했다. 1998년 10월 제1회 경주세계문화엑스포 '천년의 미소' 행사의 일환으로 정 선생의 '육법 공양 의식'과 일본 다도 최대 유파 우라센케[裏千家]의 제15대 종장 센겐시쓰(千玄室)의 '헌다 의식'이 불국사 대웅전에서 열렸다.

현재 정 선생은 우리 차의 자생지인 지리산 화개 골짜기에서 불교 정통 수행법인 위빠사나(Vipassana) 명상 수행을 하며 차의 본성과 하나 되는 마음으로 여명선차(如茗禪茶)를 만들고 있다.

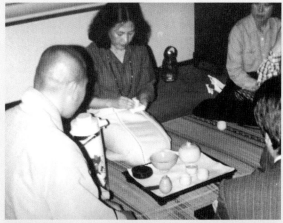

1 2
3
4 5

1 2 다례 시연을 하는 정승연 원장
　　(사)한국차인회 사무실, 1981. 6

3 제3회 명원상 시상식장에서
　　왼쪽부터 임헌길, 정영선, 박태영, 정학래,
　　정승연 원장, 김명배

4 다경회 개원식에서(1982)
　　오른쪽에서 네 번째가 정승연 원장

5 정원호 원장으로부터 감사패를 받는 정승연 원장(1984)

김상현

동국대 교수

　2011년 초의문화제 집행위원회는 올해의 초의상 수상자로 동국대학교 김상현(金相鉉, 1947~) 교수를 선정했다. 역사학자이자 차인으로서 오랫동안 차학의 인문화를 위해 애써온 김 교수의 수상에 모든 차인들이 박수를 보냈다. 초의상 심사위원회는 김 교수를 선정한 이유를 다음과 같이 밝혔다.

　"경남 합천 출신인 김상현 교수는 차 관련 국내외 학술회의 및 학회지에 다수의 논문을 발표하여 차 연구에 기여했고, 차 전문 잡지에도 많은 글을 기고하여 차 문화 대중화에 앞장섰습니다. 특히 지난 1978년부터 대학에 출강하면서 대학과 여러 교육 기관의 차 강의를 통해 후진 양성에 공헌했고,『한국의 다시(茶詩)』,『생활다예(生活茶藝)』등 차 관련 서적 저술과 「초의 선사의 다도관」등을 비롯한 수십 편의 논문을 발표한 공로가 인정되었습니다."

　김상현 교수는 근현대 차 문화사의 거두인 효당 최범술 선생의 제자다. 그가 차와 처음 인연을 맺은 곳이 효당 선생이 계신 다솔사였다. 고등학교 1학년 때 효

(좌)김상현 교수, (우)효당 스님이 김상현 교수에게 보낸 편지의 봉투

당 선생을 통해 응송 박영희, 의재 허백련, 노산 이은상, 이방자 여사 등 현대 차 문화사의 거목들을 직접 만났고 그들의 차 정신을 배울 수 있었다.

"의재 선생과 효당 선생은 의형제 같은 사이였습니다. 젊은 날부터 1년에 한 차례씩 무등산을 가거나 다솔사를 방문했습니다. 일제강점기 때부터 인연이었 는데, 지금도 생각나는 것이 광주로 가는 버스 안에서 바라본 하동과 섬진강의 아름다운 풍경입니다. 춘설헌에서『일지암시고(一枝庵詩藁)』에 관한 일과 1970년 대 중반에 의재 선생, 효당 선생, 이방자 여사께서 광주여고 강당에서 강연했던 일이 기억에 남습니다."

다도 강연회에 초청된 김상현 교수(1983. 11)
울산청년차인회가 김상현 교수를 초청하여 특별 다도 강연회를 열었다. 앞줄 중앙이 김상현 교수

    김상현 교수는 1978년 대학 출강 이후 차 역사를 비롯한 우리나라 역사에 대해 오랫동안 연구해왔다. 차 관련 글을 기고하고 (사)한국차인연합회를 비롯한 여러 차회에서 강연을 하면서 우리 차의 정신을 곧추세우는 데 일조했다. 김 교수는 효당 선생이 생존해 있던 때부터 만들어진 차선회에도 참여하고 있다. 차선회는 효당 선생의 제자들이 오랫동안 함께 차 생활을 하며 스승의 차 정신을 기리고 있는 차회다. 현재 김 교수는 한국 근현대 차 문화사에 대해 연구하면서 한국 차 문화의 우수성을 널리 알릴 수 있는 한국차문화연구소를 열기를 꿈꾸고 있다.

여연 스님

백련사 주지

백련사 주지 여연(如然, 1948~) 스님은 우리 시대를 대표하는 차인으로 우뚝 서 있다. 일지암 시절부터 지금까지 한국 차의 대중화를 위해 올곧게 살아가고 있기 때문이다. 여연 스님의 차 문화 활동은 초의상 수상 공적서에 상세히 기록되었다.

위 사람은 출가 이후 1975년 다솔사에서 효당 스님께 입문하여 차 문화를 수학한 이래 1991년부터 18년간 일지암에 주석하면서 (사)일지암초의차연구회를 설립했다. 초의상 심사위원, 동국대 불교대학원 차문화콘텐츠학과 책임교수, 부산여대 다도대학 석좌교수, (사)한국차인연합회 자문위원 및 교수, (사)한국차문화협회 교수 등을 역임하면서 차계의 후학 양성에 심혈을 기울이고 초의 선사의 다도 정신을 선양하는 데 전력했다. 뿐만 아니라 동국대 불교대학원에 차문화콘텐츠학과 부설 한국차품질 평가교육원을 개설하여 우리 차 산업의 기초를 확립했다. 또한 한국차문화학회를 설

여연 스님

립하여 차의 인문학적 접근을 통한 차 문화계 공통의 장을 만들었으며 국내외에서
다수의 다도 시연과 여러 신문, 잡지 등 다양한 언론매체를 통하여 초의 선사의 다도
정신을 선양함으로써 우리나라 차 문화 발전에 기여한 공이 지대한 자임.

여기에 몇 가지 빠진 것들이 있다. 바로 젊은 차인들과 차 산업 역군들을 배출
하기 위한 노력들이다. 여연 스님은 1970년대 후반 전국대학생차인연합회를 결
성했고, 농촌을 살리기 위해 젊은 채농들과 차생산자조합을 만들어 차 생산에도
기여했다. 지금 주석하고 있는 강진 백련사에서도 마찬가지다. 아직 걸음마 단계
인 지역 차농들과 함께 농촌 경제 살리기 운동을 하고 있으며 함께 차 브랜드를

차 문화 행사에 참석한 여연 스님

만들어 판매하여 수익을 올리고 있다.

　1970년대 초반 차계에 입문한 여연 스님은 당시의 시대적 현실을 보고 차 문화 운동이라는 긴 고행 길을 선택했다. 차가 문화적·정신적 가치뿐만 아니라 경제적 가치를 지녔음을 일찍 간파했던 것이다. 그래서 한국 차 문화와 차 산업 발전을 위해 할 수 있는 일을 다 했다. 여연 스님은 차를 다양한 계층으로 전파시키고 우리 차 문화 산업의 기반을 닦기 위해 여러 가지 일을 해왔다. 한국 차의 품질 향상을 위해 대한민국차품평대회를 열고 한국차품질평가원을 개원했으며, 동국대 대학원에서 책임교수로 일하며 젊은 차인들을 육성하고 있다. 또한 국회의원, 대법관, 대기업 사장 등 사회 지도층 인사들에게 차를 강의·보급하고 있다. 초의차문화연구원 이사장인 여연 스님은 최고의 차 문장가로 꼽히며, 저서로『(우리가 정말 알아야 할) 우리 차』와『참으로 홀가분한 삶』등을 출간했다.

차를 덖고 있는 여연 스님

차샘 최정수

홍익차문화연구원 원장

차샘 최정수(崔正秀, 1948~) 원장은 차령(茶齡)으로 따지면 대구 지역 원로 1세대라 해도 손색이 없는 차 전문인이다. 자타가 공인하는 대구 차 역사의 산증인이요, 대구 차 발전에 크게 기여한 공로자다.

최정수 선생이 차를 처음 접한 것은 1960년대 중반 당시 불교계의 다승이었던 송광사(松廣寺) 구산(九山) 스님과 통도사 극락암 삼소굴의 경봉 스님을 만나면서부터다. 그 후 국문학을 전공하면서 차에 더욱 깊은 애정을 갖게 되었다. 1972년 하동과 밀양 등지에서 차나무를 조사했고, 1975년 효당 최범술 선생이 저술한 『한국의 다도』, 1974년《분재수석》지에 연재된 차 관련 글과 1976년《독서신문》에 연재된 효당 선생의 '다 다론'을 읽고 우리 차 문화의 실체를 확인하기 위해 차 산지와 차 유적지로 기행을 떠나기도 했다.

최정수 선생은 대구 능인고등학교에서 국어교사로 재직하면서 1980년대 초 학생 차 서클인 유다회를 조직했고, 학생 차실과 교사 휴게실 겸 차실을 만들어

차샘 최정수 원장

차 문화 교육과 보급에 정성을 쏟았다. 1986년에는 영남 지역을 중심으로 한 차 동호인 모임인 영남차회를 결성하여 초대 회장을 맡았다. 영남차회는 회원 가입에 자격 제한을 두지 않아, 차를 사랑하고 알고자 하는 사람은 모두 회원이 될 수 있었다. 기관지《영남차회보》는 종합 차 문예지로서 전국 차인들의 주목을 받았다. 영남차회는 월례회, 송년 차 문화의 밤, 차 문화 유적지 탐방, 명사 초청 강의, 다도 시연 행사 등을 통해 지역 차 문화계의 중심 역할을 했다.

1980년대 후반 최 선생은 여러 차례에 걸쳐 이 지역 명산인 팔공산 일대에 차나무 묘목을 심고, 차 열매를 파종하여 시험 재배에 일부 성공했다. 이때 함께한 성전암(聖殿庵)의 철웅(哲雄) 스님과 대구광역시청 녹지과의 이정웅 과장이 많은 도움을 주었다. 최 선생은 한국 차의 본고장에 차나무를 심음으로써 영산(靈

山)인 팔공산의 정기를 담은 명차를 생산하고 체험 관광 등 다양한 차 문화 행사를 펼치고자 노력했다.

최정수 선생은 1982년 창립한 구산난다원의 당호를 1991년에 구산전통문화연구원으로 현판을 개명하여 운영했다. 1992년에는 대구 KBS-1TV에 다큐멘터리 향토기적 〈최정수의 차인일기〉가 방영되었다. 2007년에는 대구광역시 교육청 주관 고등학교 인정 도서인『다도와 식음료』심사 협의회 위원장으로 일한 바 있다. 한편 교단생활을 접고 차에 더욱 매진하던 중, 1998년 대구 지역 최초 법인인 (사)우리차문화연합회 발족에 산파역을 했고, 초대 상임이사를 지냈다. 2000년 에는 홍익차문화연구원을 개원하고 차 문화 전문 교육원을 열어 인재 양성에 힘쓰고 전통 차 문화 보급 운동을 펼치고 있다.

차인이자 시인인 최 선생에게는 '최초'라는 수식어가 잘 어울린다. 국내 최초로 차 노래를 만들고 차 포스터, 표어, 타이 등을 제작했다. 차 문화 헌장과 고운(孤雲) 최치원(崔致遠) 선생 차인상을 제정하고 차나무 분재전과 차 문화 사진전 등을 열기도 했다. 비매품 다서(茶書)를 발행하는 과정에서 차나무 가꾸기, 유다, 다중, 유다백송, 홍익덕보 등의 내용을 담은 단행본과 무크지를 만들어 무료로 보급했다. 초창기 20여 년간 동분서주하면서 차나무 묘목, 차 씨앗, 차분(茶盆), 차 문화 사진, 차시(茶匙), 다기 등도 아낌없이 나눠주며 무료로 강의하는 등 실천하는 차인의 삶을 살아왔다.

일찍이 차 문화 연구가로 활동해온 최정수 선생은 앞으로 40여 년의 차 생활을 통해 얻은 지식들을 모아 종교·철학·예술 분야를 망라한 다도 사상으로 엮어 내고자 한다. 이렇듯 최 선생은 늘 바쁜 나날을 보내면서도 끊임없이 차 연구와 교육에 심혈을 기울이고 있는, 차 향을 물씬 풍기는 열정적인 분이다.

대학생들을 상대로 강의 중인 차샘 최정수 원장

제12회 대한민국다향축전에 참석한 차샘 최정수 원장

선비 다례 시연을 선보이는 차샘 최정수 원장

정영선

한국차문화연구소 소장

한국차문화연구소 소장이자 한국예다원 원장인 정영선(鄭英善, 1949~) 선생은 올곧게 한국 차 학술 문화를 선도해온 차인이다. 경남 출생으로 서울대학교 가정대학을 졸업한 정 선생은 1980년 (사)한국차인회 회원으로 활동하면서 본격적으로 차 연구에 몰두했다.

정 선생이 차와 인연을 맺은 것은 1970년대 후반의 일이다. 경기도 광주의 한 도자기 가게에서 처음 녹차를 마셨고, 그 맛에 빠져들어 차를 즐기게 되었다. 그러나 차 맛은 쉽게 낼 수 있는 것이 아니었다. 그때부터 정 선생 특유의 '연구심'이 발동했다. '어떻게 하면 차를 맛있게 우려낼 수 있을까' 하는 관심에서 본격적으로 차 학술 연구에 몰두하기 시작한 것이다. 그로부터 10여 년이 지난 후 정 선생은 한국 차학의 전문가가 되었다.

차학의 풍토가 척박했던 1990년에 한국 차계는 놀라운 소식을 접한다. 바로 주부 정영선이 11년간의 외로운 작업 끝에 우리 차의 역사에서부터 풍습, 성분,

다례를 시연 중인 정영선 선생 (사)한국차인회 사무실, 1981. 6)

(사)한국차인회 사무실에서 차인들과 함께(1983)
왼쪽부터 정영선 선생, 김리언, 감승희, 고세연, 이귀례, 김태연

효능, 다구, 차 생활의 실제 등 차 문화의 모든 것을 한 권에 담아낸『한국 차문화
(茶文化)』를 출간한 것이다.《매일경제》1990년 5월 18일자에서는 출간 직후 정
영선 선생을 인터뷰한 기사를 실었다.

후배가 권한 차 한 잔에 반해버린 정씨는 그때부터 6년간 전국을 누비며 자료를
수집하는 한편 관련 서적들을 두루 섭렵, 85년부터 원고지에 옮기는 작업을 시작해
올봄 드디어 결실을 보게 됐다.『한국 차문화』발간을 계기로 정씨는『다례입문』등
일반인이 쉽게 접할 수 있는 관련 서적을 계속 집필하고 우리 차 고전도 번역해낼 계
획이다. 그는 (사)한국차인연합회 이사, 한국차문화연구소 연구원으로 동국대에 강의
를 나가며 국제간 차 문화 교류 추진도 구상 중이다.

정 선생은 『한국 차문화』를 집필하기 위해 광주의 무등산, 강진의 다산초당(茶山草堂), 강릉의 선교장(船橋莊) 등 차 관련 유적지를 탐방했고, 경주 석굴암, 속리산 법주사(法住寺) 등의 사찰에서 찻잔을 든 보살상 등 새로운 차 문화 흔적들을 다수 발견했다. 그때부터 시작된 한국 차 문화 학술 탐구는 1991년 한국차문화연구소를 개원한 후 지금까지 이어지고 있다. 또한 2002년 한국차문화연구소 부설 한국예다원을 개원하고 차 학습 교실을 운영하고 있다.

저서로는 『다도철학』, 『동다송』 등이 있고 논문으로는 「찻상과 찻상보」, 「고려의 차에 관한 연구」, 「밀양 고법리 벽화를 통해 본 다례연구」, 「한국의 분향문화」, 「현대다회의 운반상 연구」, 「한국 고대와 남북국시대의 차예문화 고찰」, 「한재 이목 다부 편역」 등 다수가 있다.

윤당 김태연

세계기독교차문화협회 교육원장

필자는 1968년부터 꽃꽂이 활동을 하다가 1970년대 중반 이후 석성우 스님을 은사로 모시고 다도를 시작하면서 본격적으로 차와 인연을 맺었다. 현대 차 문화의 대중화에 기여한 여성 차인으로는 아주 젊은 나이에 차계에 깊숙이 발을 들여놓았다.

많은 사람들은 내게 '최초'라는 수식어가 많이 붙는 차인이라고 한다. 1973년에는 한국 최초의 여성수석회인 부산여성석심회(石心會)를 창립했고, 1978년에는 한국부인다도회를 창립하여 차 문화 보급과 교육에 앞장섰다. 1980년에는 부산 동구 초량동에 (사)한국차인회 부산 분회를 최초로 개원했다. 1979년 (사)한국차인회(현 (사)한국차인연합회) 창립 이후 32년 동안 초대 회장 이덕봉, 제2대 송지영, 제3대 황수로, 제4대 김재주, 제8대 박동선, 제5·6·7·9·10대 박권흠 회장까지 모든 분들을 일선에서 모셔왔다. 이러한 행적을 지켜본 많은 사람들이 나를 두고 현대 한국 차 문화사의 산증인이라고 말하기도 한다.

필자와 남편인 세계기독교차문화협회 박천현 회장

1981년에는 (사)한국차인회 다경회를 지회로 등록했고 1999년에는 세계기독
교차문화협회를 박천현 회장과 함께 우리나라에서 처음으로 창립하여 교육원장
을 맡고 있다. 이외에도 (사)한국차인연합회 다도대학원 교수, 다화원 원장, 찻자
리와 행다례 연구가로 활동하고 있다. 또 여섯 차례에 걸쳐 기독교 창작 행다례
를 발표하며 차 문화로 선교 사업을 해왔다. 세계기독교차문화협회는 국내외로
35개 지부를 설립하여 활동하고 있으며 아름다운 찻자리 자격(티테이블 스타일리
스트 자격)을 33호까지 배출하고 있다.

1970년대 후반부터 차 문화계에 발을 들여놓은 나는 최규용, 박종한, 김봉호,
박동선 선생을 비롯한 1세대 차인들과 차의 날 제정, 일지암 복원 등 다양한 역사
현장을 함께했다. 또한 2세대 차인들의 가교 역할을 맡아 (사)한국차인연합회의
접빈 다례 정립에 일조했고, 한국다도대학원, 최고정사반의 차 교육 커리큘럼을
확립하는 데에도 힘을 보탰다.

젊은 시절의 필자(1984)

    한국 차 문화를 한 단계 끌어올리고 싶은 마음에서 2008년 『다화』, 2009년 『한국의 아름다운 찻자리』, 2010년 『한국의 새로운 행다례 25』를 출판하여 후배 차인들에게 교본과 같은 역할을 하는 집필 활동에도 최선을 다했다.

    현대 차 문화의 새롭고 폭넓은 발전을 위해 더 많은 시간을 할애하고자 2011년 4월에 (사)한국차인연합회 부회장직을 사임하고 고문으로 활동하고 있다. 현대 생활에 맞는 행다례와 찻자리의 개발·보급과 집필 활동을 계속해나갈 것이다.

    그동안 차 문화 보급에 헌신한 공로를 인정받아 제1회 올해의 차인상(2001), 제16회 초의상을 수상했다.

부산 동의전문대에서 다례를 시연하는 필자(1982)

미국 워싱턴문화원 개원식에서(1989)
왼쪽 두 번째부터 김헬렌, 오설중자, 이순희, 김태연, 김리언, 반기문(당시 유엔 주재 대사)

교회에서의 차 문화 특강(안동 서부교회, 2003)

잡지 《설록차》의 표지(태평양 발행, 1993. 6)

1 다화원 강좌를 안내하는 신문 광고(1981)

2 (사)한국차인회 부산분회 현판식(부산 동구 초량동, 1981)

3 신문의 다도 칼럼(《부산일보》, 1979)

석선혜 스님

한국전통불교문화원 석정원 원장

　석정원 원장 석선혜(釋禪慧, 1952~) 스님은 스무 살 때 해인사에 출가한 후 다솔사의 효당 최범술 선생에게서 차와 제다법을 배웠다. 그리고 서울 강남 봉은사에서 석정원차회 연구실을 열고 회원들에게 다도를 교육하기 시작했다. 포교 차원에서 시작한 다도 교육에 매료된 신도들이 직접 봉은사 인근의 강의실을 빌린 뒤 석선혜 스님을 강사로 초빙했다. 점차 수강생이 모이자 스님은 차 문화를 널리 보급하고자 하는 원력을 세우고 1987년 서울 인사동으로 석정원차회를 옮겨 본격적인 다도 교육을 시작했다.

　석선혜 스님은 1981년에는 사원 전통 다례법인 '일상점다례법(日常點茶禮法)'을 발표했고, 1982년에는 사원 전통 다례인 '불전헌공다례(佛前獻供茶禮)'를 발표했다. 이어서 1983년에는 '다담상다례(茶談床茶禮, 귀빈접대다례)'를 발표했고, 1984년에는 사원 전통 다례인 '보천효명오백문수헌공다례' 등을 발표했다. 또한 수많은 행다 시연과 한국 차 문화에 대한 논문과 학술 발표회를 개최했다.

석선혜 스님
석정원을 통해 많은 제자를 양성하고 있다.

석선혜 스님은 서울 광화문 광장이나 남산 한옥마을 등에서 해마다 열리는 칠석문화제를 통해 칠석창작다예무 등 다양한 차 관련 행사를 시민들에게 선보이고 있다. 또한 석정원차회에서는 차 문화 이론 강의와 실습을 통한 제다 연구 등 이론과 실제를 겸한 심도 있는 다도 교육이 이루어지면서 전문 차인을 양성하고 있다.

석선혜 스님은 석정원차회를 세운 취지를 이렇게 밝혔다.

"전통 생활문화인 차 문화가 점점 쇠락하는 모습을 안타깝게 여기다가 다례 의식을 복원·연구하고 계승·발전시키기 위해 석정원차회를 세웠습니다. 석정원차회에서는 차 문화 속에 담긴 고유 정신문화, 풍류, 예절의 법도가 자연스럽게 일상생활 속에서 행해지도록 하는 데 노력하고 있습니다. 우리 차 문화를 통하여 민족정신 문화, 예술 문화, 풍속 문화가 크게 발전하기 때문에 이런 활동은 꼭 필요합니다."

석정원차회는 기초반부터 고급반까지 10단계로 구성되어 있다. 공부를 다 마치려면 10년 가까이 걸린다. 지금까지 석정원차회를 거쳐 간 학생은 1,000여 명 정도다.

석선혜 스님은 한국 차 문화 발전에 기여한 공로를 인정받아 제15회 초의상을 수상했다.

석선혜 스님
왼쪽부터 금당 최규용, 송지영, 석선혜 스님

석정원 회원들과 함께한 석선혜 스님

무공 박동춘

동아시아차문화연구소 소장

응송 스님으로부터 응송의 차를 이은 무공(無空) 박동춘(朴東春, 1953~) 선생은 응송 스님에게서 자신의 다법을 전승하는 증표로 1985년 '다도전다게(茶道傳茶偈)'를 받았다. 박동춘 선생은 차 연구가로서 평생 한국 전통 선차 문화 연구에 온 힘을 다하여 독보적인 존재로 인정받고 있다.

박 선생은 1979년 해남 대흥사 주지였던 응송 스님을 만나면서부터 차와 인연을 맺었다. 한학을 배우고 응송 스님의 장서를 정리한 것이 인연이 되어 '차 제자'가 되었다. 4년간 응송 스님과 생활하며 스님이 번역한 불경과 다서 원고 및 자료들을 정리하는 가운데 차의 매력에 빠져 초의 선사의 다풍을 그대로 전수받게 된 것이다.

"응송 스님께서는 선차 문화와 관련된 철학과 사상을 많이 가르쳐주셨습니다. 그리고 절에서 전해 내려오는 제다법을 지도하셨습니다. 다선일미가 따로 있는 것이 아닙니다. 차 만드는 과정이 곧 수행이고 차탕에 곧 부처가 있는 것입

박동춘 소장
한국 전통 선차 문화 연구에 온 힘을 다하고 있다.

니다."

박 선생은 제다의 명인으로도 잘 알려져 있다. 박 선생의 '동춘차'는 초의 스님의 제다법으로 만든 차로 유명하다. 초의 스님이 시작한 제다법이 응송 스님, 박동춘 선생으로 이어져 오면서 동춘차를 탄생시킨 것이다. 배우 배용준은 2009년에 출간한 에세이『한국의 아름다움을 찾아 떠난 여행』에서 한국의 전통문화 장인 11명을 소개하며 다도 분야에서 박 선생을 꼽았다.

박동춘 선생은 응송 스님 타계 후 20년 넘게 차 연구를 지속해왔다. 동국대 대학원 선학과에서「초의 선사의 차문화관 연구」로 박사학위를 받았으며, 2000년에는 동아시아차문화연구소를 열고 본격적으로 차 문화 연구에 매진하면서 후진 양성에도 몰두하고 있다.

서고의 박동춘 소장

　주요 논문으로는 「고려와 송의 차 문화」, 「한국 차 문화의 연구」, 「대흥사 제다 법의 원류」, 「초의 선사의 차풍」, 「한국 차 문화의 특성」, 「한·중·일 선다의 비교」, 「한국 전통차의 올바른 이해」, 「한재 이목의 『다부』 소고」, 「범해 다약설 연구」, 「고려와 송의 차 문화 교류」 등 다수가 있다. 주요 저서로는 『초의 선사의 차 문화 연구』가 있다.

　박동춘 선생은 한국 선차 문화 연구에 기여한 공로로 2011년 제2회 화봉학술 문화상을 수상했다.

응송 스님과 박동춘 소장(1984)
박동춘 소장이 응송 스님께 차를 드리고 있다.

박희준

한국발효차연구소 소장

　한국발효차연구소 박희준(朴熹俊, 1957~) 소장은 대학생 시절인 1970년대 후반에 차에 관심을 가지고 단국대학교 차 동아리와 전국대학생차인연합회 결성을 주도했다. 그 후 30여 년간 차 교육자, 제다인, 차 문화 콘텐츠 개발자 등으로서 한국 차 문화의 새로운 방향을 제시해온 '젊은 차인'이다.

　박 소장은 1980년대 초반 서울 인사동에 '차문화고전연구회'와 전통 차와 향의 뿌리를 찾는 모임인 '향기를 찾는 사람들'을 결성해 대내외적으로 주목을 받았다. 정산 한웅빈 선생의 제자인 박 소장은 동양 차 문화의 어울림을 추구하는 '동방차문화연구회'를 만들고 회장으로 활동했다.

　박 소장은 차 문화 운동가로도 활약하고 있다. 차와 어우러진 연극과 음악 공연을 제작해 무대에 올렸을 뿐만 아니라 차 다큐멘터리 〈다반사〉 제작과 차 전문지 《차와 문화》 창간을 주도했다. '일완(一碗)다례', '칠석(七夕)다례' 등 차 정신과 무대 요소의 결합을 넘어 전통과 현대가 조화를 이룬 행다례를 개발해 많은 차

박희준 소장
대학생 시절부터 지금까지 여일하게 차에 빠져 사는 차인이다.

인들의 주목을 받았다. 하동야생차문화축제와 대한민국차품평대회 등 국내의 굵직굵직한 차 문화 행사의 기획자로도 이름을 날리고 있다.

박 소장은 제다인이기도 하다. 1995년 경남 하동군에서 우리 전통 발효차인 '잭살(작설의 지역 발음)'을 만난 후 그 매력에 빠져 고증과 재현에 힘썼다. 그리고 2005년 서울 인사동에 한국발효차연구소를 열고 한국 발효차 보급에도 앞장서고 있다.

"한국에도 발효차가 있습니다. 우리 발효차는 오룡차, 보이차에 못지않습니다. 중국차가 향에, 일본차가 자연의 색에 천착했다면 우리의 차는 깊고 개운한 맛에 주목하고 있습니다."

박희준 소장

　박 소장은 다산 정약용과 초의 선사의 기록에 대한 고증을 거쳐 만든 잭살을
제다, 농민들과 함께 출시했다. 뿐만 아니라 유자병차를 비롯한 각종 발효차를
개발하여 보급하고 있다.

　박 소장은 교육자로서 1980년대 후반부터 지금까지 전국 차회를 돌며 꾸준히
차 관련 강의를 하고 있다. 최근에는 동국대학교 불교대학원 차문화콘텐츠학과
교수를 맡아 본격적인 교육 지도자의 길을 걷고 있다.

한국발효차연구소에서(2006)
왼쪽부터 이혜자, 이종국, 김정순, 박희준, 김종태

중국의 제다공장을 방문한 박희준 소장

차인들과 함께
맨 오른쪽이 박희준 소장

제3부
1980년대의 차인들

1980~1990년 활동을 시작한 차인들(지역별)

전국의 차 문화 운동사 역시 그 뿌리가 깊고 가지가 넓어서 우리 차의 풍성함에 크게 기여해왔다. 지역별로 나누어 누가 어느 차회에 입문했고 어느 선생의 문하생인지, 지금은 누가 어디서 어떤 활동을 펼치고 있는지 필자의 눈과 귀에 보이고 들리는 바를 정리해서 소개한다. 특히 1980년에서 1990년 사이에 대외적인 차 문화 활동을 시작하여 현재까지 꾸준한 활동을 이어오는 차인들을 중심으로 다루었다. 빠진 차회와 차인들이 적지 않을 것으로 생각되나, 필자의 역량이 허락되는 한 다방면으로 자료와 기록을 수집하고자 나름대로 최선을 다한 것임을 밝혀둔다. 정보가 어두워 빠진 차인들에게는 죄송한 마음으로 너그러운 이해를 부탁드리고 개정증보판에서 더욱 세밀하게 기록할 것을 약속드린다.

서울 · 경기 지역의 차인들

고려시대에는 봄의 연등회, 가을의 팔관회 때는 물론 국가 의식 행사가 있을 때마다 다례 의식이 거행되었고 특히 외국에서 사신들이 올 때마다 접빈 다례를 했다.

조선시대에는 조정(朝廷) 및 궁정(宮廷)에서 의식 행사가 있을 때마다 경복궁(근정전), 경희궁(숭정전) 및 임금이 머무는 객관(客館) 또는 선비들의 사가에서 다례를 했다.『조선왕조실록(朝鮮王朝實錄)』을 보면 '다례(茶禮)'라는 용어가 470회나 나온다.

경기도 김포시 하성면 가금리에는 510년 전『다부』를 지은 한재 이목 선생의 사당이 있다. 이목 선생은 우리나라 문토 다도가였다. 고려 말 이색(李穡, 1328~1396)과 정몽주(鄭夢周, 1337~1392), 조선 전기 김종직(金宗直, 1431~1492)의 다맥을 이어받은 차가(茶家)로 초의 선사보다 340년 앞섰다.

한재 이목 선생의『다부』는 500년간 끊임없이 발행되었다. 이목 선생의 다도 철학은 '다심일체(茶心一體)'로서, 차가 마음에 심어져야 덕(德)으로 실천할 수 있고 마음을 다스리며 인내하는 법을 배울 수 있다고 했다.

경기도 남양주시에는 다산 정약용 선생의 생가와 기념관이 있고, 해마다 다산 문화제가 열린다.

(사)한국차인연합회가 1979년 서울에 자리를 잡기 이전의 주요 차 문화 관련 역사를 간추리면 다음과 같다.

1973. 11. 1~5.	차생활연구소 주관으로 미도파백화점에서 차도구 전시회 개최
1974. 12. 1~31.	보건복지부 후원으로 '한국차문화제' 개최
1975.	《일간스포츠》에 '생활인의 차' 27회 연재
1975. 6. 25.	TBC에서 음다 생활 회견
1976. 2. 5.	KBS TV 한국 다사 실현
1979.	(사)한국차인회 사무실이 서울 종로구 인사동에 마련됨
	(본격적인 차 문화 활동이 전국으로 확산되기 시작)

〈제2부 한국의 근현대 차인 열전〉에 수록된 차인들

이덕봉, 한웅빈, 송지영, 안광석, 박태영, 김미희, 노석경, 서성환, 장세순, 이귀례, 정원호, 김명배, 정학래, 김종희, 윤경혁, 고세연, 강영숙, 민길자, 박동선, 설옥자, 김리언, 신운학, 김종규, 정승연, 김상현, 정영선, 김태연, 석선혜, 박동춘, 박희준

채원화

효당 최범술 선생의 수제자이자 부인

서울 인사동에 '효당차도 본가 반야
로차도문화원' 개원(1980년대 초)

現 반야로차도문화원 원장

다도 지도, 수식관 수행

선사의 어록인 차 문화『초발심자경
문(初發心自警文)』,

채원화

『반야심경(般若心經)』봉독 교육

'차 마시는 절차는 마음을 닦는 수행이며, 수심(修心)을 바탕으로 도를 행할 수
있다. 행도(行道)는 자신과 주변을 함께 변화시키는 힘을 발휘하기 때문에 차
를 마시는 절차에는 반드시 경전 공부와 수행이 따라야 한다'는 이론 관철

정정자

1970년대 후반 (사)예지원 다도반 입문

- 윤규옥 門下

現 예진원 원장

現 미래촌 다도원 교육

정정자

이연자

1976년부터 청암 김대성과 함께 차 생활 시작
現 (사)우리차문화원 원장
現 (사)한배달종가문화연구소 소장
現 성균관여성유도회 중앙위원
現 국립농촌진흥청 종가음식 자문위원
現 황규선 리빙컬쳐 자문위원
저서: 『차요리』, 『차가 있는 삶』,
  『천년의 삶으로 이어온 종가 이야기』,
  『자연의 맛 우리 차요리』

이연자

고명석

1976년 경희대 선다회 창립 - 지도교수 안덕균
한국 최초 대학 차 동아리를 창립,
전국적으로 차 동아리를 확산시킴
現 한의사로서 차약(茶藥) 연구

고명석

최옥련

1979년 (사)한국차인회 창립 회원

1981년 (사)한국차인연합회 명진회 입문

現 (사)한국차문화협회 부회장

現 차 생활 예절지도 심의위원

제15회 초의상 수상(2006)

정유숙

(사)한국차인연합회 명진회 입문

(사)한국차문화협회 서울지부장

現 (사)한국차문화협회 부회장

손인숙

1980년 8월 석정원 입문 – 석선혜 門下

석정원 다도 예절 지도교수

現 석정원 고문

손인숙(오른쪽)

故 윤홍준

차도구 전문점 '다도가' 운영
(사)한국차인연합회 창립 회원

송윤영

윤홍준의 부인으로 '다도가' 운영
1981년 (사)한국차인연합회 회원
1991년 (사)한국차문화협회 서울지부장 역임

故 이형석

한국 하천연구회 회장
(사)한국차인연합회 이사 역임
(사)한국차문화협회 이사 역임

故 안정태

차도구 전문점 '다암' 운영

1983년 (사)한국차인연합회

문향회 회장

(사)한국차인연합회 부회장 역임

제1회 올해의 차인상 수상(2001)

왼쪽부터 안정태, 석성우, 김태연

오명희

1983년 다경회 입문 – 김태연 門下

주부클럽다도 교육 강사

現 선명예다연구회 회장

現 (사)한국차인연합회 부회장

現 (사)한국차인연합회 서울경기협의회 회장

제6회 올해의 차인상 수상(2006)

제3회 차의 날(추사생가, 1983)
왼쪽부터 이호영, 오명희, 김태연

정인오

다도 교육 – 김기원, 윤석관 지도

(사)한국차인연합회 사무국장 역임

現 (사)한국차인연합회 부회장 및

한국다도대학원 교수

現 한국국제차엽연구소 소장

現 세계차연합회(WTU) 부이사장

現 고급 품평사(중국 국가자격 1급)

現 국제명차품평위원회 심사위원

現 중국차엽박물관 학술연구위원

現 운남국제보이차품평대회 한국 대표위원 및 심사위원

대한민국 문화부장관 표창 수상(차 문화 연구)

올해의 차인상 수상(2006)

세계 보이차 10대 인물 선정 – 중국

국제 10대 걸출 차 학자 선정 – 중국 등 국제단체

국제 차학 교류 공헌학자 선정 – 중국 등 국제단체

정인오

김영희

1977년 동아대학교 다연회 입문 – 여연 스님 門下
1982년 금당차회 사범 수료 – 최규용 지도
행다례 교육 지도 – 정정자, 신운학
現 (사)한국차인연합회《차인》지 편집국장 및 이사
제8회 올해의 차인상 수상(2008)

왼쪽부터 정민숙, 김영희

김해만

1981년 국민대학교 명운다회 입문 – 민길자 門下
(사)한국차문화협회 사무처장 16년 역임
現 (사)한국차문화학회 감사
現 (사)한국차문화학회 상임이사

김해만

• 완월회(玩月會)

1983년 6월에 창립한 완월회는 30년 세월 동안 방송 언론인들에게 차와 도자기 문화를 보급했다. 1986년 (사)한국차인연합회 임원들이 인사동에서 불우이웃 돕기 일일찻집을 열 때 직접 방문해서 후원금을 전달했고, 2005년 11월에는 여의도 국회회관 1층 로비에서 〈이야기가 있는 찻사발 전〉을 열어 많은 차인들의 눈길을 끌었다.

(사)한국차인연합회 임원들이 주최한 불우이웃 돕기 일일찻집을 찾은 완월회 회원들(1986)

목리 전우벽

KBS 아나운서 – 야구중계
現 (사)한국차인연합회 상임이사
　겸 사무국장

관봉 이계진

국회의원
KBS 아나운서
　–〈퀴즈탐험 신비의 세계〉
現 (사)한국차인연합회 고문

학촌 이세진

KBS 아나운서 – 육상중계
現 EBS 교육방송 이사
現 중앙선관위원회 위원

효천 김상준

KBS 아나운서
現 한국어연구회 회장
現 동아방송대학교 교수

이기윤

《다원》 편집부장(1983)

《다담》 발행인(1987)

(사)한국차문화협회 초대 교육위원장

現 (사)한국차문화협회 차 문화 고전 및
    차 문화사 강의

저서:『다도』,『다도열풍』,『소설 한국의 차문화』,『차의
    진실』,『군인의 딸』(민족문학상 수상),『영혼의 춤』
    (한국소설문학상 수상),『하늘을 날으는 보트』(기
    업문학상 수상)

이기윤

김종태

1983년 (주)태평양중앙연구소 식품연구실 입사

現 Tea Zen 대표이사 및 다미안 대표

現 한국다류협의회 회장

現 한국차품평기준 설정위원

(사)한국차인연합회 자문위원

(사)한국차학회 상임이사

저서:『차와 건강』(1988),『차이야기』(1995),
    『차의 과학과 문화』(1996),『차건강』(1998)

방송: KBS 〈한국의 녹차〉 기획, 〈녹색의 보물차〉
    기획, 〈생로병사의 비밀 녹차〉 기획,
    〈일상의 기적 녹차〉 기획, MBC 〈차 문화 기행〉 2부작 기획

김종태

이현숙

1983년 효동원 입문 – 김태연 門下
現 성신여자대학교 겸임교수
성신여자대학교 식품영양학과
박사(차학 전공)

이현숙(다경회 사범 수료, 1983)

권명덕

1983년 (사)예지원 입문 – 강영숙 門下
(사)예지원 다도예절 교육부장
(사)예지원 본부장
인성교육원 회장

권명덕(가운데)

김복일

명원다회 입문 – 고세연 門下
명산다회 창립 회원
명원다도대학원 부원장
가톨릭다도회 교육원장
現 궁중다례원 원장
現 한국국제창작다례협회 회장

왼쪽부터 고세연, 최송자, 김복일

이분성

차 생활 입문 – 박종한 門下
1984년 여란다회 회원 등록
  – 원광 스님 지도
現 호원다례원 원장
現 (사)한국차인연합회 이사

이분성(다례 시연, 1986)

성기안

1984년 (사)예지원 입문 – 강영숙 門下
(사)예지원 다도예절 지도위원
르메이에르문화재단 부원장
인성교육원 원장
現 (사)예지원 이사

전소연

1984년 가예원 입문 – 설옥자 門下
(사)한국차인연합회 부회장 역임
現 (사)한국차인연합회 고문
現 가연차회 회장
제2회 올해의 차인상 수상(2002)

전소연(오른쪽)

김남순

1984년 다경회 입문 – 김태연 門下
現 (사)한국차인연합회 부회장
現 효경다례원 원장

다경회 사범 수료식(1985)
김남순(뒷줄 오른쪽에서 네 번째)

김승희

명산차회 입문 – 고세연 門下
現 명회원 원장

정옥희

1985년 (사)예지원 입문 – 강영숙 門下
(사)예지원 수석 전임지도위원 및 교육부장 역임
現 한국예절교육원 원장
1992년 전국시낭송대회 최우수상 및 금상 수상

정옥희

허재남

1986년 가예원 입문 – 설옥자 門下
現 (사)한국차인연합회 부회장
現 초일향 회장
現 불교차인중앙회 회장
제1회 서운상 수상
1998년부터 다악을 매년 발표하여 차와 우리 음악
사이에 다리 놓기를 통해 한국의 차 문화와 전통
음악을 세계에 알리는 데 앞장서고 있음

허재남

오양가

1986년 안동다례원 입문 - 최옥자 門下
現 (사)한국차인연합회 부회장
現 Tea Art Academy 원장
제3회 올해의 차인상 수상(2003)

오양가 모녀

최송자

명산차회 입문 - 김복일 門下
現 명림차회 회장
現 (사)한국차학회 이사

최송자

김현숙

명산차회 입문 - 김복일 門下
現 청유차회 회장
現 예천다례원 원장

도원석

1987년 동국대학교 서라벌 다우회 입
문 – 지도교수 최차란
1988년 전국대학다우회연합 임원단
한서대학교 교수 역임
現 서산차연구회 회장
現 도원석한의원 원장
저서:『한의학으로 본 차와 건강』
논문:「차와 물의 상관관계」

도원석

강지명

석정원 입문 – 석선혜 스님 門下
석정원 제2대 회장
現 석정원 다도예절 지도교수

강지명

전재분

1988년 동효차회 입문 – 봉하 스님 門下
1989년 한국차생활예절교육원 입문 – 감승희 門下
금란차회 창립 회장
現 (사)한국차문화협회 부회장
現 (사)한국차문화협회 천안지부장

이정아

現 예정다도교육원 원장
現 예원유치원 원장
現 (사)한국차인연합회 이사
現 세계기독교차문화협회 서울예정지부장
現 유아다례 인성교육 전문 지도교수
서울시 교육감상(1998)
김대중 대통령 표창

이정아

변순례

화정회 입문 – 신운학 門下
現 화경차회 회장
現 (사)한국차인연합회 부회장
제4회 올해의 차인상 수상(2004)

변순례 가족

정민숙

1989년 청년여성문화원 입문
– 진민자 門下
1990년 문향회 입문 – 안정태 門下
現 지역사회 송파예절 다도교육 관장
現 문현다례원 원장
現 (사)한국차인연합회 부회장
제8회 올해의 차인상 수상(2008)

정민숙

이재현

1989년 청년여성문화원 입문 - 진민자 門下

1990년 문향회 입문 - 안정태 門下

現 지역사회 다도예절 수석 강사

現 문성다례원 원장

現 (사)한국차인연합회 부회장

제11회 올해의 차인상 수상(2011)

왼쪽부터 김미려, 오명희, 이정아
박예경, 이재현, 김태연

황명희

1989년 청년여성문화원 입문 - 진민자 門下

1990년 문향회 입문 - 안정태 門下

現 지역사회 다도예절 수석 강사

現 문예원 원장

現 (사)한국차인연합회 이사

김선주

1989년 청년여성문화원 입문 – 진민자 門下
1990년 문향회 입문 – 안정태 門下
現 지역사회 다도예절 강사

황영애

1989년 청년여성문화원 입문 – 진민자 門下
1990년 문향회 입문 – 안정태 門下
現 지역사회 다도예절 강사

윤기례

1989년 청년여성문화원 입문 – 진민자 門下
1990년 문향회 입문 – 안정태 門下
現 지역사회 다도예절 강사

나원 김미려

화정다례원 입문 – 신운학 門下

1990년 찻집 '다예랑' 경영

現 다예린다도교육원 원장

現 (사)한국차인연합회 부회장

現 불교차인중앙회 사무국장

現 조계종 25교구본사 봉선사

　　다도예절 강사(2006~)

제9회 올해의 차인상 수상(2009)

김미려

446

부산 지역의 차인들

부산 지역의 차인들

기록 임숙연((사)부산차문화진흥원 부회장)

　　부산 금정산 일대에는 야생차나무가 서식 중으로, 신라·고려시대 때 국내 최대의 차 생산지였다는 옛 기록이 사실임이 증명되었다. 산세가 아름다워서 '제2의 금강산'이라고 불리는 금정산 기슭에는 금강 공원(부산시 지방문화재 기념물 제26호)이 위치한다. 그 안에는 아담스러운 사찰 금어사(金魚寺)가 있고, 그 옆에는 금강사(金剛寺)가 있다. 부산의 큰 사찰 주위에는 조선시대에 다소(茶所)가 있었다고 전해진다. 금어사 일대는 예부터 차나무가 많이 자생해 '차밭골'이라 불렸다. 일본과 근접한 부산에는 조선통신사가 드나들며 차 문화가 빠른 속도로 보급되었다.

　　오래전부터 차밭골 일대에 전해 내려오는 이야기가 있다.

　　어느 해 추운 겨울, 눈이 많이 내려 부산 동래 금정산 일대가 눈에 덮이는 바람에 땔나무를 하러 갈 수 없게 되었다. 그러자 마을 사람들이 모여 의논 끝에 차밭골에 있는 작설 차나무를 땔감 대신 쓰기로 결정했다. 마을 사람들은 평소에 작설 차나무 잎을 따서 차약(茶藥)으로 만들어 사용하여 많은 병을 고치곤 했다. 이때 한 노인이 걱정한 끝에 자신의 행랑채를 내놓을 테니 차밭골 작설 차나무를 땔

금당최규용다비 제막식(부산 구덕문화공원, 2008. 11. 8)

감으로 베지 말라고 호소했다는 것이다.

차나무를 지켜내고자 한 노인의 뜻을 잊지 않기 위해 금어사에서는 오래전부터 양은순 씨 주관으로 차밭골 헌다제를 능수화 축제와 함께 열고 있다. 금강사 혜성 스님과 최순애 집행위원장 주관으로 시장과 기관장을 모시고 고당 선랑각에서 다신제를 지내며, 금강사를 중심으로 해마다 부산 차인들이 모여 차밭골 차문화 행사를 진행하고 있다.

통일신라 말기의 문장가 고운 최치원은 학자이자 벼슬을 하셨던 분으로, 해운대라는 지역명은 최치원의 자(字)인 해운(海雲)에서 비롯되었다. 최치원은 당나라 유학 시절에 차를 접한 이후로 평생 차를 즐겼으며 관련 글도 다수 남기는 등 차인으로서 부족함이 없었다.

그 맥을 잇기 위해 지금도 해운대 동백섬에 위치한 최치원 동상 앞에 수년간

450

다례 시연을 하는 (사)부산차인회 회원들(지도-김순향 회장)

차 한 잔 올리는 행사를 진행하고 있다. 차영랑 선생의 주관으로, 해운대 구청장을 모시고 여는 행사다. 많은 차 제자를 배출한 금당 최규용 선생은 송도 앞바다가 내려다보이는 자택에서 100세가 되는 해에 타계하신 날까지 찻잔을 내려놓지 않으셨다. 부산의 많은 제자들과 차인들이 그분의 뜻을 기리며 구덕공원 입구에 금당비를 세워서 해마다 차인들이 모여서 헌다하고 있다.

부산 차 문화는 1970년대 초부터 발돋움하기 시작했다. 통도사 극락암의 경봉 스님, 다솔사의 효당 스님, 금당 최규용 선생을 통해 사찰에서 차 마시는 일이 많아졌다. 1970년대 후반 서재웅, 김대철, 추전 김하수, 원광 스님, 금어사의 양은순 등이 모여 송풍다회를 만들었다.

특히 김대철 선생은 1970년대 중반부터 사찰로 스님들을 찾아다니며 자연스럽게 차를 접했고, 1982년 부산 동광동에 '여천다원'을 개원했다. 그 후 경주와 대

구에도 여천다도교실을 열어 차 문화 보급에 앞장섰다. 1981년에는 김말기 선생이 광복동에 한국 최초로 '설록원'이라는 찻집을 열었다. 김 선생의 차 문화 보급에 대한 열정은 아무도 따라갈 수 없었다.

1983년 중앙동에 '소화방'을 열었던 강수길 선생 역시 차계에서 열정적으로 활동했다. 강 선생은 선차 행다례를 깊이 연구해 전국의 차인들에게 격조 높은 행다례를 전수하고 있다.

주천문화원 원장 김순향 선생 역시 (사)부산차인회 제4대 회장을 맡으면서 차의 정신과 엄격한 다도예절 교육을 통해 품위 있는 차인들을 양성하며 우리 전통문화를 계승·발전시키기 위해 노력하고 있다. 2006년 (사)부산차문화진흥원 초대 회장을 맡은 김순향 선생은 부산 차 문화 중흥과 차인들의 화합에 초석을 마련하면서 제2대 회장까지 맡았다.

내년에 40주년이란 역사를 지닌 부산여자대학교는 차문화복지과를 개설하여 부산 차인들의 중추적인 역할을 하면서 많은 차인을 배출해오고 있다. 원광디지털대학교에서는 차문화경영학과를 개설해 차인들에게 체계 있는 차 학문을 가르치고 있다. 원광대학교 동양학대학원에서는 인문사회학과에 예문화와 다도학과를 개설해서 석·박사를 키우고 있다. 이진수 총재가 만든 (사)국제차문화교류협력재단의 경우, 부산 지역에만 학생 200여 명이 교육센터를 중심으로 활발하게 활동 중이다. 지역 사회를 위해서 더욱 많은 젊은이들을 양성하고자 노력 중이다.

현재 (사)부산차문화진흥원 회장을 맡고 있는 이미자 선생은 1986년에 차와 인연을 맺었다. 공직에 있는 남편(現 부산시장)의 그늘에서 조용히 차를 즐기며 스스로 차인이라기엔 공부가 부족하다고 말하는 겸손한 분이다. 이 선생은 부산을 국제 차 문화 도시로 발돋움시키고 우리 차를 사랑하는 모든 차인들이 동참할 수 있도록 (사)부산차문화진흥원의 문을 활짝 열어놓았다. 부산을 찾는 외국인들은 물론, 자라나는 청소년들에게도 차 문화를 보급하고자 동분서주하고 있다. (사)부산차문화진흥원이 해마다 여는 국제차어울림문화제를 통해 부산은 국제 차 문화 도시로 성장하고 있다. 앞으로도 많은 차인들을 배출하여 부산이 차와 예의 도시로 거듭나길 바란다.

〈제2부 한국의 근현대 차인 열전〉에 수록된 차인들

최규용, 정상구, 구혜경, 황수로, 윤석관, 원광 스님, 이영자, 허충순

김순향

(사)부산차인회 입문 – 구혜경 門下
現 (사)부산차인회 제4대 회장
주천문화원, 주천조각박물관 관장
(사)부산차문화진흥원 초대 회장
한국무형문화제 모시 조각보 수상
태극문양 조각보 수상
부산여자대학교 공로상 수상
제52회 부산광역시 문화상 수상(2009)

김순향(왼쪽부터 세 번째)

• (사)부산차인회 임원 명단

1973년 4월 25일 입회: 화천 김민정 – 창립 회원

1976년 입회: 귀천 이숙자 – 세존사 다도회 회장

　　　　　　옥천 송행자, 도천 김순자, 덕천 이길자, 종천 송경자

1985년 입회: 문천 이정원, 운천 임성숙, 여천 백봉희, 수천 박순련, 슬천 이영원

1987년 입회: 은천 박혜자, 현천 한민자, 녹천 조종임, 고천 김춘미, 경천 김수녀

　　　　　　희천 민혜경, 순천 김정자, 권천 정영자, 봉천 남송자, 원천 김남교

* 위 회원들은 입회한 후로 현재까지 차 문화 보급에 노력을 기울이면서 다도예절 강사로 활동하고 있다.

김대철

1970년대 중반부터 차 문화 보급 운동 시작

부산 동광동에 여천문화원 개원(1982)

現 한국차문화회 창립 회장(1986)

現《차와 문화》편집고문

저서:『우리 차 문화』,『경주 남산 삼화령』

김대철

김말기

1978년 금당차문화 입문 – 금당 최규용 門下

1981년 부산 광복동에 한국 최초로 '설록원' 찻집을 개원하고 20년 운영

現 한국다예원 원장(다도, 요가, 명상 지도)

마산대학교, 부산 영산대학교, 서원대학교 다도 출강

화전놀이(1987)
왼쪽부터 김말기, 설옥자, 고세연,
김리언, 김태연, 강영숙

강수길

일본에서 차 생활 시작

1983년 부산 중앙동에 '소화방' 개원

現 숙우회 회장

現 한국선차행다례 창작 연구가

강옥희

금당차문화 입문

　- 금당 최규용 며느리

現 금당차문화회 회장

금당 선생의 맥을 이어 차 문화 교육

강옥희, 금당 최규용 선생

김숙자

1980년 (사)부산차인회 입문

　- 구혜경 門下

現 전통찻집 '대청마루' 운영

現 '대청마루' 내 다도교실 운영

꽃꽂이 연구가

김숙자(맨 왼쪽 포스터를 든 이, 1981)

임숙연

1980년 다경회 입문 – 김태연 門下

전국 원다회 회장 역임

(사)국제차문화교류협력재단 부산경남연합회
명예회장

現 (사)부산차문화진흥원 부회장

논문:「차문화 축제의 활성화 방향 연구」

다례 시연(부산호텔, 1981. 6)
왼쪽부터 김태연, 김수야, 장무란, 임숙연, 회원

오석영

죽로다회 입문 – 윤석관 門下

묘각다회 창립 회원 및 회장

부산차인연합회 창립 회원(1990)

(사)부산차문화진흥원 사무국장 역임

전정현

1984년 여란다회 입문 – 원광 스님 門下
現 관정다도원 원장
現 (사)한국차인연합회 부회장
現 (사)부산차문화진흥원 부회장
제4회 올해의 차인상 수상(2004)
저서:『내 마음의 헌다』

전정현

조인순

1984년 (사)한국다도협회 입문 – 정상구 門下
現 (사)한국다도협회 부회장 겸 이사
現 부산여자대학교 차문화복지과 교수
다촌문화교육상 수상

조인순

오세춘

여란다회 입문 – 원광 스님 門下
現 부산 서면에서 전통찻집 '하나방' 경영

고금생

여란다회 입문 – 원광 스님 門下

現 여란다회 회장

• (사)한국다도협회 다촌 정상구 가족

정영호

現 (사)한국다도협회 이사장

정영숙

現 (사)한국다도협회 부회장 겸 이사

現 부산여자대학교 차문화복지과 교수

(사)한국차학회 회장 역임

정영진

現 부산여자대학교

아동미술과 교수

정영재

現 부산여자대학교 도서관장

왕세창

現 부산여자대학교 총장

現 (사)한국다도협회 이사

박수자

(사)한국다도협회 제6기 입문 – 정상구 門下

現 (사)동다송문화회·문화학교장

現 동명대학교 관광경영학과 겸임교수

現 국제ROTARY 3660지구 차문화동호회장

現 (사)부산차문화진흥원 이사

저서:『차의 세계사』,『동다송·다신전』(편저),『커리어우먼이 되는 비결』

박수자(왼쪽에서 두 번째)

김덕남

(사)한국다도협회 입문 – 정상구 門下

現 (사)한국다도협회 부회장 겸 이사

現 부산여자대학교 스포츠과 교수

이수백

청사 안광석 선생 門下
부산차인연합회 상임부회장 역임
現 (사)부산차문화진흥원 부회장
황산요 도예가

서타원 도요 방문(부산, 1981)
뒷줄 왼쪽부터 이수백, 서타원, 김명배, 천정자,
황혜성(요리 연구가), 김태연, 문상림(임사귀회 회장),
한복녀(요리 연구가), 조경희(전 정무장관)

차영랑

1985년 수로회 입문 - 황수로 門下
現 해운대문화예술원 원장
現 해운대다도회 회장
경성대학교 다도 최고지도자 과정 주임교수 역임
해운대 예향대상 수상(1998)
부산예술총연합회 공로상
저서:『차 이야기』(시집)

차영랑

강영숙

운상차회 회장
숙우회 입문 – 강수길 門下
現 하동운상제다 대표

강영숙

이경순

1985년 (사)한국다도협회 입문
　– 정상구 門下
1986년 죽로문화원 입문
　– 윤석관 門下
現 영광도서문화원 원장
現 영광예절미학회 회장
現 (사)부산차문화진흥원 수석부회장

이경순

최순애

1986년 여란다회 입문
　– 원광 스님 門下
現 통도사선다회 명예회장
現 (사)한국차인연합회 부회장
現 (사)부산차문화진흥원 부회장
現 (사)한국차인연합회 영남협의회장
제3회 올해의 차인상 수상(2003)

최순애(오른쪽)

홍순창(화개제다)

여란다회 입문 – 원광 스님 門下
現 여란다회 회장
現 (사)부산차문화진흥원 이사
現 부산진구의회 부의장

여란다회 다례 시연(1986)
홍순창(왼쪽에서 세 번째)

서정향

1986년 청향차회 입문 – 허충순 門下
다도 정신 교육 – 경주 최차란 선생 지도
(사)한국차문화협회 발기 이사 역임
(사)부산차인회 발기 이사 역임
(사)부산차문화진흥원 부회장 역임
원불교 원다회 창립 발기인
現 한국제다 부산 총판(차생원 운영)
現 (사)정다문화원 이사장
저서:『우리 예절과 차생활』

서정향, 최차란

김학기

죽로문화원 입문 – 윤석관 門下
現 (사)부산차인회 부회장
다경상사 경영

서재홍

《불교신문》 기자 역임

부산차인연합회 초대 사무국장

학술지에 '동서문화의 이해' 연재

다래헌 운영

김현자

11987년 여란다회 입문 – 원광스님 門下

1994년 숙우회 입문 – 강수길 門下

現 무여차회 회장

現 (사)부산차문화진흥원 이사

박춘옥

(사)한국다도협회 입문 – 정상구 門下

부산여자대학교 교수

現 은빛다회 회장

최귀례

청향차회 입문 – 허충순 門下
부산차인연합회 이사
現 예향다원 원장

김옥희

(사)한국다도협회 입문 – 정상구 門下
(사)한국다도협회 동백지부장

김명지

청향차회 입문 – 허충순 門下
인도네시아 한국문화원 다도 교육 20년
부산차인연합회 부회장

대구 지역의 차인들

대구 지역의 차인들

기록 차샘 최정수(한국홍익차문화원 원장)

대구는 7,000만 년 전 공룡시대에 호수였다고 한다. 오랜 시간 동안 화산 활동
과 지형 변화를 거쳐 북쪽에는 팔공산(1,192.3m), 남쪽은 비슬산(1,084m)의 높은
산지가, 동쪽과 서쪽에는 그보다 낮은 구릉성 산지가 형성되었다. 즉, 현재의 대
구는 팔공·태백·소백·성현 산맥이 사방을 둘러싼 분지로 이루어져 있다.

본래 지명은 대구(大丘)였으나, 구(丘)라는 한자가 공자의 이름과 같다는 이
유로 유림의 반대에 부딪쳐 대구(大邱)로 바뀌었다.

대구는 흐르는 물처럼 소통의 흐름이 원활한 지역이었다. 1970년대 후반 대구
에서도 전국에서 일어난 우리 문화 부흥의 바람을 타고 지역사회 조직이 만들어졌
다. 한국 전통 차 문화의 발원지이며 본고장인 영남 지역의 차 문화 유산을 바탕으
로 대구 차인들은 우리의 차 문화를 계승·발전시키고자 노력해왔다. 전통 다례와
차 생활을 통해 올바른 예절을 익히고 품격을 높이며, 풍요로운 삶을 추구하자는
취지로 1976년 6월 17일 월배 낙동서원에서 지역 최초로 대구차인회가 발족했다.

이때 도예가로서 강파도원을 운영하던 토우 선생이 산파역을 했다. 또한 영남
대학교 모산 심재완 박사, 미문화원 이홍식 부원장, 대구매일신문사 김경환 언론

영남차회 정기 이사회(2000. 11. 7)

인, 계명대학교 김영태 교수 등이 참여했다. 각자도생(各自圖生) 중이던 대구 지역 차인들은 대구차인회를 구심점으로 차 문화의 전승자 역할을 하게 되었다.

1986년 7월 12일 영남차회 창립총회가 남구 이천동 소재 능인고등학교 도서관에서 열렸다. 이날 대구·경북·부산 등에서 80여 명이 참석했으며, 총회에서 대구중등교원다도연구회 회장으로 일한 차샘 최정수 선생이 영남차회 초대 회장으로 선출되었다. 이날 원로 차인이신 모산 심재완, 금당 최규용, 토우 김종희 선생을 초대 지도 고문으로 추대했다. 이 영남차회 창립을 계기로 대구 차 문화는 더욱 활짝 꽃피웠다.

1960년대, 1970년대에 남성 중심이었던 차 활동이 1980년대 중반에 들어오면서 서서히 여성 중심으로 바뀌기 시작했다는 점은 주목할 만하다. 초창기 대구를 대표하는 차회로서 차의 대중화와 정신문화 보급을 위한 모임인 영남차회, 행다

영남차회 신년교례 차담회(1990)

교육을 중심으로 이정애 선생이 이끄는 종정차회, 배근희 선생이 운영하는 청백
다례원이 활약했다.

　1980년대 초반 사랑방 역할을 하던 전통다원(전통찻집)이 하나둘씩 문을 열기
시작하면서, 보다 체계적이고 다채롭게 차 문화를 발전시키자는 운동이 차 애호
가와 차인 사이에 널리 확산되었다. 이러한 운동의 결과로 차회, 연구원, 전문 교
육원, 교양 강좌, 동아리, 다구 전문점 등이 생겨나 대구 지역의 차 문화는 더욱
세분화하고 발전할 수 있었다.

〈제2부 한국의 근현대 차인 열전〉에 수록된 차인들

　김종희, 심재완, 이정애, 석성우 스님, 여연 스님, 최정수

하오명

대구차인회 창립 회원
영남차회 창립, 초대 회장
(사)우리차문화연합회 회장
現 본초제약 대표
現 한국 다도학 연구가
저서: 『녹두빛 찻잔』, 『풀꽃편지』

김경환

대구차인회 창립 회원
《대구매일신문》 편집국장
시인

이홍식

대구차인회 창립 회원
미문화원 부원장

철웅 스님

당시 대구 파계사 성전암 암주

현사 김승호

대구차인회 창립 회원
서예가

초암 이욱형

現 (사)초암다도진흥협회 이사장
現 초암전통문화학교 교장 겸 이사장
現 토우 김종희 기념사업회 공동대표

이욱형(뒷줄 왼쪽)

배근희

설봉차회 입문 – 권윤홍 門下
現 청백다례원 원장
現 대구세계차문화축제 위원장
現 (사)한국차인연합회 부회장
제1회 서운문화상 수상(1999)
목련(대구시화)상 수상
김대중 대통령 표창
노무현 대통령 표창

배근희(왼쪽)

윤춘정

1978년 일본다도회 입문
現 (사)동다원 동다회 회장
現 (사)우리차문화연합회 이사장
現 (사)서라벌꽃예술협회 이사장

이순도

종정차회 입문 – 이정애 門下
現 성주다례원 원장

제미경

종정차회 입문 – 이정애 門下
現 명원대구 1지부장
명원차문화대상 수상(2005)
올해의 초의상 수상(2010)

제미경(맨 오른쪽)

故 최혜자

종정차회 입문 – 이정애 門下

계명차회 회장
계명대학교 다도교수
(사)한국차인연합회 부회장
제1회 올해의 차인상 수상(2001)

(사)한국차인연합회 청소년 차문화대전 심사 중인 최혜자

김길웅

경북대 교수
現 대구 영남차회 회장

김정희

종정차회 입문 – 이정애 門下
現 영주 소백다예 회장

예정수

당시 태평양 대구지사 운영
現 동림차회 회장
現 영남차회 교육원장

권덕순

종정차회 입문 – 이정애 門下
종정차회 부회장 역임
現 덕정다례원 원장

정금선

1984년 종정차회 입문 – 이정애 門下

現 (사)종정차문화회 이사장

現 다정다례원 원장

문공부 장관상(2009)

이정애, 정금선

이강녀

종정차회 입문 – 이정애 門下

現 구미다례원 원장

백종철 목사

종정차회 입문 – 이정애 門下

대구 달구벌 차문화제

　초대 제1·2·3대 준비위원장

계명문화대학교 교수 및

　교목(종교철학박사)

現 계명문화대학교 명예교수

現 창녕 계명연구원 제자의 집 원장

왼쪽부터 안정태, 이순희, 김리언, 김윤경, 일본 차인, 이정애, 일본 차인, 백종철, 고세연

배길순

청백다례원 입문 - 배근희 門下
現 연청다례원 원장
現 (사)한국차인연합회 이사

배길순

오영환

청백다례원 입문 - 배근희 門下
現 푸른차문화연구원 원장
다식·음다 연구가

박선우

청백다례원 입문 - 배근희 門下
現 (사)한국차인연합회 부회장
現 (사)한국차인연합회 다도대학원
  대구분원장
전통음식 연구가
제7회 올해의 차인상 수상(2007)
現 명우문화원 원장

한국다도대학원 대구분원 개원식(2011. 3. 16)
박선우(앞줄 맨 오른쪽)

이정숙

청백다례원 입문 - 배근희 門下
現 청암다례원 원장
現 한국예절다도문화대학 학장

하태선

청백다례원 입문 - 배근희 門下
現 농청다례원 원장
現 (사)한국차인연합회 이사

하태선

주영자

청백다례원 입문 - 배근희 門下
現 청매다례원 원장

오극자

1988년 은정차회 입문 - 최혜자 門下
現 지정다례원 원장
現 (사)한국차인연합회 부회장
제9회 올해의 차인상 수상(2009)

오극자(앞줄 맨 오른쪽)

허옥정

주부클럽 입문 – 손민영, 설옥자 門下
영남대학 평생교육원 다도교수 6년 재직
現 자운예다회 회장
現 (사)우리차문화연합회 부회장

이태희

주부클럽 입문 – 설옥자 門下
現 (사)우리차문화연합회 대학원 원장

박화자

주부클럽 입문 – 설옥자 門下
예명원 입문 – 손민영 門下

박화자(뒷줄 왼쪽에서 세 번째)

백현주

1988년 차 생활 입문 – 백운 스님 지도
종정차회 입문 – 이정애 門下
종정사범 수료
現 현명원 원장
現 한복 연구가

종정차회 봄맞이 들차회(1992)
백현주(맨 오른쪽)

배명자

1988년 종정차회 입문 – 이정애 門下
現 명정차회 회장
노고처(老古錐) 전통음식 연구

배명자, 종정사범 수료(왼쪽, 1991)

최민경

차 생활 입문 – 윤경혁 門下
現 (사)대구국어고전문화원 대구지부장
現 (사)한국차문화협회 대구지부장

김인희

종정차회 입문 - 이정애 門下
現 인정차회 회장

김남연

종정차회 입문 - 이정애 門下
現 남정차회 회장

이명희

종정차회 입문 - 이정애 門下
現 설정차회 회장

주호근

1980년대 후반 차 생활 입문
종정다례 자문위원
한일차문화교류 준비위원
現 대구전통문화협회 회장
現 元 월드여행사 대표

주호근(가운데)

김혜경

종정차회 입문 – 이정애 門下

現 혜정차회 회장

김태곤

1986년 대구 복현동에 전통찻집 개원

1991년 종정차회 입문 – 이정애 門下

1993년 종정사범 수료

現 (사)태정예다악문화협회 회장

국악인

김태곤(오른쪽)

정수자

부산에서 차 생활 입문

1991년 종정차회 입문 – 이정애 門下

1993년 종정사범 수료

現 수정다례원 원장

정수자(가운데)

배미자

은정차회 입문 – 최혜자 門下

최연희(명순)

1980년대 후반에 호남 지역 불가(佛家)에서 차 생활 입문

1991년 종정차회 입문

– 이정애 門下

現 (사)원정차문화원 이사장

(사)한국차인연합회 하계연수의 신라 다례 시연
왼쪽부터 정수자, 최연희, 김태곤

이정희

1990년 은정차회 입문 – 최혜자 門下
現 선은다례원 원장

광주광역시 지역의 차인들

광주광역시 지역의 차인들

해방 이후 서양 문물의 영향으로 커피 문화가 쏟아져 들어올 때 전라남도 광주 공무원들은 집무 시간에 전통 녹차 마시기 운동을 했다. 손님에게 녹차를 대접하고 선물하면서 전통 차 문화를 알리기 시작한 것이다. 광주 상공회의소에서는 종종 차회를 열었고 전국 차 전문 교수를 초빙해 차 문화 강의를 열기도 했다.

전남에서 해방 이후로도 전통 차의 명맥이 면면히 이어온 것은 한국화의 거장 의재 허백련 선생의 정성과 수고 덕분이다. 의재 선생은 1945년 무등산 기슭에 은

기술 교육생들을 대상으로 한 차 마시기 교육 및 운동(전라남도 여성회관, 1982)

의재 허백련 선생이 머물렀던 춘설헌

거하면서 삼애다원을 가꾸었고 광주 농업고등기술학교 삼애학원을 설립해 제다법을 가르쳤다. 여기서 만든 차를 '춘설차(春雪茶)'라 했다. 의재 선생이 머물며 작업을 했던 춘설헌에 작은 찻집을 마련한 의재 선생의 아우 목재(牧齋) 선생은 오가는 사람들에게 차 한 잔 마시고 가기를 권했다. 그 당시 차에 관심이 있는 사람들이라면 한 번쯤은 다녀갈 정도로 춘설헌은 명소로 떠올랐다.

1960년대부터 한국제다, 대한다업 등의 다원이 대대적으로 조성되기 시작했고 녹차 연구가 활발해졌다. 하지만 차에 대한 인식이 부족해서 녹차를 만드는 기업들의 고생은 이루 말할 수 없었다. 기업인들의 피나는 노력과 희생 덕분에 오늘날 우리 차인들이 품질 좋은 차를 마실 수 있게 되었다.

<제2부 한국의 근현대 차인 열전>에 수록된 차인들

허백련, 서양원, 이강재, 이영애

박강순

광주요차회 회원

전남대 교수, 홍차 전문

故 김동년

광주요차회 회원

전남대 식품공학과 교수

차 식품 연구, 차 학술 발표

故 조기정

광주요차회 회원

청자 도예가

조기정(왼쪽)

故 고재기

광주요차회 회장
서광대학교 학장
전남대 교수

박선홍

광주요차회 회원
상공회의소 사무국장

황기록

광주요차회 총무

문병갑

광주요차회 회원
전남대학교 의과대학 교수(의학박사)

김정호 /

광주요차회 회원
황토문학회 회장
《광주일보》 편집국장
《광주일보》에 '차 문화 역사' 연재

문장호 /

광주요차회 회원
동양화가

김영자 /

1980년 차 생활 입문 – 우현 장은정 門下
(사)한국차문화협회 창립 회원
現 월정차회 회장

故 박옥녀

광주요차회 회원

(사)한국차문화협회 광주지부장

김판인

한국제다 서양원 회장 부인

現 (사)한국차문화협회 부회장

김판인(맨 오른쪽)

이혜자

중학교 교장

現 (사)한국차문화협회 부회장

現 (사)한국차문화협회 광주지부장

現 광주요차회 회장

초의상 수상(2008)

최순자 ✎

광주요차회 창립 회원
前 동명중학교 교장

장문자 ✎

1980년 광주시 여성회관 입문
(사)한국차문화협회 입문
 - 이귀례 門下
(사)한국차문화협회 이사
現 혜명다례원 원장

장문자

서명주 ✎

운차문화원 입문(작설헌)
現 (사)한국차문화협회 광주지회장
現 차생원 운영(광주)

전라남북도 지역의 차인들

전라남북도 지역의 차인들

해남을 중심으로

기록 이순희(해남자우차회 회장)

전라남도 해남은 한양에서 멀리 떨어져 있는 지리적 위치 때문에 많은 역사적 인물들이 유배를 왔던 곳이다. 강진에서는 다산 정약용이 유배 생활을 하면서 다신계를 만들고 차를 즐겼다.

정조·순조·헌종·철종·고종 등 다섯 왕이 교체된 혼란기에 선(禪)의 전통사상을 전승한 다성 초의 선사, 실학과 유교의 대가인 다산 정약용, 문신이자 탁월한 서화가인 추사 김정희는 서로 교류하며 한국 차 문화를 꽃 피웠다.

초의 선사는 운흥사 주변의 차나무 군락에서 씨를 받아 일지암 주변에 뿌렸다. 일지암 뒤편에 돌 틈에서 물이 나오는 샘을 만들어 '유천'이라 이름 붙이고 연못을 팠으며 사시사철 피고 지는 꽃을 가꿨다. 초의 선사는 일지암에서 차를 우리고 참선하며 경을 읽고 시·서·화를 즐기면서 다선일여(茶禪一如)의 경지에 이르렀다.

응송 박영희 스님은 초의 선사의 사상과 도풍, 다도 정신을 흠향했으며 초의 선사의 법어 '다선일여'를 즐겨 사용했다. 또한 중정의 묘미를 차의 생명이라고 가르쳤다. 아인 박종한 선생의 등에 업혀 다니면서도 일지암 터를 찾기 위해 애쓰신 응송 스님은 1990년 98세의 나이로 시적(示寂)하셨다.

1966년에 차는 물론이고 꽃과 나무를 좋아하는 사람들의 모임인 해남화훼클럽이 결성되었다. 회장을 강창기가 맡았고 회원으로는 조주원, 임기수, 김상종 등이 활동했다. 그리고 1976년 10월 5일, 전국의 뜻있는 차인들이 모여 일지암 복원을 결의했다. 그때부터 해남 땅에 차 문화 바람이 본격적으로 불기 시작했다. 1979년 정식으로 해남다인회를 창립해서 (사)한국차인회에 등록했다.

일지암 복원 후 1991년까지 초대 암주로 봉직했던 석용운 스님은 일지암의 전통 다맥을 지키려는 노력을 기울이면서 초의 선사의 다선일여 정신을 몸소 익혔다. 또한 (사)한국차인연합회의 도움으로 일지암 옆에 동다정을 건립했다. 1991년 8월 2일에 제2대 일지암 암주로 여연 스님이 봉직하기 시작했고, 1994년에 법당 및 요사채를 신축했다. 그때도 (사)한국차인연합회 임원들과 박권흠 회장이 함께했다.

초의 선사의 다선일여와 중정의 다도 정신을 이어받아 민족정신을 고양시키고 차 문화를 발전시키기 위해 1992년부터 초의문화제를 열기로 결정했다. 극작가 김봉호, 해남종합병원 원장 김제현, 해남자우차회 회장 이순희, 당시 대흥사 총무 스님 김원학 등의 발기인들과 해남군청의 도움으로 초의문화제가 열리게 되었다.

〈제2부 한국의 근현대 차인 열전〉에 수록된 차인들

박영희, 김제현, 김봉호, 이순희, 석용운 스님

해남다인회 전용 차밭

일지암에 모여 차 문화 행사를 열고 있는 해남의 차인들

일지암

일지암 유천

제7회 초의문화제에 모인 차인들(1998)
왼쪽부터 설옥자, 김복일, 이순희, 차영랑, 박종한, 박태영, 회원, 김태연, 회원, 김제현, 김리언

일지암에 모인 해남다인회 회원들

초의문화제의 초의상 시상식

김두만

해남다인회 창립 고문, 한학자
『동다송』, 『다신전』, 『초의선집』 최초 번역
1980년부터 전국에서 가장 많이 다도 교육을 함

남기우

해남다인회 창립 회원
現 초의문화제 운영위원

조주원

해남다인회 창립 회원
現 초의문화제 운영위원

윤두현

해남다인회 창립 회원
해남다인회 회장
초의문화제 제2대 집행위원장

윤상렬

해남다인회 창립 회원
도립박물관장

윤형식

해남다인회 창립 회원
現 해남다인회 제3대 회장
現 초의문화제 집행위원장
고산 윤선도 선생 증손

윤형식

박용호

해남다인회 창립 회원
농지계량조합장

故 전춘기

해남다인회 창립 회원
교육자

임기수 🍃

現 해남다인회 부회장

現 초의문화제 운영위원

정재홍 🍃

해남다인회 회원

해남다인회 사무국장

유준식 🍃

해남다인회 창립 회원

의학 박사

임병남 🍃

1980년 해남여성차인회 입문 – 이순희 門下

해남여성차인회 창립 초대 총무

現 해남여성차인회 부회장

임병남

이정희

1980년 해남여성차인회 입문 – 이순희 門下
전주기독교사모차회 회장

김영숙

1984년 해남여성차인회 입문 – 이순희 門下
각 지역 농협 개설 주부대학 다도 강의

1980년대 중·후반 활동을 시작한 〈해남〉의 차인들

이영자

해남여성차인회 입문 – 이순희 門下
現 영암여성차회 회장

민경매

해남여성차인회 입문 – 이순희 門下
해남규방차회 회장
해남일지차회 회장

최학님

해남여성차인회 입문 - 이순희 門下
現 목포운림차회 회장

1980년대 초반 활동을 시작한 〈목포〉의 차인들

차재석

1980년 목포차인회 창립 및 초대 회장

박종길

1980년 목포차인회 창립 및 초대 총무
목포산업대학교 교수

손수일

1982년 보성차인회 창립 회원

보성차인회 회장

1985년 (사)한국차인연합회 등록

現 (주)다보종합건설 대표

서찬식

1982년 보성차인회 창립 회원

1985년 (사)한국차인연합회 등록

現 보성제다 대표

서찬식

1980년대 후반 활동을 시작한 〈전주〉의 차인

이림

1988년 한국차생활문화원 입문 – 감승희 門下

現 (사)한국차문화협회 전북지부장

現 전주한옥마을 내 설예원 원장

경상남도 지역의 차인들

경상남도 지역의 차인들

진주

삼한시대부터 이어온 천년 역사와 전통을 지닌 문화도시 진주는 우리나라 최초로 현대 차 문화가 싹튼 곳이다. 인근의 차 시배지 지리산에서 흘러내린 물이 진양호에 머물렀다가 남강에 이른 물로 차를 우리고 찻그릇을 만들어온 고장이다. 진주 사람들은 일찍부터 차 마시기를 즐겼으며 차를 연구하고 차밭을 일구었다. 또한 차도구를 갖추고 차 생활을 영위했으며 차와 관련된 책을 다수 출간했다. 이렇듯 진주는 한국 차 문화의 선두에 있다.

진주 차의 산실 다솔사에서 다선삼매 생활로 일관한 효당 최범술 선생은 『한국의 다도』란 책을 남겼다. 이는 한국 현대사상 처음으로 발간된 차 생활 책으로, 현대 차 책의 효시가 되었다.

효당 선생을 통해 차를 알게 된 사람들은 우리 전통차를 마시는 습관을 보전하고 차인들의 결속을 다지기 위해 차 모임을 만들자고 발의했다. 그리하여 진주 지역의 교육계 인사와 사업가 몇 분(유당, 아천, 태정, 다농, 경해, 무전 등)이 모여 전국 최초로 1969년 10월 진주차례회를 결성하게 되었다. 그 후 진주차례회는

1977년 진주다도회, 1979년 진주차인회로 개칭해 오늘에 이르렀다.

진주차인회의 창립 회원은 다음과 같다.

• 진주차인회 창립 회원

- 故 은초 정명수 서예가, 진주차인회 회장
- 故 태정 김창문 민속박물관장
- 故 다농 김재생 진주농대 교수, 차나무 연구 박사
- 故 경해 강병찬 진주제일교회 담임목사
- 무전 최규진 사업가

전국적으로 차에 대한 관심을 확산시키는 데는 진주 차인의 공로가 컸다. (사)한국차인회는 아인 박종한 선생을 비롯한 진주 출신 선생 세 분의 참여로 창립되었다.

무엇보다 진주 차인들의 자랑거리는 1981년 5월 25일 촉석루에서 '차의 날'이 선포된 것이다. 민족의 차 문화 전통을 전승하고 새로이 발전시키기 위해, 차의 날 선포 30주년을 맞이한 2010년에는 (사)한국차인연합회 주관으로 진주 신안공원에 기념비를 세우는 제막식을 했다.

단절되어가던 차 문화를 복원·재건하기 위해 진주 차인들이 많은 노력을 기울였다. 현대 차 문화의 발원지 진주에서 활동한 효당 선생, 아인 선생, 진주차인회 회원들의 차에 대한 열의에 박수를 보낸다.

〈제2부 한국의 근현대 차인 열전〉에 수록된 경남 진주의 차인들

박종한, 김기원

김대렴공 추원비 앞에서

차의 날 제정 선포식(진주 촉석루, 1981. 5. 25)

김대렴공 추모 헌다례 행사 때 진주차인회 회원들

진주여성차인회 발족(1985)

차의 날 선포 30주년 기념비 앞에서
박권흠 회장(중앙)과 진주차인회 회원들

김상철

진주차인회 회장
진주농업전문대 학장

故 최재호

진주차인회 제2·3대 회장
삼현여고 이사장

곽종형

경상대학교 축산과 교수
진주차인회 회장
現 제19대 진주차인회 회장

최문석

진주 상현여고 교장
現 진주 상현여고 이사장
現 남양학연구원 이사장

한완수

(사) 한국차인회 창립 회원
진주차인회 회원
고천도예

故 박신종

진주차인회 회장

류범형

진주차인회 회장
現 진주차인회 고문

• 진주여성차인회 창립 회원(1985년 7월 25일)

故 허점혜

 진주여성차인회 초대 회장
 진주교육대 교수

오순자

 진주여성차인회 초대 부회장
 진주여성차인회 제2대 회장

김혜자

 진주여성차인회 창립 총무 역임
 다도 교육
  - 허점혜, 박복남, 김태연 門下
 진주 여성단체협의회 회장 역임
 現 나원차회 회장

장덕화

 진주여성차인회 초대 부회장
 산부인과 의사

박복남

 진주여성차인회 창립 발기인 및 초대 감사 - 당시 진주시청 가정복지과장
 다도 교육 - 허점혜, 김태연 門下
 現 진주성차회 회장
 現 한국전례원 경상남도 지원장
 국민훈장(2005)
 사회복지부 장관상
 경상남도 도지사상
 진주 시장상

박복남(맨 오른쪽)

김명환

1989년 진주여성차회 입문
 -박종한, 채원화 門下
現 진주여성차회 회장
現 진주여성라이온스 회장
現 청미적십자 회장
진주시장상 표창
적십자 총재상 표창

김명환(왼쪽에서 다섯 번째)

최정임

진주여성차인회 입문
다도 교육 – 박종한, 박복남, 김태연 門下
現 소운예다원 회장
現 진주문협 이사
시 낭송가

최정임

김정희

진주여성차인회 회원
진주여성문학회 회장
진주문협회장

김경자

진주여성차인회 총무
진주문화원 이사

마산·창원

공업단지가 조성되어 산업은 발전했지만 우리 전통문화, 특히 차 문화의 불모지였던 마산·창원 지역에서 1980년대 초 설봉(雪峰) 선생이 서도를 하면서 차 문화를 보급하는 데 큰 역할을 했다. 아울러 광리도원의 고성배 원장을 통해 다구가 발달하면서 차 마시기 운동이 시작되었다. 무학예다원 이명은 선생으로부터 다도예절 교육이 시작되었고, 1983년에 '다전'이라는 전통찻집이 생기면서 차 마시는 인구가 늘어나기 시작했다.

1980년대 초반 활동을 시작한 〈마산·창원〉 지역의 차인들

설봉 권윤홍

설봉서도 학원 원장

설봉차문화연구원 원장

이명은

주부클럽 입문

무학예다원 창립

무학예다원 원장

이명은(왼쪽에서 네 번째)

고성배 ↙

現 광리도원 원장

現 (사)한국차문화운동연합회 회장

고성배

황우정 ↙

전통찻집 '다전' 운영 및 차 문화 모금 운동

원정 스님 ↙

창원 성주사 주지

황상악

무학예다원 입문 – 이명은 門下
現 (사)한국차문화협회 경남지부장
現 한국전례원 부원장

조덕화

무학예다원 입문 – 이명은 門下
現 단학예다원 원장
現 (사)한국차인연합회 부회장

조덕화(오른쪽)

경상북도 지역의 차인들

경상북도 지역의 차인들

기록 한애란(문경새재다례원장)

경주

경주 남산 삼화령(三花嶺) 고갯마루에서 신라 향가의 대가였던 충담(忠談) 선사는 매년 3월 3일, 9월 9일에 미륵세존께 차를 올렸다. 이 사실은 『삼국유사(三國遺事)』 「경덕왕(景德王) 충담사(忠談師)」편에 기록되었다. 최초로 문헌에 기록된 헌다례라고 할 수 있는데, 이 기록에서 '앵통(櫻筒)'이란 차도구를 당시에 사용했음을 확인할 수 있다. 미륵세존께 차를 올리고 돌아오는 길에 경덕왕을 만난 충담 선사는 왕께 차 한 잔을 올리고 왕의 부탁으로 「안민가(安民歌)」를 지어 바쳤다.

매월당(梅月堂) 김시습(金時習, 1435~1493)은 금오산 아래 용장사(茸長寺)에서 차나무를 기르며 「양다(養茶)」, 「자다(煮茶)」, 「작설(雀舌)」 등의 다시(茶詩)를 지었다. 이를 통해 당시 차밭의 모습, 차 끓여 마시기, 차세의 병폐 등 음다 생활의 면모를 전해주고 있다. 이후 오랜 세월 경주 땅에서 차 문화의 명맥이 희미하게 이어오다 1970년대 사등이요의 도예가 최차란 선생의 차 문화와 도자기 교육을 바탕으로 다시금 차 문화가 꽃 피기 시작했다.

〈제2부 한국의 근현대 차인 열전〉에 수록된 차인

최차란

무착 스님

前 경주 기림사 주지
1979년 (사)한국차인회 창립 회원

무착 스님

이인영

문향차회 입문 – 안정태 門下
現 경주전통다례문화원 원장
現 문담다례원 원장

이인영(앞줄 왼쪽에서 다섯 번째)

유기순

예다원 입문 – 고예정 門下
(사)한국다도협회 사범 수료
現 세계기독교차문화협회
　호산나지부장

유기순(가운데)

장미옥

예다원 입문
- 고예정 門下
現 예다회 연구 회원

예다원 회원들
고예정 원장(앞줄 왼쪽에서 두 번째),
유기순(앞줄 오른쪽에서 두 번째), 장미옥(앞줄 오른쪽에서 세 번째)

1980년대 초반 활동을 시작한 〈안동〉의 차인

최옥자

죽로다원 입문 - 윤석관 門下
現 안동다례원
(사)전통예절진흥회
대한민국 명장 512호(2011)

최옥자

포항차인회 창립 회원들 월례회
초대 회장 손정식(가운데), 그 양옆에 이재선(왼쪽)과 김인순(오른쪽)

故 김인순

1983년 포항차인회 창립 회원
포항차인회 제3대 회장
(사)한국차인연합회 부회장
제2회 올해의 차인상 수상(2002)

김인순(왼쪽에서 두 번째)

이재선

1983년 포항차인회 창립 회원
(사)한국차인연합회 이사
現 포항임천예다원 원장
제3회 올해의 차인상 수상(2003)

이재선 가족

문경

　문경은 조선시대 초에 분청사기와 백자 도요지(陶窯址)가 다수 분포되어 있던 곳이다. 이 지역에서 만든 찻사발에는 옛 도공의 혼과 우리 민족의 순박한 심성이 배어 있어 색채와 형태가 자연스럽고 우아하며 소박하다. 임진왜란 때 일본에 전래된 분청사기의 일종인 막사발이 일본 차 문화 속에서 가루차를 타 마시는 다완(茶碗)으로 발전했다.

　문경의 흙과 물, 땔감 및 장인 정신으로 빚어진 도자기들이 매년 5월 초 문경전통찻사발축제에서 선보여, 전국의 차인들에게 각광받고 있다. 문경의 찻그릇이 특히 차인들에게 사랑받기까지는 차를 좋아하고 사찰의 차 문화 보급에 앞장서신 도범 스님의 노고가 컸다. 문경 봉암사 주지로 계실 때 요장(窯場)에 가서 찻그릇의 형태를 일일이 제안하며 만들어달라고 하신 이야기, "수자(修者)들은 잠을 깨기 위해 차를 마셔야 한다"며 선방에서 차 교육을 틈틈이 하셨던 이야기 등이 전해진다. 도범 스님의 차에 대한 열정은 문경 곳곳에 남아 있다.

문경전통찻사발축제 행사장

한애란

1990년 안동다례원 입문
   – 최옥자 門下
現 문경새재다례원 원장
現 (사)한국차인연합회 부회장
現 문경문화원 이사
現 대구지방법원 상주지원 조정위원

한애란, 이인영

1980년대 후반 활동을 시작한 〈예천〉의 차인

이재은

명산차회 입문 – 김복일 門下
現 한국전례원 예천 지역 원장

울산 지역의 차인들

울산 지역의 차인들

울산 지역의 차 역사에 관한 기록은 그리 많지 않으나 전해오는 몇몇 이야기들이 있다. 고려 말 포은(圃隱) 정몽주가 언양으로 유배되었을 때 그곳에서 머물며 차를 마셨다고 한다. 『세종실록(世宗實錄)』에는 울산에서 세공품으로 작설차를 만들어 조정에 바쳤다는 기록이 남아 있다. 또한 울산 지역 토산품 중 우불산의 차를 최고로 꼽았다는 내용도 기록되어 있다. 쿠와바라[桑原] 다게 부부가 일제강점기 때 울산 경찰서장으로 부임해 상북 명촌에서 자라는 차나무를 발견하고 그 나무에서 딴 찻잎으로 차를 만들어 마셨다는 이야기도 전해진다.

그 후 일본 도쿄 출신의 마차남(馬且南) 씨가 일본에서 가져온 녹차를 울산 옥교동 주민들에게 대접하면서 차를 가르쳤다. 당시 차를 마셔보기 위해 마 씨 집을 자주 드나들었던 사람 중에 오늘날 학음(鶴飮)으로 널리 알려진 최홍기 씨의 어머니가 있다. 마 씨는 울산석유화학공단에서 금당 최규용 선생을 만나고는 차 교류를 하기 시작했다.

울산에 차 문화가 본격적으로 확산되는 데는 금당 선생의 역할이 컸다. '고풍차회'라는 차 모임도 생겼고, 금당 선생을 통해 우리 차 문화가 일본으로 건너갔다는 사실도 알게 되었다.

1970년대 말부터 (주)태평양설록차에서 장영동 씨가 차 판매를 담당하면서 울산, 포항, 경주 등으로 차가 퍼져 나갔으며, 1980년대 초부터 울산차인회, 울산여성차인회, 울산청년차인회 등 여러 단체의 활동에 힘입어 차 문화가 보급되었다. 특히 故 김정선 선생이 울산차인연합회 회장직을 맡고부터 단위 차회 별로 이루어지던 차 행사가 연합회 중심으로 움직이게 되어, 그 덕분에 회원들이 단합하여 주요 차 문화 행사를 벌일 수 있었다. 울산 차인들은 해마다 공업축제 때 울산다향제, 화전놀이, 불우이웃 돕기, 소년소녀 가장 돕기, 장학금 전달 행사 등을 여는 등 사회에 유익한 활동을 많이 하고 있다.

장영동

1978년부터 차 문화 보급 운동 (울산·경주·포항)

1981년 울산차인회 창립 발기인

現 문수학당 원장

저서 : 『생생주역』, 『다도와 주역』

장영동

이병직

1981년 울산차인회 초대 회장

강영섭

1981년 울산차인회 초대 부회장

故 오해룡

울산차인회 창립 회원

울산청년차인회 창립

김장배

울산차인회 제2대 회장

故 김정선

1981년 8월 26일 울산여성차인회 창립
   초대 회장
울산차인연합회 회장
(사)한국차인연합회 부회장 역임
서운차문화상 수상(2000)
경상남도문화상 수상

김정선(오른쪽)

고예정

1981년 울산여성차인회 창립 회원
1983년 예다원 창립
서부 경남 지역 예다원지부 설립 및 다도예절 교육
울산시민문화상 수상

고예정

서진길

울산차인회 창립 회원

사진작가

故 임미숙

1984년 예다원 입회 – 고예정 門下

정로차회 회장

울산차인연합회 회장

(사)한국차인연합회 부회장 역임

제5회 올해의 차인상 수상(2005)

임미숙

박준섭

1986년 예다원 입문 – 고예정 門下
울산차인연합회 회장
서예가

안정희

예다원 입문 – 고예정 門下
다도 예절 – 석선혜, 김정선 門下
現 한마음다례원 원장

예다원 회원들 수료식(1988)
고예정(앞줄 중앙), 안정희(가운뎃줄 맨 오른쪽 단발머리),
임미숙(뒷줄 맨 왼쪽 안경 쓴 이)

최인숙

예다원 입문 – 고예정 門下
現 조각보 연구가

안은순

예다원 입문 – 고예정 門下
現 오성다도 울산지회장

충담제 행사장에서
김진숙(왼쪽에서 네 번째), 안은순(맨 오른쪽)

김진숙

예다원 입문 – 고예정 門下
現 예다원 울산지회장

강원 지역의 차인들

강원 지역의 차인들

강릉을 중심으로

현재 강원도 강릉 비행장 동쪽에 위치한 한송정 옛터에는 신라의 남랑·안상·영랑·술랑 등 사선(四仙)이 차를 끓여 마시던 다천과 석조(돌 아궁이), 석구(돌절구) 등이 지금도 남아 있다. 수많은 화랑들이 이곳을 다녀갔으며 고려시대에는 김극기(金克己), 안축(安軸), 이곡(李穀)이 시를 통해 옛 화랑들의 차 생활을 읊었다.

동포 정순응 박사는 1938년 강릉에 명주병원을 개원한 후부터 1994년까지 56년 동안 강원도 땅에 차 향기를 두루 남기고 떠나셨다. 의원을 찾는 환자들에게 차 생활을 권유하면서 몸의 병뿐만 아니라 마음의 병도 고쳐주었다. 정 박사는 동포다회를 창립했고 부인 고숙정 선생과 함께 강원도에 차 문화를 보급하는 데 정성을 아낌없이 쏟았다.

강릉에서는 지금도 해마다 허난설헌 시비에 헌다를 하고 신사임당을 기념하는 헌다례 행사를 열고 있다. 강릉의 차인들은 한송정 터에서 헌다례와 들차회를 열어 강릉 시민들에게 차 문화에 대한 인식을 심어주고 있다. 또한 강릉에서 열리는 크고 작은 국가 행사마다 차 음식과 더불어 격을 갖춘 차 시음회를 몇십 년째 열고 있다.

다도에 헌신한 정순응 박사의 숭고한 숨결을 계승·발전시키기 위해 현재 정문교 원장은 (사)율곡학회 내 평생교육원에 사임당예절다도대학과 한국다도대학원 강릉분원을 개설해 사람의 도리와 교양을 가르치고 있다. 사임당예절다도대학의 고숙정 학장은 예의범절을 기본으로 한 다도 전문인 양성 교육을 하고 있다. 이 밖에도 강릉대학, 강릉문화원, 여성회관에서 다도 교육이 이루어지고 있다.

특히 인근 동해시에서는 고복순 원장이 1990년대 후반에 예우다례원을 창립해 차 문화를 보급하고 제자들을 양성하고 있으며, 삼화사 원명 스님의 무향차회도 지역 차 문화 확산에 기여하고 있다. 몇 년 전에는 강릉차인연합회를 창립해 동포다회, 임명다도회, 예송다도회, 사임당다우회, 한송차회 등 다섯 개의 차회들이 연합할 수 있었다. 이로써 강원도가 차 문화 교육과 예절을 통해 더욱 양반의 도시로 거듭나고 있다.

〈제2부 한국의 근현대 차인 열전〉에 수록된 차인

정순응

율곡회관 앞에 모인 강릉의 차인들

강릉차인연합회의 기념사진

고숙정

1981년 동포다회 입문 – 정순응 선생 부인
現 동포다회 회장
現 사임당예절다도대학 학장
現 (사)한국차인연합회
　　한국다도대학원 강릉분원 분원장
現 (사)한국차인연합회 부회장
강릉차인연합회 초대 회장
제2회 올해의 차인상 수상(2002)
강원도문화상 수상(다도예절 부문)
자랑스러운 관동문화인상 수상

고숙정

김미자

1982년 동포다회 입문 – 정순응 門下
동포다회 창립 회원
강릉시 가정복지과장
사임당21 초대 회장

윤영희

동포다회 입문 - 정순응 門下
동포다회 제2대 회장
주부클럽 강릉시 지회장
現 사임당예절다도대학 예절 강사

엄순자

1982년 동포다회 입문 - 정순응 門下
동포다회 초대 회장
강릉시 여성단체협의회 회장
신사임당상 수상

정문교

동포다회 입문 - 정순응 門下
강릉 오죽헌관리소장
강릉 농악보존회장
강원도청 도지사 비서실장
現 율곡평생교육원장

정문교

정덕교

동포다회 입문 – 고숙정 門下
강릉시 여성단체협의회 회장
학교새마을어머니회 강릉시 연합회장
現 강릉시 여성정책연맹지회장

정선화

동포다회 입문 – 고숙정 門下
現 강릉문화원 다도 강사
現 전통찻집 '다생다연' 운영
現 강원여성문학인회 이사(시인)

채영희

동포다회 입문 – 고숙정 門下
불교대학 다도예절 강사
現 꽃꽂이 강사

채영희

이명숙

동포다회 입문 – 고숙정 門下
現 강릉불교대학 다도예절 강사

제주 지역의 차인들

제주 지역의 차인들

기록 김지순(향토음식보존연구원 원장)

　　서성환 회장의 장원산업은 서귀포 도순에 1979년부터 차밭을 일구기 시작했다. 그 후 서광리, 한남리에도 차밭을 만들어 한국 차계에 엄청난 영향력을 미치게 되었다. 모 회사에서 차밭을 만들었으나 실패한 제주도에서 장원산업은 온갖 어려움을 딛고 체계적으로 인맥을 쌓아 현재의 장원으로 성장했다.

　　허인옥 교수는 제주도가 자연환경·토질·강수량·기온·땅의 기운 등 여러 가지 조건에서 차밭을 가꾸기에 적당하다는 점을 알고 1950년부터 다방면으로 실험 재배를 해왔다. 일제강점기 때 심어놓은 제주의 차나무도 이때 허 교수가 선배를 통해 서성환 회장에게 알려줬다고 한다. 이렇듯 허 교수는 장원산업을 일으키는 데 크게 기여한 공로자다.

　　장원산업 서성환 회장과 허인옥 교수는 1961년에 처음 만났다. 애초에는 차가 아닌 특용작물을 재배했는데, 자주 만나면서 그동안 진행한 차나무 실험 정보를 교류했다. 제주도가 차나무 재배에 적지라는 허 교수의 의견에 따라 서 회장은 산간 지역인 도순에 차나무를 심었다. 이때 허 교수는 재배 기술 고문 역할을 하면서 장원에 힘을 실어주었다.

제2회 제주관향차회 다례실연회

　제주대학교에서는 1980년대 초에 '차림회'란 차 동아리가 형성되었다. 허인옥·문기선 교수가 지도교수였는데 허 교수는 제다법·재배법·삽목 등을, 문 교수는 음다법을 지도했다.

　제주전문대에서는 1980년대 후반에 차 동아리 '만수다회'가 형성되었다. 고정순 교수가 지도교수로서 차 역사와 음다법 등을, 김지순 교수는 예법과 다식 등을 가르치면서 청사 안광석 선생님을 여러 차례 모셨다. 고 교수는 차 관련 사회 모임을 만들고자 발기인 역할을 자처했다. 그리하여 소설가 한수산, 문기선 교수, 허민자 교수, 백운칠 회장 등이 모였으나 활성화되지는 못했다.

　1979년 제주관향차회의 김부자, 김순실, 고두화, 김명희, 김학경, 이영숙, 김지순 등 일곱 명이 김시남 선생께 다도 교육을 받기 시작했다. 그 인연으로 김 교수의 스승 청사 안광석 선생을 모시기도 했다. 청사 선생께서는 훗날 제주관향차회란 이름을 내려주셨다.

제주도에는 예부터 알게 모르게 차인이 많은데, 손영백 선생, 오문복 선생, 김철우 선생 등이 숨은 차 운동 공로자들이다.

1986년 김시남 교수가 부산여자대학교로 옮겨가면서 그동안 진행해온 제주도 여성회관 다도 교육을 김지순 교수가 맡게 되었다. 현재까지도 꾸준히 다도 교육을 하고 있으며 제주특별자치도 행사 때마다 차 음식 전시회, 다식 만들기, 무료 차 시음회, 접빈 다례 발표 등 많은 차 문화 행사를 열고 있다. 추사 김정희 선생 생신제에는 매년 헌다례를 하며 국제 차 문화 행사도 여러 차례 개최하고 있다.

제주도에는 지역의 자랑거리인 티파크 세계차문화박물관이 있다. 이곳에 가면 세계의 여러 가지 차와 차도구들을 체험할 수 있다. 제주도 차 문화 단체로는 관향차회, (사)한국차인연합회 제주지회, 탐라차인회, 차세상, (사)한국다도협회 제주지부 등이 있다. 최근에는 차 재배가 늘어나면서 차 마시는 인구가 늘어나는 추세다.

김시남

1970년대 후반 차 생활 입문 – 청사 안광석 門下
現 부산여자대학교 교수

허인옥

제주대학교 차 동아리 차림회 지도교수
차나무 연구가(제다법, 재배법)

문기선

제주대학교 차 동아리 차림회 지도교수
민속학자

김지순

제주관향차회 입문 – 혜천 김시남 門下
차 문화 이론 – 청사 안광석 門下
現 향토음식보존연구원 원장
現 김지순제과전문학원 운영
초대 향토음식명인 제1호
교육부 장관상 수상 / 농림부 장관상 수상
도지사 시장상 표창
저서:『제주도 음식문화』,『제주 음식』

김지순

제4부

한국의 차 문화 단체

(창립일 순)

우리의 근현대 차 문화는 앞서 소개한 1세대 차인들을 뿌리로 삼고, 이제부터 소개할 단체들을 줄기로 삼아 계승되고 발전되어왔다. 이들 단체를 세우고 가꾸어왔으며, 지금도 이끌어나가시는 차인들이 있기에 우리의 차 문화는 내일을 기약할 수 있게 되었다. 그런데 이들 단체의 설립과 유지 · 발전의 과정은 곧 그 설립자들과 계승자들의 땀과 열정, 봉사정신에 힘입은 바가 컸다. 단체의 대표들을 별도로 소개하는 것은 그 단체 자체가 아니라 이들 차인들의 숨은 노고가 그 단체를 유지하는 바탕이 되고 뿌리가 되기 때문이다.

현재까지도 왕성하게 차 문화 운동을 전개하고 있는 전국 단위의 단체들을 위주로 소개했고, 그 규모와 영향력 또한 고려해서 간추렸다. 여기 포함되지 않은 단체들이 전국적으로 여럿 있겠으나, 차 문화 운동을 위주로 하지 않는 단체, 단체의 책임자 등이 수록을 원치 않는 단체, 연락과 소통이 어려운 단체 등은 부득이 제외했다. 수록된 단체의 배열 순서는 창립의 시기를 기준으로 했다.

(사)한국차인연합회

　　(사)한국차인연합회는 1979년 1월에 발족한 (사)한국차인회를 모태로 설립 되었으며, 현재 활동하고 있는 국내 차 문화 단체 가운데 가장 오랜 역사를 지녔 다. 국내 차인들의 모임인 단위 차회를 관리·육성·지원하며, 국민 차 생활의 전 통을 계승·발전시켜 국민정신을 함양하는 데 목적을 둔다. 이를 위해 전통 차 문 화 연구에 매진하는 한편, 다도대학원 및 차문화연구 최고과정[茶道正師]을 설 치·운영한다. 또 차와 차 도구의 생산 진흥에 앞장서고, 국민의 차 생활 및 예절 의 보급에도 나서고 있다. 국내외의 차 문화 교류, 차 문화 진흥을 위한 홍익 활 동 및 책자 발간 사업도 펼치고 있으며, 전국의 500여 개 단위 차회로 구성되어 있다.

주요 연혁

1979. 1. 20.   문공부의 설립 허가를 얻어 '(사)한국차인회'라는 명칭으로 창립

1980. 4. 6.   일지암 복원 사업

1981. 5. 25.   진주 촉석루에서 '차의 날'을 제정·선포(이후 매년 5월 25일 차의 날 기념행사 개최)

1981. 5. 25.   하동 쌍계사 앞에 '대렴공(大廉公) 차시배지(茶始培地) 추원비(追遠碑)' 건립

1983. 2.   차 전문지《다원》발행

1984. 8.   전국차생활지도자연수회 개최

1985. 11. 27.   '(사)한국차인연합회'로 법인 명칭 변경

1991. 8.   고성에서 개최된 제17회 세계잼버리대회에 참가하여 '세계 청소년 차 문화 교육' 실시

1993. 10.   한국다도대학원 설립 및 운영 시작

1993. 12.   대한민국청소년차문화대전 개최 시작

1994. 5.   '올해의 명차 선정'을 시작하여 매년 시상

1996. 5.   16개국이 참가한 '제4회 국제차문화연토(研討)서울대회' 개최

1997. 5.   문화체육부 선정 '초의의 달'을 추천하고 행사를 주최

1999. 4. 13.   중국 절강성(浙江省) 호주시(湖州市) 육우묘(陸羽墓)에 일주문인 '모우방(慕羽坊)' 건립

1999.   '서운(西雲)차문화상' 시상(~2000)

2000. 3.   차문화연구 최고과정[茶道正師] 운영 시작

2001. 12.   '올해의 차인상' 시상 시작

일지암

2005. 5. 4.	서울시청 광장에서 '하이서울팔도차문화큰잔치' 개최
2006. 4.	세종문화회관에서 '문경명품다기특별전' 개최
2008. 5. 25.	제1회 대한민국 올해의 명다기 품평 대회 개최
2008. 8. 15.	경주 보문단지에 '충담사(忠談師) 안민가비(安民歌碑)' 건립
2008. 9. 9.	차인회관 2층에 상설전시관 개관
2009. 3. 5.	한국다도대학원 강릉분원 설치
2010. 6. 12.	진주 신안녹지공원에 '차의 날 선포 30년 기념비' 건립
2011. 3. 16.	한국다도대학원 대구분원 설치

회장
又史 朴權欽
우사 박권흠

1932년 3월 12일 생(경북 청도군 각북면 남산동)
김영삼 신민당 총재 비서실장
제10대·11대 국회의원
국회 문교공보위원장
한국도로공사 이사장
《대구일보》 사장
(사)사명당기념사회 회장
명예정치학박사 학위 취득
現 (사)임진란(壬辰亂)정신문화선양 회장
現 세계차연합회(WTU) 회장
現 (사)한국차인연합회 회장(1992~)

【저서】
『열풍전야(熱風前夜)』(정운경 화백 공저)
『맹자의 직언』
『정치의 현장』
『정치가 가는 길』
『정치 이대로는 안 된다』
『닭의 목을 비틀어도 새벽은 온다』
『나의 차사랑 이야기』
『한국의 차문화』
『YS와 나 그리고 차』

제3회 차의 날 기념행사(충남 예산 추사고택, 1983. 5. 25)

차의 날 기념행사에 모인 (사)한국차인연합회 회원들(낙선재, 1985. 5. 25)

1 진주 촉석루에서 열린 차의 날 제정 선포식(1981)
2 진주 신안동에 건립된 차의 날 선포 30년 기념비(2010. 6)
3 경주 보문단지 내에 건립된 충담사 안민가비(2008. 8.15)
4 한국다도대학원의 졸업식
5 전국 지도자 연수회

(社)韓國茶人會 창립 과정

기록 : 故 김봉호(前《다원》 발행인) | 확인 : 박동선(現 사단법인 한국차인연합회 이사장)

【發起人 모임】 1978.

- 박동선, 박종한, 박태영 화백 등 몇몇이 전국의 사찰과 유명 차 유적지와 차인들을 만나 본 후 얻은 결론은 민족정신을 고양시키고 예의범절을 살려 한국인다운 인성을 회복하기 위해서는 차 생활 부흥이 우선되어야 한다는 것이었다. 이에 가칭 '한국차인회 발기인' 모임을 갖고 다음과 같이 조직을 구성하였다.

〈假稱 韓國茶人會發起人〉

代表 : 崔凡述, 朴兌泳, 朴東宣, 尹炳相, 朴鐘漢

지도위원 : 정명수, 안광석, 이을호, 김종해, 김운학, 허근

【총회의 준비】 1979. 1. 6.

- 朴東宣(45) 美隆그룹 회장의 오류동 자택에서 학자들과 회동
- '가칭 한국차인회'의 첫 사업으로 1980년 4월에 있을 一枝庵 복원 낙성식에 대하여 논의
- 도산 상태의 茶生産 실태를 話題로 박동선 회장이 보성의 차밭 6만 5천 평을 사들인 것에 대하여 대화
- 1월 20일에 총회를 열어 '韓國茶人會'를 결성하기로 합의

【창립총회】 1979. 1. 20.

- 일시 : 1979. 1. 20. 16:00 | 장소 : 무역회관 12층 그릴(서울 중구 회현동2가 10-1)
- 개회사 : 최범술 | 경과 보고 : 박종한 | 사회 : 조창도 | 참석자 : 이덕봉 외 99인
- 모임의 취지 : 신라 이전부터 조선왕조 중엽까지 계승되다가 끊어져 버린 전통 차 문화를 복구, 더 발전시켜 커피 등 외국차를 밀어내 외화 손실을 막고 차 생활 예절로 도덕성을 회복하자는 취지로 시작되었다.

● 창립의 목적 : 차인들의 모임인 단위차회를 관리, 육성, 지원하며 국민 차 생활의 전통을 계승 발전시켜 국민정신을 함양한다.

〈창립총회의 주요 결의 사항〉
● 會의 명칭을 '韓國茶人會'로 결정
● 해남 대둔사 일지암을 복원, 차의 성지로 만들자는 결의와 대렴비 건립에 대한 논의
● 임원 선출

　　전형위원 : 이영로, 임경빈, 김봉호, 박태영, 이정희, 유종선, 조창도(7인 임원 선출)

　　顧問 : 朴東宣(미륭그룹 회장), 신형식(국회의원)

　　會長 : 李德鳳(자연보호협회 회장)

　　副會長 : 金美熙(쌍용그룹), 朴鐘漢(진주 대아중고등학교장)

　　理事 : 高範俊(한국난협회장), 任慶彬(서울대 농대 교수), 趙昌道(한남체인 전무),

　　　　尹炳相(연세대 교수), 張明植(금성제분 사장)

　　監事 : 황태섭(전 헌병사령부 차감)
● 年會費를 5,000원으로 결정

【창립총회 회의록 공증 인가】
● 법률 대리 사무소 : 소공합동법률사무소(22-6924)
● 대리인 : 鄭忠吉, 변호사 윤기병 외 2인

【사단법인 인가】 1979. 11. 10. 문화공보부 장관
● 허가번호 제334호
● 소재지 : 서울시 용산구 원효로1가 28-9
● 대표자 성명 : 이덕봉
● 허가 연월일 : 1979년 11월 10일, 민법 제32조에 의하여 위 법인의 설립을 허가함.

【이사회 및 총회】 1980. 1. 19.

총회 기록 : 이성재

- 일시 : 1980. 1. 19. 오후 18:00 / 장소 : 서울 무역회관 12층 그릴
- 창립이사 : 신형식, 박동선, 정명수, 안광석, 이을호, 김종해, 김운학, 허근, 김종희, 이영노,
  고범준, 박태영, 김봉호, 임경빈, 정영복, 조창도, 장명식, 이정애, 임광빈, 황태섭
- 사단법인 인가이사 : 이덕봉, 김미희, 박종한, 고범준, 임경빈, 장명식, 윤병상, 조창도, 황태섭
- 회원수(1980. 1. 19. 현재) : 총 258명(등록 회원 및 비등록 회원 포함, 서울 199명, 경기 13명,
  경남 17명, 경북 13명, 충청 1명, 호남 15명)
- 등록 회원 현황(1980. 1. 19. 현재)

  〈서울〉 朴東宣, 安光碩, 김종해, 李德鳳, 金美熙, 李永魯, 朴兌泳, 趙昌道, 황태섭,
  金宗圭, 변성호, 임영무, 박비오, 鄭學來, 최옥경, 권오근, 윤두병, 尹庚爀,
  백순기, 정두진, 최범술, 고범준, 정진호, 김기문, 노석경, 국명현, 이일표,
  이성재, 서일성, 주수웅, 조자룡, 김태진, 이근호, 구준호, 박도연, 원천희,
  장창웅, 송헌동, 이덕선, 이은복, 권세철, 정승연

  〈경남〉 朴鍾漢, 김종길, 최낙선, 박해관, 변금란, 최정희, 具惠卿, 이종득, 장명식. 김태연

  〈경북〉 李貞愛, 김재룡, 박현숙, 최계홍, 金種禧, 김종섭, 도범 스님, 여연 스님

  〈호남〉 金鳳皓, 유종선, 차재석, 金齊鉉, 全春基, 황상주, 오명렬

  〈충청〉 이완종

- 신년도 사업계획 논의 : 차인 회보 발간 내용 검토 등

---

* 1985년 (사)한국차인회에서 (사)한국차인연합회로 명칭 변경.
* 1979~2012년 현재까지 역대 회장
  초대 이덕봉 2대 송지영 3대 황수로 4대 김재주 5·6·7대 박권흠
  8대 박동선 9·10·11·12대 박권흠

韓國茶人會와 一枝庵復元推進 委員會 結成

* 이 글은 《다원》지의 기자로 있던 우록 김봉호 선생이 (사)한국차인회 및 일지암 복원 추진위원회의
결성 과정과 초기의 활동 내역을 정리하여 잡지에 실은 기사로, 당시의 상황을 상세하게 전하고 있다.

茶人이라면 누구나 한번은 가보는 茶의 勝地 一枝庵.

草衣와 茶山 · 阮堂 · 蓮坡 · 縞衣 · 荷衣가 茶의 眞髓를 깨친 곳. 一枝庵은 들뜨고 허둥대고 설쳐대
는 우리들을 大自然으로 돌아오라 손짓하는 도량(道場)이다.

김봉호 記錄

前 夜

1976년 8월 하순(下旬)의 어느 날 오후에 전화가 걸려왔다. 晋州의 大亞中 · 高等學校校長
박종한(朴鐘漢) 선생이었다. 반가운 손님들을 모시고 올 꺼라는 사연이었다. 朴 선생과는 茶의 일
로 大興寺와 그곳 응송(應松) 박영희(朴暎熙) 노장 댁에서 몇 차례 만난 적이 있었으므로 구면이
었다.

그 오후가 지나고, 저녁을 먹고 난 후에도 손들은 나타나지 않더니 밤 9시경에야 세 대의 차
가 들이닥쳤다. 좁다란 내 서실에 들어선 손들은, 박종한 손상봉(孫相鳳) 박동선(朴東宣) 박태영
(朴兌泳) 조창도(趙昌道) 서일성(徐一聲) 석도범(釋道梵) 제씨였다.

수인사가 끝나자 손들은 입을 모아 초의선집(草衣選集 · 掘著)을 칭찬했고, 이어 茶를 거듭 마
시면서 茶禮와 茶文化 普及을 위하여 뭔가를 해야 할 것이 아니냐는 의견이 속출하였다.

손들은 진주에서 직행하여 몹시 피로해 보였는데 식전인 듯하여 안에다 대고 저녁을 지으라
는 내 호령을 극구 저지하면서, 바로 光州로 떠난다며 전화로 호텔 예약을 하더니, 화제가 조금
씩 구체화되어가자 이번에는 光州行을 취소하고 海南에서 하루를 묵기로 하였다.

그럭저럭 11시가 되었는데, 새삼스레 저녁을 지을 수도 없고 읍의 식당들은 이미 문을 닫았
을 터이어서 내가 천일관(天一館 · 海南의 土俗食堂)에 전화를 걸었더니 거기 역시 종업원들이 귀
가했다는 것이었으나 간청간청해서 그곳으로 자리를 옮겨 화제를 이어나갔다.

첫째는, 茶文化運動을 活性化하기 위해서는 전국의 茶人들이 한데 모여 모임체를 구성해야

한다는 것이다.

둘째는 우리나라 茶의 中興祖인 초의(草衣)의 일지암(一枝庵)을 복원해야 한다는 것이었다.

손들과 나는 가까운 시일에 날짜를 잡아서 서울에서 만나기로 하고 일응 헤어졌다.

1976년 9월 ××일 서울 오류동의 박동선 회장 댁에서 일차 모임이 있었다. 그때의 참석자는 대략 다음의 분으로 기억된다.

박동선, 효당(曉堂) 최범술(崔凡述), 청사(晴斯) 안광석(安光碩), 박태영(朴兌泳), 김미희(金美熙), 정승연(鄭承娟), 박종한(朴鍾漢), 손상봉(孫相鳳), 임경빈(林慶彬), 이영노(李永魯), 황태섭(黃泰涉), 조창도(趙昌道), 김종희(金鍾禧), 차재석(車載錫), 장명식(張明植) 제씨와 김봉호였다.

모임은 매우 우호적이었으며, 안건은 아무 이의 없이 처리되었다. 그날로 韓國茶人會와 一枝庵復元推進委員會가 결성된 것이다.(正式發足은 그 후의 일이었지만)

일지암 復元推進委員會가 정식으로 발족한 것은 1976년 10월 5일이었다.

선출된 임원은 다음과 같다.

위 원 장 김봉호

부위원장 朴鍾漢, 金美熙

이   사 金鍾禧, 林慶彬, 李永魯, 高範俊, 鄭泳福, 張明植, 李貞愛, 朴兌泳, 黃泰涉, 林洸
          賢, 柳宗善, 道梵, 鄭承娟, 車載錫

상무이사 趙昌道

사무국장 李光鍾

고   문 崔凡述, 申炯植, 朴東宣

지도위원 安光碩, 鄭命壽, 李乙浩, 許楗, 金鐘海, 金雲學, 李德鳳

一枝庵은 草衣가 지은 조그만 庵子이다. 전국 어디에서나 흔히 볼 수 있는 모습이다. 우리들이 유달리 一枝庵復元을 서두른 것은 그 庵子가 建築美學上의 가치가 있다 해서가 아니고 宗敎의 측면에서 문제 된다 해서도 아니며 그곳이 유별나게 경치가 좋아서도 아닌, 오직 茶의 中興의 요람이었다는 것에 있었다.

委員會에서는 회의를 거듭한 끝에

① 現場을 확인할 것.

② 原型을 추정하여 설계를 끝낼 것을 결의하였다.

現場踏査는 전후 10여 차례 실시하였는데, 더러는 서울 釜山 大邱의 茶人들과 더러는 大興寺의 스님들과 동행했고 그 자리가 틀림없다 해서 假設計도 그려보고 自祝會도 열고 하던 중 "그 자리는 一枝庵 자리가 아니고 新月庵 터"라는 말을 듣게 되었다. 그럴 만한 이유는 충분했다.

첫째, 大興寺의 寺刹林은 무려 900ha나 되었고 그 안에는 옛 절터가 100여 곳이 있어서 분간하기 힘들다는 점.

둘째, 大興寺의 스님들과 인근 주민들 중에 現場을 알고 있는 분들이 모두 作故했다는 점 등이다.

委員會에서는, 文獻으로는 『南茶並序』『夢霞篇並序』『大芚寺誌』를 더욱 면밀히 살펴보는 한편, 大興寺 사정에 밝다는 高 스님과 前住持 응송(應松) 박영희(朴暎熙) 스님(當時 90세)의 고증에 따르기로 하였다.

암자 터(지금의 자리)를 확정지은 것은 응송 스님을 현장으로 모시고 간 1977년 2월 하순이었다.

大興寺의 大光明殿으로부터 東南間으로 1700m 거리에 있었는데, 現場은 낙엽과 토사(土沙)로 뒤덮인 형태를 분간할 수 없었고 아름드리 잡목이 우거져서 그곳이 과연 一枝庵 터일까 의심스러울 정도였으나, 산에 오르기 전에 응송 스님과 高 스님이 말한 百日紅과 두 층으로 된 연못을 확인하고 나서야 확증을 얻은 것이다.

응송 스님, 高 스님, 朴鍾漢, 金濟炫, 金斗萬, 趙子龍 제씨와 김봉호가 입회했었다.

다음은 建築設計였다. 회의를 거듭한 끝에 趙子龍 씨(에밀레博物館長·미국 하버드대학에서 構造學으로 博士學位)로 결정하였다. 趙博士는 우선 한국의 전형적(典型的) 茶室이 어떤 것이냐에 대해서 무던히 애를 썼다. 서울을 위시해서 전국 각처를 샅샅이 뒤졌다. 사진도 약 300매 찍었다. 때로는 趙博士 홀로, 때로는 筆者와 때로는 朴鍾漢 씨와 무던히도 쏘다녔던 것이다.

趙博士를 중심으로 우리들은 대체적인 윤곽을 잡아나갔다. 현장의 배열[地割]도 구상되었다.

一枝庵은 5.5평의 正四角形 草家(茅屋)으로 하고, 法堂兼 住宅은 장차 모임으로 활용할 수 있게 15.5평의 互葺으로 내정을 하고, 假設計를 만들어서 서울의 진관사에서 열린 총회에 회부하였다.

총회에서는 별다른 이의 없이 設計의 내용과 총공사비 추정액 1,500만 원을 통과시켰고, 공사비 염출은 전액을 회원의 희사금으로 충당하기로 하였다.

復元工事 推進

建築設計가 끝나고 當局(海南郡廳)에 建築許可를 제출하는 데 필요한 구비서류(形質變更願 등등)를 만드느라고 무려 2개월. 그 허가를 얻어내는 데 3개월 도합 5개월의 시일이 걸렸고, 설계에 걸맞은 古建物을 구하느라고 거의 전국을 누비다시피 하여 드디어 일지암은 海南群玉泉에서 法堂兼住宅은 麗川의 공업단지에서 구득하는 한편 登山路의 개설(길이 없었으므로)과 택지정리를 시작하였다.

그러는 동안 뭐니 뭐니 해도 가장 문제되는 것은 자금이었는데, 그 자금이 일시에 입금이 된 것이 아니고 전후 십여 차례에 걸쳐 수금이 되었다. 공사가 종결되었을 때까지의 희사자 명단은 다음과 같다. (當時 常務理事 趙昌道씨의 證言)

金美熙 600만 원	朴東宣 500만 원	柳光烈 100만 원
朴鍾漢 70만 원	張明植 50만 원	釜山茶人會 50만 원
徐良元 50만 원	강영모 고순영 50만 원	大邱茶人會 30만 원
조창도 이광종 13만 원	李德鳳 10만 원	趙小守 10만 원
趙子龍 10만 원	황태섭 10만 원	김명지 10만 원
鄭承娟 5만 원	高範俊 5만 원	車載錫 3만 원
여규현 3만 원	崔凡述 5천 원	合計 15,795,000원

공사는 매우 어렵게 진행되었다. 현장에서 古建物을 뜯어오는 일은 그리 큰 문제가 아니었으나, 그걸 트럭에 싣고(5대) 대흥사의 개울을 건너는 일(假橋를 만들었음)과, 大光明殿에 하차하여 거기서 一枝庵까지의 1,700m 산길을 지게로 낱낱이 운반하는 일이 큰 고역이었다.

마치 그때가 여름(1979년 7월)이어서 더위도 더위려니와 길은 험하고 경사는 급했으므로, 인부 한 사람이 평균 서까래는 2개, 기와는 7장을 지고 하루 4차례 오르내리는 것이 고작이었는데 그것마저도 일이 고되다 하여 인부들이 잘 나오지 않았다.

맨손으로 하루에 한 차례 오르내렸던 筆者의 새 등산화가 공사가 끝날 무렵에는 걸레가 되었으니 짐작할 만한 일이었다.

그러는 가운데 또 실무자들을 애먹인 일은 사찰 측의 비협조였다. 상식적으로 생각했을 때, 사찰 내에 유서 깊은 암자 하나를 고스란히 지어서 헌납하겠다는데 싫어할 까닭이 뭐겠느냐 하겠지만, 그 사연인즉, 대흥사는 白坡門中인데 草衣는 생전에 白坡에 대해 禪思想으로 정면대결(正面對決)을 했다 해서 달갑잖게 여기는 존재란 것이다.

　委員會 측의 입장으로는, 설령 白坡 스님과 草衣 스님이 논쟁(論爭)을 벌였다 하더라도 그건 속세의 감정적인 싸움이 아니라 학문적이며 종교적인 선의의 주장에 불과한 것이며, 그게 약간의 감정에 흘렀다 하더라도 草衣는 대흥사의 13대(마지막) 大宗師의 위에 올랐던 분이고 또 草衣의 여러 가지 면모 중에서 '茶'에 관한 영역을 평가하자고 하는 일에 비협조였다는 것은 두고두고 섭섭한 일이었다. 비협조적이었다는 대목을 구체적으로 지적하는 것은 피차 불편한 결과가 될 것이므로 삼가겠다.

　세상만사 그러하듯 一枝庵復元工事도 당초의 예산을 5~600만 원가량 초과할 전망이었다.

　委員會에서는 고민 끝에 募綠美術展을 계획하였다. 거기에는 그럴 만한 이유가 있었다. 오늘날 東洋畵의 南畵의 大宗을 毅濟(許百鍊) 南農(許楗)으로 보았을 때 그 南農의 아버지가 米山, 米山의 아버지가 小癡(許維)인데, 小癡의 첫 번째 스승이 草衣였으며 그가 나중에 師事했던 阮當(金正喜)도 草衣의 배려로 이루어졌다는 사실로 보아 作今의 수많은 호남의 畵家들은 대체로 그 연원(淵源)을 草衣로 소급할 수 있다는 견해에 의한 것이다.

　募綠出品 권고에 대한 반응은 의외로 좋았다. 南農 선생을 비롯해서 京鄕의 많은 작가들이 1점, 혹은 3점씩 희사해 주었다. 그 명단은 다음과 같다.

許楗·金漢永·新永卜·金承姬·文草浩·趙邦元·金炫草·金玉振·朴亢煥·朴鍾會·李仁培·成仁鎬·朴益俊·李晟在·李旺載·徐榮洙·吳禹善·田選鉄·徐喜煥·千昞槿·秋順子·河南鎬·丁西鎭·禹熙春·朴飛鳥·千昞玉·朴兌泳·徐正默·鄭命壽·金明濟.
(作家의 半數가량은 위의 淵源云云과 관계가 없음)

　위의 募綠作品의 처분 문제로 또 고민을 했다. 화상(畵商)에 넘길 것이냐 아니면 좀 번거롭더라도 전시회(展示會)를 열 것이냐는 문제였다. 委員會는 회의 끝에 後者를 택했다.

　1979년 6월 27일부터 1주일간 서울시 중구 예장동의 숭의음악당에서 '一枝庵再建을 위한 美術展'을 열었던 것이다. 총수입은 약 1,000만 원이었으나 표구(表具)와 茶人會總會를 겸한 리셉션과 비품구입 기타의 경비 등등 지출이 거의 500만 원 정도이어서 실질적인 수입은 500만 원이었다.

一枝庵上樑文
本一枝庵은 只今부터 壹百五拾
餘年前草衣禪師께서建立하여
住錫하셔서가建物老朽로自然
敗寺되여오는中今般禪師를追慕
하고거기리記念하고韓國茶道를
復興시키고草衣禪師의뜻은禪茶
精神을再顯揚자草衣韓國茶人協會에
서募金하여本一枝庵을復元하게되
여乙未閏六月十日未時上樑하고寺刹
에寄贈키로한다
佛紀二千五百二十三年八月二日陰閏六月

本寺大衆名單〃〃〃〃〃

復元進委員會
委員長   金鳳皓
韓國茶協會長 李德漢
理事   朴鐘熙
        朴美泳
        朴東宣
        金濟炫
        趙昌通

일지암 상량문

復元工事가 끝난 것은 1980년 2월 中旬께이었다.

落成

공사를 끝내고 나서도 문제는 남았었다. 거기 들어설 스님을 물색하지 못한 것이다. 사찰 측의 말로는 입주를 원하는 사람은 사찰 측에서 마땅찮고 사찰 측에서 원하는 사람은 입주를 거절한다는 것이다. 결국은 釋龍雲 스님이 들어서고 落成式 및 獻納祭를 연 것은 1980년 4월 15일이었다. 그날도 비가 장대같이 쏟아져서 식전을 현장에서 열지 못하고 아래 大雄寶殿에서 간소하게 치렀다.

얼른 보기에는 도시의 아파트의 한 칸의 공정에도 미치지 못한 一枝庵復元은 우리나라 茶文化發展에 한 劃을 그었고 그것이 오롯하게 보존되는 한 그 가치는 인정되겠지만 그걸 지으려고 무던히도 애를 쓴 많은 분들 중에는 金美熙 女史를 비롯해서 他界한 분들이 많다. 哀惜한 일이다.

일지암 복원을 위한 현장 답사
응송 스님을 업은 아인 박종한 선생을 비롯한 차인들이
일지암 터를 찾기 위해
대흥사 뒷산의 가파른 길을 오르고 있다.

일지암 준공식에 모인 차인들(1980. 4. 6)

보성 차밭을 찾은
(사)한국차인회 창립 멤버들

81년 5월 25일 차의 날 선포와 대렴공 차 시배지 추원비 건립

(사)한국차인회의 첫 사업은 해남 일지암 건립이었다. 두 번째 사업은 5월 25일 차의 날 제정과 대렴공 추원비였다. 햇차가 나오는 날을 차의 날로 정하는 것이 좋다고 의논되었다. 차의 날 선언문 내용은 최범술 선생이 초안, 박종한 선생은 자료를 수집하기로 했다.

1980년에 이선근 박사(정신문화연구원 원장)에게서 차의 날 제정과 차 시배지에 대한 고증 자문을 받게 되었다.

이듬해 1981년 1월 제2주년 총회(설악산 파크호텔)에서 차의 날 제정과 하동 쌍계사 경내 대렴공 시배지 추원비 건립을 위한 사업을 결의했다. (사)한국차인회 부회장이었던 박종한 선생을 중심으로 진주차인회가 주축이 되어 추진하기로 했다. 진주차인회 사무국장 김기원 교수와 한완수 선생, 손상봉 선생 등 진주차인회 전 회원들이 전심전력을 다했다.

차의 날은 입춘으로부터 100일 이후 신차가 나오는 날로 결정되었고 요일 관계없이 5월 25일로 결정했다. 1981년 5월 25일 진주 촉석루에서 내외 귀빈과 보도진들, 전국 차인들이 모인 곳에서 엄숙히 거행되었다.

대렴공 차 시배지 추원비 건립의 설계는 문화재 전문위원의 고견을 얻었다. 비석의 크기는 높이 6자, 옆 폭 1자 1치, 폭 2자 1치, 비석돌은 흑색 화강암, 머리형은 구름 속에 비웅하는 쌍용을 음양각으로 조성하고 입석지는 쌍계사 경내 자연색 위에 세워졌다.

비의 내용 소개

【전면】
'김대렴공 차 시배지 추원비' 글씨는 해인사 일타 스님이 쓰고 비석문은 석정 선생이 썼다.

【후면】
지리산 쌍계사는 우리나라 차의 시배지로 그 사실은 별항과 같이 소소하다.

사단법인 한국차인회에서는 귀당사 대렴공이 차 종자를 이곳 화개골에 심어 민족의 차 생활 문화가 류연이 되게 한 은공을 추모하고, 그 유서 자리에 비를 세워 기념함과 동시에 신차가 나오는 5월 25일을 차의 날로 제정하여 민족의 차 생활 문화의 기틀로 삼고자 한다.

【우측면】

[당나라에서 사신으로 갔다가 돌아오던 대렴이 차 종자를 가져오니 흥덕왕은 지리산에 심도록 명하였다. 차 마시는 풍속은 이미 선덕왕 때부터 있었는데 이때에 이르러서 성하였다]

대렴공 차 시배지 추원비 제막식
(하동 쌍계사 입구, 1981)

현재 이전된 대렴공 차 시배지 추원비
(하동차문화센터 뒤)

(사)한국다도협회

　(사)한국다도협회는 1981년 7월에 다촌 정상구 박사가 창립했다. 우리나라 전통 다도 연구를 통해 우리나라의 다례를 정립하고 회원들에게 교육하여 우리의 고상한 문화 속에서 우리의 멋을 바탕으로 풍요로운 생활을 영위할 수 있도록 하며, 다도 교육을 통한 전통예절과 민족정신 함양 및 다도의 국제적인 교류에 기여함을 목적으로 한다. 이를 달성하기 위하여 한국 다도의 확립과 보급 운동 전개, 전통적인 우리 예절의 연구 및 교육, 차 문화의 국제적인 교류, 전통문화 진흥 사업 전개에 힘쓰고 있다. 또한 한국차박물관을 운영하여 전통문화를 유지·계승하고, 전통다도과와 차문화대학원을 개설하여 우수한 지도자를 양성하는 데에도 노력을 다하고 있다.

주요 연혁

1981. 7.   한국다도협회 창립(초대 회장 다촌 정상구 박사) 및 충렬사 참배

1982. 4.   일본 도쿄 만부쿠지[萬福寺]에서 한일 다도 행사 공동 개최

1983. 7.   한국차박물관 개관(양정동 부산여자대학교 내)

1983. 10. 한국다도협회 사단법인 등록 인가

1984. 2.   한일 다도 교류(일본 나고야[名古屋] 풍명회(豊茗會))

1985. 1.   부산시 유치원 중등교사 다예절 교육 연수

1986. 7.   한일 차문화제 중화(中華) 차예회(茶藝會) 개최

1987. 3.   대만다예협회 회원 다도 특별연수

1987. 4.   한일 친선 문화 세미나(일본 야마모토[山本] 복장학원)

1988. 5.   일본 도쿄와 센다이[仙臺]에서 전다회(煎茶會) 세이센유우메이류[淸
           泉茗幽流]와 차 문화 교류 및 다례 시연

1989. 4.   중국 제남(濟南)에서 다도 시연 및 정상구 회장 강연

1989. 10. 중국 항주(抗州)에서 열린 국제차문화연토회 참가

1991. 7.   창립 10주년 기념행사 및 국제차문화제 개최

1991. 7.   미국 LA 지부 개설, 미국 LA 오렌지카운티(Orange County) 지부 개설
           다례 시연

1992. 1.   호주 지부 개설

1992. 5.   스페인 지부 개설, 바르셀로나올림픽체육관에서 다례 시연

1992. 8.   미국 샌디에이고(San Diego) 지부 개설

1993. 11. 중국 절강성 차 문화 교류(연구 발표 및 다례 시연)

1994. 8.   중국 운남성(雲南省) 차 문화 교류

1996. 10.   부산시 주최 아시안워크 다례 주관(한·중·일)

1997. 2.   한국다도협회 부설 한국차문화대학원 개설

1997. 7.   제1회 다촌(정상구) 차문화상 시상(~현재)

1998. 5.   일본 도쿄 지부 개설, 도쿄문화원 19주년 기념행사 참가

1999. 4.   중국 상해 국제차문화제 참가

1999. 7.   미국 뉴욕 지부 개설

2001. 7.   창립 20주년 기념행사

2002. 10.   제1회 전국청소년다례경연대회 개최

2003. 5.   충렬사 참배 및 헌다(~현재)

2004. 5.   하동 야생차문화축제 참가(~현재)

　　　　　　무안 초의탄생축제 헌공 다례(~현재)

2009. 10.   제4회 차어울림문화제 참가

2009. 12.   베트남 하노이대학교 다례 지도 및 시연

2011. 4.   경주 충담제 참가(사선 화랑 다례 시연)

2011. 7.   창립 30주년 행사

2011. 10.   중국 상해 지부 개설

이사장

정영호 鄭瑛浩 박사

고려대학교 국어국문학과 졸업

동아대학교 대학원 문학박사학위 취득

부산여자대학교 교수

(사)단법인 한국다도협회 이사

現 부산여자대학교 부총장

現 (사)한국다도협회 이사장

【저서】

『한국현대문학감상』(세종출판사, 1996) 외 다수

다촌 정상구 선생 부부 동상

(사)한국다도협회 창립 10주년 기념행사(1991)

한국 전통 다례 시연 행사(베트남 하노이대학, 2009)

(사)한국다도협회 경주 지부 설립

창립 30주년 행사(2011. 7. 7)

(사)한국차문화협회

　(사)한국차문화협회는 한국 전통 차 문화를 연구·보급함으로써 올바른 차 문화를 정립하고, 이를 통해 국민 정서 순화와 사회 안정에 기여하고자 설립되었다. 이를 위해 한국 다례 문화 연구, 차 생활 용어 연구 정립, 각종 차 문화 제례의 현대적 전향 연구 정립, 현대인의 차 생활과 행다 예절에 대한 연구 정립, 차 문화 연구에 대한 서책 발간, 차 문화의 연구 보급에 필요한 답사 행사 간담회 개최, 차 문화 연구 보급 운동을 위한 전문 후진 양성 등 다양한 사업을 펼치고 있다. 한편, (사)한국차문화협회가 보유한 규방 다례는 국내에서 유일하게 생활차 분야에서는 무형문화재(인천광역시 지정 제11호)로 지정된 다법이며, 조선시대 사대부가 여인들의 차 생활을 엿볼 수 있는 전통 행다례이다. 이 규방 다례는 전통 존중, 예절 존중, 과학 존중, 생활 존중, 청결 존중 등 다섯 가지 기본을 존중으로 만들어져 있는 것이 특징이다.

주요 연혁

1990. 5.	전국 차인 큰 잔치 개최 시작
1990. 5.	전국 차음식 전시 및 경연대회 개최 시작
1991. 4. 12.	(사)한국차문화협회 설립 승인 취득
1992. 8.	차문화예절지도사 연수회 시작
1995. 10.	한독 국제차문화교류 개최(쾰른(Köln))
1995. 4.	한미 국제차문화교류 개최(버밍햄(Birmingham))
1996. 11.	신라왕자 김교각 스님에 대한 학술 발표회 개최
1997. 5.	5월의 문화인물 초의 선사 기념 학술 발표회
1997. 11.	한국·인도 국제차문화교류 개최(뉴델리(New Delhi))
1998. 5.	전국 청소년 차문화전 개최 시작
1999. 6.	한중 국제차문화교류 개최(복건성(福建省) 무이산(武夷山))
1999. 9.	한미 국제차문화교류 개최(볼티모어(Baltimore))
2000. 6.	전국인설차문화전 개최(~2009. 7.)
2000. 8.	한국·스리랑카 국제차문화교류 개최(콜롬보(Baltimore), 캔디 (Kandy))
2002. 4.	한중 수교 10주년 기념 국제차문화교류 개최(심양(瀋陽))
2002. 4.	신라왕자 김교각 스님 차 시비 건립(중국 안휘성(安徽省) 구화산(九 華山))
2003. 10.	제1기 한국차문화대학원 출범
2003. 11.	미주 한인 이민 100주년 기념 한국차문화 공연(LA, 애리조나(Arizona))
2004. 3	창경궁 전통 차 예절 체험 행사 진행(~현재)

2006. 9.   대북(臺北)차문화박람회(대만 대북)

2007. 11.   중국상해한국학교 제1회 우리 전통 차향을 찾아서 개최

2008. 11.   중국상해한국학교 제2회 우리 전통 차향을 찾아서 개최

2011. 1.   등록 민간자격 차문화예절지도사 자격시험 실시(~현재)

2011. 6.   문화체육관광부 소속 비영리 민간단체 지정, 기획재정부 지정

　　　　　　지정기부금 대상단체 지정

(사)한국차문화협회의 창립총회(1991)

이
사
장

이
귀
례 李貴禮

1979. 1. 20. (사)한국차인회 창립 준비위원

1980. 4. 6.   해남 일지암 복원 추진위원

1988. 8. 31. 차인들의 모임인 다신계 창립 부회장

1989. 5. 17. (사)주부클럽연합회 주최 신사임당의 날 생활예절 다례 심사위원

1991. 4. 21. (사)한국차문화협회 설립 부회장

現 (재)가천문화재단 설립 부이사장

現 가천박물관 관장(문화관광부 승인)

現 (사)한국차문화협회 이사장

現 초의문화제 초의상 심사위원

現 인천광역시 무형문화재 제11호 규방 다례 기능 보유자

現 (사)규방 다례 보존회 설립 이사장

現 (사)재인천광역시 무형문화재총연합회 이사장

現 (사)인천광역시 박물관협의회 이사장

【저서】

『한국의 차문화−우리 차의 역사와 정신 그리고 규방 다례』(열화당, 2002)

제37회 차문화예절지도사 하계 연수회(2011. 8)

김지장 스님 차 시비 제막식(중국 안휘성 구화산, 2002. 4. 20)

제31회 차의 날 기념 제22회 전국 차인 큰 잔치(2011. 5)　　　　2002 한중 국제 차 문화 교류 행사(중국 심양시, 2002. 4)

제12회 전국인설차문화전 차예절 경연대회(2011. 9)

(사)국제차문화교류협력재단

　(사)국제차문화교류협력재단은 차 문화의 올바른 정립과 드높은 가치 창출을 통해 대중의 문화 정서 양양과 복지 증진에 기여하기 위해 창립되었다. 국제 차 문화 교류 협력 사업 시행을 통해 한국에 대한 인식과 이해를 도모하고 인류의 우호 친선을 증진하는 데 이바지함을 목적으로 한다. 우리 차 문화는 유구한 역사를 가지고 있음에도 이웃 나라들에 비해 질적·양적인 면에서 학문적 정립이 미비한 것이 현실이다. 인류가 차를 마시기 시작한 시점과 차의 역사에 대해서도 다양한 견해가 있는데, 이는 향후 연구와 논의를 통해 다각도로 접근하여 이론적으로 정립해야 할 것이다. (사)국제차문화교류협력재단은 오랜 시간에 걸쳐 지속적으로 연구와 교육, 세미나 활동을 펼치고, 개인보다는 공동 연구, 학제 산학 연계 연구를 통해 차 문화학의 폭과 깊이를 더해가고자 노력하고 있다.

주요 연혁

1993. 6. 3.   군산여성 예지원 개원

1997. 4. 10.   전북차인연합회 결성식(군산, 익산, 전주, 고창, 정읍 지회)

2002. 8. 29.   사단법인 한국차인회 설립 허가

2003. 10. 3.   제12회 한국명전 2,000명 참석

                       원광대학교 동양학대학원 예문화와 다도학과 석사 과정 개설

2004. 5. 25.   티월드 페스티벌 2004(코엑스 3층 컨벤션홀)

                       원광디지털대학교 차문화경영학과 개설

2005. 10. 14.   익산서동문화축제 전통 차 문화 체험장 운영

2006. 5. 26.   대구국제차문화축제 개최

2006. 9. 13.   '사단법인 국제차문화교류협력재단'으로 법인 명칭 변경

2007. 1. 29.   중국 운남대학과 교류 협정

2007. 5. 26.   대구국제차문화축제 개최

2007. 10. 13.   국제무아차회 개최

2008. 1. 18.   현재 전국 51개 지회, 전북 10개 지회로 총 회원 3만 명

                       2006년부터 매달 지역 순회 차 심포지엄 개최

2008. 5. 29.   대구세계차문화축제(명칭 변경) 개최

2009. 6. 18.   대구세계차문화축제 개최

총재

석산 이진수

碩山　李眞秀

철학박사

원불교 나포리교당 주임 교무

(사)국제차문화교류협력재단 총재

(사)한국복식과학재단 총재

(사)국제선·명상문화재단 총재

국제차문화학회 회장

한국기호식품학회 회장

대구 TEA EXPO 총재

원광디지털대학교 교수

580

제36회 대구차학술대회(2009)

제11회 국제무아차회 한국대회

세계기독교차문화협회

세계기독교차문화협회는 '차 한 잔으로 세계 복음화'라는 사명을 가지고 차를 통해 한국은 물론 세계 열방에 기독교 복음을 전파하려는 취지에서 설립되었다. 아울러 한국 기독교가 한국 문화 속에 뿌리를 내려 명실공히 민족에게 인정받는 기독교가 되는 동시에 전 세계 교민들에게 전통 차 문화를 소개하여 우리 문화의 이해를 돕고 교민 자녀들을 문화적 혼돈에서 벗어날 수 있게 계몽하고자 한다. 음주문화에 오염된 사회를 차로써 정화시키고, 특히 청소년의 건전한 모임을 창출해내는 데도 기여코자 한다. 이와 함께 현대 생활에 맞는 행다례 개발과 티 테이블 세팅, 다화(茶花)를 통해 사회 속에 건전한 문화를 정착시키고자 노력하고 있다. '건강한 가정! 건강한 교회! 건강한 사회!'라는 슬로건을 걸고 예수 그리스도의 사랑과 복음을 차 문화를 통해 한국과 전 세계에 널리 전하고자 한다.

주요 연혁

1999. 10.   세계기독교차문화협회 창립

2000~   제1회부터 제6회까지 세계 기독교 차 문화 창작 다례 발표

【기독교 창작 다례 13작품】

차와 기도, 기독교 폐백, 호산나! 호산나! 호산나!, 부활 행다, 축하 행다, 차의 향기와 그리스도의 사랑, 추모예배 행다, 구역예배 행다, 차 한 잔으로 세계 복음화, 빛과 소금, 추수감사절 다례, 성탄절 다례, 예수님과 열두 제자 다례

【일양 창작 다례 12작품】

중정(中正) 다례, 접빈 말차 다례, 신년교례 차회, 새해맞이 다례, 피크닉 다례, 나눔 말차 다례, 비즈니스 다례, 가족 다례, 고차 다례, 보이차 행다, 어린이 차 놀이, 젊은이들의 교제

2000~2011.   세계기독교차문화협회 지부 설립(국내외 35개 지부)

2000~2011.   국내외 활동

【해외】

미국, 캐나다, 호주, 중국, 일본, 필리핀 등 차 문화 행사 주관 및 초청 강의

【국내】

서울제일교회, 온누리교회 등 전국 50개 교회 차 문화 강의, 시연, 간증 발표

【한국의 아름다운 찻자리】

티 테이블 스타일리스트(Tea table stylist) 35명 배출

【방송】

CTS 〈내가 매일 기쁘게〉 CBS 〈새롭게 하소서〉, FEBC 〈하나 되게 하소서〉 간증,
CTS 〈뉴스와이드〉, FEBC 방송 출연

【저서】

『다화』,『한국의 아름다운 찻자리』,『한국의 새로운 행다례 25』

회장
일양一羊 박천현

現 세계기독교차문화협회 회장

現 일양문화연구원 이사장

現 바르게살기운동 중앙협의회 부회장

現 해외 한민족교육진흥회 이사

現 기독교대한성결 서울제일교회 장로

現 문화유산 국민신탁 이사

2007년 올해의 차인상 수상

행다 중 기도하는 박천현 회장

추수감사행다례

제2회 세계기독교차문화제 발표(기독교 폐백, 삼성동 코스모타워, 2002)

외국 대사 및 대사 부인 한복 패션쇼, 티테이블 행사(청와대 사랑채, 2011.7)

(사)부산차문화진흥원

부산의 대표 차인들과 각계 저명인사를 주축으로 하여 그들의 다법에 관해 연구하고, 차 문화를 보급하기 위해 설립되었다. 부산 차인들이 결속하여 전통문화를 계승·발전시키고 국민차를 생활화하며 국제 교류를 하는 데 힘쓰고 있다. 이를 통해 우리나라의 우수한 차 문화를 널리 알리고 차 인구 저변을 확대시켜 국민정신을 함양하는 데 그 설립 목적이 있다.

주요 연혁

2006. 10. 24.   (사)부산차문화진흥원 설립. 『부산차문화사』 등 편찬 사업을 추진하고 국제차문화축제를 개최하여 차 문화의 세계화를 이끌기 위해 만전을 기하고 있다. 차인들의 다법을 연구하여 체계적인 차 문화의 기틀을 만들고, 이를 바탕으로 일반인들에게 널리 보급하고자 노력하고 있다.

주요 사업 및 활동

· 부산국제차어울림문화제

차를 통해 한국의 고유 정신문화를 보다 많은 시민들에게 알리는 데 가장 큰 의의
가 있다. 뿐만 아니라 부산 거주 외국인과 부산국제영화제에 참석한 국내외 인사
들에게 부산의 차 문화를 널리 홍보하고, 나아가 부산 차 문화가 국제적으로 도
약할 수 있는 기회를 제공하고자 시행하고 있다.

· 한일 차 문화 교류전

한국과 일본의 문화 교류와 우호 증진을 목적으로 한일 양국이 전통 차 문화를 동
시에 소개하는 교류전에서는 다구, 다화, 다식을 전시하며 차 시연회도 한다.

회장
이
미
자

現 (사)부산차문화진흥원 회장

부산국제차어울림문화제 개막식에 참석한 이미자 회장과 차인들

광주국제차문화전시회에 문화 교류차 방문한 (사)부산차문화진흥원 회원들(2011)

다기 전시를 관람 중인 (사)부산차문화진흥원 회원들

광주국제차문화전시회(2011)

부록

1983년《다원》지에 소개된 전국 다회 현황

◆ 가예원 (嘉藝苑)

- 주소 : 서울 중구 명동 2가 2번지 함풍빌딩
  4층 11호 (전화 : 28-4068)
- 회장 설옥자
- 개원일 : 1982년 10월 4일
- 다실 : 다용도
- 강사 : 1) 실기 : 김규자·김숙련
        2) 이론 : 원장
- 회원 : 1) 수 : 70명
        2) 연령층 : 중학생~60대
- 회비 : 월 15,000원
- 회원증 : 발급함
- 수료증 : 발급하지 않음
- 시간 : 매일 12시
- 운영 : 회비로 충당
- 기간 : 규수반 3개월
- 茶외 행사 : 꽃꽂이·예도
- 주요활동내용 : 1) 명성그룹 15주년 행사 다례
              시범 (1천명 참가)
            2) 경기도 고양여고 교사·학생
              대상 실기교육
            3) 신사임당 행사 (경복궁내)
- 계획 : 1) 주부클럽연합회 인천지부에서 다례
        시범 (6월 22일)
       2) 다도학교 개설
- 한국차인회 가입 : 가입했음
- 간행물 : 없음
- 많은 다회들이 외국과의 교류는 활발한 듯하
면서도 국내 다회끼리는 교류가 없는 듯하다. 잦
은 교류로 유대를 맺어야 함은 물론 다도 이론,
행차법등을 의논하고 규범을 정립하여야 할 것이
다. 예도·정신·질서를 바탕으로 우리 전통 의식
구조에 맞도록 보급·교육해야 할 것이며, 이에는
한국차인회의 역할이 매우 중요하다고 생각된다.
  초보자나 어린이들에게는 현미茶로 교육하고 있
고, 특히 어린이들에게 茶를 마시게 하도록 노력
하고 있다.

◆ 다경회 (茶敬會)

- 주소 : 서울 강남구 청담동 청담상가 202호
  (전화 : 543-3427)
- 회장 김태연
- 개회일 : 1979년 2월
- 다실 : 꽃꽂이 강좌 겸용
- 강사 : 1) 실기 및 이론 : 회장
        2) 특강 : 김명배·석성우·황혜성·남
          상민
- 회원 : 1) 수 : 50명 (제 3기)
        2) 연령층 : 30~40대
- 회비 : 입회비 1만원 일반회원 월 15,000원
       연구회원 월 20,000원
- 회원증 : 발급함
- 수료증 : 일반회원-초급 수료증
         연구회원-지부장증
- 시간 : 일반회원 매주 수요일 오전 10시
       연구회원 매주 화·토요일 오전 10시
- 운영 : 회비로 충당
- 기간 : 일반회원 3개월
       연구회원 1년
- 茶외 행사 : 꽃꽂이·수석
- 주요 활동내용 :
  1) 기별 (期別) 수료식 및 다례 발표회
  2) 유치원생 다도교육 (자모포함)
- 계획 : 1) 다경회 지부장 시험 (7월 9일)
       2) 제 3기 수료식 (7월 12일)
- 한국차인회 가입 : 가입했음
- 간행물 : 팜프렛 수시로 발행
- 단순한 茶모임이 아니며 체계있고 조직적으
로 차교육을 하기 위한 학원이다.
  전국 7개 지부가 있어서 지역사회에도 활발히
보급되고 있다. 이론이 정립된 교재가 없어 교육
하기에 무척 어렵다.
  우리 문헌이나 고증도 적을 뿐 더러, 최근 간행
된 교재의 일부는 일본어를 번역, 참고한 것이있
어 왜색에 젖어드는 경향이 없는 것은 아니다.
  다례를 행할 때는 자체내의 한복으로 갈아입고
일체의 장신구를 빼고 한다. 차도구나 의상이나
가구가 화려하면 이미 차의 기본 정신에 어긋나
는 일이다.

◆ 다례원 (茶禮院)

- 주소 : 서울 강남구 압구정동 현대아파트 32동 101호 (전화 : 544-7612)
- 원장 정승연, 부원장 강경자·양의숙, 총무 이영옥
- 개원일 : 1975년 7월 14일
- 다실 : 원장 자택내
- 강사 : 1) 실기 : 원장, 강경자, 오시자
  2) 이론 : 수시로 외부강사 초빙
- 회원 : 1) 수 : 20명
  2) 연령층 : 30대
- 회비 : 월 2만원
- 회원증 : 발급하지 않음
- 수료증 : 발급하지 않음
- 시간 : 매주 수요일 오후 2시
- 운영 : 회비로 충당
- 기간 : 일반회원 : 3개월
  연구회원 : 무기한
- 茶외 행사 : 분재, 교양 강좌
- 주요 활동내용 : 1) 정신문화연구원에서 다례 발표회
  2) 대만·일본 다례발표회 (일본 NHK 특집 방송)
  3) 국립원호원에서 고급 공무원 대상 다도교육
  4) 강화도 호국교육원에서 남학생 다례 지도를 위한 슬라이드·VTR 제작 지도.
- 계획 : 1) 일본 방문
  2) 차문화 전시회
  3) 차문화 센터 설립으로 여성 전문교육기관으로 확대
- 한국차인회 가입 : 가입했음
- 간행물 : 연구용 복사물 제본
- 다례법이 자기 것만이 옳다는 것은 다소 무리라고 생각된다. 각 다회의 특징을 그대로 보유하면서 우리 예절을 바탕으로한 보편 타당한 표준 다례가 설정되어야 할 것이다. 「이것이 아니면 안된다」하는 식은 차보급의 저해시키는 요인이며, 언제 어디서라도 마실 수 있는 다례가 바람직할 것이다.

특히 다례는 여러 유형을 표절 발표할 것이 아니라, 민족관과 사명감의 기준하에 설정되어야 하며, 기존 다회의 다례를 발표할 때는 그 다회를 소개하는 것이 다인의 자세가 아닌가 생각된다.

◆ 명산다회 (茗山茶會)

- 주소 : 서울 성동구 종암동 78-79 (전화 : 95-7006)
- 회장 고세연
- 개회일 : 1981년 9월
- 다실 : 회장 자택내
- 강사 : 1) 실기 : 회장
  2) 이론 : 수시로 외부 강사 초빙
- 회원 : 1) 수 : 30명
  2) 연령층 : 20~40대
- 회비 : 가입비 1만원, 월 1만원
- 회원증 : 발급함
- 수료증 : 발급할 예정
- 시간 : 매주 월요일 11시
- 운영 : 회비로 충당
- 기간 : 1년이 지나면 정회원 자격
- 茶외 행사 : 교양강좌, 서예
- 주요 활동내용 : 회원 확대 및 보급
- 계획 : 이웃, 단체에 차 보급
- 한국차인회 가입 : 가입하지 않았음
- 간행물 : 없음
- 다회끼리 단결이 되지 않는 것은 각 다회마다 근원이 없기때문이다. 시간이 지나면 문단의 例처럼 다회에도 뿌리가 생길 것이다. 차의 보급은 차를 아는 사람들의 봉사심과 희생정신이 필요하다. 회비나 자금으로 차와 다구를 이웃에게 나누어 주어야 하고, 기금을 조성하여 대학교수의 자문으로 차이론, 다례법을 정립하여야 한다.

또한 한국차인회는 각 다회를 여러 방면으로 뒷받침해야함은 물론 더 높은 차원에서 차문화를 유도해 나가야 할 것이다.

◆ 명진회(茗眞會)
- 주소 : 서울 강남구 논현동 90 - 1 (전화 : 792
      - 4002)
- 회장 한영숙, 부회장 김리언 · 손성애, 총무
      문경림, 재무 송정남
- 개회일 : 1982년 1월
- 다실 : 효동원내
- 강사 : 정영선
- 회원 : 1) 수 : 40명
           2) 연령층 : 20~40대
- 회비 : 연 2회 2만원
- 회원증 : 발급하지 않음.
- 수료증 : 연 20회 이상 팽주를 하면 수료증을
           발급
- 시간 : 매월 첫째, 세째 금요일 오후 2시
- 운영 : 회비로 충당
- 기간 : 무기한
- 茶외 행사 : 교양강좌
- 주요 활동내용 : 정기모임외에는 없음
- 계획 : 생활차 교육 및 보급
- 한국차인회 가입 : 가입했음
- 간행물 : 없음
- 차의 건전한 보급을 위한 순수한 모임이며,
우리 고유의 다도를 정립하려고 노력중이다. 특히
후배 양성을 위해 차사범을 양성하고, 인격 · 정신
· 교양을 바탕으로 한 자신의 인품을 계발하기 위
해 꾸준히 노력하고 있다. 요즈음 다도 붐이 일
어 경향각지에 다회가 조성되는 데 일단은 바람
직한 일이다. 한국차인회에 거는 기대가 매우 크
다.

◆ 명향다회 (茗鄕茶會)
- 주소 : 서울 강남구 서초동 우성아파트 3동 503
      호(전화 : 556 - 9666)
- 회장 : 감승희
- 개회일 : 1980년 12월
- 다실 : 회장 자택내
- 강사 : 회장
- 회원 : 1) 수 : 20명
           2) 연령층 : 20~60대
- 회비 : 특별한 행사 있을때만
- 회원증 : 발급하지 않음
- 수료증 : 발급하지 않음
- 시간 : 매월 첫째 · 세째 수요일 오후 1시
- 운영 : 회비로 충당
- 기간 : 무기한
- 茶외 행사 : 불교 이론 강좌
- 주요 활동내용 : 1) 매월 정기 헌공다례
           2) 전남 보성 다원 견학
           3) 평화통일자문위원회 정기
              모임에서 이론및 다례시범
           4) 미국 · 캐나다 방문 다례시범
           5) 국제다회(외국인 포함)
- 계획 : 다례 발표회
- 한국차인회 가입 : 가입하지 않았음
- 간행물 : 없음
- 이제 시작하는 활동을 위해서 한국차인회에서
나 다인들은 할 일이 매우 많다고 생각한다.
다원경영자, 제다업자, 다기 제작자등 관계인
이 단합하여 기본 방향을 체계적으로 설정,
모처럼 일어난 차마시는 운동에 박차를 가하
여야 할 것이다. 차라는 것부터 대중에게 인
식시켜야 하며, 쉬운 교재나 책자를 만들어 보
급하는 일도 시급하다. 대외적 행사도 중요하
나 알맹이가 남는 작업이 필요하다고 생각한
다.

◆ 예지원(사단법인 禮智院)

- 주소 : 서울 성북구 성북동 2 – 22(전화 : 743 – 0105~7)
- 원장 강영숙, 다도부장 권명득
- 개원일 : 1976년 초
- 다실 : 내당(內堂)
- 강사 : 원장외 다도부 및 수시로 외부 강사 초빙
- 회원 : 1) 수 : 20명(연구반)
  2) 연령층 : 연구반을 제외한 일반회원은 유치부에서 노년부까지 있음
- 회비 : 입회비 1만원, 월 1만원
- 회원증 : 발급하지 않음
- 수료증 : 수료 기념품 증정
- 시간 : 화요일 오전 10시(연구반), 토요일 오후 3시(초급반), 강의 월 2회
- 운영 : 회비로 충당
- 기간 : 3개월
- 茶외 행사 : 도자기교실, 혼례시범, 일일학교 개설, 소양교육, 전통문화 전반에 관한 교육
- 주요 활동내용 : 1) 어버이날「예지의 초대」
  2) 이동교육(외부단체 대상 출장 다도 교육)
  3) 일일학교(외부단체 대상 초청 다도 교육)
- 계획 : 1) 창립기념일 행사(9월 11일)
  2) 이동교육 및 일일학교 활성화
- 한국차인회 가입 : 가입하지 않음
- 간행물 : 현대 여성 문고 시리즈
- 우리 전통 문화를 소개하고 보급하는 모임이니 만큼 다도교육에도 많은 비중을 두고 있다. 특히 다동교육이라 하여 유치부와 국민학교를 중점으로 교육하고, 교직자를 대상으로 올바른 다도 교육을 할 수 있도록 역점을 두고 있다. 또한 외국인들에게 우리 문화를 소개하는데도 노력하고 있다.

◆ 용천다회(龍泉茶會)

- 주소 : 서울 강남구 자문동 한신 5차 117동 503호(전화 : 590 – 3383)
- 회장 김옥련, 부회장 서숙자·맹송지, 재무 김복희, 총무 홍기숙, 외국담당 오정자
- 개회일 : 1982년 4월
- 다실 : 없음(회원가정 순회)
- 강사 : 실기 위주 – 회장
- 회원 : 1) 수 : 20명
  2) 연령층 : 30~50대
- 회비 : 월 1만원
- 회원증 : 발급하지 않음
- 수료증 : 발급하지 않음
- 시간 : 매월 7일 12시
- 운영 : 회비로 충당
- 기간 : 무기한
- 茶외 행사 : 없음
- 주요 활동내용 : 자선바자회
- 계획 : 일본 다회 견학(9월정)
- 한국차인회 가입 : 가입했음
- 간행물 : 없음
- 다례법을 일원화하는 것은 현실적으로 어려운 일이며, 실상 여러 종류가 있어도 무방하다. 여러 유형이 있으므로서 그 다회의 개성이 드러나는 것이며, 다회의 발전에도 도움이 된다. 또한 남의 좋은 점을 취하는 것도 그렇게 나쁘게만 생각할 것만은 아니다. 다회가 어떤힘에 의해서 구속을 받는다는 것은 있을 수 없는 일이며, 한창 발전하는 차붐에도 나쁜 영향을 줄 수 있다. 차를 교육하는 학원은 우리 실정에서 이른 감이 있다. 한국차인회는 별도 회관이 있어서 전 다인의 구심적인 센터 역할을 해야한다.

◆ 한국다도연구회 (韓國茶道硏究會)

- 주소 : 서울 종로구 내자동 198 서라벌빌딩
  603호 (전화 : 725-5519)
- 회장 허경석
- 개원일 : 1977년 10월 5일
- 다실 : 선다실 (禪茶室)
- 강사 : 수시로 외부 강사 초빙
- 회원 : 1) 수 : 450명
  2) 연령층 : 20~40대
- 회비 : 없음
- 회원증 : 발급함
- 수료증 : 발급하지 않음
- 시간 : 매주 수요일 오후 7시
- 운영 : 회장 부담
- 기간 : 무기한
- 茶외 행사 : 전문 교양 강좌
- 주요 활동내용 : 다기전시회 15회 (일본)
- 계획 : 다원 조성 (고흥・영암지방)
- 한국차인회 가입 : 가입하지 않음
- 간행물 : 교재용 팜프렛 수시 발행
- 예법에 치중하지 않고 생활화, 대중화에 중점을 두고 있다. 다실은 언제든지, 누구에게라도 공개하고 있으며 정기 모임도 개방하고 있다. 다회를 운영하는 사람은 자기의 생활근거를 갖고 회생・봉사가 필요하다. 그러나 무료로 하는 것보다 형식과 절차가 필요한 것같다. 외국의 좋은 것은 배워야 하며 배타적이어서는 안된다. 보급하거나 교육하는 사람은 다례법에만 치중할 것이 아니라 차에 대한 여러 분야를 연구해야 한다. 즉, 제다, 재배, 약리・효능, 비료, 농약, 도자기, 다구, 야생차 산지 (단지), 제품, 공예, 건축・정원, 철학, 역사, 다례, 정신・의학, 관광, 취미, 종교등 다방면에 대한 전문 연구가 필요하다.

◆ 한국의 집 (재단법인)

- 주소 : 서울 중구 필동 2번지 (전화 : 266-6938)
- 사업부 : 허욱
- 개회일 : 1982년 11월
- 다실 : 봉래실
- 강사 : 1) 실기 : 정승연
  2) 이론 : 수시로 외부 강사 초빙
- 회원 : 1) 수 : 60명
  2) 연령층 : 20~40대
  3) 배출인원 : 300여명
- 회비 : 월 1만원
  정기강좌 (8주) 2만원
- 회원증 : 이름표 발급
- 수료증 : 발급함
- 시간 : 매주 목요일 2시
  정기강좌 화요일 2시 (일반)
  토요일 2시 30분 (직장반)
- 운영 : 회비 및 자체예산
- 기간 : 정기강좌 8주
- 茶외 행사 : 다기 전시 판매 및 보급
- 주요 활동내용 : 1) 교육 및 실습용 슬라이드
  (36매) 및 VTR (20분용) 제작
  2) 다도 책자 (50페이지) 발행
- 계획 : 다도 세미나 개최 (7월 초순)
- 한국차인회 가입 : 가입하지 않음
- 간행물 : 슬라이드 및 책자
- 문공부 산하 재단법인으로서 명실공히 차 보급을 위해 노력하고 있다.

문헌・고증이 적어 고유 다도를 정립하는데 어려움이 있으나, 귀족다례를 대중화하는데는 문제가 있다고 생각한다. 시간이 지나면 취사선택되어 자연히 궤도수정이 되어 규범이 생길 것이다. 세미나를 통하여 비교・연구・검토되어야 하며, 기본 예절은 꼭 필요하나 현실적으로 부적합한 의식은 대중화를 저해하는 요인이라고 생각된다.

◆ 향민다회(香敏茶會)
- 주소 : 서울 강남구 방배2동 방배 럭스아파
     트 B동 202호(전화 : 582-9952)
- 회장 한민자, 부회장 원형숙, 총무 이연희
- 개회일 : 1981년 3월
- 다실 : 회장 자택내
- 강사 : 수시로 외부 강사 초빙
- 회원 : 1)수 : 20명
       2) 연령층 : 30~50대
- 회비 : 월 5,000원
- 회원증 : 발급하지 않음
- 수료증 : 발급하지 않음
- 시간 : 매월 18일 오후 2시
- 운영 : 회비로 충당
- 기간 : 무기한
- 茶외 행사 : 꽃꽂이
- 주요 활동내용 : 1)유치원 자모대상 다도교육
              2)동부시립병원대상 교육
- 계획 : 이웃부터 차 보급
- 한국차인회 가입 : 가입했음
- 간행물 : 없음
- 차보급이 되려면 학원이나 다회가 많이 세워
져야 하나, 수료증이나 자격증을 남발하는 것은
위험한 생각이다. 가까운 가족·이웃부터, 예를들
면 반상회등에서 차를 보급해야 하고 어떤 특정
계급의 다회나 차가 되어서는 안된다. 다회 회원
의 가족, 가족의 직장, 학교등부터 서서히 무리없
이 전개해야 하며, 대외 행사를 위한 차 모임이
되어서는 안된다.
   다례법은 각양각색이므로 그것이 발표가 기회
균등해야 하며, 독특한 절차는 그 다회의 개성이
라고 생각한다.

◆ 향원다회(香園茶會)
- 주소 : 서울 동대문구 묵동 242-2
      (전화 : 973-8860)
- 회장 권영애, 부회장 이호범, 총무 최옥준
- 개회일 : 1978년 10월 26일
- 다실 : 없음(회원자택에서 순회)
- 강사 : 수시로 외부 강사 초빙
- 회원 : 1) 수 : 35명
       2) 연령층 : 50대
- 회비 : 월 2만원
- 회원증 : 발급하지 않음
- 수료증 : 발급하지 않음
- 시간 : 매월 11일 오전 11시
- 운영 : 회비로 충당
- 기간 : 무기한
- 茶외 행사 : 다도이론 연구
- 주요 활동내용 : 1) 묵동 천주교회 성모회원
                 대상 다도교육(50명)
              2) 외국부인 대상 다도 교육
              3) 일본·대만 방문
              4) 일본黃壁東本流煎茶道와 자매결연
- 계획 : 1) 여대생 대상 다도 교육
       2) 양로원등 방문
- 한국차인회 가입 : 가입했음
- 간행물 : 없음
- 차를 통한 자기 자신의 수양이 우선되어야한
다. 차모임이 많이 생기는 것은 환영할만한 일
이다. 한국차인회에서는 이런 다회가 활성화 될수
있도록 조정 운영할 수 있는 능력을 갖춰야 한다.
각다회에서 가르치는 기법이나 다례가 최선은 아
니나, 일단 기본적인 예의는 필요하며, 그러한 의
식과 절차를 갖추는 자세와 마음가짐의 필요성을
인식시켜야 할 것이다. 다회끼리의 더욱 빈번한
교류가 교육적으로나 보급면에서 시급하며, 한국차
인회는 이러한 역할의 핵이 되어야 할 것이다.

◆ 화정회 (和靜會)
- 주소 : 서울 중구 서소문동 116 고려빌딩 4층
  (전화 : 753 - 3790)
- 회장 신운학, 총무 김광옥
- 개회일 : 1981년 4월
- 다실 : 다용도
- 강사 : 1) 실기 : 윤명숙
  2) 이론 : 이상기, 수시 외부 강사 초빙
- 회원 : 1) 수 : 40명
  2) 연령층 : 30~50대
- 회비 : 입회비 1만원, 월 15,000원
- 회원증 : 발급함
- 수료증 : 발급함
- 시간 : 1) 이론 : 매월 세째 월요일 오후 2시
  2) 실기 : 매주 화요일 오후 2시 (주부반), 7시 (직장반)
  3) 정기모임 : 매월 첫째 월요일 5시
- 운영 : 회비로 충당
- 기간 : 1) 초급반·중급반 : 6개월
  2) 고급반·연구반 : 1년
- 茶외 행사 : 꽃꽂이
- 주요 활동내용 : 1) 한일친선 연합회 다도부
  2) 국제 총연맹 부인 연합회 다도회 활동
  3) 규우슈우 후꾸오까 煎茶會와 자매 결연
- 계획 : 1) 후꾸오까 煎茶會와 차교류 (7월)
  2) 다원 (茶園) 답사
  3) 일본 방문 (10월)
- 한국차인회 가입 : 가입했음
- 간행물 : 없음
- 전통차라고 해서 옛날 그대로 재현할 것이 아니라, 기본 예절과 정신은 이어 받으면서 현대감각에 맞게 조절해야 한다. 그러나 생활차와 의식차는 분명히 구별할 필요는 있다. 다회끼리의 유대를 강화하여 많은 토론을 통하여 의견을 종합하여야 한다.

◆ 효동원 (曉東院)
- 주소 : 서울 강남구 논현동 90-1 뉴서울 빌딩 403, 404호 (전화 : 544-3063)
- 원장 정원호
- 개원일 : 1981년 3월 8일
- 다실 : 다용도
- 강사 : 선혜스님외 수시로 외부 강사 초빙
- 회원 : 1) 수 : 60명
  2) 연령층 : 20~60대
  3) 배출인원 : 100여명
- 회비 : 없음
- 회원증 : 발급하지 않음
- 수료증 : 발급하지 않음
- 시간 : 매주 토요일 오후 3시
- 운영 : 원장 부담
- 기간 : 무기한
- 茶외 행사 : 한문·서도·꽃꽂이·영어 회화·가야금·일어회화·가정치료법·불교 교리강좌
- 주요 활동내용 : 1) 매월 정기 조찬법회
  2) 효당선생 제사
- 계획 : 1) 창립 기념 행사 (6월 26일)
  2) 외부 단체 대상 다도 교육
- 한국차인회 가입 : 가입하지 않음
- 간행물 : 없음
- 각 다회에서 수료증이나 사범증을 발행하는 것은 위험한 생각이다. 한국차인회에서 학력이나 특수 경력, 논문, 인격을 포함한 일정 심사를 거쳐 인정해야 할 것이다.
  이런 면에서도 한국차인회의 역할은 자못 중요하다. 각 다회에서도 각자의 주장만을 고집할 것이 아니라, 서로의 교류를 통해 이해하고 화합하고 모범을 보임으로써, 진정한 차의 보급과 교육이 이루어질 것이다.

◆ 금랑전통다례문화연구회

- 주소 : 경기도 수원시 화서동 67-2
   (전화 : 5-0904)
- 실무자 : 박달수
- 개회일 : 1975년 2월
- 다실 : 금랑헌 2층
- 강사 : 1) 이론 : 노석경   2) 실기 : 박달수
- 회원 : 342명
- 회비 : 없음
- 회원증 : 없음
- 수료증 : 없음
- 시간 : 수시
- 운영 : 자체 부담
- 기간 : 무기한
- 茶외 행사 : 전통문화에 대한 강의
- 주요활동내용 : 없음
- 계획 : 없음
- 한국차인회 가입 : 가입하지 않음.
- 간행물 : 없음
   ● 차문화 보급의 과도기이므로 여러 문제가 따르나 이는 차차 정립될 것이다.
   고유의 정통성을 살리면서 현 실정에 맞는 차문화로서 대중화에 노력할 것이다.

◆ 반월 금랑다회

- 주소 : 경기도 시흥군 군자면 로얄종합상가 3층
- 회장 윤순진, 부회장 권경순(전화 : 6-9134)
- 개회일 : 1980년
- 다실 : 꽃꽂이 학원내
- 강사 : 회장및 금랑다회팀
- 회원 : 23명
- 회비 : 일정회비는 없음
- 회원증 : 없음
- 수료증 : 없음
- 시간 : 매주 화·목요일 오후2시, 6시.
- 운영 : 자체 부담
- 기간 : 무기한
- 茶외 행사 : 꽃꽂이
- 주요 활동내용 : 1) 반월교회에서 다례발표회
                2) 반월여교사 대상 다례교육
- 계획 : 지역 단체대상 다례교육
- 한국차인회 가입 : 가입하지 않음
- 간행물 : 없음
   ● 우리 다례법이 빨리 정립되어야 한다. 유일한 전문지 『茶苑』은 책임있는 글을 싣고, 보다 나은 책이 되었으면 한다.

◆ 수원 금연다회

- 주소 : 경기도 수원시 팔달로 3번지 남문백화점 3층 금연꽃꽂이 학원(전화 : 6-6232)
- 회장 임은백·
- 개회일 : 1978년
- 다실 : 꽃꽂이 학원내
- 강사 : 회장및 금랑다회팀
- 회원 : 20명
- 회비 : 일정회비는 없음
- 회원증 : 없음
- 수료증 : 없음
- 시간 : 매주 금요일 오후2시, 오후6시
- 운영 : 자체 부담
- 기간 : 무기한
- 茶외 행사 : 여성교양강좌(미용, 생활법률, 여성건강등)
- 주요 활동내용 : 5월 16일 부라운 호텔에서 다례 발표회 및 꽃꽂이 발표회
- 계획 : 연 1회 꽃꽂이 전시회및 다례발표회.
- 한국차인회 가입 : 가입하지 않았음.
- 간행물 : 없음
   ● 꽃꽂이 회원들을 통해 일차로 차를 보급하려고 한다. 한국차인회는 일부인만을 대상으로 하는 귀족적인 인상을 주는 것같다. 또 차를 하는데 여러 가지 어휘는 다소 문제가 있는 것 같다.

◆ 韓茶文化教育院
- 주소 : 경남 진주시 판문동 대아고등학교
  (전화 : 2 - 3495)
- 회장 박종한교장
- 개회일 : 1982년 12월
- 다실 : 대아고교 교육장
- 강사 : 회장, 박신종
- 회원 : 100명
- 회비 : 1) 일반회비
  2) 영구회원 15만원 (회비에 상응하는 다기 제공)
- 회원증 : 발급함
- 수료증 : 1) 3개월 과정
  2) 1년 과정
- 시간 : 수시 (1주일전 통지)
- 운영 : 회비로 충당
- 기간 : 무기한
- 茶외 행사 : 분재
- 주요 활동내용 : 경남 교육청 관내 교직원 400명 및 진주시내 초중고어머니회 300명 대상 다도교육
- 계획 : 학교중심으로 차생활 유도
- 한국차인회 가입 : 가입하지 않았음
- 간행물 : 교육자료

● 전통다도정신을 정립하여 초·중·고 교직원을 대상으로, 차를 통한 예절을 중점적으로 보급하고 있다.

남성위주의 다회생활이 저변확대에 보다 적극적일 수 있다고 보며, 다소의 희생은 감수해야 한다.

본원은 일체 무료강좌, 신차도 무료로 제공하고 있다.

차는 종교에 관계없이 마음에 귀일점을 갖게 하는 것이니 항상 경의와 존경하는 자세가 필요하다.

숨은 다인을 발굴하고 광범위한 계층에서 차를 생활화하도록 하여야 함은 물론, 한국차인회를 비롯한 전국 각 다회들이, 현재보다 더 활성화되어야 한다고 본다.

◆ 晋州茶人會
- 주소 : 경남 진주시 상봉동동 비봉루
  (전화 : 3 -0706)
- 회장 김재생, 부회장 이정한·김상철, 총무 고영옥
- 개회일 : 1976년 8월
- 다실 : 비봉루및 회원개인다실
- 강사 : 회장, 박신종, 한완수外 수시로 외부강사 초빙.
- 회원 : 30명
- 회비 : 집회때마다 2천원
- 회원증 : 없음
- 수료증 : 없음
- 시간 : 매주 토요일
- 운영 : 회비및 찬조금
- 기간 : 무기한
- 茶외 행사 : 서예
- 주요 활동내용 : 1) 「차의 날」행사(화개 쌍계사에서)
  2) 경남 중·고교 교직원대상 다도강연
- 계획 : 1) 정기 총회개최(일지암)
  2) 다원조성
- 한국차인회 가입 : 가입했음
- 간행물 : 교육자료 수시발행

● 회원중 두 분이 박물관장이고, 대부분이 다실을 갖추고 있어 거의 매주일 모이고 있다.

임기만료에 따른 정기총회를 8월말 해남 일지암에서 개최할 예정이다.

친목위주에서 벗어나 차의 학술 연구모임으로 발전되고 있으며, 차에 따르는 관계 전통 문화에 도접근할 계획이다.

쌍계사나 통도사 등지에서 야외 차모임을 가질 때면 자연보호운동도 함께 실시하고 있다.

『茶苑』은 유일한 차전문지로서의 사명감을 갖고 보다 나은 전국지가 되도록 당부한다.

◆ 茶靜會
● 주소 : 경남 진주시 칠암동 496— 2
　　　　(전화 : 52 — 5700)
● 회장 진중열
● 개회일 : 1982년 11월
● 다실 : 의곡사내
● 강사 : 박신종
● 회원 : 30명
● 회비 : 일정회비는 없음
● 회원증 : 없음
● 수료증 : 없음
● 시간 : 매월 2회
● 운영 : 회비로 충당
● 기간 : 부정기적
● 茶외 행사 : 없음
● 주요 활동내용 : 하루찻집을 통해 진주시민 500
　　　　　　　여명에게 차소개
● 계획 : 다원조성
● 한국차인회 가입 : 가입하지 않았음
● 간행물 : 자체 프린트물
　● 각급학교에 차나무 재배를 권장하여 차의 인
식부터 심어주고, 더 나아가서 교재용으로도 활
용할 방침이다.
　지역적으로 재배가 가능하므로 학교에서 직접
길러 완제품이 되기까지 전과정을 실습하므로써
교육적 효과를 높이고 각 기관과 협조하여 이에
상응하는 이론 교육에도 충실할 것이다.
　이미 차종자를 개인 다원에 15말을 심었으며,
화개등지에 가서 삽목할 나무를 구입해 올 계획
도 세웠다.

◆ 茶開綠山茶會
● 주소 : 경남 하동군 탑리 621— 7
　　　　(전화 : 화개 40)
● 회장 김동곤, 총무 강태주
● 개회일 : 1982년 1월 1일
● 다실 : 회원자택 순례
● 강사 : 회장및 수시로 외부강사 초빙
● 회원 : 15명
● 회비 : 월 1천원
● 회원증 : 없음
● 수료증 : 없음
● 시간 : 매월 둘째 토요일 오후 1시
● 운영 : 자체부담
● 기간 : 무기한
● 茶외 행사 : 쌍계사 일대 자연보호운동
● 주요 활동내용 : 1) 일지암 방문
　　　　　　　2) 김대렴공비 관리
　　　　　　　3) 쌍계사 야생차 관리
● 계획 : 1) 다원방문(전남일대)
　　　　2) 묘목단지 조성
● 한국차인회 가입 : 가입하지 않았음
● 간행물 : 교육용 · 홍보용 프린트물
　● 茶의 始培地로서 김대렴공의 碑가 있는 곳일
뿐만 아니라, 전국에서 제일 좋은 차를 생산하는
곳으로, 茶鄕으로서의 긍지를 갖고 있다.
　이곳 주민들과 마찬가지로 어려서 부터 차를
마셔왔기 때문에 다례법을 운운할 것도 없다.
　음료로 뿐만 아니라 약용식물로도 여러 방법으
로 사용해왔다. 즉, 피부병, 무좀, 감기, 갈증해소,
주체, 식용기름, 촛불기름, 머리기름 등등 글자그
대로 생활화되어있다.
　그러므로 정기 모임시에는 이론 공부에 주력하
고 있으며, 지역특성에 맞춰 나름대로 노력하고
있다.
　지역적 특성을 십분 발휘하여 경남 곳곳에 차
나무 단지를 조성할 것이다.

◆ 푸른다회

● 주소 : 경남 마산시 상남동 211- 7 자비원
　　　　(전화 : 2 - 5530)
● 간사 : 황우정
● 개회일 : 1982년 8월
● 다실 : 자비원내
● 강사 : 간사및 수시로 외부강사 초빙
● 회원 : 40명
● 회비 : 월 5천원
● 회원증 : 없음
● 수료증 : 없음
● 시간 : 매주 화요일 오후 2시, 목요일 오후 7
　　　　시 30분
● 운영 : 회비
● 기간 : 무기한
● 茶외 행사 : 지역봉사
● 주요 활동내용 : 1) 석전국교 자모회 300명대
　　　　　　　　　 상 다도교육
　　　　　　　　2) 남해 용문사 수련회
　　　　　　　　3) 결핵환자를 위한 항아리
　　　　　　　　　 판매전시회
● 계획 : 1) 전용 다실마련
　　　　2) 서예 · 회화 전시회
　　　　3) 회보 발간
● 한국차인회 가입 : 가입하지 않았음
● 간행물 : 없음

　茶에 관한한 수료라는 말은 다소 어색한 감이 든다. 차는 평생을 배우고, 마시는 것이라고 생각되기 때문이다.

　또한 차마시는 데 있어 다례법이 그렇게 중요한 비중을 차지하는 것인가에도 의문이 간다. 일상적인 예절과 몸가짐만 갖추면 그것이 곧 예가 아닌가.

　다도와 다례의 시비운운은 납득이 가지 않는다. 이는 두 용어의 차원과 쓰임이 분명히 다르기 때문이다.

　차는 누구에게나 평등이며, 노동하지 않는 자는 차마실 자격이 없다고 감히 주장하는 바이다.

　정기모임에서는 여러가지 이유에서 전회원에게 매달 詩集을 보급하고, 읽고 그 감상을 발표할 시간도 갖고 있다.

◆ 한국다도협회 마산지부

● 주소 : 경남 마산시 추산동 12- 4
　　　　(전화 : 2 - 6975)
● 지부장 노화순, 부지부장 김영재, 총무 정영
　　　　숙
● 개회일 : 1982년 7월 23일
● 다실 : 회원자택 순례
● 강사 : 정상구박사외 수시로 외부강사 초빙
● 회원 : 30명
● 회비 : 월 3천원
● 회원증 : 없음
● 수료증 : 1) 일반회원 : 3개월
　　　　　 2) 연구회원 : 1년
● 시간 : 매월 10일과 23일
● 운영 : 회비
● 기간 : 1) 일반회원 : 3개월
　　　　2) 연구회원 : 1년
● 茶외 행사 : 불교·도교·유교를 통한 여성교육
● 주요 활동내용 : 전통문화와 차이론 학습 위주
● 계획 : 1주년 기념행사(9월중 예정)
● 한국차인회 가입 : 가입하지 않았음
● 간행물 : 책자, 프린트물

　● 차를 통한 여러 방면의 공부를 하고 있다. 도예품 감상이나 무형문화재에 관하여 공부하고 있다.

　다례법이 필요하기는 하지만 자기 방식만이 옳다는 것은 무리이며, 그 이전에 차에 대한 마음자세가 중요하다고 생각한다. 좋은 것은 선별하여 수용하는 자세가 필요하며 이론적인 것이 뒷받침 되는 차모임이 되어야 한다고 생각한다.

◆ 한국전통차문화연구원

- 주소 : 경남 마산시 추산동 76-15
       (전화 : 2-1050)
- 원장 권윤홍, 부원장 박길웅 · 임길홍
- 개회일 : 1976년 8월 23일
- 다실 : 다용도 다실
- 강사 : 원장
- 회원 : 1) 60명
       2) 배출인원 : 200명
- 회비 : 없음
- 회원증 : 없음
- 수료증 : 없음
- 시간 : 매일 오후 6시30분
- 운영 : 원장부담
- 기간 : 무기한
- 茶외 행사 : 사군자, 전각, 서예
- 주요 활동내용 : 1) 충혼탑 헌다식
            2) 일일찻집 개설
            3) 육군 장교부인회 다도교육
- 계획 : 1) 3사관학교 다도강의
       2) 마산시내 관공서직원대상 다도교육
       3) 각급학교 다례반 설치권장
- 한국차인회 가입 : 가입하지 않았음
- 간행물 : 강의용 책자
  - 현재까지의 활동은 주로 학교의 교직원과 학생들 중심이었다. 즉 어린이 다도교실을 개설하였고, 국민학교 자모대상, 경북도내 중·고교교직원, 부산대 학도호국단, 노인대학등등이다.
  본회원은 전원이 일지암에서 제다학습을 마쳤으며 원장개인으로서는 연400회 이상 다도강의를 하고 있다.
  특히 소개할 것은 마산 교도관 150여명을 대상으로 하여 매주 금요일 다도강의를 구상하고 있는 점이다. 그들이 다시 재소자들에게 까지 차를 알게하도록 계획 추진 중이다.

◆ 울산차인회

- 주소 : 경남 울산시 성남동 38(전화 : 3-3195)
- 회장 이병직, 부회장 방재근
- 개회일 : 1981년 5월 30일
- 다실 : 설록산방
- 강사 : 회장외 수시 외부강사 초빙
- 회원 : 30명
- 회비 : 월 5천원
- 회원증 : 없음
- 수료증 : 없음
- 시간 : 매월 1일 오후 7시
- 운영 : 회비로 충당
- 기간 : 무기한
- 茶외행사 : 동양문화공부, 수석, 분재
- 주요 활동내용 : 1) 시민을 위한 다도강연회
            2) 울산공업축제 헌다식
            3) 회보발행
- 계획 : 1) 다원조성
       2) 전문다실 개설
- 한국차인회 가입 : 가입하지 않았음
- 간행물 : 회보
  - 수료증 남발은 차보급에 역효과를 가져온다고 생각된다. 오히려 다회의 문턱만 높아질 것이다. 차의 보급에 우선적인 문제는 일반인들에게 차의 인식을 쉽게 하는 것이라고 생각된다.

◆ 울산여성차인회
● 주소 : 경남 울산시 성남동 38(전화 : 3-3195)
● 회장 김정선, 총무 김민희
● 개회일 : 1980년 8월 26일
● 다실 : 설록산방
● 강사 : 회장
● 회원 : 8명
● 회비 : 월 3천원
● 회원증 : 없음
● 수료증 : 없음
● 시간 : 매월 1일 오후 2시
● 운영 : 회비
● 기간 : 무기한
● 茶외 행사 : 없음
● 주요 활동내용 : 1) 울산시내 초중고여교사대
　　　　　　　　　상 다도교육
　　　　　　　　2) 주부교실회원대상 다도교
　　　　　　　　　육
　　　　　　　　3) 공단여직원대상 다도교육
● 한국차인회 가입 : 가입하지 않았음
● 간행물 : 없음
　● 8명의 정회원들로 구성되어 있으며, 무보수
로 울산지역 여성모임마다 다도강의를 하고 있다.
울산차인회와 청년차인회와의 긴밀한 협조체제
를 갖고 있으며, 앞으로는 공단 여직원·대상으
로 차를 보급할 예정이다.

◆ 울산청년차인회
● 주소 : 경남 울산시 성남동 38(전화 : 3-3195)
● 회장 오태룡, 부회장 오무진, 총무 이성애
● 개회일 : 1983년 5월 10일
● 다실 : 설록산방
● 강사 : 수시로 외부강사 초빙
● 회원 : 25명
● 회비 : 월 3천원
● 회원증 : 없음
● 수료증 : 없음
● 시간 : 매월 10일
● 운영 : 회비로 충당
● 茶외 행사 : 서예, 친목도모
● 주요 활동내용 : 1) 울산공업축제 헌다식
　　　　　　　　2) 야유회
● 계획 : 茶人초청 강연회
● 한국차인회 가입 : 가입하지 않았음
● 간행물 : 없음
　● 창립된 지 얼마 되지않아 뚜렷한 활동상황은
없으나 앞으로 울산은 물론 전국 청년차인회와
긴밀한 유대관계를 갖도록 계획 중이다.
　주로 울산차인회, 울산여성차인회와 협조하여
활동하였고 앞으로도 그럴 예정이다.

◆ 해인다회
● 주소 : 경남 합천군 가야면 사촌리 가산국민학
　　　　교 내 (전화 : 황산 4)
● 회장　김규성교장
● 개회일 : 1982년 2월 20일
● 다실 : 교내 다례실
● 강사 : 회장, 해인사 일타스님
● 회원 : 18명
● 회비 : 없음
● 회원증 : 없음
● 수료증 : 없음
● 시간 : 수시
● 운영 : 학교예산
● 기간 : 무기한
● 茶외 행사 : 전통예절 전반
● 주요 활동내용 : 1) 다원조성
　　　　　　　　　 2) 문교부 시범학교 지정
　　　　　　　　　 3) 학부모 중심 어머니 교실
　　　　　　　　　　　 개설
● 계획 : 지역주민에게 차보급
● 한국차인회 가입 : 가입하지 않았음
● 간행물 : 슬라이드, 책자, 팜프렛 등
　● 차를 통하여 우리 예절을 바로 알고 바르게
실천하며 윤기넘치는 사람이 되도록 고유의 우리
차문화를 계승 발전시켜 아동들에게 바른 예절과
생활습관 형성을 내면화시키고, 학교·가정·사회
가 차보급에 힘써 어린이로 하여금 개인과 사회
발전에 기여토록하여 조화로운 인간 육성의 수련
을 그 목적으로 하고 있다.

사계절 꽃과 식물이 함께하며
현대와 고전이 어우러지는
아름다운 찻자리에서 세계명차를 맛보는 藝智園

대표 김민주
대전광역시 유성구 수통골로 55길 84
Tel 042)822-1955~6

OSULLOC
JEJU TEA GARDEN SINCE 1979

오설록과 만나는 순간,
당신의 여행이 향기로워집니다

국내 최초 차 박물관,
제주 오설록 티뮤지엄

차 문화 유물관

삼국 ‑ 조선시대의 차
문화를 보여주는 다양한
유물 전시

덖음차 체험관

현장에서 직접 로스팅
해서 신선함이 살아있는
차 체험

티 클래스 체험관

차에 대한 기본 음용법을
쉽게 배울 수 있는
티클래스

차 체험관

다양한 종류의 차와
차를 테마로 한 다식 체험

• 네비게이션에 오설록 티뮤지엄 혹은 064-794-5312를 검색하세요

윤당 김태연

(사)한국차인연합회 고문 및 다경회 회장 | (사)한국차인연합회 다도대학원 교수
세계기독교차문화협회 교육원장 | 다화원 원장(茶花연구가)
찻자리연구가(Tea Table Setting Maestro) | 행다례연구가
제1회 올해의 차인상 수상 | 제16회 초의상 수상
CBS TV〈새롭게 하소서〉, CTS TV〈내가 매일 기쁘게〉, FEBC〈하나 되게 하소서〉출연
저서 『다화』(2008), 『한국의 아름다운 찻자리』(2009), 『한국의 새로운 행다례 25』(박천현 공저, 2010)

사진 및 자료 제공

《다원》, 《차인》, 《차와 문화》, 『해남의 차문화』, 『차인들의 삶과 자취』, 『울산 30년사』
안팽주 촬영 사진 다수 수록

한국의 근현대 차인 열전

초판 1쇄 인쇄   2012년 2월 20일
초판 1쇄 발행   2012년 2월 28일

지은이   김태연(031-511-3122)
발 행   세계기독교차문화협회 | 일양문화연구원

펴낸이   김환기
펴낸곳   도서출판 이른아침

주 소   서울시 마포구 마포동 324-3 경인빌딩 3층
전 화   02)3143-7995
팩 스   02)3143-7996
등 록   2003년 9월 30일 제 313-2003-00324호
이메일   booksorie@naver.com

ISBN 978-89-93255-88-1 03810

※잘못 만들어진 책은 구입하신 서점에서 교환해 드립니다.